名著新译书系

WORLD CLASSIC MASTERPIECES SERIES

森鸥外中短篇小说集

[日] 森鸥外/著　李庆保　杨中/译

时代文艺出版社

图书在版编目（CIP）数据

森鸥外中短篇小说集/（日）森鸥外著；李庆保，杨中译．
—长春：时代文艺出版社，2016.5（2018.1重印）

ISBN 978-7-5387-5088-1

I. ①森… II. ①森… ②李… ③杨… III. ①中篇小说—小说集—日本—现代
②短篇小说—小说集—日本—现代 IV. ①I313.45

中国版本图书馆CIP数据核字（2015）第299455号

出品人　陈　琛
产品总监　郭力家
责任编辑　方　伟
助理编辑　佟冰融
装帧设计　孙　利
排版制作　杨纪云

森鸥外中短篇小说集
[日] 森鸥外 著　李庆保 杨　中 译

出版发行 / 时代文艺出版社
地址 / 长春市泰来街1825号　时代文艺出版社　邮编 / 130011
总编办 / 0431-86012927　发行部 / 0431-86012957　北京开发部 / 010-63108163
官方微博 / weibo.com / tlapress 天猫旗舰店 / sdwycbsgf.tmall.com
印刷 / 三河市京兰印务有限公司
开本 / 710mm × 1000mm　1 / 16　字数 / 249千字　印张 / 18.25
版次 / 2016年5月第1版　印次 / 2018年1月第2次印刷　定价 / 48.00元

图书如有印装错误　请寄回印厂调换

目 录

半日

六张席子[①]大小的房间里，并列着三个床铺，七岁的女儿睡在中间，夫妻俩分别睡在两边。昨天晚上桐木火桶里生的炭火，已经变成了白灰，只有主人枕边那个灯芯被捻得低低的油灯还微微地发着亮光。油灯旁边有个小匣子，里面放着表和记事本等物件，匣子上面有一本摊开的简装的洋文书籍。主人大概是读到中途时睡着的。

一月三十日早上七时，西北风呼啸，防雨套窗不时被吹得咔嗒咔嗒。女佣已经起来，在隔了一间屋子的厨房里，弄出叮叮当当的响声。主人被这响声吵醒了。

后院方向的拉窗已经微微泛白，兼管上房的用人不知什么时候单单把那里的防雨套窗打开了。主人看了一下睡在旁边的女儿，不觉笑了起来。女儿那红红的圆嘟嘟的小脸半埋在被子里，甚是可爱。他还想起了女儿半夜做梦时竟然唱起歌来。

主人想起来今天是明孝天皇的忌日，九点半之前必须到贤所[②]集合。他看了一下表，如果坐自己的专用车从西片町[③]出发前往御所，八点半出门就可以了。所以，他觉得即便晚一些起来，也有足够的时间洗漱、吃

---

① 六张席子：传统日式房间习惯用席子（即榻榻米）计算面积，六张席子大约相当于9.7平方米。

② 贤所：日本皇宫中祭祀三种神器之一的八咫镜的地方，为宫中三殿之一。

③ 町：日本位于市或区以下的小区划单位。

早饭。

这时，厨房传来尖细的说话声："哎呀，水怎么还没开呀！"突然，妻子伸出她那雪白纤细的手，一下子把被子掀开了。妻子睡觉有个习惯，喜欢把头蒙在被子里。那还是在家里做姑娘时，她听说谁家进了盗贼，见女的长得貌美，欲施强暴。自那以后，她睡觉时便不敢把脸露在外面。她的确长了一副好容貌。散开来足有一人多高的长发，如今半束半散，发卡和梳子落在枕边。那是一个安放在黑漆枕座上的红色小枕头。妻子睁开了她那双又黑又亮的大眼睛，那双大眼睛简直占去了她那苍白脸颊的一半。"哎呀，什么声音啊？小玉总是被这个声音吵醒！"她大声说着，那尖锐的声音，在厨房肯定是能听到的。

那到底是谁在厨房埋怨水开得慢呢？是家中主人——文科大学教授、文学博士高山峻藏的母亲。博士的父亲在明治初年，经一位地位颇高的同县友人帮忙，当上了月薪只有十五元钱的小职员，举家搬到东京居住。自那时起，全凭这位母亲节衣缩食、省吃俭用，为博士提供学费，直到博士取得借费生资格为止。博士的父亲曾经问过一位关照过自己的大官，出洋留学大概需要多少钱？据说那位大官是这样说的："我不知道你是不是想攒钱让儿子出国留学，不过，我劝你千万不要有这种冒险的想法。总之，日本人是缺乏重财意识的。首先，凭你的工资，就是不吃不喝攒下来，也不够儿子去留学。即便能去，你这样辛辛苦苦地让他去，他要是死在那边怎么办？再说，要是把老婆饿死了，那也是没尽到义务啊。你还要让后面出生的孩子至少也要接受普通教育吧，这些费用从哪儿来？以你的收入，把儿子送进大学就已经是不同寻常的做法了。既然你们夫妇能够同心协力来供他，我也不会阻止，但这已经是在冒险了。这种冒险的做法来自于日本特有的老后依靠孩子的习惯。但我很难保证这是一件好事，但至少不是一件稳妥的事。"

母亲就是在这种情况下，把博士培养成才，使他有了今天。这位老夫人并不是世上常见的那种睡眠少的老人，但她说博士去大学上课不能迟到，至今每天早上都亲自起来烧水做饭。只要哪一天博士因为时间关系，来不及吃饭就出门了，母亲就会懊悔好几天。所以，今天早上她才会因为烧水的事情而不满。

妻子天生爱睡懒觉，不过还没大意到连丈夫上课迟到也满不在乎的程度。特别是哪天需要早起的话，她还会定好闹钟，在“自高山顶上……”的闹铃中醒来，然后再把女佣叫起来。不过，总还是婆婆先起来。这也难怪，母亲是位意志相当坚强的人，只要头一天晚上睡觉时想着第二天早上几点起床，靠着自我暗示，就一定会在这个时间点醒来。与之相反，这位妻子的意志却相当薄弱。那还是她刚过门时的事情。因为博士讨厌交际、宴会和艺伎等事物，每当重大节日或星期天，他便像京都人那样，让人做好便当，带着母亲前往道灌山，坐在茶棚的板凳上打开便当，边吃边读自己带来的西洋诗集之类的书，以此来度过一天的时间。有一次，他邀请新过门的妻子一同前往。这位新夫人心里很不愿意，但因为是刚刚过门，彼此间还有些客气，所以不管怎么说还是跟着去了。等回去后两人面对面时，新夫人对丈夫说道：“我很讨厌和你妈妈一起去，请你不要再让我做我不喜欢的事情。”从那以后，妻子在表达不满的时候，总会像诗歌中的迭句一样重复这句“请不要让我做我不喜欢的事情”。妻子不做自己讨厌做的事情，不论什么场合。她也不会为任何事情而尽心尽力，丝毫没有克己之心。这都是少女时代被身为大审院[①]院长的父亲所娇惯的结果，这也是每当要尽点儿什么义务时，她那美丽修长的眉间就会竖起三道皱纹的原因。所以，像是“既然必须要起来，我就起给你们看看”这样的意志力，她是压根儿没有的。

“哎呀，什么声音啊？小玉总是被这个声音吵醒！”妻子说道。可怜的女儿小玉与其说是听到厨房的声音，不如说是被妈妈的声音吵醒的。她举起两个胖嘟嘟的小拳头伸着懒腰，睁开了妈妈遗传给她的乌黑的大眼睛。博士看到后马上说道：“哦，醒了，醒了，好孩子！”于是她将伸出的两只手朝向爸爸的方向，做好要抱的姿势，并且冲着爸爸笑。只能对着

---

① 大审院：日本自明治八年（1875年）至昭和二十二年（1947年）间设置的最高法院。

女儿和蔼可亲地说话，这是博士仅有的权力。而对母亲，别说和蔼可亲地说话，连搭个腔都越来越不容易了。妻子紧闭着干裂的嘴唇，目不转睛地盯着博士的脸看，像是在说："当然了，对这孩子，你有多少话都可以尽情地说。我说她声音太吵，你却连一句'是的'都不回应我，所以我才不满，才会以沉默对应你。"妻子的嘴唇总是干燥开裂，那都是因为晚上蒙着头睡觉所致。妻子自从来到这个家，始终称博士的母亲为"她"。博士问她为何不叫母亲，她却回答说："我到这个家是来给你当妻子的，而不是来给她做女儿的。"博士也觉得妻子故意大声埋怨母亲实在很过分，但要是责备她的话，又会引起风波。如果因为这点儿事就责备的话，那么这个家将永无宁日，于是他选择保持沉默。对立就是这个家庭的氛围。博士和妻子以及女儿小玉就是在这样的氛围中生活了七年。

先前厨房里叮叮咚咚的声音现在已经转移到一家三口睡觉的房间的隔壁。兼管上房的用人把朝向前院的防雨套窗打开，与此同时，女佣把热水送到了隔壁房间。前面饭厅里也传来了叮叮咚咚的声音，那是母亲在往外端饭食。

博士从被窝中爬了起来。小玉皱着眉头，哼哼唧唧的。那是在撒娇，她想和爸爸一起去洗脸。博士安慰她说："爸爸今天必须早点儿到天皇那里去，所以先起来了。"然后又对妻子说："你照顾她起来，给她换好衣服！"虽然心中不悦，但该做的事情还是要说清楚，这样这个家才能运转起来。妻子刚爬起半个身子，博士已经去了隔壁房间。

博士穿着两层朴素的平纹粗绸和服，系着一条发灰的绉绸腰带，在隔壁房间坐下来。玻璃窗外，花坛中只剩下鹿角一般的木芙蓉的枯枝，霜柱[1]将薄薄的表土高高顶起，不时响起咔嚓咔嚓的折断声。博士将水罐中的水倒一些到漱口缸，又将小桶中的热水倒入金属脸盆中，然后刷牙洗脸。整个洗漱过程井然有序，以至于妻子刚过门时，说他像是在参加茶

---

① 霜柱：冬季当气温降到冰点以下时，潮湿的泥土中的水分凝结，并慢慢露出地面的一束束丝状的结晶。

会。的确如此，他漱完口后，会用干毛巾将漱口缸擦净，洗完脸会把用过的水倒进铁桶，然后把毛巾拧干擦拭脸盆，再把漱口缸放到里面。最后，再把毛巾拧干搭到毛巾架上。牙刷、梳子、肥皂也要一一摆放整齐。还真的很像茶道的做法呢！

妻子穿了两件一套的透气性好的便装和服，上面罩了一件茶色带花纹的平纹粗绸外褂，给小玉穿了一件友禅印花的薄毛呢宽袖和服。当母女俩出来时，博士已经完成了他那套茶道般的洗漱程序。他说了一句："小玉，洗好脸梳好头后就来吃饭吧。"然后就去了饭厅。母亲已经在饭厅等候。按照这个家的习惯，母亲在服侍博士和小玉吃饭的同时，自己也一起吃，而食案后面妻子的坐垫上却是空着的。她要在大家都吃完后独自到另一个房间去吃。不光是用餐的时候，实际上，妻子从来不与母亲同席而坐。当初刚过门时，只要母亲来到他们夫妻俩在一起的地方，妻子就会立即起身躲到别处。后来竟然慢慢地不让母亲来到博士所在的地方了。博士每天早上出门，经常天黑才回家，回来后，母亲想和儿子说说话便来到夫妇俩的房间，可妻子说这是出于嫉妒。为了证明自己所说的是可靠的，她竟说母亲偷看过他们夫妻的被窝。她说的是有一次小玉因为生病半夜里哭闹，母亲担心便进来看了一下的事。后来有段时间，母亲趁着博士回家洗澡的时候，过去跟他说一些事情。妻子便又说："世上有想要服侍主人洗澡的女佣，却很少有老太太也想做这种事。"母亲无奈，有事的时候便来到外面的走廊，瞅准时机隔着拉窗跟儿子说。这时妻子又说："总在两口子房间外面的走廊上转来转去，如此嫉妒，真是让人受不了！"有时候休息日，即便是大白天的，只要母亲一来，妻子就会照例起身走开。后来愈演愈烈，变成"唉"地叹一声站起来，然后"啪"的一声把拉门关上。于是，母亲只能在服侍博士吃饭的时候才能和他说上几句话了。妻子对此当然也不放过，她冷嘲热讽地说："哪里有一心想要伺候儿子吃饭的母亲！"如果按照妻子的希望，她是想夫妻俩和女儿一起吃，不让母亲到饭厅里来，但博士不答应。本来想着娶妻之后会一家团圆、享受天伦之乐，不料却如此失败。所以，博士不想失去这最后一块阵地，无论如何坚持要和母亲一起吃饭。小玉还是个孩子，吃饭是不愿意等的，所以爸爸和奶奶吃饭的时候，她也一起来吃。于是，只有妻子一个人被留到了最后。

这天早上博士匆忙吃完早饭，对母亲说了句“今天马上要去一趟皇宫”，正准备起身要走的时候，已经洗漱完毕的小玉走了过来，看到爸爸已经吃完了，感到有些失望。这时，从里间传来了妻子的声音：“小玉，把饭端到这边来。”与此同时，女佣走过来把妻子和小玉的饭端走了。

里间是博士的书房。博士不喜欢狭窄的地方，所以选了家里最大的一间作为书房来办公，同时也在那里更衣和接待客人。博士离开饭厅去里间的途中，问了一下车子有没有准备好，听到包车夫的回答后便进了里间。房间里有妻子前一天晚上准备好放在那里的大礼服。博士很讨厌那种装饰有金丝带的礼服，而且以他的收入，花五百元钱来买这样的衣服也并非易事，所以，每到进宫参谒的日子他定会称病不去，直到最近才好不容易购置了一套。女佣把妻子和小玉的早饭放在了火盆旁边，博士怕掀起灰尘弄脏了饭食，便走到房间的角落里去穿礼服的裤子。

这时，小玉跑了过来，见爸爸只穿了件衬衫，便说：“爸爸的奶头！”说着就把爸爸一把抱住。博士说：“饭已经给你盛好了，快去吃吧。”小玉便规规矩矩地坐到食案前面去了。

这时候，妻子也装扮完毕，轻轻走了进来。她一副心神不宁的样子，并拢双膝蹲在坐垫上，取出了插在火盆里的两根火筷子，又插到另外的地方，然后把手放上去烤火。看来在关口买的进口化妆品的效果不错，妻子的脸显得水嫩嫩的，很漂亮。刚醒来时苍白的脸颊，显出了浅浅的粉色。她没有理会正在吃汤泡饭的小玉，首先痛苦地叹了口气，然后对正在穿马甲的博士说：“我要带小玉出去一趟，在这种总能听到讨厌声音的地方已经待不下去了！”

博士正在扣马甲的纽扣，他停下手侧耳细听。因为她的“出去一趟”，博士可是吃过苦头的。有一次，她也是突然说了这么一句就离家出走，一个人跑到汤河原的旅馆住了下来。因为不知去向，博士家和她娘家的人都很担心。结果还是旅馆老板寄来一张明信片才知道她的去处，由她娘家派人把她接了回来。每当这种时候，妻子总是说要把小玉一起带着。她的理由首先是“没有人出门会把小孩子丢在家里的”。其次又说：“我不会把孩子托付给那个声称不愿意照料小孩儿的人。”那是有一次，母亲说：“万一让我照料的时候得了伤风感冒什么的，不知道会怎样说我呢，所以孩子不好带啊。”妻子便抓住这句话不放，其实事实并非如此。母亲对孙女疼爱得不得了，要是没有其他顾虑，她非常想照顾孙女。博士并不认可妻子所说的理由。为了防止孩子感冒，留心着炭火的情况也好；孩子夜里要尿尿，哼哼着蹬开被子时，马上醒来为她拿来夜壶也好，这些事情都是博士亲自来做的。要是把这些事放手交给妻子，他是不能放心的。照博士的说法，妻子之所以要带小玉一起出去，是因为如果只说自己出去的话，那事情就太简单了，本想发泄一下不满才出去的，这样一来就太没劲了，其实她是要拿小玉当人质的！博士心想，又故技重演了！他停下了扣纽扣的手，朝壁龛处的座钟看了一眼。时间是八点二十分。博士拍拍手叫来女佣，对她说：“告诉松吉，车子不用了，让他把车收拾一下等着，一会儿有事要派他去。”女佣正要走时，他又说：“给小玉盛一下饭。”女佣盛了一碗汤泡饭递给小玉后就出去了。博士不顾只扣了一半的马甲，迅速给宫中掌管仪式的官员写了一张病假条，又从小柜子的抽屉里取出出入宫中的通行证，同时叫来女佣，让她给车夫送去。小玉这时已经吃完饭，自己在那儿倒茶喝。

妻子双膝跪地坐在那里，将火盆里覆着灰的炭火用火筷子夹到一边堆积起来。博士迅速换好便装，坐到桌子前面。妻子把火盆往博士跟前挪了挪，与博士隔着火盆相对而坐。

“不吃饭吗？”博士首先开口道。

“不想吃。”

“你刚才说要出去一趟，是真的吗？”

“如果可以带上小玉我就去。”

“我说过很多遍了，不必带小玉去，这你是知道的！要是一个人出去是可以的，但也不是说随便去哪儿都行。不能像上次那样随便找个去处，要是你母亲所在的纪尾井町逗子那里，去一趟倒是可以的。”这里所说的纪尾井町，是指妻子的父亲，已卸任的敕命大法官阪直人的住所。

“那怎么行呀！爸爸和妈妈都说了，不能把孩子丢下，还说如果我照顾不了，他们不睡觉也要照料。要是这样的话，那我就不出去了。”

“不出去更好。本来母亲说话的声音也没有你所说的那么难听。”

妻子外出的打算就这样取消了。其实博士完全没有必要为了这件事而取消参加宫内的祭典活动。要是平时去大学上班，他是不会不去的。不过，万一妻子不打招呼就出去了，回头不知道去哪儿就麻烦了，而且如果把小玉也带走了就更讨厌了。平日里这种事经常发生，所以遇到这种时候，博士总是把小玉带到嫁给附近的一位法学教授的姐姐家里，托她照看。

夫妻俩沉默了一会儿。小玉从堆积在壁龛那里的西洋杂志里抽出一本，看里面的图画。用人走过来朝女主人看了一眼，妻子说：“现在不吃，撤下去吧。”于是女佣便把食案撤走了。这种事情经常发生，已经心领神会了。“把手炉拿到小玉那儿去。”博士吩咐道。

博士随后点了一根雪茄烟。博士不准家里存放任何带酒精的饮料，而且还说没有精力去做周旋于两个女人之间的事，所以，唯一的爱好就是抽烟了。但他不喜欢抽普通的卷烟，抽昂贵的雪茄又太奢侈，所以他只抽二十块钱一百根的维多利亚牌雪茄。自从留洋回来，他说只有用古巴烟草制成的雪茄烟才是真正的雪茄味道。不过，为了节俭，他还是只抽吕宋牌雪茄。妻子揪掉下嘴唇上即将剥落的干皮，陷入了沉思之中。小玉在入神地看着图画。外面的风已经停了，阳光照射在拉窗上，整个房间里静悄悄的，不时传来座钟的嘀嗒声。“怎么会有发出那种声音的人呢？”妻子突然说道，“好不容易今天休息，你没去宫里，而是待在家里，可过会儿一到中午，饭厅里又会发出那种声音。我一定会疯掉的！”

博士皱起眉头，说：“又胡说！母亲的声音确实不是什么优美的声音，她的脾性有些像男人，声音自然也不那么温柔。但是，你对此如此介意，那是你神经的问题。这和你刚过来时，一听到肴町的寺庙里敲钟就心慌不安是一个道理！”夫妻俩被灰暗所包围的心中，当初甜美的蜜月记忆，如一道电光一闪而过，随即又消失了。每次钟声一响，新娘子便把脸紧贴到丈夫的胸膛上说：“我一听到那声音就心慌！”博士当时感到很奇怪，心想，这个女人是不是神经不正常啊？心里有些害怕。可重新一想，又觉得不对。人的神经各种各样，有的像工厂里的传送带，有的像琴弦，什么类型的都有。一般人听起来毫不在意的钟声，有些人听起来却感到悲凉。他觉得有这样的神经的人很可怜。

“不，普通人的声音我也不会在意，可她和正常人不一样啊。她把钱全部拿走，随意支配，甚至还想着把你也夺走！稍不留神她就会跑到你身边来。而你却把这些都视为理所当然，唉，简直太可怕了！”妻子扑闪着她那双乌黑的大眼睛。

“又来了！被人听见了，只会认为你是精神病。她可是我的亲生母亲啊！”博士的声音有些激动，看杂志的小玉把脸抬起来看了一眼。这种对话已经见怪不怪，所以博士也不像当初第一次听到时那么生气了。即便如此，听着还是感到有些刺耳。这就像久治不愈、已经感觉不到疼痛的伤口，被人一碰，又疼了起来。小玉对此也是司空见惯，并不怎么惊讶，依然看她的图画。

“我觉得她和你的关系，不就像是寡妇家里来了个养子吗？人老心却不老，总想着和谁像夫妻那样相处。所以她才一定要自己掌管家里的钱财。”

“你这样说也不对。我不是总跟你说过，管钱这种事算不了什么。由妻子管钱，那是中等以下的家庭，大户人家都是让管家来管。管钱才是妻子，不管就不是妻子，不存在这回事！你刚过门那会儿，不用说也不能把管钱的事交给你。因为你有个不好的习惯，一看到喜欢的东西就央求你父亲给你买，完全没有按计划去消费的意识。不过最近好像明白多了。也许有一天会交给你来管，不过既然母亲现在很乐意做这件事，也没必要硬去夺人所好。如果母亲主动说‘太麻烦了，我不管了’，那就暂且先由我来管。等到你的脾气慢慢改过来，什么事都能心平气和地商量了，我也不会说非得不让你管。但照现在的情况来看，你的脾气一时半会儿不可能改过来。如果由一直掌管钱财的母亲自己说‘嗯，这样的话，确实可以交给她了’，不是更好吗？也就是说，应该老老实实地等她主动让给你。你要像打仗一样硬去抢对方的东西，那就不对了。”

“让给我？那不是你的薪水吗？再说我也不会去随便挥霍呀。如果让你来管，遇事和我商量一下，我能会不像一个妻子应该有的样子吗？纪尾井町我妈妈他们就从来不过问我哥哥的薪水。”

“情况不一样。你父亲是有钱人，你哥哥从公司挣的工资当作两口子的零花钱就可以了，所以在你父母看来，他们怎么支配都无所谓。而我们家除了我的薪水，别无其他收入。由母亲替我们掌管，节约使用，不是更好吗？”

“不，她是多管闲事！那不是你挣来的薪水吗？她丈夫是个低级别的小官，没有什么财产，只是靠你来养活，应该老老实实的才是。可她却把手伸向别人的东西！”

“别说得那么难听！你想想是谁出学费供我读完大学的？”

“只是在你成为借费生之前稍微出了一些而已吧。那是作为父母应该做的。你现在能够拿这么多工资，不都是靠你自己的本事吗？我哥哥都不知道花了多少学费，也被送去留洋，可照样没当上博士。”

“学费出得少也好，多也好，不能以这个来计算父母恩情的轻重。我父亲为了提供这不多的学费，却要比能提供大量学费的你的父亲，不知道要多付出多少倍的辛劳。没错，你哥哥不是博士。父母提供再多的学费，也不是谁都能成为学者。人各有不同。而且，再伟大的学者也无法确定，人的成功多大程度上取决于天赋，又有多大程度是依靠别人的帮助。即便是天赋，说不定也是遗传的。所以，怎么可以说是依靠自己的力量成功的，父母就没有恩情呢？”

“好吧，好吧，那你就尽管感恩去吧！就算这样也行，可是这个家里有多少财产，你的月薪情况怎么样，你从来都没有告诉过我。万一你哪天有个三长两短，我和小玉该怎么办呢？”妻子把话锋一转。聪明伶俐的小玉竖起耳朵，放下书站了起来，将手指贴在嘴唇上，睁大一对可爱的大眼睛来回看着爸爸妈妈。博士告诉过她不能吮手指头，所以她没有把手指放到嘴里。

“财产不都是一目了然吗？这栋房子和地皮是用父亲的所有积蓄和我当时攒下的工资置办的，除此之外，要说不动产，只有那五千元钱了。我的年薪，包括课酬是两千七百元。我们靠这些钱过上现在这样的日子，而且每年冬夏两季还分别拿出六十元钱来给你添置衣服，这都是靠母亲勤俭节约省下来的！”

“这些我都听你说过。反正我也没见过，到底怎么样我也不知道。都交给她来掌管，我和小玉不知道会落到个什么地步呢！”

“你不要总是提小玉、小玉的！这会让孩子产生不必要的担心。我已经请了公证人，正儿八经地立下了遗嘱，你也好小玉也好，将来都不会有什么困难的。”博士看了一下小玉，并笑着朝她努了努嘴。于是小玉绕过母亲背后，跑过来依偎在博士怀里。

“就说这遗嘱吧，要不是公证处的杂役是我娘家一个老妈子的丈夫，我还不知道这回事呢，真是怪了！那上面没有写对我不利的事吧？我父亲说了，遗嘱这东西，写得再好，也不一定管用。何况是在她手里吧？”

“不在母亲那里。遗嘱也有失效的时候，所以我尽量采取稳妥可靠的办法来保存。内容自然是公平合理的。其实那也是因为你对母亲太刻薄，母亲担心万一哪天我有个好歹，还不知道会发生什么情况，所以我才决定立下遗嘱。真是可笑，本来就没有什么像样的财产，哪里需要什么遗嘱！想想父亲在世，我们兄弟几个都在一起的时候，全家没有一个人会想死了该怎么办，财产又该怎么办的问题。老的不顾自己的年龄增长，一心为孩子的事着想，孩子们都发奋学习，以让父母高兴为乐。没有什么钱财，意志和才干就是财产，全家就靠这个一起过着奋发向上的生活。那时候，家里到处充满着希望的曙光，父母子女、兄弟姐妹之间，一见面便是欢声笑语！”博士抱紧了小玉，说道，“小玉还没听过父母的笑声呢！”

妻子把她那套老生常谈的话重复了一遍后，暂时沉默了下来。她本来就是个少言寡语的人，刚过门时，博士甚至还夸她说，话少是你的一大长处。小玉将脸蛋儿贴在爸爸的胸口，半睁着眼睛看着爸爸，并且发出微微的呼吸声。房间里再次安静下来，只有座钟的走动声不时传入耳朵里。

妻子将火盆里的炭一会儿堆起来，一会儿摊开，像是在思考着什么，但脑子里却是一片混乱。无论什么事，她都不善于有条理地思考，当博士和她摆道理时，她在半睡半醒的应答中，每次都像下十六子跳棋一样被赶入死胡同。怎样才能摆脱这种苦恼呢？她想起了刚出嫁那会儿，父亲跟她说："你要是觉得不开心，随时都可以回来！"她心想，或者当初早点儿回去就好了。但她又想起婚后三个月左右和丈夫一起回娘家时，母亲对她说："你是个不太容易与别人相处的孩子，但与高山君却相处得很融洽嘛。"这样一来，也就没有理由回去了。她试问自己，你现在爱你的丈夫吗？丈夫不是个美男子，记得他曾经这样说过："美男子上了年纪就不行了，还是像我这样的丑男更受益。"有一次，他还说："我这张脸是渐渐刻上了阅历的痕迹的脸，与父母所赋予的脸是不同的。"不管怎么说，她并不讨厌他。她想，要是换了个丈夫，而那个男人比博士更令人讨厌该怎么办呢？况且，第二次的话，再想找个具有大学教授地位的人做丈夫恐怕很难了。她转念一想，可以到其他什么地方去，只要丈夫的妈妈不在就行，去丈夫的姐姐家也可以。不行，那里也有个婆婆，还是不能去！那还不如干脆死了算了！想到这里，她感到不可思议，竟然丝毫没有察觉自己正在想这么恐怖的事情。

博士右手一直搂着小玉，左手上的雪茄不知什么时候已经熄灭了。小玉看起来很舒服，始终一动不动。博士想起了一件事情。在博士去大学上班的路上有一家粮食批发店。博士有专用的人力车，但如果早上时间充裕的话，作为运动，他有时也会走着去。特别是最近天气寒冷，早上坐车会很冷，所以经常步行。有一天，他路过那家批发店的门前时，发现店里有一位老奶奶。老奶奶花白的头发略带枯黄，一双手就像揉成一团的皱巴巴的包装纸。老奶奶抓了一把红豆碎渣放到她那皱巴巴的手掌里，正在往外捡垃圾。博士被这一场景吸引了，驻足看了一会儿。他心想，这么多堆积如山的谷物，肯定会扬出很多碎渣，老奶奶一小把一小把地放在手里，用她那双昏花的老眼一点点地往外挑捡垃圾，完全是无济于事。她旁边的小伙计正在用一个大簸箕刷刷地簸着。尽管如此，老奶奶却仍然相信自己是在干活儿。店主可能也会觉得好笑，但似乎并没有说她。博士觉得很有趣，后来每次经过那里都会无意地瞟上一眼。老奶奶仍然每天都在那里捡垃圾，看来店主果然没有说她。博士此刻又想起了这位老奶奶。妻子老是唠叨母亲管钱的事，当然也并不是非得让母亲管不可，或许由自己来管还更好。但是母亲相信由她来管对这个家有好处，硬不让她管也不妥。如果那样做，连那家粮店的老板都不如了。母亲曾这样说过："如果把钱交给她来管，从此以后，只要我有事需要点儿钱，就得低头找她要。自从媳妇嫁到这个家里来，除了婚礼那天亲友们举杯庆贺时鞠了个躬，就再也没有见她行过礼。不管是出门去还是回家来，从没打过一声招呼。这种情况，要我去低头求她，实在是为难我啊！把钱交给媳妇管这件事，在她过门之前我就有这个准备的。她要不是那样的人，我早就主动交给她了。再说，她刚过门的时候，也没看出想要管钱的意思。就是现在，照我的管法，开销也能节省一半。"母亲所说的句句在理。关于不向母亲行礼的事，最初是对她好言相劝，后来则是直接训斥，试图让她改正，但最后都以失败告终。如果不交给妻子，而是由自己来管理，这样的话母亲就不用低头找媳妇要钱，但是又无法做到与那个不怎么开口的妻子商量家事。节俭方面，自然是母亲更擅长，或者说能比我做得更好。当然，与粮店的老奶奶从手掌心里挑拣红豆不能完全等同，但博士心想，不管怎么说，还是先维持现状吧。

妻子突然打破沉默，自言自语道："反正她是丙午年出生的……"她说的是博士母亲的生辰。博士曾经开玩笑说自己的母亲是女中豪杰，和奥总参谋长[①]是同年生的。妻子是个迷信的人，对婆婆的生辰很在意，总认为两人是相克的命，不是自己克死对方，就是对方把自己克死。这也是两

---

① 奥总参谋长：奥保巩（1845—1930年），当时的日军总参谋长。

人互相抱有反感的一个原因。妻子这是继承了纪尾井町她母亲的血统，其母出生、成长于幕府末期的江户城。她信奉金毗罗神[①]也是受此影响。她在少女时代，就曾穿着藏青色和服外褂，从纪尾井町的宅邸出发，经过城池去虎门参拜。因为她相貌标致，引人注目，当时赤坂一带的艺伎在夸谁长得漂亮时，就说她不亚于那位穿藏青色外褂的小姐。

小玉躺在爸爸怀里久了感到厌倦，便扭动起身子说道："我到那边去！"她是要去住在后门仓库旁边小房间的奶奶那里，还是要去女佣们那里呢？夫妻俩心里同时产生了这样的疑问。博士想着最好是去母亲那里，因为她一个人很寂寞；而妻子却想，不能让小玉去她那儿。博士没有开口，妻子却忍不住问道：

"你到哪儿去？"

"我想去奶奶那儿。"

"不要去那种人那里，去女佣那里玩去吧。"

小玉朝爸爸看了一眼，一脸无奈的样子，去了女佣那儿。博士知道说也无益，但却无法保持沉默。

"你自己怎么想怎么说都可以，但你不该在孩子面前说什么'那种人'！"

"因为她就是那种人，所以我才说那种人啊。她喜欢黏在你身边说这说那，却讨厌照看孩子。俨然像你老婆一样，把持着钱财，不愿离开你身边，伺候你吃饭，还偷看你洗澡，窥探你睡觉，简直就是个女色鬼！"

博士忍着没吭声。这时如果说什么，只会是火上浇油。说到妻子的怨言，不是关于管钱的事，就是关于母亲想和博士说话的事。博士把妻子对于管钱的抱怨称为理性的一面，把她对于母亲的嫉妒称为意志的一面。妻子不愿意让博士和母亲说话是出于嫉妒。令人意外的是，最初得出这个结论的竟然是纪尾井町的岳父。据说刚过门时，妻子有一次回娘家，说到自己见不得丈夫和婆婆说话，每当这时便会走开。岳父听后一语道破："这是嫉妒啊！"博士这个人，对于艺伎这种美艳的存在，看着都觉得讨

① 金毗罗神：佛教的守护神之一，在日本作为航海守护神受到尊崇。

厌，所以在外面找不到可以引发她嫉妒的缘由。而家里虽然雇了模样不错的年轻女佣，但博士从没有过会招致她嫉妒的言谈举动。因此，母亲就成了她嫉妒的对象。听说有这样一个奇闻，某将军的夫人对勤务兵怀有强烈的嫉妒，每当她发作时，将军就派人叫来副官予以抑制。由此可见，即便是母亲，也未必不会成为嫉妒的对象。博士一声不吭地盯着妻子的脸看，心想："呵，你的攻击目标又转向意志的一面来了啊。"尽管妻子这些台词就像印刷好的一样，每天都要重复好几遍，但对于偶尔在家的博士来说，半天时间里一直听她抱怨，大脑所受到的刺激已经不堪忍受，连烟也不想抽了。

这种时候，博士的沉默不语又让妻子感到很不愉快。她用白嫩细长的手指抓住博士的手腕，逼迫他说："你倒是说点儿什么呀！"接着她会挑起决战，又是要剪掉头发又是要刺破喉咙的，有时还会故伎重演地说要带小玉出门去。而当两人的身体相互接触后，有时又会奇妙地和解了。今天因为一大清早就爆发过一次，所以不会再发展成为决战了，"出去一下"的话也不好再提。时机归时机，毕竟与刚结婚的头两年不同，奇妙的和解也难以达到了。所以，她也只能沉默下来。房间里又恢复了平静，再次听到了座钟的嘀嗒声。

妻子的脑海里，又像之前一样，各种想法交织出现。与丈夫分手吧，并非所愿，不可断然行之；向婆婆低头吧，也非心所愿，下不了决心。每次说要出走的时候，她其实心里也明白，回来以后还是一回事。有一次，她还提出了这样的想法："我想我还是去学一项什么技艺比较好。"博士刚开始听到这个想法时，觉得妻子要是能专注于某项艺术确实也不错，差不多已经答应了，可等到听了妻子的具体想法，却大吃一惊。其实她并非真的想学什么技艺。当初少女时代去学艺也是如此，她学过日本画，也学过古琴，但她并不是真的想要画画或弹琴。她所谓的学艺，只不过是每天梳妆打扮好，坐上车，往返于纪尾井町的自己家与画师、琴师家所在的地方而已。她现在所说的学艺其实也是这个意思。博士知道了这个情况后，说道："这样的话，又何必花学费，以夫人的身份与那些本来就不大喜欢的艺人打交道呢？还不如去散散步呢！”博士又进一步说道，“总之，有坏毛病的话，不是应该从根本上开始改正吗？而你只是想点儿法子糊弄着过，这是毫无益处的。身上因病出现了疼痛，必须要去治病，我无法赞同用吗啡来止痛这种敷衍的做法。”他排斥一切缓解的手段。妻子这时又想起了学艺的事，她对丈夫用散步来代替的说法很不能接受。妻子对于大自然没有任何兴趣。刚结婚的时候，博士曾给她带回来一束花，而她却没有丝毫喜悦之情。博士问她：“你看到月亮后会想到什么吗？”她一脸的疑惑，只回了句：“没有。”这样看来，她对散步不感兴趣也就不难理解了。逛街的时候看到橱窗里的物品，她一点儿也不觉得光是看看就会感到很有趣。“不买的话就最好别看！”说着就把头扭过去。由此可见，她确实是讨厌散步。那么她为何又偏偏对学艺感兴趣呢？那是因为她在前方的某处设置了一个到达目标，她期望的是悠然自在地前往那个目标点的过程。而且，以她的经验，除了去学艺之外，没有其他能够实现这个目的的合适手段了。所以，当妻子心中需要缓解时，总是会提出去学艺。并且，这个想法的出现，也是她心里开始平静下来的先兆。

博士此刻正在思考这样一个问题：这世上还有第二个像我妻子这样的女人吗？人们把性欲对象发生异常偏离的现象称为性欲倒错，认为是一种病态，那么，搞错嫉妒的对象不也是一种病态吗？对人的声音产生异常反应，难道不也是病态的一个证据吗？博士在很早之前就有了这样的想法，所以博士有一次曾对她说：“你的精神不正常。”妻子把这话告诉了纪尾井町的父亲，父亲说：“他这是胡说八道！认定一个人是不是精神病人不是那么容易的事，没有经过专家的鉴定是不能乱说的！”妻子回去把这话又告诉了丈夫。当然，还不能认定她就是精神病人，但是，真正的精神病患者与正常人之间就没有一种临界状态吗？如果这样的女人还不算精神异常，那么该如何从心理学的角度解释她的这种现象呢？在拥有浓厚的“孝”的观念的国度里，怎么会出现在丈夫面前说出如此对婆婆不恭的话却又满不在乎的女人呢？即便从西洋的观念来看，母亲也是非常神圣的，还没有哪个女人认为自己可以随便在丈夫面前侮辱婆婆的吧。不用说东西方的历史上，就是小说和剧本上也找不到像我妻子这样的女人。这也许是一切评价标准都在发生改变的当今这个时代所特有的产物吧，博士这样想。

这时，厨房又传来了叮叮当当的声音，看来是在准备午饭了。很快小玉就要跑过来喊“爸爸，吃饭了”吧，母亲也将会从那冷清的房间里走出来，到饭厅来招惹媳妇的讨厌了吧。

（李庆保　译）

鸡

石田小介升任少校参谋，前往小仓上任是在六月二十四日。

从往返于德山和门司的蒸汽船上下来，已经是凌晨三点钟了。石田知道地方上军队的迎送仪式非常隆重，所以他穿了当时的常礼服，佩戴了勋章。一位老资格的大尉参谋代表同僚前来栈桥迎接。

雨下得很大。从这儿到小仓坐火车用不了一个小时。大尉安排在一个叫川卯的人家用早餐。天明以后，大尉又来回奔走，为石田买票、准备行李等等。

从火车的车窗看去，可以望见山坡上密密麻麻地排列着许多小房子。每家每户都大敞着门户，女人和孩子几乎都是光着身子的。其中也有人家刚好正在吃早饭。听士官说，那些都是码头上搬运工们所住的房子。

火车开到田野当中，稻田里插秧的工作已经结束。不时能看见身穿蓑衣、肩挑粪桶的农夫走在田间的小路上。

离小仓越来越近了，最先看到的房屋是旭町的青楼妓馆，家家户户的二楼栏杆上都搭着红色的被褥。这样的天气是不应该晒被子的，可能是因为连日阴雨才这样晾一晾的吧。

伴随着轰隆隆的声音，火车通过了紫川的铁路桥，很快便到达了小仓站。参谋长率领众人前来迎接。石田与他们匆忙寒暄致意后，来到了一家位于室町的叫作达见的旅馆。

石田在部队派来的勤务兵的帮助下，迅速换上正装前往司令部。当时对于向上级报告的方式没有明确规定，不过因为是有事拜谒上司，报到上任还是应着正装前往。

第二天仍然下着雨。听说锻冶町有房子出租，石田便去看一看。这一带是沙地，但修路时使用了煤渣，染成了淡墨色的雨水到处流淌。

出租的房子在锻冶町的南面，有灌木篱笆环绕，是一处不错的宅子。院子里没有铺煤渣，干净的沙子把雨水都吸收了，看上去不像淋过雨的样子。院子正中有一棵高大的紫薇树，五六棵夹竹桃栽在篱笆墙旁边。

大概是看到有人下车，房主出来引路。那是一位脸色黑红、蔫巴巴的老头儿。

石田脱下防水布做的雨披，来到门口，把脱下来的雨披翻过来卷好，正要放到走廊上，老人伸手接了过去。石田看着老人的脸，心想，是怕我把走廊弄湿吗？老人解释似的说："这一带把东西放在从大路上能看到的地方是很危险的。"石田脱下长靴，老人也一起拿着，走在前面。

石田在老人的带领下看了房子。这一带的房子只有大小的区别，每一栋房子似乎都是依照同一张图纸建成的。进了大门，左侧是外墙，房子朝右侧延伸，呈长方形。这个长方形的构造分前后两部分，后面是厨房。

在来自东京的石田看来，首先，柱子用铁丹红或什么颜料涂成赭红色，让人感到有些异样，但也没有感到不舒服。只是，这房子看起来建好并没有多少年，却给人一种古朴、很有年代的感觉。因此，石田觉得要是住在这样的房子里，应该会让人心情平静吧。

房子的前半部，从门口进去经过一个房间，再向右走到最西边，是一间最好的起居室，带有壁龛。老人说了声"请您稍等"便去了厨房，将外套和靴子放好，拿来了坐垫和烟灰缸。然后又将朝向有紫薇树的院子方向的还没有打开的防雨板一一打开。从屋内望去，院子还算比较开阔。老人指着篱笆墙说道："这一块接近要塞，对于砌石墙或砖墙都限制得很严，我只想把正面弄好看一点儿，去问了一下，说是砌矮墙可以，所以我正想着找个时间把那里弄一下。"

门前的街道是一条不大不小的巷子，透过篱笆墙的缝隙可以看到对面平房低矮的窗户，窗户上挂着竹帘。屋子里嗡嗡的纺线声，听起来让人昏昏欲睡。

石田将坐垫铺在草席上，倚着柱子翘起膝盖，从口袋里掏出一支金天狗牌香烟吸了起来。老人蹲在廊檐一侧开始聊起来，从家里的事说到房租的事，又从房租的事说到自己的身世。这位老人叫作薄井，夫妇俩就住在这座房子的西边隔壁。儿子生得比较晚，正在丰津读初中。把这边的房子租出去是为了维持生活和供儿子上学。

然后石田又看了后半部分房子的布局。最西侧的一间很小，隔壁的一间稍大一点儿。这两间都在前面那间带有壁龛的起居室的背面。前面的第二间和大门的背面，是一个一半是土间[1]的厨房，水井挖在土间的一角。

来到走廊上一看，后院大概有前院的三倍大，到处都是橘树，小小的果实挂满了枝头。靠近走廊的地方，有一个用瓦片垒成的花坛，里面种着菊花。花坛旁边是一个用圆石砌成的水井，每个石头缝里都能看到红色的螃蟹。花坛的对面是一块田地，田地的西侧一角有一个带有马夫房的马棚。不管是花坛上、田地里还是橘树周围，都有很多蜜蜂在飞舞。石田很奇怪为什么蜜蜂这么多，便问老人。原来这些蜜蜂都是老人养的，蜂巢就悬在东边的外墙上。

石田看完这些后，暂与老人告别，回到住处。他对房子甚为满意，托旅馆的老板娘代为商议具体事宜，两三天后便搬过去了。

从横滨船运过来的马也到了，他让马夫去牵了回来。

接下来便是买厨房用具，买碗筷，买蚊帐，都是勤务兵岛村去买的。

房东是个忠厚的老头儿，也热心地过来帮忙。买碗筷的时候，老人问：

“需要几个人的？”

“两个人的。”

“下人不用吗？”

“我和女佣两个人的。勤务兵在部队吃，马夫自己做。”

---

① 土间：指没有铺地板，裸露地面的房间。

蚊帐买了三个，石田自己的、女佣的和马夫的。老人又问：

“不需要被褥吗？”

“有毛毯。”

全部事务都照此处理，即便如此，也花掉了五十块钱左右。

因为要雇个女佣，达见旅馆的老板娘帮忙喊来了中介所的老板娘。石田希望雇一个年纪大一点儿的，后来来了一个叫作阿时的五十岁左右的老太婆。据说夫妻俩都是给一所小学的教员做盒饭的，老太婆一个人过来了。这个人极其寡言，默默地在厨房里干活。

两三天过去了，雨每天都是时下时停。石田披着雨披，骑马去司令部。从东京新雇来的马夫虎吉刚开始当随从时，这样问道：

“老爷，马没有雨披吗？”

“有。”

“嗯，那是只能盖在马鞍上的小雨披，没有能搭在老爷膝盖上的。”

“我不需要那玩意儿。”

“那样膝盖会淋湿的。其他老爷都有的。”

“膝盖淋湿了不要紧。马的装备中没有什么膝盖雨披，即便其他人有，我也不需要。”

“是，是。您这是野木将军的做派。”

“我只是不需要而已，野木阁下是什么做派，我不知道。”

“噢。”

之后，马夫便没敢继续往下说了。

石田从司令部回来的途中，到师团长等长官的家里递上了自己的名片。当时还设有都督一职，也给他递了名片。其中，也有人和他会了面。回到家后，总有两三张部下递来的名片。也有商人留下礼品后走了的。这时候，石田会马上让岛村把礼品送回去。因此，石田为接收礼物这件事很伤脑筋，自己在家时别人送来的东西大多不收。

有一天石田回家后，发现有个人正在和岛村争来争去，看打扮像是个农夫。再一看，他手里拿着一只活鸡。那人看见石田，笑嘻嘻地凑上前来，说道：

“少校阁下，您也许不记得我了，我是在战场上曾受过您关照的辎重兵麻生。”

“嗯，是当时司令部的麻生吗？”

“是的。”

“你怎么来了？”

“我转为预备役回来了，家在大里。听说您升任少校到这边任职，特地前来问候。这是家里养的许多鸡当中的一只，正好长得肥壮，就给您带了一只。”

“哟，挺好的一只鸡嘛。这不会是你征用来的吧？”

麻生挠了挠剪成半寸的小平头，说道：

“实在惭愧。因为大家都不知不觉地说‘征用、征用’，我也那样说，还挨了您的骂。”

“不过你小子后来再也不拿当地人的东西了，佩服！”

“全凭您的教导，后来再也不干坏事了，直到凯旋之前，我都不知道有多自豪。大家在接受检查时，在很多人的行囊里翻出了银簪子、女人的衣服等等，太丢人了，唯有我能够洋洋得意。当地人逃走后，那只鸡正在抱窝。我对您说这是无主的鸡，于是您就说：‘那就把它送回那个无主的家里去！’我听了实在大吃一惊。”

“哈哈，是我太顽固了。”

“哪里的话，您的训导成了我终生的教诲。那我就告辞了。”

“不住一宿吗？不过我这里和战地一样，没什么可招待你的。”

“夫人没来吗？”

“内人不久前去世了。”

“哎呀，那太不幸了。”

“岛村知道，我现在过的完全是和战地上一样的生活。”

“那一定很不方便吧。唠叨了这么多废话，耽误您换衣服了。就此告辞了。”

麻生把鸡交给岛村后，吧嗒吧嗒地踏着草鞋回去了。

石田脱下长筒靴进了屋，脱下雨披递给岛村。岛村拿着雨披和靴子到厨房去了。石田走进西头那间屋，来到壁龛前，把帽子放到了军官行李箱上，把军刀横放在壁龛前。刚搬来第一天时，女佣阿时把刀立靠在墙上，遭到了石田的呵斥。竖放的东西容易倒，倒了会损坏军刀，还可能会划破墙壁。

壁龛前面放着一张孩子用来习字的桌子，毛毯就叠放在桌子前面。石田穿着夏季军装直接盘腿坐在毛毯上。这时，老太婆从厨房出来了。

“这鸡您打算怎么办？”

“没有就饭的菜了吗？”

“正在煮着茄子和扁豆。”

“那就行了。”

“鸡呢？”

“鸡先养着。”

“知道了。”

老太婆心想，他还是那么吝啬。据老太婆的观察，石田的性格有两个特点。一个是吝啬。经常有来自长滨的女人头顶木盆过来卖鱼，可他至今只买过一次小鲷鱼。他说还是蔬菜好吃，光吃黄瓜、茄子之类的。酒一点儿也不喝，点心倒是让买过一次，买的是有名的“鹤之子”，他一边说着“真难吃”，一边给吃得精光，之后再也没让买过。另一个特点是傻。他不知道东西的价格，无论人家说多少钱，他都一声不吭地支付。别人送来的礼物，他都一一让人退回去。老太婆暂且观察到的就这么多。

老太婆正要离开时，石田问道：“热水准备好了吗？”“准备好了。”说完，老太婆回厨房去了。

石田来到后面的最里间。那里放着水罐、漱口缸和盛着热水的金属脸盆，以及一个小水桶。这是从第一天就定下的规矩，早晚一样。

石田先是刷牙，然后漱口，用热水洗脸。香皂用的是七角钱一块的外国货。有人问他为什么这么奢侈？他说香皂必须是正宗的，要用假货还不如干脆不用。接下来先洗平头，然后脱掉衣服仔细擦洗全身。又用同一个脸盆里的剩水洗下身、洗脚。别人说那样太脏，他总说，我的身子干净。最后把用过的热水倒进小桶里。接着打来凉水洗毛巾，然后把水倒掉，拧干毛巾擦拭脸盆。最后把毛巾拧干挂起来。这些事每天两遍。他不去澡堂，即便是在战地宿营期间也是如此，从未停止。

石田换了身衬衣衬裤，又穿上夏季军装。平日里，他甚至把浴衣当作睡衣穿。客人来看到后，如果问他："这是野木将军的做派吧？"他便回答："野木阁下的事我不知道。"

石田坐到桌前，饭菜已经端过来了。再怎么慢慢吃，他吃饭的时间从未超过十五分钟。

一看外面，雨已经停了。石田起身去了厨房。见正在吃饭的老太婆放下了筷子，他说了声"没你的事"，便下到土间来到廊子外。虎吉在土间撒米喂鸡，正蹲在地上看。石田也过来看鸡。

这是一只大公鸡，全身红褐色的羽毛，颈部有一道橘黄色的圈儿，尾部的羽毛是黑色的，高高竖起。

虎吉抬起他那张令人嫌恶的铁青的脸，瞪着他那双大眼珠看着主人，说道：

"老爷，这家伙肉可嫩着呢。"

"不是用来吃的。"

"哎？养着吗？"

"嗯。"

"这样的话，房东的储物间里有一个鸡笼是空着的，把它借来吧。"

"没买之前就借来用用吧。"

说完，石田回到起居室，挎起军刀，戴上帽子来到了门口。岛村已经擦好了长筒靴，放在门口。石田将它拿到门外穿上。听到咯噔咯噔的声音，老太婆走了出来。

"要穿外套吗？"

"不用，马上就回来。"

石田沿着锻冶町照直往西走，来到了鸟町。前几天去递名片的时候看见这里有一家贩卖禽类的店。他在那里买了一只母鸡，并拜托店家帮忙定做一个鸡笼。他挑的是一只羽毛雪白、肥嘟嘟的母鸡，并让人随后送过去。石田付了钱就回去了。

母鸡送来了。虎吉把店家领到马棚那边，正在起劲儿地聊着什么。石田把公鸡和母鸡放到一起，公鸡张开翅膀绕着母鸡走了半圈，发出挑逗的声响。母鸡只是一个劲儿地逃开。

过了一会儿，外面天还很亮，鸡已经开始不安起来。很快，它们发现土间的角落里有个架子，便要跳上去找窝。石田对马夫说："让鸡找个地方睡吧。"然后就去了起居室。

第二天，鸡就开始打鸣了，石田很高兴。可是，下午下班回来一看，母鸡变成了两只。一问老太婆，原来是马夫把自己的一只鸡放在一起养了。石田露出了不悦的神色，但没有责备。没过两天，又多了一只母鸡，鸡笼里加上公鸡一共是四只鸡了。这次还是马夫的，说是从哪儿要来的。石田再次露出了不悦的神色，但还是没有对马夫说什么。

四只鸡在房前屋后溜达觅食，有时会跑到薄井家的茄子地里，被老头儿赶了回来。因为母鸡之间打架，马夫把厉害的一只抓起来关进了笼子里。鸡笼是刚做好的崭新的，从房东家借的那个已经还回去了。马夫跟薄井老头儿打了招呼，将廊子下面隔出一块做成鸡窝，用板条和竹片交错钉了一个粗糙的格子门镶在入口处。

一天，老太婆等石田从司令部回来后，跟他说道：

"听说马夫的鸡下蛋了。他说等老爷回来，让我把蛋送给您。"

"告诉他，我不要。"

老太婆一脸惊讶地退了下去。从那以后，老太婆常常说起鸡蛋的事。听起来似乎只有马夫的鸡下蛋，而老爷的鸡不下蛋。老太婆每当说起这事时，都把声音压得很低，而且还总说："真奇怪，真奇怪。"她是想让石田发现她话里有话。然而，石田却似乎怎么也听不明白。真是个傻瓜，听不懂也没辙了。于是，老太婆心急如焚，反复唠叨这件事，可又怕被马夫听见，结果声音越来越小。到最后，她只好贴着石田的耳根说道：

“我说这话不太好，其实老爷的鸡不是不下蛋，只是，不管是谁的鸡下的蛋，马夫都说是他的鸡下的。”

老太婆提心吊胆地说着，心想，石田可别发起火大吼起来。没想到石田却无动于衷，面色平静。老太婆急得不行，本想着这回就算被马夫知道了也要豁出去，只希望石田能发怒。最终，面对这个无可救药的傻瓜，只好放弃了。

石田沉默了片刻，极其冷静地说道：

“我要想吃鸡蛋的话，会去买来吃。”

老太婆急得牙痒痒，却只好忍着，嘴里嘟囔着什么回厨房去了。

七月十号是石田来小仓后的第三个星期天。石田早早就起来了，照例在那个小房间里洗漱。之前的星期天都有事，今天头一次有过星期天的感觉。他穿着以浴衣代替的睡衣，一圈圈地缠着腰带，来到了南面的内廊上。南国的晴空碧蓝如洗，阳光透过橘树繁茂的枝叶，在花坛周围的沙地上洒下一道道亮闪闪的光斑。马棚里传来用铁梳子梳理马鬃的声音。马不时地交替跺蹄，马掌踏在马棚的地板上咚咚作响。于是，马夫大声训斥道：“畜生！”石田悠然自得地大口呼吸着清晨的空气。

石田从走廊一隅的旧报纸上取下一双对扣着的麻衬草鞋，把它放到院子的地上，然后从走廊下来到了院子里。

他沿着花坛走了一圈儿，看到了石头井壁上有平常见到的红色小蟹，便趴在井口往下看，但螃蟹却都隐藏起来了。长着青苔的吊桶上拴着一根短竹竿，被抛在水井里面。豉甲虫在吊桶与井壁之间忙碌地跑来跑去。

石田绕过一棵橘树往东走，来到厨房门口。老太婆正在煮味增汤。马夫整理好马鬃，给马蹄涂上油后，也来到厨房门口。他手提饲料桶，向主人点头致意后，打开了放在厨房门口的麦箱的盖子，然后往饲料桶里倒麦子。石田站在那儿看了一会儿。

“能吃多少？”

“嗯，用这个盛三碗就刚好。”

马夫睁着大眼睛从一旁看着主人，把扔在麦箱里豁了一个口子的陶制饭钵拿出来给石田看。石田没有作声，转身回到走廊那边。

当走到花坛那里时，一只母鸡惊叫着跑到了石田的脚前，同时还传来了奇怪的声音，那是像纺织女工般尖叫的女人的声音。石田循着声音的方向望去，用于将花坛对面的田地和南边邻居家分隔开的篱笆墙上，露出了一张女人的脸。那人大概四十来岁，脸型上窄下宽，颜色黄如南瓜，头顶上梳着个油光光的椭圆形小发髻。她就是刚才声音的源头。

女人在起劲儿地说着什么。石田心想，她这是在跟谁说话呢？四下一望，周围一个人也没有。凭感觉，石田觉得不像是在跟自己说话，但又像是故意说给自己听的。让人觉得似乎是专瞅着星期天石田在家时才出来叫嚷。正所谓昭告天下，就是要让一旁的石田听一听。

她的话石田听不太明白。一般来讲，也不限于此地，方言在动怒骂人的时候表现得最为地道。在对尊长说话或有什么事时，因为加上了修饰，方言的特色便不太明显。这个女人现在所说的就是纯粹的丰前①方言。

因此，她说的话与阿时婆和房东老头儿的话不大一样，大概的意思能听懂，但微妙之处却听不出来。大概是在说鸡越过了围墙，糟蹋了她家的地的事情。围绕着这个主题，发表了一场激昂的斥腓力演说②。她先是这样说："丰前地区有一句老话，'家无几町③地，决不可养鸡。'一个租房住的人还养鸡，更是不知道轻重。别以为你挎洋刀骑大马就可以胡乱来，那你可就想错了。"意思大致如此，攻击得不遗余力。接着她又说道，"你不光不知道鸡干了什么，连雇佣的老婆子偷偷把厨房里的东西拿回自己家去你也不知道，马夫私下侵吞买马料的钱你大概也蒙在鼓里。"说这些时，女人故意又提高嗓门，尽力叫老太婆和马夫也听见。女人还说，"租房人的所作所为，责任在房东。要是害怕挎洋刀的不敢说，一开始就别把房子

---

① 丰前：日本旧国名，位于今福冈县东部、大分县北部地区。

② 斥腓力演说：指古希腊著名演说家德摩斯梯尼痛斥马其顿国王腓力二世的演说，作为斥责性演讲辞的典范作品而广为流传。

③ 町：日本旧面积单位，1 町约为 99.2 公亩（1 公亩等于 $100m^2$），又称町步。

租给他！”她的声音越来越大，想叫薄井老头儿也听见。

石田直挺挺地站在花坛前面，正对着说话女人的方向，一声不响地听着。脸上不时露出一丝不易捕捉的微笑，就像无风的日子里树叶偶尔的摇动，除此之外没有任何表情。这和穿着军装听上司训斥时大致相同，只是肌肉稍微松弛一些，不用克制微笑的浮现而已。

石田开始思考。看来鸡是翻墙的东西。和尚把酒称为“般若汤”的事流传天下，而把鸡叫作“钻篱菜”，不读书的人是不知道的。收下人家鸡的时候，因为不想吃，便打算养起来。养起来，它就会翻越篱笆墙。一开始没有想到它也许会翻墙，这看似是估计不足，但如果做什么事都把各种可能性考虑进来，那事情就没法做。由养鸡这件事附带引起这个女人发火的事，并不值得大惊小怪。总之，那个篱笆墙上托着一个奇怪的脑袋，那个脑袋尽情地变化着表情肌，充分发挥着雄辩力倒是挺有趣的。在东京的时候，石田看过一个杂耍，那是利用光线的反射，让人觉得放在桌子上的头在说话。由于杂技师过于矫揉造作，令人反感，反倒觉得无聊。和那个相比，眼前的情景则有趣得多，石田想。

篱笆旁的女人是个雄辩家。然而，再伟大的雄辩家，围绕着一个论题所能展开的内容也是有限的。篱笆旁的女人也终于才思枯竭了。根据石田的推察，她在感到才思枯竭的同时，肯定也不禁感到一股失望。按她的经验，每当展开这样的雄辩时，总会有一个对手，至少也会回个一句两句。这样的话，就能像水流撞上石头激起浪花，使辩论更有劲头。倘若对方也针锋相对，两人旗鼓相当，那她也就心满意足了吧。像石田这样的对手，恐怕还是第一次遇到，就好比用胳膊来抵布帘子，有一种白费劲的感觉。“好吧，下次再来看我不拧断它的脖子！”她最后放下这句话，把南瓜似的脑袋缩回两家交界处的篱笆墙后面去了。最后那句话，听起来比较狠，但声音中已经没有力度了。

“老爷，饭已经准备好了。”

听到老太婆在叫他，石田便回到屋里去吃早饭。老太婆一边伺候石田吃饭，一边说着南边那家的女人名声不好，没有人搭理她之类的话。石田吩咐她尽量把鸡关进笼子里。这时，老太婆又压低嗓门说道："老爷买来的白母鸡今天早上抱窝了。马夫好像也不好说白母鸡抱的蛋是别的鸡下的，没有吭声。只抱一个蛋也没什么用，要不要拿出来？"石田说："抱窝的话就让它抱，不用管它！"

石田吃晚饭后去厨房看了一下。廊子下面的鸡窝还没做好时，曾让鸡睡在厨房土间里的架子上，现在上面仍然铺着稻草，白母鸡就待在那上面。平常就圆滚滚的母鸡，将全身的羽毛张开，看起来有平时的两倍大。只见它将头动来动去，东张西望。正在洗碗的老太婆走了过来，戳了戳鸡的腹部，鸡马上叫起来。石田看着老太婆问道：

"你干什么？"

"想让老爷看看鸡蛋。"

"快住手！不用看。"

石田像突然想起来似的，问老太婆："记得刚搬过来的时候买了个升子，马夫不用它来量麦子吗？"老太婆说没见马夫用过升子。石田说了声"是吗？"便回房间去了。他打开军官行李箱，拿出一个用半块毯子包着的盒子，那是哈瓦那牌雪茄。石田平时抽天狗牌香烟，据说这种烟不管行军走到哪里，都不愁买不到。他偶尔也抽上等的雪茄。他曾与朋友闲聊时，笑着说道："小说家不懂常识，竟然让手戴钻戒的大款主人公抽吕宋烟。"石田把偶尔才抽的雪茄烟用毛毯包起来放置，是运用了保存火药的方法。石田说："我要是当上将军，烟也会每天都开新盒的。现在打开一盒烟需要保存一个月，所以就得想点儿办法。"

石田点上雪茄，舒服地吸了一口，然后把身子转向那张习字桌。北面的前院里，阳光透过紫薇稀疏的叶子，洒满了庭院。夹竹桃的花也开满了枝头。对面人家的纺车，今天也在嗡嗡地响着。

石田从立在壁龛一角的外文书中抽出拉布吕耶尔[①]（La Bruyère）的一

① 拉布吕耶尔：(1645—1696年)，法国作家，这里所说的《性格》是指其著名的散文集《品格论》。

本叫作《性格》的书。他拣短小精炼的文章读，读完一篇后便凝神思考，再读一篇，再凝神思考，读了大约五六篇后，他把书搁下了。

他拿出放在盒子里的进口象牙纸和信封，开始用钢笔写信。石田写什么都用钢笔或铅笔，从不用砚台。偶尔要写个申请什么的，就交给书记员。自从参军以来从未因病休假过，所以这个也很少需要。

别人的来信当中，需要回信的都放在挎包里，他现在将其拿出来逐一回信。他把正在读中学的儿子丢给在东京的母亲照顾，所以，第一封就是写给母亲的。接着他又连续写了两三封信。然后，他只把母亲的来信放入军官行李箱内，把其他的信都撕掉了。

到了中午，吃完午饭后，他重新点燃刚才写信时放在烟灰缸上的雪茄，来到了朝北的廊子上。天空不知何时变成了浅灰色。远处传来火车的声音。

前面的街道上，有人边走边吆喝："重换伞布，修理洋伞喽——"纺车仍然嗡嗡地哼着老调子。

石田想出去走走，但一看要变天，也就作罢。过了一会儿，他来到起居室，打开一张很大的南非地图，查看最近将要发生战事的德兰士瓦的地理位置。一天就这样过去了。

这是又过了三四天之后的事。中午下班后，石田从司令部回家。因为马被牵去挂掌，他便步行沿着紫川左岸的小道往常磐桥方向走去。这时，碰到了自战争开始以来一直相处亲密的中野。中野首先和他打招呼：

"喂，今天步行啊？"

"嗯，马去挂掌了。你的呢？"

"我让它下海去了。"

"是吗？"

"马很高兴哦。"

"那我也让马去试一次。"

"马夫必须得会游泳。"

"他说过会游。"

中野是比石田早毕业的士官，现在和石田一样是步兵少校，在军中担任营长职务。他体型较胖，性格忠厚，对马异常偏爱。中野继续说道：

“我早就想什么时候碰到你跟你说一下，这里有一处大水沟，搬了几块石头盖在上面。”

“是通往驮夫那里的那条道吗？”

“对，是那里，叫鱼町。切不可骑马在那上面走，马的重量和人可不一样啊。”

“嗯，确实，我一点儿也没注意到。”

说着，两人走上了常磐桥。中野像突然想起了什么似的，放慢了脚步说道：

“对了，还有件事情想要告诉你，是件无聊的事。”

“什么事？我初来乍到，对一切都不了解，请你多多提醒我。”

“实际上，从我家的走廊上能看到你家门口。我老婆说是看到过奇怪的事。”

“唔？”

“你每天一上班，你家那个老太婆就提着个包袱出门。大概是前天，她拿的包袱特别大，我老婆非常担心。”

“是吗？你这么一说，我想起来了。咸菜总是不够吃，那天我让她多腌些茄子和黄瓜。”

“看来，她给自己家也腌了不少吧。”

“哈哈哈。总之，多谢了！也代我谢谢你夫人！”

两人一路说着，来到了京町入口处。石田停住了脚步。

“我想顺便去个地方，就此失陪了。”

“哦，那就再见了！”

石田过了常磐桥，又往回折返，来到室町的达见旅馆，托老板娘给换个女佣。老板娘一边摸着哈巴狗的头，一边笑着说：

“你当初不是说要老太婆的吗？”

“老太婆不行。”

“做什么错事了吗？”

“什么也没做。就是太自以为是了，请你托中介人给我找个年轻力壮的。”

“好的好的。我让人给你找个漂亮的。”

“不，女佣太漂亮不好办。再见。”

石田回去的时候先去了隔壁薄井老头儿那里，说是家里要来个年轻女佣，拜托他让他家的女佣晚上过来陪夜。说完就回到家里，一声不吭。

第二天，中介所的老板娘来了，跟阿时婆说，老爷说让老年人受累过意不去什么的。没想到老太婆听了后就老老实实地回去了。虽然只干了半个月，石田却给了她一个月的工钱。

到了傍晚，中介所的老板娘又来了，领了一个试用的女佣过来。是个二十五六岁、头发稀疏的女人，一边鞠躬一边拿眼睛斜瞟着石田。淡蓝色的薄毛料衬衣袖子从外衣袖口露了出来。

第二天，石田派岛村去中介所，要求换女佣。这回来了个十六岁左右小个头的，眼睛滴溜溜直转，性格看起来很直爽。石田对她比较中意。

过了两三天，石田决定用她。小姑娘是比那古人，名字叫阿春。像个男人似的，讲一口肥后[①]方言，动作也很麻利。皮肤发出琥珀色的光泽，肌肉紧绷绷的。石田心想，是个精干的丫头。

可令人头疼的是，她总是穿一件茶色竖条纹的单和服，膝盖处还打了两块补丁。以这个样子来伺候吃饭，一股汗味。

“你就这一件衣服吗？”

“就这一件。”

她满不在乎地面带微笑答道。石田将自己的三件浴衣当中的一件给了她。

过了一周后，晚上陪阿春过夜的薄井家的女佣辞职不干，住到师团长家里去了。据说是羡慕阿春的工资是自己的两倍，所以换了主人。因

---

① 肥后：日本旧国名，位于今熊本县。

此，薄井不再让新换的女佣过来陪宿了。石田把介绍所的老板娘叫来，说要再雇一个小姑娘。老板娘说，那就让我家姑娘过来吧，说着就回去了。

介绍所老板娘家的姑娘来了。十三岁，叫作阿久。皮肤黝黑，非常邋遢，没有礼貌。第二天早上五点左右，石田被奇怪的"扑哧"一声给吵醒了。后来一问，原来厨房里从早上起来到晚上关门，都一直点着灯笼。阿春平常都是将灯笼柄顶端的钩子挂在横木条的钉子上。今天，她让阿久提一会儿灯笼，阿久嫌麻烦，便用灯笼柄捅破了拉门上的纸，把灯笼挂在拉门上。石田讨厌拉门上有破洞，自己都给一一重新糊好的，听了这话后，一脸的不悦。

石田把介绍所的老板娘叫过来，说要把阿久退了。他准备重新雇一个。老板娘说，她哪里不好，你说给我听，我让她改。她也不是什么缺点都没有的孩子。石田无奈，只好说，她没什么不好，女佣一个就够了。

石田去了达见旅馆，拜托再雇个女佣。老板娘一边摆弄着哈巴狗，一边听石田说，然后不怀好意地笑道：

"您纳个漂亮的小妾多好啊。"

"别说浑话！"

石田留下一句"总之，拜托了"就回去了。可是，第二个女佣迟迟没有来，石田最终还是只用一个女佣。

过了三四天，到了七月三十一号这天，石田早上起来去洗脸，阿春告诉他，小鸡出壳了。石田匆匆洗完脸便到厨房去看。只见一只黄色的小鸡仔，从白母鸡的羽毛当中钻出头来。

这天是商贩来算账的日子，石田临走时给女佣留下话："就说等老爷回来再付。"中午回来一看，果然有人在等着。他拿出笔记本和钢笔做了记录，逐项付了钱。

到了晚上，石田对了一下账目，这样可以算一下来小仓后第一个月的花销情况。他把阿春叫来，问她米还有多少，阿春说米柜刚好空了，明天会有人送来。于是石田让阿春去厨房，算了一下米的用量，结果远超过陆军所规定的每人每天大米六合[1]的定量。石田心想，自己无论如何也吃不到士兵饭量的一半，阿时婆和阿春也不可能有士兵吃得多。石田马上想起了老太婆提着包袱出门的事。他一声不响地把笔记本放回到军官行李箱里。

到了八月，司令部的人都纷纷休假去了。师团长也带着家眷去了船小屋温泉。石田没有连休，而是隔一天休息一次。

前院的紫薇已经开始开花了，蝉鸣声不时和着对面人家的纺车声一起传来。六号是星期天，石田家里来了很多前来致盛夏慰问的客人。刚搬过来的时候，买了三个用柿漆纸一样的东西做成的坐垫。还没怎么用，里面的棉絮已经变得疙疙瘩瘩的了。如果客人不超过三个，可以都给他们铺上坐垫，要是来了四个人，就必须有一个人坐在叠起的毛毯上。今天终于有客人坐在毛毯上了。

客人们大都穿着单层和服加裙裤，罩着薄外褂。不用说薄外褂，就连和服裙裤石田也是没有的。这样的日子，石田仍然是从早到晚穿着夏季军装应酬客人。

客人们大抵说完相同的话之后就回去了。诸如今年夏天好像没有去年热，小仓这里不景气，物价还高。特别是房租，按军官的等级来定价不合理。就算休假，这种地方也没法过，街上没有一处值得一看的。去温泉吧，像二日市那样近的地方也没啥意思，远的地方又不方便，真犯愁。大致说的都是这些，石田只是哼哈着应付着。

来客中也有略显风雅的，看了庭院便说看不见大海是个遗憾，看到挂轴则谈书论画。石田把请人用细体字写的军人敕语挂在壁龛上。这幅字他放在军官行李箱内，走到哪儿带到哪儿，除此之外，并没有其他的挂轴。每当别人谈及书画之类的话题，他就说自己不懂，对方也就没法谈下去了。

大约从那天之后，石田去上班时，也前往师团长、旅团长、师团参

---

① 合：日本的容积单位，一合相当于一升的十分之一。

谋长、步兵联队长，以及都督和都督部参谋长的住处分别递上名片，以了却盛夏慰问之事。

天气渐渐热起来了，蝉鸣声与对面人家的纺车声一样持续不断。傍晚风平浪静的时候，屋里热得待不下去，就连石田也换上浴衣跑出去溜达。一开始他想熟悉一下小仓的街市，便到处转了一下。南边从马借一带走到北方町的尽头，北方町驻扎有特科队，所以那一块儿比较熟悉。从那里往东，一直走到沙滩上停放着渔舟的长滨的渔师村尽头。向西则来到了西锻冶屋町的尽头，这边铺路用的煤渣越来越少，渐渐露出了天然的沙子。最后来到了紫川的东河口，旭町妓馆区背面的炮台遗址，这里最适合纳凉。石田坐在木料堆上，决定在此度过傍晚最难挨的暑热时分。这时，石田心想，下次去东京时买一把三条腿的小折椅带过来。

孵出来的小鸡是只母的，非常健壮，眼看着越长越大。长大的同时，毛也变黑了。长到十天左右的时候，身上变成全黑，活像一只小乌鸦。石田伸手去捉，母鸡立刻叫起来，他也就作罢了。

十一号是农历七夕的前一天。有人边走边叫卖："卖矮竹喽！"第二天一看，家家门口都立着竹子，竹枝上挂着写有字的五色纸条。小仓这里还仍然保留着过乞巧节的风俗。到了十五六号，又有人叫卖："要竹子花筒[①]吗？"因为盂兰盆节要到了。

十八号是农历七月十三，雨时下时停。对面人家的纺车依旧不停地响着，蝉鸣声却时有中断。篱笆墙外，不时有赤着脚的孩子跑过，嘴里喊着："卖花柴，卖花柴！"原来是在卖佛前草。雨停的间歇尤其闷热。石田觉得这是今夏最热的一天。第二天雨仍然是下下停停，非常闷热。傍晚走到街上一看，家家户户都点上了盂兰盆灯笼。其中有的人家把二楼的门窗打开，天花板上密密麻麻挂着几十盏大灯笼。来到长滨村，盂兰盆节舞会已经开始了。人们在海边的沙滩上围成个大圆圈，男男女女都用毛巾从头上包住脸，将和服的下摆掖在腰带里。有的穿着布袜子，大部分人光着

---

① 竹子花筒：佛坛或墓前用于供花的竹筒。

脚。有些女的身穿商号服，腰扎三尺带，但没有穿细筒裤。大家口中都唱着民谣“口述歌”，不时齐呼“哎淘沙沙”，大概是本地方言“好”的意思吧。石田看了一会儿就回去了。

小鸡一天天地长大。起初母鸡还极力庇护，丝毫不敢放松大意，随着小鸡渐渐长大，也就不再管它了。石田把小鸡放到榻榻米上，给它喂米。渐渐驯熟后，小鸡便开始啄石田手掌心上的米。又过了几日，当石田下班回来坐到桌前时，原先在院子里玩耍的小鸡便跑上廊子，像使用丁字镐似的将它的头按头顶骨的矢状缝方向有规则地摇动着，凑到石田的膝边。石田每天下班回来走到家门口外时，就会想起小鸡。

八月末，师团长从温泉疗养地回来了。暑期休假也没剩几天了。二十九号，当地人都去参拜地藏菩萨，石田也去寺町看了一下。地藏庙前挂着一排破了的盂兰盆灯笼，里面装着堆成小山一样的沙子。男男女女把带来的香点着插在沙子上便回去了。

隔了一天，三十一号，商贩又来讨债了。石田和上个月一样一算账，发现米还是和六月份一样用得很多。可这个月没有往外提包袱的老太婆了啊。石田想了想，总觉得阿春不会做出阿时婆那样的事情。于是，他叫来阿春，告诉她米用得偏多，问她对此怎么想？

阿春用她滴溜溜地眼珠子看着主人笑了。她想，米用得多并不奇怪，她知道其中的原因。但是要不要把原因说出来呢？她想了一会儿。

石田听阿春讲了一件有意思的事，那就是，马夫虎吉把自己的米倒入主人的米柜里与主人的米混放。虎吉的工钱里包括了伙食费。至于马粮，虽然石田在司令部上班，不怎么用马，但还是向马粮店支付规定数额的费用，所以虎吉大有便宜可占，这一点石田都清楚。不过，他认为只要马没瘦就行，没有追究。即便如此，虎吉竟然还把米放入主人的米柜，然后随便取用，就是石田也不能不感到惊讶。虎吉往米柜中放了多少米？又放了多少次？石田一无所知。而他从柜中取米的时候则是无论多少随便取。听着阿春的讲述，石田渐渐明白，原来虎吉也以同样的方法吃石田的大酱和酱油。就连家中腌的咸菜，虎吉也说：“这个大的是我的茄子。”说着就拿回去吃。阿春笑着说，虎吉虽然将自己的伙食费领走，但实际吃的却是主人的东西。而且马夫劈柴也是摆样子的，他的柴总也不见少。厨房用具也是如此。土间里放着两个炭炉，阿春来的时候，马夫跟她说：“坏的那个是老爷的，好的那个是我的。”不久，坏的那个完全不能用了，阿春便和马夫用同一个炉子煮东西。马夫跟阿春说：“因为老爷我才借给你，你给我鞠个躬再用！”

石田这才有一种恍然大悟的感觉，并且对马夫的才能不禁深感“敬佩”。

石田早就知道了鸡和蛋的事，但明明知道却默许了。然而这还不仅仅是鸡和蛋的问题，马夫将其系统地发展成了一种有趣的经营方法，并且运用于一切场合。把鸡放在一起养，下的蛋都由自己吃，这只不过是将这个系统应用到鸡身上而已。

这么一想，石田不觉笑了起来。阿春说，自己说的这些要是被马夫知道了就麻烦了，石田安慰她说不用担心。

石田第二天就让岛村把米柜、咸菜桶、炭炉等等用具都买齐了。然后叫来虎吉，把迄今所用的器具，包括还装有米的米柜和装着咸菜的咸菜桶，通通给了他。并且语气平静地对他说：

“听说一直以来米呀什么的都和你的混放在一起，这些我都不知道。现在我买了新的，把之前的器具都给你。如果你还有什么其他东西混放在厨房的，尽管拿走，不要客气。另外，还有四五只鸡，那也全部给你，吃也好卖也好，都随你的便。”

虎吉呆若木鸡地听着，当石田停下来时，他刚要说些什么，石田没让他说。

“不用了。也许你有你的情况，不过我已经这样定下来了，就不用听你说什么了。”

石田一下子站了起来，去了里屋。虎吉求阿春说：“老爷是不是解雇我了？你帮我问问吧。”石田笑道：“告诉他，我没说过这话。”

那天晚上正是“二十六待月之夜[1]”，旭町那边放起烟火。石田站在朝前院的走廊上，看着烟火散落在紫薇淡墨色的花朵上。这时，阿春来了，她说道：

“现在马夫正在绑鸡，准备拿走。他问小鸡要不要留下？让他留下吗？”

“跟他说，小鸡不要了。”

石田依然在观看烟火。

（李庆保 译）

① 二十六待月之夜：指阴历 1 月和 7 月 26 日晚上的拜月习俗。

沉默之塔

高塔耸立于黄昏的天空。

塔上聚集的乌鸦，欲飞又停，叽叽呱呱地叫起来，一阵骚动。

两三只海鸥离开了鸦群，时断时续地叫着，像是讨厌乌鸦的举动似的，一会儿朝高塔飞来，一会儿又飞走。

马疲惫地拉着沉重的车来到塔下。车夫从车上卸下了什么东西，运到了塔里面。

一辆车走后，又来一辆。被运入塔内的东西相当的多。

我站在海岸边看着这一切。海潮缓缓地、一遍遍地冲刷着岸边的防波石。从市里来到高塔下、又从高塔下回到市里的马车从我眼前经过。每辆车上的车夫，都戴着软质的鼠灰色帽子，把帽檐拉得低低的，脸略微朝下。

懒洋洋行走的马蹄声和缓缓碾压碎石的车轮声，听起来很单调。

我始终站在海岸边，直到高塔在灰色的天空下变成一幅灰色的画。

进入灯火通明的宾馆大厅时，我见到一位身穿大格子呢绒夹克和长裤的男子，交叉着两条长腿，正仰面躺在安乐椅上读着报纸。这位像是从柳敬助[①]的画中走出来的长腿男人，昨天我也在大厅遇见过。

“有什么趣闻吗？”我问道。

---

① 柳敬助：(1881—1923 年)，日本明治—大正时期的西洋画画家。

长腿连撑报纸的双手都没动一下，懒懒的斜瞟了我一下，说了句“Nothing at all！”他那一口断定的语气，与其说是冲我说的，不如说是对于报纸的不满。过了片刻，他又补充道：“据说往椰子壳里装炸弹的还有两三个人。”

“是革命党吧。”

我把大理石桌面上的火柴筒拉到面前，点了支烟，坐到椅子上。

过了一会儿，我见长腿把报纸放到桌子上，面露无聊的神情，便又搭话道：“我去了有座怪塔的地方。”

“是马拉巴尔海岸吧。”

“那是座什么塔？”

“沉默之塔。”

“用马车运到塔里的是什么？”

“尸体。”

“是什么尸体？”

“帕西族人的尸体。”

“为什么会死那么多人？是流行霍乱了吗？”

“是被杀死的。报上说又被杀了二三十人。”

“谁杀的？”

“同族人杀的。”

“为什么？”

“因为他们是阅读危险书籍的人。”

“什么样的书？”

“自然主义和社会主义的书。”

“真是奇怪的组合。”

“自然主义的书和社会主义的书是分开的。”

“啊，我还是不太明白。书的名字知道吗？”

“都一一写着呢。”长脚拿起放在桌上的报纸，展开后放到我面前。

我拿起报纸读了起来。长脚无聊地坐在安乐椅上。

首先映入我眼帘的是一行叫作“帕西族的血腥斗争”的标题。报道写得比较客观。

帕西族的少壮派们接受过外语教育，逐渐开始阅读西洋书籍。英语最为通行，法语和德语也慢慢懂了一些。在这些少壮派中间产生了新的文艺，主要是小说。无论是小说作者，还是作者的朋友，都以自然主义之名对这些小说进行宣扬。他们既不说与左拉在实验小说中所表现的思想与自然主义相同，也不说与之相异。总之，这是一场文艺上摆脱因袭、回归自然的运动。

这种自然主义的小说，在内容上引人注目之处在于消极否定一切因袭，而又没有任何积极的建设性的地方。一言以蔽之，这种思想的倾向就是——怀疑即是修行，虚无即是得道。从这种倾向出发的话，但凡说出一点儿积极的东西的人，那他不是落后于时代的傻瓜，就必定是在撒谎。

第二个引人注目之处在于描写内心的冲动，尤其是在情欲生活方面费尽心思。但也不像最近的西洋作品那样色彩浓艳。不过是将过去比较避讳的东西，不再那么避讳地写出来而已。

要说自然主义小说的显著之处，首先就是以这两大特色出现在世间的。他们高呼自己所宣扬的是新思想，是现代思想，宣扬这种思想的人是新人，是现代人。

不久之后，这类小说逐渐遭到禁止。理由是，那样的消极思想会扰乱安宁的秩序，那种对于冲动生活的描写会败坏风俗。

恰好在此时，这片土地上的革命者们发起了运动，而那些带着椰子壳炸弹到处跑的人当中，被发觉混入了少数帕西族的无政府主义者。于是，这伙搞行动宣传的人被抓起来的同时，与社会主义、共产主义、无政府主义有关的，乃至可能有关的出版物，都被贴上社会主义书籍的标签，以扰乱安宁秩序为名遭到了禁止。

此时被禁的出版物当中就包括小说。实际上，那些小说是以社会主义思想写成的，与自然主义作品大相径庭。

然而，从这时起，小说当中就包含了自然主义和社会主义。

就这样，一股惩治社会主义的狂风，偶然地把惩治自然主义的火势给吹旺了。同时，自然主义出版物被禁的范围逐渐扩大，已经不光是小说，剧本、抒情诗、论文，以及外国作品的翻译都被禁了。

于是，一切被写成文字的东西，都要被搜查是否包含自然主义和社会主义的思想。一说自己是文人或文艺家，就会招来别人怀疑的眼神——这人也许是个自然主义者或社会主义者吧？

文艺的世界成了让人疑惧的世界。

此时，帕西族中有个人发明了“危险的洋书”一词。

危险的洋书以自然主义或社会主义为媒介。从事翻译的人，是直接贩卖危险品；从事创作的人，是模仿西方人制造仿制洋货的危险品。

危险的洋书所传来的思想，是扰乱安宁秩序的思想；危险的洋书所带来的思想，是败坏风俗的思想。

危险的洋书渡海而来，这是安哥拉·曼纽[①]的恶魔行为。

把读危险的洋书的人杀掉！

依据这一宗旨，在帕西族人之间重演了大屠杀的一幕。于是，在沉默之塔上，乌鸦们正在享受一场盛宴。

报纸上登出了被杀者的简介，谁读了什么书，谁翻译了什么书，一一列举了“危险的洋书”的书名。

我读了以后大吃一惊。

因为爱读圣西门这些人的书，或是翻译了马克思的《资本论》，就被视为社会主义者；因为介绍了巴枯宁和克鲁泡特金，就被视为无政府主义者。然而，读者和译者未必就遵循这些主义，所以不能让人立刻信服，但也不能说完全没有被怀疑的理由。

至于翻译了卡萨诺瓦的书被说是伤风败俗，我想，即使这些书有其在文明史上的价值，也确实有其考虑不周的地方吧。

---

① 安哥拉·曼纽：古伊朗神话中的黑暗主神，一切罪恶和黑暗之源。

但是，所谓危险的洋书并不是指这些。

在俄罗斯文学中，讨厌托尔斯泰的某篇文章，是因为无政府党将他的《我的信仰》和《我的忏悔》用于宣传他们的主张，这大体是可以说得过去的。小说或剧本当中，不存在全世界所有国家都唯恐避之不及的作品。《战争与和平》中，如果认为战争的胜利不是因为伟大的将领或参谋，而是因为勇猛的士兵，以此为观察基础的个人主义便被认为是危险的。如果这样穿凿附会下去，便会以托尔斯泰吃素是因为当地没有好的牛肉为理由，以猜疑的目光来审视托尔斯泰持续了几十年的原始生活。

陀思妥耶夫斯基在《罪与罚》中描写了这样一位主人公，他说没必要让一个对社会没有任何益处、贪得无厌的老太婆拥有金钱，所以要把她杀了。这是不尊重所有权，也是很危险的。这个人的作品不过是癫痫病患者的胡说和妄语。高尔基则尽是写一些憧憬放浪生活的作品，蔑视社会秩序，这也是很危险的。而且实际生活中，他也是社会党的成员。阿尔志跋绥夫崇拜个人主义的鼻祖施蒂纳，发表了很多以革命家为主人公的小说，这也是很危险的。而且他因肺病身体很差，连精神都变得异常了。

在法国和比利时文学中，莫泊桑写的东西，正如以毒攻毒的托尔斯泰所评论的那样，没有为什么而写的主旨，是无理想、非道德的。没有比无的放矢更危险的事了。他最终因耽于妄想而自杀。梅特林克写了《蒙娜·凡娜》那样的通奸剧，危险至极。

意大利文学中，邓南遮无论是小说还是剧本，都以色彩浓艳的笔调广泛地描写情欲生活。他在《死城》里甚至还描写了兄妹之间的恋情。倘若这还不算危险，那世界上就没有危险的东西了。

在斯堪的纳维亚文学中，易卜生在作品里表现个人主义，竟然说国家是自己的敌人。斯特林堡描写了伯爵家的小姐委身于其父的侍从，寓意平民主义战胜贵族主义。在此之前，斯特林堡就常常被人担心会变成一个真正的疯子，而这时则更让人担心了。他们都是危险的。

英国文学中，读了王尔德的代表作《道林·格雷的画像》，就会明白人的根性是多么可怕。这可以说是一部告诉人类罪恶的秘密的教科书。没有比这更危险的东西了。作者因为同性恋事件被判过刑也是理所当然的了。萧伯纳同情《恶魔的弟子》那样的废物，并且让他当剧中的主人公，这不是危险的吗？况且他还写关于社会主义的评论。

德国文学中，豪普特曼写了《织工》，让职工袭击工厂主的家。魏德金德写了《青春的觉醒》，让中学生私通。无论哪一部都是危险至极。

帕西族的屠杀者认为洋书危险，大致是因为这些情况。

在帕西族人的眼里，当今世界的文艺作品中，只要是稍微有些价值的，只要不是平庸至极的，没有一部不是危险的。

这也不足为奇。

艺术的价值在于打破因袭。只在因袭的圈内徘徊的作品皆是平庸之作。如若以因袭的眼光来看待艺术，一切艺术看起来都是危险的。

艺术必然由表面的思量进入到潜藏于深处的冲动之中。就像绘画要涂上不变的颜色，音乐要从半音音阶的方向中寻求变化一样，文艺是要用文章来表现印象。进入到冲动生活是理所当然的。而进入了冲动生活，必然会出现性欲的冲动。

艺术的特质就是这样，所以，艺术家，特别是被称作天才的人，大多在现实社会中无法经营有序的生活。歌德曾担任过一个小国的国务大臣，多年后的迪斯雷利进入内阁，主宰帝国主义政治。像这样的人实属例外，多数人不是言论过激，就是行为放纵不羁。即便乔治·桑和欧仁·苏二人与勒鲁一起宣传共产主义，即便弗赖利格拉特、赫尔维格、古茨科夫三人与马克思一起为社会主义杂志写东西，文艺史家也不会认为这有害于他们作品的价值。

学问也是如此。

学问也是在打破因袭中向前进步的。若为一国一时的风尚所掣肘，学问将会走上死路。

学问方面，心理学也是从思考到意志，由意志到冲动，再由冲动到隐藏其中的心理作用，逐渐深化的。它使伦理和形而上学发生变化。叔本华说可以称其为“冲动哲学”。就像系统学家哈特曼和冯特的观点出自叔本华的学说一样，以警句形式著文的尼采的观点也是出自那里。从否认发展的叔本华的彼岸哲学中，诞生了宣扬超人学说的尼采的此岸哲学。

学者当中，除了年轻时如废人一般老实度日的哈特曼和在大学教授的职位上终老的冯特之外，叔本华是一个与母亲断绝关系、对政府所信任的教授口出恶言的乖僻之人，既非孝子亦非顺民。尼采则是个头脑异常的人，最终发疯，这是个无法掩盖的事实。

如果说艺术是危险的，那么学问就应该更加危险。黑格尔派中的极左分子——继承了无政府主义思想的麦克斯·施蒂纳尖锐的辩论方式，令哈特曼为之倾倒，虽然结论不同，他写出了无意识哲学的迷茫三期。回顾施蒂纳的“上帝是幽灵”，不得不说尼采的“上帝已死”也是陈旧的说法。这也说明，超人这一结论是不一样的。

无论艺术还是学问，以帕西族人因袭的目光来看，自然都认为是危险的。因为不管哪个国家，哪个时代，走新道路的人背后必然有一群反动者在窥伺，然后伺机加以迫害，只是因国家和时代的不同，借口不一样而已。危险的洋书也不过是一个借口罢了。

马拉巴尔海岸的沉默之塔上，乌鸦的盛宴进行得正酣。

（明治四十三年十一月）

（李庆保　译）

花子

奥古斯特·罗丹走进工作室。

清晨的阳光照进大厅的各个角落。这座毕洪府邸原是一位富豪所建，建筑非常豪华，直到不久前，一直是圣心派的女子修道院。圣心大教堂的修女们不久之前还在为聚集在这里的圣日耳曼地区的少女们齐唱赞美诗吧。

少女们一字排开，张开粉红色的嘴唇放声歌唱，仿佛巢内的雏鸟等候母亲来喂食一般。

那喧闹的歌声现在已经听不到了。

但是，最近这里有着另一种不同的热闹，有一种别样的生活。那是无声的生活。虽然无声，却是强烈、凝炼、令人震颤的别样生活。

几个台子上，放着若干块矾土。另一个台子上还有一块粗糙的大理石。如同阳光下各种植物竞相绽放一样，几件作品同时开始，随意地交替进行，这是罗丹的习惯。几件作品经他之手，或先或后，像是自然长成一般。他对形状有惊人的记忆力。即便不动手的时候，他的作品也在成长。他有惊人的使意志高度集中的力量，他能够在刚刚开始工作的瞬间，就进入好似已经持续了几个小时的状态。

罗丹神情爽朗，环顾了一下这些半成品。他的前额宽阔，鼻梁高挺，雪白而浓密的络腮胡布满下巴周围。

这时，门外传来一阵敲门声。

“请进！”

回荡在大厅中的声音底气十足，不像是个老人。

开门进来的是个三十多岁的瘦削的男人，一头浓密的褐色头发，像个犹太教徒。

“按照约定，我把花子小姐带来了。”他说。

不管是看到那人进来，还是听他讲话，罗丹的表情都没有变化。

记得柬埔寨的酋长滞留巴黎时，曾带来一位舞女。那舞女手脚修长，动作柔畅，别有一种迷人的情趣。当时急急画就的素描图至今还保存着。所以说，不管什么人种都有其美丽的地方。罗丹相信，美的存在与否，取决于发现者的眼光。他听说最近有个叫作花子的日本姑娘来参加联合演出，便托人带她过来见见，最后找到了买下花子的那个男人。

今天来的这个男人就是从事演出业的老板，也就是经理人。

“让她到这边来。”罗丹说道。他连座也没有让，这不光是因为没有空。

“还来了一个翻译。”经理人试探性地说道。

“是谁？法国人吗？”

“不，是日本人。是在巴斯德研究所实习的学生，他听花子说要到您这来，便盼望着能来当翻译。”

“好的，让他们一起进来。”

经理人领命出去了。

很快，进来了一男一女两个日本人。两人明显看起来非常矮小，紧接着进来并关上门的经理人虽说也不算高大，但两个日本人只及他的耳朵。

罗丹的眼睛专注地看东西的时候，内眼角会出现刀刻般的深深的皱纹。这时，那皱纹出现了。他的视线从学生转向了花子，在花子身上停留了片刻。

学生寒暄了一句，握住了罗丹伸出的露出一根根肌腱的右手。他握住的正是创作了《达娜依德》、《吻》和《思想者》的手。然后，学生从名片夹里取出一张写着医学学士久保田某某的名片递了过去。

罗丹看了一下名片，说道：“在巴斯德研究所实习吗？”

“是的。”

“待了很久了吗？”

“快三个月了。”

“有没有好好用功？”

学生愣了一下。他以前就听说过这是罗丹的口头禅，现在这句简单的话竟问到了自己。

“是的，很用功，先生！”久保田在回答的同时，一种向神明发誓一辈子要不断努力学习的心情油然而生。

久保田向罗丹介绍了花子。从随意挽起的高岛田发髻顶端，到穿着白色布袜和千代田草鞋的脚尖，罗丹扫了一眼花子小巧而结实的身体，并握住她那纤小而坚实的手。

久保田心里不禁感到一种羞耻之情。他觉得给罗丹介绍日本女人，应该找一个更好的姑娘。

也难怪他这么想。花子并不是个美人。说是日本的女演员，不知何时突然出现在了这个欧洲的城市。究竟日本有没有过这样一个演员，没有日本人能知道，久保田当然也不清楚。而且，她也不是美人。说她像个女佣吧，有些委屈她了。她手脚并不粗糙，不像是做过什么粗活儿的人。然而，从那样子来看，才十七岁的妙龄少女，说是当侍女的也难以让人接受。用一句话来评价的话，顶多是给人看过孩子什么的。

出乎意料的是，罗丹脸上露出了满意的表情。花子健康，没有贪图安逸，细薄的皮肤底下，没有一点儿脂肪，由于适度的劳动而发育良好，肌肉富有张力，额头和下颚紧绷，脸型短小，露出来的脖颈、没有戴手套的手和腕部好像有一种跃动的活力，这一切都让罗丹感到满意。

已经适应了西洋生活的花子，面带亲切的微笑，握住了罗丹伸出的手。

罗丹给两人让座，然后对经理人说：“请你在接待室稍等一下。”

等经理人走后，两人坐了下来。

罗丹在久保田面前打开烟盒，边往外拿烟边问花子："小姐的故乡有山有水吗？"

像花子这样远在他乡闯荡的女孩儿，在被别人问起时，总是要老一套地说一遍自己的身世。就像左拉在《鲁尔德》中写的那位小姑娘，在火车上说脚伤如何恢复的灵异故事一样。因为总是重复同一件事情，逐渐熟练，最后变得如同一位有经验的作家所写的文章一样。幸好罗丹这出其不意的提问打破了这老一套。

"离山比较远，大海就在旁边。"

回答令罗丹很满意。

"经常乘船吗？"

"经常乘。"

"是自己划船吗？"

"因为那时还小，自己不会划，是父亲划的。"

罗丹的脑海里浮现出想象的画面，接着沉默了片刻。罗丹是个爱沉默的人。

罗丹没有任何过渡地对久保田说道："小姐知道我是干什么的吧？她愿意脱掉衣服吗？"

久保田想了一下。要是为了别人，从中传达让本国的女同胞裸体的话，他当然是不愿意的。但为了罗丹，他没有任何抵触，也无须过多地考虑，他只是在想花子会怎么说。

"先问问看吧。"

"请。"

久保田对花子这样说道："先生说有事想和你商量。先生是举世无双的雕塑大师，从事人体雕塑，这你也是知道的吧。他说不知道可不可以请你脱下衣服来看一下。你看行吗？你也看到了，先生已经一把年纪，很快就要到七十岁了。而且正如你所见，是一位正派人。怎么样？"

说完，久保田一直注视着花子的脸，心想，她是会害羞呢，还是会装腔作势，抑或是抱怨呢？

“行啊。”她爽快地回答道。

“她同意了。”久保田告诉罗丹说。

罗丹的脸上洋溢出喜悦，他从椅子上站起来，边拿出纸和粉笔放到桌子上，边问久保田：“你在这里等吗？”

“我的职业也会遇到同样的需求。不过，我在这里花子小姐会感到不舒服吧。”

“是吗？大概十五或二十分钟就能结束，请到那边的书房去等吧，可以点支雪茄。”罗丹指了一下另一边的门口。

“他说十五或二十分钟就结束。”久保田跟花子说了一声，然后点上雪茄烟走进了那扇门里面。

久保田进的这个小房间，两侧相对各有一个门，窗户只有一扇。窗前放着一张没有任何装饰的桌子，对着窗子的墙及其两侧放着书柜。

久保田站了一会儿，读着书脊上的文字。这些书不像是特意收集的，更让人感觉是偶然被放在一起的收藏品。罗丹天生喜欢书，据说他少年时穷困，在布鲁塞尔街头流浪，但从那时起就始终书不离手。在这些又旧又脏的书里面，一定有一些书是承载着很多纪念的，所以才特地带到这里来的吧。

雪茄的烟灰快要掉下来了，久保田走到桌旁，将烟灰弹进了烟灰缸里。

桌子上也放着书，他想，会是什么书呢？便拿起来看了一下。

靠近窗子方向放着一本旧书，镶有金边，以为是《圣经》，打开一看，原来是袖珍版的《神曲》。再拿起面前斜放着的那本，是《波德莱尔全集》中的一卷。

他并没准备读，只是翻开第一页看了看，是一篇叫作《玩具的形而上学》的论文。他想看看到底写了什么，便开始读了起来。

波德莱尔小时候，有一次被带到一个什么小姐的家里。那位小姐拥有一屋子的玩具，说是可以送他一个，随便挑选。文章便是从这件事开始写起的。

一般来说，小孩子在玩玩具的过程中，总想把玩具拆开来看看，想知道这东西的里面还有什么东西。如果那玩具是会动的，便想要找找发动的根源在哪里。比起有形，孩子们更倾向于抽象。比起物理学，他们更倾向于形而上学。

文章只有四五页，写得很有趣，不知不觉便读完了。

这时，传来了敲门声。门开了，罗丹露出了他那满是白发的头。

“很抱歉，等无聊了吧？”

“没有没有，我读了波德莱尔的文章。”久保田边说边来到了工作间。

花子已经穿好了衣服。

桌子上放着两张已经完成的素描。

“读了波德莱尔的哪篇文章？”

“《玩具的形而上学》。”

“人体也一样，仅当作一个形状来看，并没有什么意义。它只是灵魂的镜子。透过形体所看到的内在的火焰才是有意义的。”

久保田有些拘谨地看了一下素描，罗丹说：“画得粗糙，不一定看得懂。”

过了一会儿，他又说道：“小姐的身体确实很美，没有一点儿脂肪，一块块肌肉浮现可见，就像猎狐犬的肌肉一样，肌腱又粗又结实。所以，关节与手脚一样大小，甚至可以一直用一条腿站立，另一条腿伸直与其形成直角，非常稳固。宛如一棵深深扎根于大地的树木。她不同于肩和腰都很宽的地中海类型，与腰宽而肩窄的北欧类型也不一样。是一种强劲之美！”

（李庆保　译）

寒山拾得

故事发生在唐贞观年间，即西历公元7世纪初，这时日本才刚刚有了年号。据说当时有一个叫作闾丘胤的官吏，不过，也有人说似乎并无此人。原因是闾丘胤曾做过台州主簿，但新旧《唐书》中均找不到关于他的记载。主簿是类似于刺史、太守这样的官职。当时中国全国分为若干个道，道下面有州或郡，再往下分为县、乡、里。州官叫刺史，郡官叫太守。吉田东伍就认为日本在县下面设郡[①]是不合理的。假如闾丘胤真的是台州主簿，那就与日本的府县知事的级别相当。这样的话，《唐书》的列传当中应该有所记载。如果没有闾丘胤其人，故事也就无法成立，所以就权当有过此人。

这是闾丘胤到台州上任后的第三天。这位在长安受惯了北方的尘土飞扬、喝惯了浑浊之水的汉子来到了台州，踏上了中国中部的这片肥沃土地，喝上了清水甘泉，心中甚感兴奋。而且，在这三天之中，众多下属前来拜见，例行公事地报告了各自所主管的事务。繁忙之中，他感受到了作为地方长官的八面威风，对此颇为得意。

闾丘胤昨日已经吩咐属下，今天要早起前往天台县的国清寺。这是在长安时就已经决定的，一到台州便尽快前往。

要问为什么要去国清寺，这里面是有原因的。闾丘胤在长安受命担

---

① 郡：日本明治以后曾在县以下设郡，大正十二年（1923年）废止。

任主簿，即将前往赴任之际，不巧患上了头痛病，疼痛难忍。虽然只是单纯的偏头痛，但因他平日就有些神经过敏，即使服用了自己所信任的郎中开的药物，也总不见好转。因此，他与夫人商量是否要推迟启程日期。就在这时，家中侍女前来禀告："门口来了一位化缘和尚，说是要见老爷，要不要打发走？"

"和尚？"闾丘胤稍微想了一会儿，吩咐道，"那就见见吧。把他带过来。"随后让夫人进了里屋。

闾丘胤当初为了应付科举考试，只读过四书五经，也曾研习五言律诗，但不曾读过佛典，也没有研究过老子。但不知为何，他对于僧侣和道士却心存敬意。也许是对于自己尚未涉及的领域的一种盲目崇敬吧。所以，他听说是和尚便想见一见。

很快，进来一位高个子僧人。只见他身穿一件脏兮兮的破旧法衣，手持一口铁钵，将额前的长发齐眉剪去，看起来像是因为遮挡了眼睛才剪掉的。

僧人立在那里没有说话，于是闾丘胤问道："听说您要见我，有什么事吗？"

僧人答道："听说大人要去台州赴任，而且正在为头痛病而苦恼。我来是想为您治病的。"

"的确如您所说，因为头痛，我正想推迟启程的日期。您准备如何为我治病？有什么好药方吗？"

"不。人身体上的疾病皆是虚幻，只需将这个铁钵注满清水即可，我要为大人施咒治病。"

"啊，你要施咒？"闾丘胤略微考虑一下说道，"那就不妨试一试吧。"因为平时对医道没有深究，对于什么样的治疗能做，什么样的治疗不能做，并没有主见，仅是凭借自己的悟性来随机判断。当然，正因为他是这样的人，所以对自己经常就诊的郎中也并没有做精心挑选。他并不去寻找读过《素问》或是《灵枢》的郎中，然后再做选择，只是就近叫来住在附近的郎中，所以也未服用过像样的药。这次之所以想让这个化缘的和尚试试，是因为对和尚胸有成竹的态度产生的信任，再者，只是用一碗水来施咒，即便不管用也不会有什么危险。这与东京的高官们依赖胭脂疗法或呼吸吐纳之术是一回事。

闾丘胤叫来侍女，命她去给铁钵倒满新汲的清水。水来了，僧人接过来捧在胸前，凝神盯着闾丘胤看。清净之水也行，不净之水亦可，热水、茶水也无妨。端来的并非不净之水，这对闾丘胤来说是意外的幸运。凝视片刻，闾丘胤不觉中便将精神集中到了僧人所捧的水上。

这时，僧人含了一口铁钵中的水，猛然向闾丘胤的头上喷去。

闾丘胤吓了一跳，背上冷汗都出来了。

“头痛怎么样了？”僧人问道。

“啊，已经好了！”其实，闾丘胤一直以来总是想着头痛、头痛，被和尚的水转移了注意力后，久治不愈的头痛也就不见踪影了。

僧人轻轻地将钵中剩下的水倒在地上，然后说了句：“那我就告辞了。”说完便转身向门口走去。

“啊，请稍等！”闾丘胤叫住了他。

僧人回头问道：“还有何事？”

“有薄礼相赠。”

“不用。我为造福众生、开导异徒而托钵化缘，但不收取治疗费。”

“原来如此，那就不便强求。能否告知在下高僧来自何方？”

“你是问我以前的住所吗？在天台的国清寺。”

“哦，天台啊！敢问师傅法号？”

“叫作丰干。”

“天台国清寺的丰干。”闾丘胤皱着眉头，像是在努力地记着，“我也即将前往台州，如果能在那里相见，就更好了。顺便请教一下，台州有我可以去拜见的贵人吗？”

“是的。国清寺里有一个叫作拾得的，他其实就是普贤菩萨。此外，在寺院的西边有一个叫寒岩的石窟，那里有一个叫作寒山的，他其实就是文殊菩萨。就此告辞！”说着便出了门。

正是因为这样的因缘，闾丘胤才要前往天台的国清寺的。

世上所有的人，对于道或宗教的态度可以分为三种。有人一心一意地投入自己的本职工作，只顾辛劳度日，顾及不上所谓的道。这与读书人是一样的。当然，读书如果能够深思，必然能得道。不过，不用如此深入思考，日常的工作也是能做好的。这种人是属于漠不关心者。

其次是着意求道者。这种人里面，既有抛开万事、一心求道者，也有在不懈怠日常工作的同时不断致力于求道者。不论是有志于儒学、道教，还是佛法、基督教，都是如此。这些人求道深入之后，每日的工作本身也便成了道。总而言之，这些都是属于求道者。

在这些漠不关心者和一心求道者之间还有一种人，他们客观地承认道的存在，对此既非完全不关心，也不会主动求道。他们自认为与道远离而放弃，但相信自有与道亲近之人，并且尊敬他们。尊敬之情人皆有之，单就尊敬同一个对象的情况来说，求道者总是后来的尊敬先行者。这里所说的中间人物，则是尊崇自己不懂的、无法领会的事物。这里便会产生盲目的尊崇。盲目的尊崇，它所指向的对象虽说偶尔也会射中要害，但终将无济于事。

闾丘胤换好衣服坐上轿子，出了台州府邸。随从人员达几十人。

时值初冬时节，道路两旁的树木上已经有少许白霜。一行人沿着椒江的支流开始，顺着丰溪左岸向北迂回前行。刚开始阴沉的天空逐渐放晴，白闪闪的日头照在岸边的红叶上。路上遇到的老幼行人皆跪地避让。闾丘胤在轿中感到心情异常的舒畅。作为治理一方的父母官，他认为百姓能礼让贤者也是他的一大功绩，这令他非常满足。

从台州到天台县大约六十里路，相当于日本的六里[①]半左右。因为是慢悠悠地坐轿子来，遇到前来迎接的县官时已经过午。一行人在知县的府

① 里：日本旧长度单位，一里约为3.9千米。

上休息用餐。一打听，从这里到国清寺还有六十里慢坡路，到达那里恐怕是夜里了。因此，闾丘胤决定在县府暂住一宿。

第二日早上，知县送他们上路，天气仍与前一天一样。所谓“天台一万八千丈”，到底有谁何时丈量过，至今已经无从考证。虽然说得有些夸张，不过天台确实是卧虎藏龙之地。道路行进得也不如昨日顺利。在途中吃过午饭，直到日头开始西斜时才到达国清寺的山门。据说此寺庙乃是智者大师圆寂后，隋炀帝命令建造的。

因为是主簿亲临参拜，寺院也不敢怠慢。由一个叫道翘的和尚出门迎接，将闾丘胤引至客厅。茶点招待之后，闾丘胤问道：“寺中可有一位叫作丰干的僧人？”

道翘答道：“您是问丰干吗？他不久前还在正殿后面的僧院，出去云游后尚未归来。”

“他平常在寺中都做些什么？”

“他为僧人们舂米。”

“哦。那他与其他僧人有什么不一样的地方吗？”

“有。最初我们只知道他干活儿卖力，是一位热心地同门，发现他的与众不同之处后，我们都很看重他。有一天他突然出走了。”

“发生什么事了吗？”

“真是不可思议。有一天，他竟然从山里骑着一只老虎回来了，而且还直接走进走廊，在虎背上吟诗！他本来就喜欢吟诗，一到晚上就在后面的僧院里吟诗。”

“哦，真是一位活罗汉啊！那僧院现在如何？”

“现在已成空房，偶尔夜里还能听到虎啸。”

“既然如此，劳烦你带我过去看看。”闾丘胤说着便起身离座。

道翘走在前面拂去蜘蛛网，将闾丘胤领到丰干住过的空房里。此时已是日暮时分，环顾昏暗的室内，空无一物。道翘弯身指点石板上老虎留下的印迹。窗外不时吹过一阵山风，卷起院内堆积的落叶，沙沙的响声打破了寂静。闾丘胤顿感头皮发紧，浑身直起鸡皮疙瘩。

他连忙走出空房，并问跟着出来的道翘："有位叫作拾得的僧人可还在寺中？"

道翘疑惑地看着闾丘胤的脸道："您了解的真多啊。他刚才还在那边的厨房里与一个叫作寒山的在烧火，您要是有事，我把他叫来吧。"

"哈哈，寒山也来了么？那太好了！有劳你顺便带我去一下厨房吧。"

道翘说了句"遵命"，便沿着正殿向西边走去。

闾丘胤跟在后面，问道："拾得是何时来到此寺的？"

"已经很久了。他是丰干在松林里捡回来的弃儿。"

"哦。那他在寺中做什么？"

"捡回来过了三年之后，让他在膳房为佛像上香点灯，偶尔也摆供品。听说不久后有一天，被发现摆完供品后自己也对着佛像一起吃起来。他好像并不知道'宾度罗尊者'像是多么尊贵似的。现在让他在厨房为僧人们洗碗。"

闾丘胤"哦"了一声，向前走了两三步，又问道："你刚才提到寒山，他是何人？"

"您问寒山吗？他住在寺院西边的一个叫作寒岩的石洞里。拾得洗碗时把剩下的饭菜装进竹筒里，寒山过来取。"

"原来如此。"闾丘胤边说边跟着往前走。他心想，倘若如此落魄的寒山、拾得就是文殊菩萨和普贤菩萨，那么骑虎的丰干又是谁呢？他就像是乡下人看戏，弄不清楚哪个人演哪个角色，心中甚是疑惑。

"这里可是又脏又乱的地方。"道翘一边说着一边将闾丘胤领进了厨房。

厨房里面热气腾腾，乍一进来都看不清东西。一片灰蒙蒙之中，只见并列着三个大灶台，每个灶膛中都有剩余的柴火燃烧正旺。站了一会儿定睛一看，沿着石墙而砌的案台上，许多僧人正在从锅里往外盛饭菜和汤。

这时，道翘朝里面喊道："喂，拾得！"

闾丘胤循着他的视线，朝离入口最远的灶台望去，看见有两个僧人正蹲在那里烧火。

其中一人光着脑袋，头发已有两三寸长，脚上穿着草鞋。另一个戴着树皮编的帽子，脚穿木屐。两人都很瘦小、寒碜，不像丰干那般魁梧。

道翘在喊的时候，光着头的那个朝这边笑了一下，但没有答应，这应该是拾得。戴帽子的那个一动没动，那应该就是寒山吧。

闾丘胤这样猜测着走近二人身边，然后拢一拢衣袖恭恭敬敬地报上姓名："在下朝仪大夫、使持节、台州主簿、上柱国、赐绯鱼袋闾丘胤是也。"

两人同时看了他一眼，然后相互看了一下，发出一阵像是出自丹田的笑声。随即两人一起站起来，跑出厨房逃走了。只听到寒山在跑的时候说了句："一定是丰干说的！"

闾丘胤惊愕地目送着两人逃走，正在盛饭菜的僧人们纷纷围拢过来。道翘脸色苍白地伫在那里。

（李庆保　译）

食堂

木村走进了机关食堂。

食堂是一个宽阔的敞间，纸糊的天井由于漏雨，留下了茶褐色的奇怪的痕迹，白色的墙壁已变成一块深一块浅的灰色，玻璃窗底部能够从走廊窥见里面的部分被贴上了纸，不知道是什么脏东西渗进了地板的木纹里面，干的时候是灰色的，弄湿的时候则变成浅墨色。那玻璃窗上积了厚厚的一层灰，完全没有了玻璃本有的透明的特性，所以根本没有必要贴上纸。在玻璃上贴纸，大概是玻璃刚装上还很清晰透明时，某位颇有创见的机关工作人员所干的吧。

大厅里放置有白乳木的长桌和长凳。平时不用的时候，长凳会被四脚朝天地架在桌子上，现在正好是吃饭时间，所以都放了下来。桌椅只是在吃过饭后简单地擦一下，所以和地板一样变成了浅墨色。

总之，政府各官厅的经费受到议会的严格监督，设施看起来出人意料的朴素而寒碜。

一声发令枪响后，紧接着便是当当的铜铃声。听到信号后，机关工作人员们迫不及待地一拥而出，排成长队。其中有一部分人吃食堂提供的伙食，而一半以上的人都是吃从家里带来的便当。不管是穿着西装的还是穿着和服的，都用一只手提着便当盒走进来。各种大小形状的便当盒被包在各种颜色的包袱皮里带了进来。

大家坐成一排，放眼望去，个个都像是经过仔细挑选似的，脸色苍白而干瘦。其中有刚过二十的，也有年近五十的。进入这个食堂的小职员当中，没有一个面色红润的。偶尔看到一个胖一点儿的，也是病态的水肿。

木村在这些人当中可算是资历最老的了，所以他坐在离入口最远的桌子的靠墙壁的一边。相当于相扑中所说的穷神的位子。

坐在对面的是一位同样很瘦，但目光炯炯、皮肤稍黑、样子很机灵的男人，名叫犬冢。据说是受到某局长的赏识而被重用，虽然资历比木村浅，但却在很短的时间内就得到了一级俸禄待遇。

只要是被犬冢知道的事情，很快就会传到上边去。不管是谁，被上司叫去后所听到的训斥，必定与犬冢平时所抱怨的事情相类似。大家觉得从上司的嘴里听到的是犬冢的抱怨。

犬冢吃的是食堂供应的伙食。同样是一角二分钱的盒饭，唯独他的菜是单独做的。就像赌博中作弊用的骰子一样，据说食堂的人在他的便当盒上标有秘密的记号。

木村从包袱皮中取出便当，然后仔细地将包袱皮叠好，放进左边的裤子口袋里。正当他打开便当盒拿筷子的时候，犬冢开口说道：

“那伙恐怖的家伙的事情终于被公布了。”

好像也并不是对木村说的，但犬冢的脸刚好是朝着木村的方向，所以木村放下了筷子，问道：“是那些无政府主义者吗？”

坐在木村左边的一个叫作山田的老实男子插了一句话。这个人总是说一些不痛不痒的事情，但很直率诚实，所以，木村曾经跟谁说过，和山田说话就像是盘着腿吃汤泡饭，很舒服。山田是这样说的：

“真是很吃惊，没想到日本会发生这样的事情。到底是怎么了呢？”

犬冢显示出“那就告诉你吧”的语气回答道：“其实并没有怎么了。那些家伙的眼里既没有神灵，也没有国家。所以，即便是当刺客去杀人也不需要什么理由的。成为被杀目标的人也并没有妨碍他们什么。除此之外别无其他解释。前一阵子听局长说了一件事，大概是在十五年前，巴黎一个叫作埃米尔·亨利的家伙往侦探办公室投了一枚炸弹，杀死了五六个人。后来又扔了一枚到咖啡店，炸死两人，炸伤二十来人。那家伙在被执行死刑之前坦白说，当时扔炸弹并没有明确的目标。因为所有的无政府主义者都受到了社会的迫害，所以他们也以整个社会为敌。哪里有什么无辜的牺牲者，在这个社会里生存的人，哪一个不是通过压榨工人们的血汗，吃着山珍海味，睡在暖和的被子上？所以扔到哪里都是一样。只不过以君主或是总统为目标，是因为对于宣传来说效果更明显。”

“这是自暴自弃的话啊。”山田说道。

犬冢笑道：“就是由于因种种原因而自暴自弃的家伙混了进来，无政府主义也可以说就是个巨大的自暴自弃的集团吧。”

政府官厅的墙壁上到处都贴着“小心轻走”的提示语，所以，食堂里也没有人大声说话。都是两三个人聚在一起聊天，很少会有人从远处的位子插话。

“这种无法无天的事情究竟是从什么时候开始的呢？”山田看着犬冢的脸问道。

“这个问题可就要问木村了啊，他是学者。”犬冢说着看了一下一直默默在一旁听着的木村。

“这个问题嘛，我也没有查过。我只知道无政府主义和虚无主义这个叫法是谁起的。”木村总是一边思考着什么，一边用比别人更小的声音不紧不慢地说着。尤其是和犬冢说话时，他的措辞最为谨慎。而犬冢也感到木村对自己总是敬而远之，因此对他并没有什么好感。

“虚无主义又是另一回事吧。”山田说道。

木村似乎觉得话题越聊越麻烦，依旧小声地、不太情愿地接话道：

“其实虚无主义作为一个统一的概念并没有存在过。自从无政府主义这样的极端思想出现以后，人们就不再用这个词了吧。”

“那是谁给起的名字呢？”犬冢问道。

“大约在六十年前（1849 年），蒲鲁东在他的文章里说他们自称无政府主义者，不承认君主和统治者，不愿被别人的意志所束缚。至于虚无主义者，犬冢君经常看各种文学杂志，你应该知道，是屠格涅夫在他的小说

《父与子》中新造的一个词，大概出现在五十年前（1862年）。”

“这样说来，无政府主义不是出现在前吗？”山田说道。

“是的。但是，在屠格涅夫写那部小说的时候，巴枯宁还没有将无政府主义传播到俄国。而且，他小说里所写的‘虚无’和后来被广泛使用的‘虚无’是完全不同的概念。就像伪君子这个词，最初萨克雷使用的意思和如今的意思是完全不同的。关于巴枯宁回到俄国以后的青年人的思想，屠格涅夫不是在《父与子》，而是在那部叫作《新国家》的小说里描写的。”

“你知道得也太详细了。”犬冢嘲讽道。

“哪有，只是对文学史稍有关注而已。世间的事情会像投影一样反映在文学作品里面，所以才间接地知道一些。”木村的话听起来既像是谦虚，又像是辩解。

“这样的话，禁止销售文学书籍也就像是捕捉影子一样，恐怕是没有用的吧。”

木村看着犬冢的脸，眼里闪过一丝光芒。木村每当听到像犬冢刚才说的话，感觉就像捕鸟人悄悄靠近，突然用涂有粘鸟胶的竹竿顶端捣过去一样。然后说道：

“不过，也有人是看着影子行动的，消灭掉影子也并非完全没有效果吧。只是我认为言论自由是很重要的，过于大规模地禁止销售令人叹息。当然，我也承认，作为政治策略有时候也是不得已而为之。”

“听说这在俄国不是很盛行吗？”山田说道。

“那叫‘涂鱼子酱’。”犬冢笑得令人嫌恶。这大概也是从局长那儿听来的词。

山田不解地睁大了眼睛。

木村看了一下山田，显出很可怜他的样子，然后说道：

“就是对从国外流入的印刷品进行审查，用油墨将其中的一些内容涂掉。因为涂黑了所以叫作‘涂鱼子酱’。不过今年是用剪刀来剪，或是直接没收。‘涂鱼子酱’只是涂掉了一面，而剪切的话两面的内容都没有了，被没收的话那就完全没有了。"

山田天真地笑了。

几个人默默地吃了一会儿饭，山田像是还在挂念着什么似的，又开口道：

"那些人今后还会增加吗？"

"再增加还受得了！"犬冢呵斥似的说道，用他那洁白而锋利的门牙咬了一块切得特别厚的咸萝卜。

"木村君，你认为呢？"山田面露忧色地朝向右边问道。

"那要看各个国家的状况了。如果当局能够巧妙地把握好方向，也许就不会增加了。但是，万一把握不好，也可能会进一步激化。那些所有不如意的人，都是潜在的后备军。比如前些年参加民权运动的那些青年人。"

饭后喝过茶，不断有人开始离开座位。

木村从口袋里拿出包袱皮，将空便当盒合上并包起来。

犬冢一边用牙签剔牙，一边对木村说道："别急嘛。"

已经起身的木村又坐了下来，倒了一碗茶。

和两人一道留下来的山田像是不断被求知欲促使着，又提出这样一个问题：

"为了了解无政府主义产生的历史，我最近读了一份杂志上的一些学术大家的言论，可是完全看不懂。先不管是谁命名的，究竟是什么样的人掀起这个主义的呢？"

"毕竟产生才五六十年，没有什么复杂的历史。"犬冢说着看了一下木村，又补充道，"你大概比较清楚吧。"

木村皱了一下眉头，显得有些烦，不过马上又改变了主意似的说道："嗯，我也并没有研究过，但作为近代思想的一个分支，略知大概。一般认为，五十多年前（1856 年）去世的麦克斯·施蒂纳所掀起的极端个人主义是最初的开端。其次是四十多年前（1865 年）去世的蒲鲁东，至于克鲁泡特金，说他是无政府主义之父是否准确暂且不论，正如刚才所讲，他确实是命名者。再就是首先试图把无政府主义付诸实践的米哈伊尔·巴枯宁，他死于三十多年前（1876年）。另外我们比较熟知的是逃到伦敦去的、年近七十（1842年出生）的彼得·阿历克塞维奇·克鲁泡特金。此外，也只有美国的塔克了。”

“了解得真是详细呢！”犬冢再次嘲讽似的说道。

山田一直在认真地听着，这时，又开口问道：“这几位到底是什么样的人物呢？”

木村将右胳膊肘撑在桌子上，托着脑袋略显无聊地说道：“施蒂纳是哲学史上具有重大影响的人物，把他与那些被称为无政府主义者的人相提并论实在是委屈他了。他原名叫约翰·卡斯帕·施密特，曾在柏林的一所高中当过教师。在出版他的名作《唯一者及其所有物》时，因为包含非常极端的言论，所以没有署真名。现在这本书已经收入雷克拉姆[①]丛书，被广泛阅读。蒲鲁东出生于贝桑松的一个贫困人家，据说小时候还干过捡拾铅字[②]的活儿，但最终当上了巴黎的议员，不是什么大学者。他与施蒂纳一样，推崇黑格尔的学说，但后来坦白说自己并没有真正读过黑格尔的书。与施蒂纳以尖锐的理论进行独创性的批判不同，他基本上只是将前人的学说进行夸大而已。那句有名的“财产就是盗窃”，早在蒲鲁东出生前二十年布里索就说过。蒲鲁东这个人首先应该是个辩论家。巴枯宁出生在位于莫斯科与彼得堡之间的普里阿姆基诺的一个贵族家庭。他天生喜欢动乱，曾当过炮兵士官，但不久便脱离军籍，游历欧洲各地，所到之处均引发骚乱。他在本国除被流放西伯利亚之外，还曾在多地被捕入狱。作为最大规模的一次无政府党事件，汝拉地区钟表工人骚动就是此人煽动的。他最后在瑞士的伯尔尼因心脏病去世。还有克鲁泡特金，他是斯摩棱斯克公爵的儿子，小时候曾在宫中喂马。后来成为哥萨克骑兵队的士官来到西伯利亚任职五年，期间还到过中国满洲地区。据说他在当时接触了各种人之后，便开始信奉无政府主义。之后他进入彼得堡大学，开始研究地理学。

① 雷克拉姆：德国的出版社，1828年成立于莱比锡，以出版廉价的小丛书《世界文库》而闻名。

② 捡拾铅字：指活字印刷中，一个个挑拣铅字进行排版的工作。

他自己也说，他在学术上最有价值的成就是绘制出版了亚洲地图。他去瑞士的汝拉地区也是因为在英国时被委任地理学方面的工作才去的。至于美国的塔克，是从事蒲鲁东著作翻译的，并非什么重要人物。”

木村停了一会儿后，犬冢说道：“据说克鲁泡特金有一个漂亮的女儿，是不是？”

“是的。好像是一个对世间充满同情的人。”木村答道。接着又是一阵沉默。

山田像忽然想起什么似的，说道：“有人说这次那伙人就是想要被判死刑，所以还是不要让他们死为好。这是为什么？”

在一旁抽着敷岛烟的犬冢笑道：“是啊，据说他们想要死，所以还是让他们进监狱，弄点儿好吃的让他们多活几年才好。”然后又朝向木村说道，“以往被处死刑的家伙，都被当作献身者而大加崇拜呢。”

“Ravachol—Vaillant—Henry—Caserio，”木村像数数似的念道，“好像都被经常用于主义的宣传啊。”

犬冢“哎”了一声，将烟头扔进烟灰筒里，三人一起从座位上站了起来。

已经收拾好其他桌子、等在一旁的食堂职员立刻把三人面前的茶碗和烟灰筒收掉，用沾满水的抹布开始擦起桌子来。

（明治四十三年十二月）

（李庆保　译）

独身

一

小仓的冬天算不上是冬天。寒风掠过关门海峡从西北的海面上吹来，将干枯的橘子树叶吹落到院子的沙地上，发出“沙沙”的声响。叶子被吹得到处都是，随风起舞，最后都被吹到廊檐的地板下面去了。等到日暮时分，各家各户都早早地关上了门。

外面不知什么时候下起雪来，不时传来踏着雪匆匆走过的邮差的响铃声。

说到邮差，其他地方的人恐怕不知道，这是在传到东京之前就已经从西洋传到小仓的两大风俗之一。常磐桥边立了一根圆柱子，是用来在上面贴广告的。红黄蓝各色纸上写着粗大的字或绘有粗糙的图画，为新开的店或即将上演的剧目做宣传。柱子当然只有一根，因为地方小，除了这里和大门町的石墙上，没必要再到其他地方贴广告，所以，比起印刷的广告，手写的居多。图画也不像巴黎的大街上见到的海报那么好看。不过，光是有广告柱这一点就很了不起。这是其一。

另一个就是邮差了。海因里希·冯·斯特凡[①]出生在警察国家，邮政网络遍及各个角落，书信往来应该没有什么不便之处，但是时间是以天或

① 海因里希·冯·斯特凡：(1831—1897年)，德国邮政参赞，世界上第一个建议邮政部门印制明信片的人。

月来计算的。要想达到以一天之内的小时来计算，邮政服务就来不及了。比如约会，如果说是明天在哪里相见，通过邮政还能应付，但要是有急事，当天晚上就得去哪里见面，邮政就办不到了。这种时候可能也有人会打电报，可这样毕竟有点儿杀鸡用牛刀之嫌，而且也显得太正式而缺少情趣。这时候就需要一个跑腿的人。邮差就是戴着缝有公司徽章的帽子、站在各个十字街口、可以帮你把信送到市内的各个地方，或者是把你在路上买的不方便带的东西送到家的人。你把信件或东西给他时，他会给你一个印有公司印章的票据，很少有弄错的情况。这里所说的小仓的邮差就是指这些跑腿的人。

对于邮差的解释有些啰唆了。小仓下雪的夜里，窗外一片寂静之时，邮差“丁零零、丁零零”的铃声听起来尤为急促。

还能听到女人颇有节奏地吆喝着“卖花林糖[①]喽，好吃的花林糖！”从门前走过。肩上挎着像是去采集用的铁皮桶，里面装着花林糖，边走边卖。

邮差和卖花林糖的每个季节都有，只是夏天时对于街头占卜的人的吆喝声印象更深，对邮差的铃声和卖花林糖女人的声音却没太留意。

夜里已经有人使用暖炉，而实际上并没有那么冷。

第二天早上发现洗脸盆里的水结了一层冰。这种结冰的现象很少会超过两天，最迟到第三天风向就会变换，雪和冰就都融化了。

二

事情就发生在小仓的一个下雪的夜里。

新鱼町的大野丰家里来了两个客人。一个是法院院长户川，一个头发花白的男人；另一个是市医院的院长，叫作富田，东京大学毕业后来到这里，正在攒钱准备留洋。听说出国的费用已经基本上攒足了，准备最近把院长的职位让给一个叫北川的年轻医学学士后就出发了。富田院长也已

---

① 花林糖：用面粉、水、糖等做成并经油炸的和式糖果。

年过四十，剃着短短的平头，但不见一根白发。一看就知道是个好酒之人，身材有些胖，脸膛红红的。

过着极其简朴的单身生活的主人让女佣阿竹买来馄饨煮了，并给客人端来酒。这家在招待客人喝茶时会买来烤山芋，原因是比有名的“鹤之子”的点心更好吃。就在常磐桥头的十字路口往京町方向去的拐角，一位头扎毛巾的老翁架了个铁炉，边卖边吆喝着：“烤山芋、烤山芋喽，刚烤好的山芋！”主人自己不喝酒，在请关系好的朋友喝酒时，会让人买来喜欢吃的馄饨。馄饨必然是去与烤山芋摊相隔两三间店的那一家去买，店门口褪了色的藏青色布帘子上印有“文六”两个字。

主人只有馄饨相伴，却满不在乎地满脸洋溢着笑容，看着两位客人喝酒。三人不太言语，只有富田的笑声偶尔打破这肃静的氛围。这一带离旭町的烟花巷不远，可以听见三味线和击鼓的声音，但只是隐隐约约听见，所以并不觉得吵。

阿竹从厨房出来，问要不要再添些馄饨，富田摆摆手说：

“不用了，馄饨不需要了。要是这所房子里也有一位夫人的话，我会默默地吃馄饨而不喝酒。”

这句话成了导火索，立刻引起了有关有妻无妻的热烈讨论。这几个人在这里讨论这个话题，今夜绝不是第一次了。

主人大野任帝国采煤公司理事长来到小仓已经两年了。两年来，大野的独身生活在小仓是出了名的，屡屡成为人们热议的话题。

核心问题就是他是否过着完全没有女人的生活。富田也是为此问题所困扰的人之一。因此，他说道：

“在小仓似乎没有能让他看上眼的，所以我就想，会不会在马关那边呢？所以我就去到处打听了一遍，可还是没有得到我想要的结果。”

“那可真辛苦你了啊。”有些拘谨的户川看了一下主人说道。

主人只是面露微笑。

富田有些微醉，不断将话头朝向主人。“要是能够过像这里的主人这样的生活，对周围的女人来说是危险的，这可不行。”

"为什么呢？"

"因为不知道在什么时候会与哪个女人发生什么样的事情。"

"说的好像我就是唐璜[1]似的。"

户川同情主人，有意无意地想要把话题岔开。他天生不是个爽快的人，吞吞吐吐地开始说起一个不寻常的故事。

三

户川将两手罩在火盆上，弓着腰开始说起来。

"所谓独身生活，大部分人都很难平安无事地坚持到底的。我有一位同学叫宫泽，一毕业就被分配到新发田工作，你们也知道那是一个什么样的地方。他就在法院的附近租了一处不大的房子，并雇了一个女佣。同事们都劝他娶个妻子，可他怎么也不愿意。大家都搞不清为什么，到最后据说都认为是因为他吝啬。我从上学那会儿就知道，他并不吝啬。他不是一个会刻意去攒钱的人，而且做什么事情都谨小慎微，难以下定决心。所以，他一心认为凭他当见习法官的月薪是无法养活妻子的。那里和这儿不一样，像今天这样下雪的夜晚会一连持续很多天，宫泽就一个人闷在房间里看书。女佣在隔壁屋里做针线活儿。宫泽看书累了打个哈欠，女佣听到了也想打哈欠却忍住了。就这样过了一些日子。有一天晚上刮起暴风雪，窗外风呼呼地刮着，吹得院子里的竹子像扫帚一样摩擦着防雨窗套。十点左右，女佣沏了杯茶端过来，说了句"这风刮得真是吓人啊"，便站在那里手足无措，显得有些尴尬。宫泽想，自己觉得很寂寞，女佣想必也会很无聊吧，便对她说：'把针线活儿拿到这边来做怎么样？不会影响我的。'女佣听了便高兴地把针线、衣物等拿了过来，蜷缩在屋子一角开始缝起来。自那以后，女佣见没有客人在便把针线活儿拿到宫泽的房间来做。"

富田笑了起来，说道："户川君，你是个小说家呀，讲得很好嘛。"

户川笑着挠了挠头。"哪有，是因为宫泽后来后悔，跟我详细地叙述

---

① 唐璜：是西班牙家喻户晓的传说人物，以风流著称，多被用作"情圣"的代名词。

了一遍，所以我才知道得很详细。后面我就简略地说了。但有一件事我要具体说一下。是这样的，有一天晚上，女佣说过晚安回到隔壁房间后，宫泽一时睡不着，便听见一墙之隔的女佣不断地叹气和翻身的声音。听了一会儿后，发现叹气的声音越来越大，像是变成了痛苦的呻吟声。宫泽终于忍不住问了一声：'你怎么了？'说了这么多，后面真的要简单地说了。"

富田大声嚷道："喂，等等，后面也不要省略，继续说，太好玩儿了。"接着又加大声音说道，"喂，阿竹，你也要好好听着。"

始终面带微笑的主人大野，这时皱起了眉头。

户川继续说道："富田君总是打岔，真烦人。总之，从那以后女佣就不再是女佣了。宫泽立刻就后悔了。而且我也能看出来，他还有职务在身，担心事情暴露了会有麻烦。然而，先前一直很朴素的女佣慢慢开始化妆，穿华丽的衣服，在人前越来越变得显眼了。宫泽则是忐忑不安。最终，他来到女佣父母家，说过一阵子会来娶她为妻，让他们暂时把女儿先领回去，并给了一些钱。他本想着再想想什么办法，但女方父母非常认真，毫无办法。宫泽实在无计可施，便想要用钱来断绝关系，哪怕是借钱也好。但是，她父母除了规定的生活费之外一概不收，而且是真心实意不想要，真是让人一筹莫展。最终，他娶了女佣为妻，一直过到现在。如今在东京过着不错的日子，但毕竟是个没有接受过教育的女人，在很多事情上都让宫泽很难办。"

富田一边贪婪地小口小口地喝着酒，一边不满道："讲完了？真是虎头蛇尾！早知道这样，我就不该夸你了。"

四

这时，门口传来有人跺木屐齿上的雪的声音。主人养的那只叫作珍的狗似乎要叫却又止住了，只是从鼻子里发出粗粗的呼气声。同时听到了阿竹推开拉门说了句什么。

不一会儿，一位穿着黄色僧衣、留着约两寸长胡子的和尚走了进来。

看到大家以后便点头致意，边说着“我来迟了，非常抱歉”，边把叠好的坐垫放到右侧，在户川和富田的中间坐了下来。

这位是宁国寺曹洞宗的和尚。在金田町的铁路线附近，有一座叫作宁国寺的长期废置的寺庙。之所以成为废寺，是因为那些维持寺庙经营的施主，也就是原小仓蕃的士族大都迁到丰津去了。寺院的正殿像是放大了的路边小佛堂，墙上贴着旧报纸，这位和尚现在就住在那里。

主人显得很高兴，叫来女佣吩咐道：

“馄饨还有的话给这位宁国寺的师傅热一碗，从外面来肯定很冷。”

户川把自己正在烘手的火盆推到了和尚面前。

宁国寺的和尚脸上几乎一直露着微笑，将消瘦的脸转向主人说道：

“是这样的，我今天早上出门化缘，看到竖町的一个小旧书店里堆着一堆完好的《大智度论》。我心想这种书怎么会以残本出现呢？很奇怪。后来朝这边走，从锦町的大街往但过桥方向走来，路上又看到一家旧书店，也堆了很多《大智度论》。此外还有《法苑珠林》什么的，各种各样。两家店的《大智度论》加起来应该能够凑足全卷的了。”

主人插话道：“这样说来，应该是故意弄成残本分开来卖的吧？”

“正如你所想。这些书是从哪儿来的我也大致知道。反正有时候也需要查一查，要是就这样变成残本，最后肯定也就变成废纸一堆，太可惜了，所以我去告诉了东禅寺的和尚，让他们给买下来。剩下的书里面，我想可能也有你想看的，所以就过来告诉你一声。”

“那太感谢了。明天下班后过去看看。哎呀，馄饨都快冷了，快吃吧。”

宁国寺的和尚开始吃馄饨。过了一会儿，阿竹出来问道：“需要再添点儿吗？”主人叫住阿竹，让他先等会儿再添。

“把这一块儿稍微收拾一下，沏点儿茶，然后切点儿马关的羊羹来。哦，富田那边的酒壶不要收。”

“呀，这个可不能被你收走！”富田用他那虾一样的手捂住了酒壶，又对主人说道：

“博览群书固然好，但你是搞科学的，看佛法方面的书能懂吗？佛法书让和尚看看就好了。”

宁国寺的和尚慢慢地吃着馄饨，脸上依然露着微笑。

主人说道：“你这样想也不奇怪。不是医生的话，看医书不但没用，还可能有害。但是佛法书不一样。”

“有什么不一样我不知道，不过你一直独身就已经够稀奇的了，要是再皈依三宝，真是让人受不了了。”

“又开始攻击独身了。据我所考，像你这样的人同样也会皈依三宝。”

“我连三宝是什么都不知道呢。”

“不知道照样皈依。”

“你这是诡辩。”

主人既像是开玩笑又像是认真地说了这样一件事：

“并非诡辩。你不是总说科学科学吗？那也是法。你们中间有非常受崇拜的大学者吧，所谓权威，那就是佛，而你们都是僧。而且会想方设法推翻老师，那就叫斥佛骂祖。”

宁国寺的和尚吃着羊羹，喝着茶，依旧面露微笑。

五

富田用眼睛盯着主人。

“又在说教了。只要跟你聊一会儿天，就会被你说教，真是痛苦啊。”他皱了一下眉头继续说道：

“没错，承蒙你以酒相待，可从没见过拿馄饨来当下酒菜的，这也就算了吧，你还要我们听你说教，真是受不了。”

主人笑道：“到底是谁先开始攻击佛法的呢？”

“只要你别再说法了，我也不会诽谤佛法。不过呢，对于你的独身生活我还是会继续攻击的。我们去箕村那里的时候，菜肴可不一样。阿梅会端坐到神龛前，说一句‘赐予富田美味佳肴吧’，传达神佛的启示。不一会儿，山珍海味就摆到了面前。”

“听不懂你说什么。箕村是谁？那个叫阿梅的怎么会有那么大威风？”

“那自然是威风。她往神龛前面一坐，那就是神佛附体，箕村都要远远地在一旁叩拜。”

“箕村是谁？”

“箕村啊，他就是在往长滨去的那个地方开儿科医院的。据说他前任妻子因病去世居丧期间，有一天，不知什么人送了条大鲷鱼放到家里后走了。箕村大为吃惊，四处询问打听，引起一片骚动，这时，当时还是女佣的阿梅告诉他说，这是稻荷神社的狐仙送来的，然后便满不在乎地把鱼下锅烧了，并且不容分说地让箕村吃掉。这只是奇异事情的开始，后来不时会有稻荷神的神谕显现。让箕村与阿梅举办婚礼的神谕也是阿梅传达的，当箕村准备婚礼的时候，阿梅却一脸吃惊地问新娘子是从哪儿来的。因为我看起来合乎神虑，所以才有赐予富田美味佳肴的神谕。”

“真是个怪女人。”户川插嘴道。

“不，并不是受她招待我才这样说，她确实是个很好的妻子。住院的孩子们都很亲近她，因为她很照顾他们。只是偶尔会传达一些神的启示。”

宁国寺的和尚一直微笑聆听，这时，与主人相互看了一眼后，说了句“晚安”便起身离去，主人都来不及站起来送一下。

这位和尚总是飘然而至又飘然而去。

风仍然呼呼地吹着。阿竹拿来开水壶，边往茶壶里倒水边说：“雪已经完全停了。”

“我们也该告辞了吧。”户川说道。

富田那张大脸上堆起了笑容，说道：“不过，我们还不能回去哦。过着专业的独身生活的人走了之后，我们还得有一次最后的论争。箕村也是一样。我并没有去追究稻荷神为什么特地选择了当女佣的阿梅，总之，很快就有了第二位妻子，这对箕村来说是幸福的事。箕村没有过一天不便的日子，作为他的客人，我们也没有感到不如意。主人幸福，客人也就幸福。”

任凭富田絮絮叨叨，主人始终面露微笑，毫不介意。

户川朝主人使了使眼色，说道：“哎呀，时候不早了，就此告辞！”

然后做出要起身的样子，不断催促富田道：“你也要走了吧，你说的我们都知道了，知道了！”

户川最后只好拖起富田往外拽。

富田踉跄着走到门口，大声嚷道：“喂，阿竹，你本该给我再热一壶的，你给我留好了，下次晚上再来！”

主人送到门口，小声问户川：“要叫辆车吗？”

“不用，反正同路，我把他送到家门口。再见！”

六

两位客人走后，屋里突然沉寂下来。旭町的鼓声不知什么时候停了，传来了刚才不曾听见的大海的声音。

阿竹出来收拾酒壶、茶杯等。主人大野漫不经心地看着她，忽然想到要把她当作女人来审视一下。

她是一个个头矮小、头发稀疏、两只眼睛还有点儿不一样大的女人。刚来的时候很瘦，脸色苍白，多少有些可爱之处。但自从来到这里以后就渐渐变胖了，脸也鼓了起来，姿色大不如从前。

她家本在小仓附近，哥哥在博多开一家小饭馆。哥哥承诺她如果过去帮忙做饭，并且还帮客人斟酒的话，很快就能给她置办嫁妆。所以她去了博多一段时间，不过来店里的客人都是海员，非常粗暴，她吓得跑了回来。她表里如一，一心为主人着想，干活儿认真，是一个难得的女佣。但是，真的很难把她当作一个女人来看，至今为止从没有想过她是个女人，现在即便想要把她当作女人来看也几乎是不可能的。在她身上终究没有找到异性的感觉。

主人目送着她收拾好东西后起身离开，不觉笑了起来。他对自己的冷淡也感到了一丝诧异。

这种感受又逆反似的唤起他去搜寻自己身上到底有没有哪里隐藏着对于异性的感觉。

大野的脑海里浮现出了为小仓的战殁者举行法会时的情形。因为有本愿寺一派的僧人过来，仪式现场的天棚四周挤满了前来观看的男女老少。大野坐在来宾席的椅子上，来观看的人群慢慢挤了过来，一位盘着岛田发髻的乡下女孩儿在大野的膝旁蹲了下来，散发出香粉和发油的味道。听到一半的不知什么人的致辞，现在就像是耳边的噪音，系在岛田发髻上的红底白点花布，头发和肌肤所散发的香味，让大野的神经完全集中到了视觉和嗅觉上。这一刹那，大野确确实实成了官能的奴隶。想起这件事时，他又不禁笑了起来。

大野今年四十，与曾经的妻子分手已经是很久之前的事了。东京的祖母对他只身来到小仓非常担心，每次来信都要提到娶妻之事。今晚又收到了祖母的来信，因为有客人在，便放到桌子上没打开看。

大野将变暗了的油灯的灯芯朝上拧了拧，打开了信封。看到那一行行颇有祖上风范的优雅的瘦体字，就如同看到了戴着牛角框眼镜的祖母的面容一样。

年关将近，离你回京的日子已经不远，我很期待。上次去信时和你提到过，谷田夫人希望将井上家的小姐介绍给你，所以我今天去了一趟上野，刚刚回来便给你写信。我和谷田夫人刚到，富子小姐就和她母亲一起来了。只见她盘着高高的岛田发髻从车上下来，初次见其容貌，着实很吃惊，简直不敢相信世上竟有如此美貌之人。我想，就算你再不喜欢女人，见到她也绝对不会讨厌。虽说只见了一面，性情如何还不好说，但的确是聪明伶俐之人。唯有一点令人不解，就是在茶馆待了一个小时左右，富子小姐却一次都没有笑过。刚好有一对洋人也在店里，因为语言不通，便让通晓英语的谷田夫人从中翻译。这期间发生了很多有趣的事情，富子小姐的母亲和我都忍不住笑了，富子小姐却始终未笑。不过我想，正如我前次去信所说，因为不幸的遭遇，造成她与同龄的女孩子有所不同也是正常的。不管怎样，现在只等你早日回京，亲眼看看便知我的眼光不会有错。

另外，精次郎夫妇让我代为向你问好。前些日子让石崎捎去的“龟甲万”酱油想必也快到了吧。

看完信后，大野将阿竹放在桌旁的带有纸罩的烛台点上，然后手持烛台把油灯吹灭后站了起来。不知接下来独自在冰冷的被窝里会有一个什么样的梦呢？

（明治四十三年一月）

（李庆保　译）

高濑舟

高濑舟是指行驶于京都高濑川上的小船。在德川时代，京都的罪犯被宣告流放荒岛时，他们的亲属会被叫到牢里，允许他们在那里进行告别。然后，罪犯就会被押上高濑舟，押送至大阪。监押犯人的，是京都府衙下属的捕吏，按惯例，他会允许犯人的一位主要亲属同船陪送至大阪。这是得到上面默许的，无须禀告，也算是对犯人的所谓宽大之举吧。

当时被判流放荒岛的罪犯，当然都是被认定犯有重罪的，但是，像因偷盗而杀人放火的凶恶之徒倒并不占多数。押解上高濑舟的犯人，多半都是无意中因一时之误而犯下罪行的人。例如，本想双双殉情，可将女方杀死之后，男的却没死成。诸如此类。

高濑舟载着这样的犯人，在黄昏的钟声中起航，沿着贺茂川顺流而下，向东驶去。远看两岸京都街市上的房屋黑黢黢一片。犯人和其亲属在船上彻夜长谈，总是不断重复说着后悔也无用之类的话。负责押送的捕吏经常听到这些，也就能详细知道出了罪犯的家庭，其亲眷和家属的悲惨境遇。这些境遇，是在衙门的大堂上听口供，或是坐在府衙的桌前看供状的大老爷做梦也想不到的。

当捕吏的，也是各种各样。既有嫌烦、想要捂起耳朵的冷漠的捕吏，也有对犯人的悲哀感同身受，虽然由于职务在身不便表露，却在心里默默地难过的捕吏。有时候遇上心肠软、泪窝子又浅的捕吏，他们在押送境遇极其悲惨的犯人和其亲属时，还会不禁落下泪来。

因此，衙门内的捕吏们都把上高濑舟押送犯人当作一件讨厌的差事，不太愿意干。

那是什么时候的事情呢？大概是江户时期白河乐翁[①]掌权的宽政[②]年间吧。知恩院的樱花在暮钟声中纷纷飘落的一个春日黄昏，一位从未见过、与众不同的犯人被带上了高濑舟。

他的名字叫喜助，三十岁左右，是个居无定所的人。他本来就没有可以喊到牢房里的亲属，所以是一个人上的船。

一同上船负责押送的捕吏羽田庄兵卫，也只是听说喜助是个杀害了亲弟的犯人。从牢房把他带到栈桥期间，只见他身材瘦弱、脸色苍白，看起来异常老实本分，总是毕恭毕敬地把自己当作官府的公差对待，凡事从不抵触，但也不是犯人中常见的那种故作温顺、谄媚权势的态度。

庄兵卫颇觉奇怪，他上了船后，不只是职务性地对喜助进行看守，还一直细细观察他的一举一动。

这天，从傍晚时分风就停了，天空铺满一层薄云，月亮在云间隐约可见。一股仿佛初夏的温热气息，化成雾霭从两岸及河床的泥土中升了起来。小船离开下京一带，驶过贺茂川以后，周围变得一片寂静，只听见船头轻轻地水声。

夜里船上是允许犯人睡觉的，而喜助却并没有躺下，只是默默地仰望月亮。随着云彩的浓淡变化，月光时明时暗。喜助的眉宇间显得神情舒畅，眼里微微闪着光芒。

庄兵卫虽然没有从正面去看，但目光始终没有从喜助的脸上离开过。他心里一直在纳闷儿，真奇怪！真奇怪！因为喜助的脸无论是横看还是竖看都像是很快活的样子，让人感觉要不是顾忌到有官差在，搞不好还会吹起口哨、哼起小曲儿来呢。

庄兵卫暗暗思忖：我在高濑舟上押送犯人已经数不清有多少回了，

---

① 白河乐翁：日本江户后期大名松平定信（1758—1829 年）的别称，白河蕃主，号乐翁。
② 宽政：日本江户末期（1789—1801 年）的年号。

几乎每次都是一样，那些犯人的样子无不悲惨可怜，令人目不忍睹。可是，这个家伙是怎么回事？那神情，像是坐船去游山玩水一样。听说他的罪行是杀害了弟弟，纵使那位弟弟是个坏人，也不论是在什么情形下杀的，按照人之常情，心情总归不会太好才对。难道这个面色苍白的瘦弱男人是一个毫无人性、世上少有的恶魔？可是怎么看也不像啊。莫非是精神有问题？不，不，他的言行举止完全正常。这个人究竟是怎么了？庄兵卫对喜助的表现越想越不明白了。

过了一会儿，庄兵卫终于忍不住问道："喜助，你在想什么呢？"

"是。"喜助应了一声，看了看四周，像是担心自己做错了什么事而要被官差盘问似的，端正了坐姿，看着庄兵卫的脸色。

庄兵卫觉得应该讲明自己突然发问的动机，说明自己不是以官差的职务身份和他对话。于是他说道："没什么，我只是随便问问，没有别的意思。其实我刚才就想问你，要到岛上去了，你现在是什么心情？迄今为止，我已经用这条船押送过很多人去岛上了。什么样情况的人都有，但是，没有一个不为流放荒岛而感到悲伤的，都是与为他们送行的亲属彻夜抱头痛哭。可是，见你这样子，好像一点儿也不为此感到痛苦。你究竟是怎么想的呢？"

喜助微笑着说道："承蒙您好意询问，非常感谢。流放到岛上，对于别人来说的确是一件可悲的事吧。那种心情，我也能够想象得到。但是，那是因为他们都是在世上过惯了舒服日子的人。京都确实是个好地方，不过，我想，在这个好地方我所经历过的苦头，是到哪里也比不上的。这回承蒙大老爷仁慈，放我一条活路，让我到岛上去。岛上即便再苦，毕竟不是鬼待的地方。从前，无论到哪里，都没有我的立身之处。这次，官府命我到岛上去，我能够去那里安定下来，首先就是一件再庆幸不过的事情。别看我身子单薄，却从来没有生过病，所以，到了岛上以后，我想，再苦的活儿我也能够承受。而且，这次被发配到岛上之前，我还得到了两百文钱，就放在这里。"说着，喜助用手摸了摸胸口。按当时的规定，凡是流放到远方岛屿的人，都会发给两百铜钱。

喜助接着说道："说起来让您见笑，像这样口袋里能揣上两百文钱，我可是从来没有过的。为了能有点儿活儿干，我到处去寻找，一旦找到了便拼了命地去干。就这样挣来的一点儿小钱，总是右手进左手出，很快就进了别人的手里。像这样能有现金来买口吃的还算好的了，大部分时候都是用来还债，然后又借新债。自从进了大牢以后，不用干活儿就能有饭吃，光凭这一点我就觉得对不住官府大老爷。况且，离开大牢时还给了两百文钱。要是还能这样有官府的饭吃，这两百文钱我就可以不用，一直攒着。身上能有自己的钱，这对我来说还是平生第一次。现在还不知道到了岛上会有什么活儿干，但我很期待能将这两百文钱当作在岛上干活儿的本钱。"喜助说到这里停了下来。

庄兵卫对听到的事情深感意外，只应了一句"哦，是吗？"，一时也不知道说什么好，默默地陷入了沉思。

庄兵卫差不多年近中年，老婆已经生了四个孩子，再加上老母还健在，家中总共七口人过日子。平素生活非常节俭，甚至到了被人说是吝啬的程度。衣服除了自己平时当差穿的，只有一件睡衣。然而不幸的是，妻子出生于一个有钱的商人家庭，妻子虽然有意尽量以丈夫所得的俸禄来维持家计，但毕竟是在富裕的家庭娇生惯养长大的，终究过不了丈夫所希望的那种紧日子，常常到了月底便入不敷出。于是妻子便瞒着丈夫从娘家拿钱来弥补亏空，因为丈夫非常讨厌借债，可这种事情终究不可能一直瞒着丈夫。即便是每年的五节从娘家拿些东西，或是给孩子过七五三①时从娘家拿得一些小孩子的衣服，庄兵卫心里都感到不舒服，更何况发现她靠娘家来弥补生活上的亏空，脸色就更难看了。羽田家并没有特别造成家庭不和的事情，时不时起点儿风波都是因为这个。

庄兵卫听了刚才喜助的一番话，便将喜助的境况和自己进行了对比。喜助说他干活儿所得的钱，右手接过来左手便又交给了别人，境遇是多么

① 七五三：男孩儿三岁、五岁，女孩儿三岁、七岁时，于当年的11月15日前往神社进行参拜的仪式。

悲惨可怜。可一转念想想自己，与他之间到底能有多大差别呢？自己不也是过着将从官府得来的俸禄右手进左手便转交给别人的日子吗？他与自己的区别，不过是算盘上位数的差别而已。就连让喜助感激涕零的那两百文积蓄，自己都没有。

如果考虑到位数的差距的话，喜助把那两百文钱看作积蓄而喜不自禁也就不足为怪了。他那种心情自己也能体会到。但是，无论怎样考虑到位数的差距，喜助的无欲和知足还是让人感到不可思议。

喜助非常辛苦地四处奔波，只为了找份活儿干，只要找到了便卖力地去做，仅仅勉强能够糊口就很满足。所以，当他进了大牢以后，不用干活儿就能吃上饭，简直就像是上天所赐，他感到了有生以来从未有过的满足。

不论怎样考虑到位数的差距，庄兵卫知道他与自己之间还是存在着巨大的差异。自己靠俸禄所维持的生活，虽然也时有不足，但大体能够收支相抵，算是勉强能维持。然而，自己对此却几乎没有感到过满足。平常只是毫无感觉地过着，既无所谓幸福也无所谓不幸。不过，内心深处却潜藏着疑虑：这样过下去，万一哪天丢了差事怎么办？要是得了重病又怎么办？当偶尔得知妻子又从娘家拿钱来弥补亏空时，这种担心便会浮上心头。

这种差异究竟是怎样产生的呢？从表面上看，可能会说，因为喜助没有家累，而自己有。但这是骗人的谎话。就算自己是个单身汉，也不可能有喜助那样的心情，根源似乎还在更深的地方，庄兵卫想。

庄兵卫漠然地想了想人这一生。当人生病的时候，就会想要是没有病该多好；当人天天都吃不饱肚子的时候，就会想要是能填饱肚子就好了；当你没有积蓄的时候，就会想要是有一点儿以备不时之需的积蓄就好了；而当有了积蓄的时候，又会想要是再多一点儿就好了。这样不断地想下去的话，真不知道到哪里才是止境。庄兵卫意识到，是喜助让我们看到了，眼前就是止境。

庄兵卫像是回过神似的用惊异的目光看着喜助。这时，庄兵卫感到，正在仰望天空的喜助的头上，仿佛放出了光芒。

庄兵卫盯着喜助的脸看了一会儿，然后喊道："喜助先生。"这次叫他"先生"并不是有意改口。当声音从自己的嘴里出来并传入自己的耳朵，庄兵卫立刻意识到不妥，但话已出口，也无法收回了。

"在。"喜助答道。被人称作"先生"，他似乎也感到疑惑，诚惶诚恐地悄悄窥视着庄兵卫的脸色。

庄兵卫有些难堪，勉强说道："我问的好像有点儿多。听说你这次被流放岛上是因为杀了人，能顺便说说那件事情吗？"

喜助十分惶恐地答道："遵命！"然后便开始小声说起来，"实在是一时糊涂，做出那种可怕的事来，真不知道该如何说起。后来回想起来，自己都不敢相信能做出那种事情来，完全是不顾一切地做出来的。在我小时候，父母就染上瘟疫死了，留下我和弟弟两个人。起初，街坊邻居们就像可怜一只屋檐下的小狗一样，接济给我们一些吃的，我们就给他们在附近一带跑跑腿，这样才免去挨饿受冻，活了下来。后来慢慢长大，就是出去找活儿干我们也尽量不分开，总是在一起，相互帮衬着干。那是去年的秋天，我和弟弟一起进了西阵[①]的织锦作坊，操作织机。不久，弟弟生了病不能去干活儿了。那时我们住在北山的一处与窝棚无异的地方，每天从纸屋川的桥上经过去作坊。我每天收工后买些吃的带回去，弟弟在家等我。他总是说让我一个人去干活儿养活他，很对不住我。有一天，我和平时一样回到家里，发现弟弟趴在被褥上，边上全是血。我大吃一惊，将拿在手里的竹皮包里的什么东西往旁边一扔，跑上前去连忙问道：'怎么了？怎么了？'弟弟抬起头，面色惨白，两边的脸上一直到下巴都沾满了血，看着我却说不出话来。只听见他每喘一口气，伤口就发出咝咝的声音。我不知道怎么回事，便问：'怎么搞的？吐血了吗？'我准备靠近他。他用右手撑着床铺，稍微抬起了身子，他的左手使劲按着下巴下面，指缝间挤出了黑色的血块。弟弟用眼神让我不要靠近他，并且终于开口说出话来：

① 西阵：位于京都市上京区，自古因织锦而闻名，该地区出产的丝织品被称为"西阵织"。

‘对不起，请原谅我。我这病反正是好不了了，不如早点儿死了好让哥哥能够轻松点儿。本以为割断喉咙就能死，没想到那里只是漏气却死不掉。我就想着再深些、再深些，使尽力气往里按，却滑到旁边去了。刀刃好像并没有坏，我想，只要能拔得巧，我就能死掉了。现在说话很难受，请你帮我拔出来吧。’弟弟的左手只要松一下就会漏气。我想要说些什么，却说不出声来，只是默默地看着弟弟喉咙上的伤口。看样子是用右手拿剃刀横着割的喉咙，但是没有死掉，就将剃刀直接再往深处摁，像剜进去一样。刀柄有两寸左右露在伤口外面。看到这情形，我也想不出该怎么办，于是看了一下弟弟的脸。只见弟弟一动不动地盯着我看。我终于说出一句：‘你等着，我去叫大夫。’弟弟露出怨恨的眼神，再次用左手捂紧了喉部说道：‘喊大夫有什么用！啊，好难受！快点儿拔出来，求你了！’我感到不知所措，只是盯着弟弟的脸看。这时，让我感到不可思议的是，眼睛竟然也会说话。弟弟的眼睛充满怨恨地看着我说：‘快拔呀！快拔呀！’弟弟那可怕的眼神不断地催促着我，我的脑子里就像有个车轱辘在咕噜咕噜地转着。而且，那眼神变得越来越严厉，最后就像看到仇敌一样，狠狠地瞪着我。看到这情景，我最终感觉到不得不按照弟弟所说的办了。于是，我说道：‘没法子了，那就给你拔吧。’弟弟的眼神豁然一变，露出了喜悦的神色。我想，只有咬着牙去做了，于是跪下来向前探出身子。弟弟把支撑身体的右手放了下来，用一直按着喉咙的左手胳膊撑着床躺了下来。我用力握住刀柄，径直把剃刀拔了出来。恰巧在这时，附近的一位老太太推门进来了。是我拜托她在我不在家时，帮忙照顾弟弟吃药什么的。因为这时屋里已经很暗，我也不知道老太太看到了什么，只听她‘啊’了一声，立刻就敞着门跑了出去。我拔刀的时候，一心想着能迅速直接地拔出来，但根据手的感觉，像是割到了本来没有破的地方。因为刀刃是朝外的，大概是割到了靠外面的地方。我手里握着剃刀，呆呆地看着老太太进来又跑了出去。老太太走了以后，我回过神看看弟弟，已经断气了，伤口流出了很多血。我把剃刀放到一边，怔怔地看着半睁着眼睛已经死去的弟弟，直到来了一伙老年人，把我带去了官府。”

喜助说话时微微俯着身子仰视着庄兵卫的脸，说完后又将视线移到了自己的膝盖上。

喜助的叙述很有条理，甚至可以说是过分地有条理了。那是因为半年以来，多次回想过当时的情景，再加上在接受官府的问询、调查时，又被迫一再进行详细复述。

庄兵卫听的时候，感觉当时的情景就在眼前，听到半截时，心中开始起疑：难道这就算谋杀亲弟吗？这算是杀人吗？直到听完，这个疑问也没有解开。弟弟说把刀拔出来就能死，让哥哥帮他拔掉；哥哥帮他拔了出来，弟弟死了，就说是哥哥杀死的。但是，就算放着不动，不帮他拔，弟弟迟早也是会死的。弟弟想要快点儿死，是因为忍受不了痛苦。喜助不忍心看到弟弟那么痛苦，想要把他从痛苦中解救出来才让他断了气。这算是犯罪吗？杀了人当然是犯罪。但是，一想到这是为了帮他解救痛苦，还是不由得产生了疑问，令人怎么也想不通。

庄兵卫在心中思忖良久，最终还是觉得只能依靠上面的裁断，服从权威，没有其他办法。庄兵卫认为长官的裁断就是自己的裁断。话虽这么说，但庄兵卫还是觉得有哪里想不通，真想找长官去问问。

夜色逐渐深沉，高濑舟载着默默无语的两个人，在黑黢黢的水面上向前滑去。

（李庆保　译）

情欲生活

金井湛的专业是哲学。

说到哲学家，一般都会写点儿书什么的。金井君虽以哲学为业，却什么书也不写。据说他从文科大学毕业时，曾以外道[①]哲学与苏格拉底之前的希腊哲学的比较研究为题，写了一篇莫名其妙的东西。从那以后便什么也不写了。

不过，既然以哲学为职业就要授课。他负责的是哲学史课程，开设近代哲学史讲座。据学生们评价说，比起那些写过很多书的老师，金井老师的课更有意思。他的课很直观，有时就像将一束强光投射到某个事物上一样，这时，学生们就会留下深刻的印象。特别是他经常会借助一些毫不相关的事物来说明某个问题，让听者有顿悟之感。据说叔本华会将报纸上的小道消息等杂闻轶事记在资料本上，作为自己研究哲学的材料，而金井君则把什么都拿来作为哲学史的材料。他有时会在严肃的哲学课上引用当时年轻人常读的小说来进行说明，让学生大为吃惊。

他大量地阅读小说。看报纸或杂志时，他不读什么评论之类的，只看小说。不过，如果作者知道了他读小说的目的，肯定会愤怒的吧。他并不把这些小说看作是艺术作品，因为金井君对于艺术作品的要求非常高，这些小说还不足以达到他的标准。金井君感兴趣的是，作者是在什么样的

① 外道：即不合常规的旁门左道。

心理状态下写出这样的东西的。所以，经过金井君的解读，作者本来是抱着悲伤、悲壮的心情写的东西，却让人感到非常滑稽，而那些以滑稽的笔调写出来的东西，反而让人感到悲哀。

金井君有时候也想写点儿什么。虽然是以哲学为职业，但并没有想要去建立自己的哲学体系什么的，所以不想写哲学。他更想去写一些小说或剧本。然而，由于他对艺术作品的要求相当的高，所以迟迟未能动手。

就在这期间，夏目金之助[①]开始写小说了。金井君饶有兴致地读了以后，自己也感到技痒，跃跃欲试。不过，就在这时，有人模仿夏目君的《我是猫》，写出了《我也是猫》，还出现了《我是狗》之类的。金井君见状非常厌恶，最终什么也没有写。

不久，出现了自然主义风潮。金井君在读这种流派的作品的时候，并没有特别感到技痒，不过，他觉得有意思还是很有意思的。在感到有意思的同时，金井君想到了一件奇怪的事情。

每次读自然派小说，看到作品中的人物行止坐卧之间动辄就会伴有性欲描写，而且评论界还把这看作是人生的真实反映，金井君就会想：人生果真就是如此吗？同时，他还想到，会不会是自己偏离了正常人的心理状态，天生异常，属于所谓的性冷淡呢？他的这种想法，在读左拉的小说的时候也会产生。但是，那是在看到《萌芽》之类的作品中，描写部落的劳动者们在生活极度困厄的情况下，还要去偷窥一对男女的幽会的情景时才会这样想。这时，他的疑问是：为什么作者要特意写出这一段？他并不认为不会发生这样的事情。这样的事情固然可能会有，只是对作者为什么要写这个抱有疑问，也就是说，他只是觉得这是不是作者个人的性描写癖好有异常。也许像小说家或诗人这类人群，在性欲上会有不同常人的地方。这个问题与龙勃罗梭[②]所提出的天才问题也有关系。莫比乌斯一派将

① 夏目金之助：即夏目漱石（1867-1916年），日本近代著名文豪。
② 龙勃罗梭：意大利精神病学家，将精神病学的理论和方法引入了犯罪学研究。

有名诗人或哲学家一个个地都当作精神病患者来讨论，其根据也是在此。然而，最近在日本兴起的自然派却与此不同，许多作者蜂拥而起写相同的东西，评论界认为这就是人生，对此予以认可。按照精神病学家的话来说，这所谓的人生就是每一处的描写都带有性欲色彩的风格。因此，这更加深了金井君之前的疑惑。

不久之后，发生了龅牙龟[①]事件。有个叫作龅牙龟的工匠喜欢偷窥女澡堂，有一次尾随一位从澡堂出来的妇女，并将其强奸了。像这种事情哪个国家都会经常出现，是极其普通的事件，要是西方的报纸，顶多在某个小角落发一个两三行的消息。然而，这件事却在社会上引发了轰动，一时间成为了大问题，被和所谓的自然主义扯上了联系，甚至出现了"龅牙龟主义"这一自然主义的别称，"出歯る[②]"也开始作为动词流行起来。金井君现在认为，只要不是世上的人都成了色情狂，就不会怀疑唯独自己与别人不一样。

有一天，金井君在课堂上看到有个学生带了一本叫作《耶路撒冷的哲学入门》的小册子。下课后，他拿起那本书看了一下，问是什么书，学生答道："是在南江堂书店看到的，心想，也许能够作为参考书看一下，便买了下来。我还没有看，先生要是感兴趣就拿回去看吧。"金井君将其借了回来，刚好当晚有空，便读了一下。当读到审美论这部分时，金井君大为吃惊。书上是这样写的："所有的艺术都是倾诉。性欲应当面向公众进行发泄。这样看来，就如经血找不到出口有时会从鼻孔中流出一样，性欲会变身成为绘画、雕刻、音乐和小说剧本。"金井君在惊奇的同时，心想：这家伙的想法真是奇特，不过，为什么不将这一理论向前再推进一步，说明人生的一切都是性欲的表现呢？按照这种推理，可以推出所有的一切都是性欲的表现。拿宗教来作为性欲进行解释是最容易的。被尊为圣

---

① 龅牙龟：指偷窥女浴池的变态男性。源自明治时代有个窥视惯犯的绰号为"龅牙龟太郎"。

② 出歯る："出歯"即龅牙的意思，加上日语的动词词尾"る"构成动词，即强暴、性侵的意思。

人的修女，实际上很多人不过是将性欲朝向反常的方向发泄了而已。做出所谓献身行为的人当中，既有施虐狂，也有受虐狂。如果戴上性欲的眼镜来看的话，人类一切行为的原动力都是来自于性欲。看来，“Cherchez la femme①”这句话可以适用于世间万象。金井君心想，从这个角度来看的话，自己恐怕还是免不了被排斥在常人之外。

因此，金井君一直以来想写点儿什么的愿望也开始转向了异样的方向。金井君想到，性欲这个东西在人的一生当中究竟是怎样一步步显现出来，又与人的一生有多大程度的关系，有关这些问题的文献资料似乎很少。在艺术方面，就像有淫画一样，色情文学任何国家都有。但是，这些都不是认真严肃的作品。在所有的诗歌领域中都有描写恋爱的，不过，即便恋爱与性欲有着密切的关系，但并不能与性欲相等同。法庭或医生的记录当中，多少能找到一些材料，但大多是性变态。卢梭在《忏悔录》中非常坦率地记录了很多事情，他曾写到小时候因为记不住教过的东西而被郎贝尔小姐打了屁股，因为从中感到了难以言喻的快感，所以后来明明知道的东西却装作不知道，故意说错让郎贝尔小姐打他。不过，这件事不知什么时候被郎贝尔小姐知道了，便不再打他了。这是性欲的最初的萌发，但绝非初恋。另外，在有关他青年时代的记录当中，也时常能看到性欲方面的内容，不过，因为毕竟不是以性欲为主来写的，所以读起来并不能令人满足。卡萨诺瓦可以说是一个终生纵欲无度的男人，他所写的自传是其最有名的著作，书中大部分内容都展现了他彻头彻尾的性欲，没有一处与爱情有关。但是，正如拿破仑好大喜功的心理远远超过常人，所以他的自传很难成为研究沽名钓誉心理的材料一样，作为性欲方面的豪杰，卡萨诺瓦写的东西也难以成为研究性欲的材料。再如，罗德斯岛的巨像和奈良大佛是不适合用来研究人的形体的。虽然一直想着写点儿什么，但我并不想踏着前人的足迹亦步亦趋，也许我会借此契机写一写我的性欲形成历史。其

---

① Cherchez la femme：意为找出那个女人，当一个男子举止异常又难于解释原因时，就用这个表达来形容。

实，我也未曾深入考虑过自己的性欲是如何萌芽并发展的。也许我会尝试着就此问题写一写。白纸黑字地清楚地写下来之后，会更有助于了解自己吧，这样的话，或许就会知道自己的性欲生活到底是正常的还是异常的。当然，在没写之前还不知道到底会是哪一种，因此，也不知道写出来以后能不能公之于众，总之，空闲的时候就写一点儿算一点儿吧。金井君这样想。

就在这时，从德国寄来了一封邮件，是来自于经常寄书过来的一家书店。里面有一份某学会的关于性欲教育的研究报告，叫作《性欲》似乎不妥，因为 Sexual 是表示“性的”，而不是“性欲的”。但是，“性”这个字是个多义词，还是加一个“欲”字意思更清楚。问题是，在教育领域，是否有必须进行性欲教育？即使必须进行，又是否能够进行？某学会分别邀请了在各自领域内称得上是权威级别人物的教育家、宗教家、医学家各一人，在向他们征询了意见之后，得出了这份报告。虽然三个人所讨论的方向各有不同，但是对于性欲教育是否必要，以及是否可行，他们的回答都是肯定的。他们有的认为性欲教育应当在家庭内进行，有的认为应当在学校里进行，总之，都认为是应该进行、可以进行的。关于时期的选择，当然是在懂事以后。在举办婚礼之前让新人们看春宫图这种做法在我国也有，不过应当比这更早一点儿。之所以要提前，是因为如果等到即将举行婚礼之前进行的话，后面会出问题的。报告从低级生物的繁殖开始说起，逐渐引申到人类。虽说是先从低级生物开始说起，只是说了一下植物的雄蕊雌蕊什么的，后面就说动物亦是如此，人类亦是如此之类的，毫无用处。应该将人的性欲生活也详细地论述一下的。

金井君读过之后，抱起胳膊思考了一会儿。金井君的长子今年就要高中毕业了。他在考虑，假如自己要去教育儿子，该怎么说。他感到这是个非常难办的事情，这个问题越是具体地考虑起来越感到词穷。因此，当他想到要把自己的性欲生活的历史写下来时，金井君感到问题好像得到了解决。把它写下来，看看到底会怎么样。在考虑写出来的东西能否给别人看、能否公之于众之前，还是先检验一下能否给儿子看吧。金井君这样想着便提笔动手写起来——

这是六岁时候的事情。

当时我住在中国地区[①]的一个小小的城下町[②]，因为废藩置县，县府迁到了别处，这里一下子变得萧条起来了。

父亲随原来的藩主一起去了东京。母亲觉得我已经不小了，在送往学校之前应该先教一点儿知识，所以每天早上都教我学习假名，练习写字。

父亲原本只是个负责执勤的，不过我们还是住在有土墙环绕的临街的房子里。门前是护城河，对岸是朝廷的仓库。

有一天，我学习结束后，看到妈妈在纺布，于是说了声"我去玩了"，便跑了出去。

我家附近都是住宅，即使春天来了也看不到柳条和樱花，只能从我家的院墙上看到鲜红色的山茶花和米库旁的枸橘吐出的浅绿的嫩芽。

西侧有一片空地，散落的石子瓦片中间盛开着一些紫云英和紫花地丁，我开始摘紫云英玩。摘了一会儿后，忽然想起前几天邻家的一个小孩儿嘲笑我说"哪有男孩子还摘花的！"于是我赶忙环顾了一下四周，把花扔了。幸好没有被人看见。我呆呆地在那儿站了一会儿。那是个晴朗的日子，能够听到母亲"嘎唧嘎唧"的织布声。

空地的另一边是一户叫作小原的人家，住着一位四十来岁的寡妇。我不知怎么忽然想到她家去玩，于是便绕到门口跑了进去。

我甩掉脚上的草鞋，哗啦一声，打开拉门便进去了，发现那位婶婶正和一位不认识的姑娘在翻看一本书。姑娘穿着一身红色和服，盘着岛田发髻，虽然我还是个孩子，但我能感觉到这个姑娘是城里来的。婶婶和那位姑娘都吃惊地抬起头看着我，两人的脸都涨得通红。虽然我当时还小，

---

① 中国地区：这里指日本的区域之一，位于本州的西部。
② 城下町：日本指以城堡为中心发展起来的城邑。

但我能感到两人的表现有些不自然，和平常不一样。一看那本书，上面是漂亮的彩色图画。

“婶婶，那是图画书吗？”

我凑过去问道。姑娘把书倒扣过来，看着婶婶的脸笑了。我看到书的封面也是彩色的，画着一张大大的女人的脸。

婶婶把姑娘扣起来的书拿过来，翻开放到我面前，指着里面一幅图的什么地方问我道：

“阿湛，你知道这是什么吗？”

姑娘越发大声笑了起来。我仔细瞅了一下，画面上人物的姿势非常复杂，我怎么也看不明白。

“是脚吗？”

这回婶婶和姑娘一起大笑起来。看样子那不是脚。我顿时感到像是被嘲弄了。

“婶婶，我走了。”

我不顾婶婶在后面叫我“等一下”，径直跑出了大门。

凭我当时的知识还无法判断她们看的图到底是什么，但是，我知道两人的语言和举动很异常，而且让我感到不愉快。不过，也不知是为什么，这件事我一直没敢告诉母亲。

七岁。

父亲从东京回来了。我开始上学，学校是在原来藩里的学问所旧址上建立的。

我从家到学校要穿过位于门前的护城河最西端的城门。城门的哨所还保持着原来的样子，里面住着一位五十来岁的大伯和他的老婆孩子。孩子和我差不多大，是个男孩儿，总是穿得破破烂烂，两行鼻涕拖得老长。每次我通过那里时，那孩子总是吸着手指头看着我，我怀着既厌恶又多少有些害怕的心情从他面前走过去。

有一天，当我从城门走过时，却没能看到那个总是站在外面的孩子。

我正想着那孩子怎么了，正要从哨所房前通过时，从屋里传来了大伯的声音：

“喂！你拿那个干什么去！”

我停下了脚步朝声音的方向望去。大伯正盘腿坐在那里编草鞋，刚才是在训斥那孩子，因为他想要把用来捶草的槌子拿出去。孩子放下了槌子朝我这边看来，大伯也朝我看。他的脸上布满了深褐色的皱纹，鼻子高高的，有些歪，面庞消瘦。只见他目光炯炯，白眼珠子上能看到一些发红和发黄的地方。大伯朝我说道：

“小鬼，你知道你爸和你妈晚上做什么吗？你只会睡懒觉，不知道吧。哈哈哈！”

他那笑起来的样子非常恐怖。那孩子也跟着笑了起来。

我没有理他，逃也似的跑掉了。身后仍然能听到两个人的笑声。

我一路上都在思考刚才大伯问的话。我知道男女结成夫妻后就会生孩子，但为什么会生孩子我却不明白。大伯所说的事情应该与这个有关。这里面一定存在着什么秘密，我思忖着。

虽然我也想知道秘密是什么，但我并没有想到去像大伯所说的那样，晚上醒来监视父母在做什么。大伯说那样的话，即使在我这样的孩子的心里，也似乎能感觉到是一种亵渎。就像是有人让你不脱鞋便掀开竹帘进入神社里面一样。我对大伯说出那样的话感到非常厌恶。

后来，每次从城门那儿走过时我都会想起这件事。不过，小孩子的注意力总会不断被各种新鲜事物所吸引，不可能长久地想着这件事情。回到家以后，大概也就忘了。

十岁。

父亲开始一点点教我英语。

我经常听到父母提起可能要搬到东京去的事情。在说到这个事情的时候，如果我在一旁听着，母亲总会告诫我不要对外人说。父亲说如果去东京的话，没法把所有的东西都带过去，必须把家里的东西拣一拣，分分类，所以经常跑到库房里捣鼓。库房的下层堆放着大米，二层放着装衣服和杂物的箱子什么的。父亲在捣鼓这些事情的时候，一旦有客人来，就会立刻停下来。

我问母亲为什么不能跟别人说，母亲说因为大家都想要去东京，说出去不好。

有一天，趁着父亲不在家，我上到库房的二层看了一下，看到杂物箱的盖子是开着的，很多东西散乱在旁边。记得在我更小的时候，总是摆设在壁龛内的铠甲盒子不知为何被取出来放在房间中央。铠甲和头盔这种东西，大概从五年前征讨长州时就已经失去作用了。父亲也许是想把这尘封已久的东西送去废品店才拿出来的吧。

我无意中打开了铠甲盒的盖子，发现铠甲上面放着一本书。翻开一看，上面有漂亮的彩图，而且，上面画的男女的姿势非常奇怪。我想起了这和我更小的时候在小原婶婶家看到的书差不多。但是，此时已经比当时看到那本书时懂得了更多的事情，所以比当时要明白得多了。虽说米开朗基罗壁画中的人物也使用了大胆的透视画法，不过这本书中的人物与那个还不一样，姿势相当奇异，小孩子分辨不出哪里是手哪里是脚也不奇怪。不过这次能够清楚地看出手和脚了，而且我还明白了，之前一直想知道的秘密应该就是这个。

我觉得很有趣，反复翻看着里面的几幅图。不过，这里需要提醒一下的是，当时我丝毫没有意识到这里面人物的行为是与人的欲望有关系的。叔本华说过，人类很难做到有意识地去谋求拥有自己的孩子，繁衍后代，所以，大自然便让这一过程伴随着愉快感，把它变成欲望。这种愉快感和欲望是大自然为了让人类繁衍而设计的阴谋和诱饵。即便没有这种诱饵也不妨碍繁殖的是低等生物，是不具备理性意识的生物。我当时并不知道，像图画上人物那样的行为就是伴随着这种诱饵的。我之所以津津有味地反复翻看这些图，只不过是对于未知的东西感兴趣，只是一种好奇心和求知欲而已，与当时在小原婶婶家的那个盘着岛田发髻的姑娘所观看的角度是完全不同的。

我在反复观看的过程中也产生了疑惑，那就是，图中把某个身体部位画得特别大。在我更小的时候，把不是脚的地方误认为是脚也是情有可原的。本来像这种画哪个国家都有的，只是将某个身体部位画得如此之大，实在是举世无双。这是日本的浮世绘画师的发明。古代希腊的艺术家在塑造神的形状的时候，总是把额头做得很大，而把脸的下部做得很小。因为额头是灵魂存在的地方，所以为了突出它而放大。脸的下方，也就是嘴的周围，是用于咀嚼的上下颚以及牙齿，是低贱的部分，所以有意缩小。如果把这部分放大，就会看起来像猿猴。坎珀[①]的下半身慢慢变得越来越小，比起腹部，将胸部放大。腹部的地位与上下颚及牙齿类似，这一点不需要再解释，因为比起饮食，呼吸的作用属于上等。而且，古代人不认为胸部，准确地说是心脏，起到血液循环的作用，而是与精神活动相关。日本的浮世绘画师在创作这些图的时候将某个身体部位放大，与上述将额头和胸部放大是同一个道理。这对于当时的我来说，是完全理解不了的。

中国有一本叫作《肉蒲团》的书。书中写到主人公未央生因为觉得自己身上的某个部位很小，于是到处去偷看别人小便。当时，我看到有人在路边小便，也偷偷窥视过。当时城中并没有路边厕所，所有人都在路边上解决。我发现每个人的那个地方都很小，因此判断画上是骗人的。当时感到自己就像是有了什么大发现似的。

这是我在看过那幅奇怪的图之后对现实世界的一次观察。另外一次观察有些难以说出口，不过为了体现真实性，还是决定写下来。我从没有看过女人身体的某个部位。当时城里没有公共澡堂，不管是在家里洗澡，还是住在亲戚家时别人给我洗澡，都只是自己脱光衣服，而帮我洗澡的人都是穿着衣服的。而且女人也不会在路边解手，对此我实在毫无办法。

在学校里，男女生是分开来教学的，也从不一起玩。即使是说说话，

① 坎珀：希腊神话中的一个女妖，长着女人的躯干和头，尾巴则像蝎子。

也会立刻被同伴嘲笑，所以不存在异性伙伴。亲戚当中虽然有女孩子，但只是在一些节日或做法会的时候才会来，即便来了，也都是穿戴整齐、梳妆打扮后才来，然后老老实实地吃点儿东西后就走了。能在一起亲密无间地玩耍的女孩儿是没有的。不过，在我家后面住着一户当时被称作小矮人的侏儒，那家有一个与我同年的女儿，名叫阿胜。阿胜梳着小小的蝴蝶型发髻，偶尔会到我家来玩儿。她皮肤白皙，脸蛋儿鼓鼓的，性格非常乖巧。很不幸的是，她成了我的试验对象。

那是梅雨季节刚刚过去的时候。闷热的午后，母亲照旧在织布，来我家帮忙做活儿的阿婆在睡午觉。家里一片寂静，只有母亲织机上传来的穿梭声在屋内回响。

我独自在后院的库房前，用细线系住一只蜻蜓的尾巴，让它飞着玩。开满红花的紫薇树上，飞来了一只蝉，开始鸣叫起来。我仔细找了一下，它在很高的地方，没法去逮。就在这时，阿胜来了。她也是因为家里人在午睡，感到无聊就跑出来了。

“我们一起玩吧。”

她跟我打招呼。我忽然心生一计。

“嗯，我们从走廊往下跳着玩吧。”

我说着便脱掉草鞋爬到走廊上，阿胜也跟着脱掉红色鞋带的草鞋上来了。我首先赤着脚跳到了院子里的苔藓上，阿胜也跳了下来。我再次爬到走廊上，这次我把衣服撩起来。

“这样跳的话衣服就不会碍事了。”

我迅速地跳了下去。阿胜见我这样，有些犹豫。

“快，你也试试看！”

阿胜脸上露出了为难的神色，但毕竟是个单纯而温顺的孩子，最终还是撩起衣服跳了下来。我睁大了眼睛看着，但除了看到白白的肚子下面连着两条白白的腿之外什么也没有。想想用望远镜窥探芭蕾舞女演员的两腿之间，只看到薄纱衣上的金丝闪闪发光而大感失望的绅士，我的行为也并没有什么罪过。

那年秋天。

我们那个地方非常盛行跳盂兰盆舞。就在阴历的盂兰盆节临近的时候，有传言说今年不准跳盂兰盆舞了。不过，外地出身的县知事认为违背当地人的意愿不太合适，于是就采取了默许的态度。

离我家两三百米远的地方就是街市，那里搭起了台子，一到傍晚，就能听见伴奏乐响起。

我问母亲能不能去看跳舞，母亲说可以去，但要早点儿回来。于是我穿上草鞋便跑出去了。

其实之前也看过很多次，只是当时更小，是由母亲带着去看的。参与跳舞的，表面上都是当地的市民，但大家都用头巾裹着脸，所以也有很多武士的子女去跳。其中，有男扮女装的，也有女扮男装的。不带头巾的就带上一种叫作“百眼”的面具。西方的狂欢节是在一月，虽然季节不同，但人们却不约而同地做着类似的事情。西方在收获时节也有另外的舞会，不过好像不带面具。

很多人围成一圈儿来跳舞。也有人蒙面而来，但只站在一旁看着，这样一旦看到中意的舞者，就可以随时插进去。

我正在看着，无意中听到了两个蒙面男人的对话，看起来像是互相认识的。

“你昨晚去爱宕山了吧。”

“别胡说！”

“不是吧，肯定去了哟。”

这时，另外一个男的从旁插话道：

“那个地方呀，早上去一看，有很多遗落的东西呢。”

随后就是一片笑声。我顿时感觉像是触碰到了什么肮脏的东西似的，不再看舞会，跑回家去了。

十一岁。

父亲把我带到了东京。母亲暂时留在原地，经常来家里帮忙的阿婆搬过去和母亲一起住。说是过一阵子就过来，大概是要等到把老宅子卖掉以后吧。

旧藩主的官邸在向岛。父亲就搬到了那里的长屋[①]中的一户空房子内，雇了一个婆子烧饭。

父亲每天早出晚归，同时为我物色上学的学校。每当父亲出门后，一位二十岁左右的姑娘模样的人就会来到厨房门口，然后就见她围裙里鼓鼓囊囊地回去了。这是老婆子把偷的米让自己的女儿带出去。后来母亲来了，知道了这件事，就把老婆子赶走了。我当时真是个十足的糊涂蛋。

那时也没有能跟我一起玩的小孩子。管家有个比我小两岁左右的儿子，第一次见面那天就说要钓院内池子里的鲤鱼，所以我就讨厌他，决定不和他玩。负责管账的用人家有两三个女儿，大的十二三岁了，每次见到我总会在远处指指点点，相互窃笑私语，我也不喜欢她们。

我来到府邸的门房，有两三个家丁在这里待命。每次看到他们，大抵都是在抽烟闲谈。即使我在旁边也不介意，所以我就听到了很多事情。

他们聊天当中提到最多的是叫作吉原和奥山的两处地名。吉原就是他们梦想中的天堂。而且，这座天堂所展现出的庄严，部分地是由此处的官邸的力量来维持的。据说总管家用官邸的钱放高利贷给吉原的老板，因此，他们去那里总能受到特别优待。他们各自讲起自己去吉原的经历。我听了以后觉得似懂而非懂，一点儿也不觉得好玩儿。其中一个人还说了这样一句话：

“下次带你一起去，有漂亮姐姐疼你哦！”

这时，大家就会大笑起来。

说到奥山时，他们总会提起一个叫作榛野的男人。家丁大都长得比较丑，不是麻子就是龅牙、蒜头鼻什么的。而这个榛野却是白白高高的，头发留得长长的，抹得油光发亮，从中间一分到底。这个人的具体职务不

---

① 长屋：指若干户连在一起的长栋房子。

太清楚，总之比家丁们的待遇要强，做一些起草文稿之类的工作。家丁们常这样说：

“要是能像对待榛野那样对我们，我们也会去奥山，可是即使我们付了钱玩杨弓①，对我们也是爱理不理的，真无趣。”

榛野是这伙人当中的少年阿多尼斯。托他的福，不久之后我便有机会见到了阿佛洛狄忒女神以及珀耳塞福涅式的姑娘。

院子里的蝉叫声越来越吵。这天，父亲出去了，我在家正发呆，一个叫涅麻的家丁在屋外喊我：

“阿湛，在家吗？我现在出去办事，一起去吧。带你去浅草的观音庙哦。”

观音庙父亲曾经带我去过一次。我兴奋地踏上木屐就跑出去了。

过了吾妻桥到林荫道买了东西后，又折回到庙前街逛了逛。看到一个男的手里拿着很多用线吊起来的乌龟形状的玩具，边走边喊：“机械小乌龟，随便挑随便选喽！”那乌龟的头尾和四只脚还在不断地摆动。涅麻在一家绘草纸②的摊前停了下来。我正在看一本描写西南战争的锦绘，涅麻拿起一本带封的书问一位上了年纪的女店主道：

“老板娘，现在还有人受骗上当买这个吗？哈哈哈。”

“时常还有人买哦，虽然里面全是一些无聊的内容。哈哈哈。”

“怎么样？有货真价实的卖吗？”

“您就别开玩笑了，现在警察看得这么严。”

那本带封的书，封面上画着一张女人的脸，上面写着“笑话书”几个大字。那是当时书摊上用来骗人的东西。里面就是一些笑话，却故意神秘地用封套封起来，专卖给那些想要看风流画的人。

虽然我当时还是个孩子，但是他们对话中的意思我都大致听懂了。不过，比起对话的意思，涅麻能自在地说东京话这件事倒是引起了我的注

---

① 杨弓：用杨柳制作的游戏用的弓，盛行于江户时期。
② 绘草纸：一种江户时代的通俗插图读物。

意。而且我还想，涅麻既然东京话能说得这么好，为什么在府上却要说土话呢？同乡们之间说方言本是理所当然，但是，涅麻之所以说两种话，好像原因不止在此。他是不是为了故意在上司面前装朴实才说土话的呢？我从那时开始就会考虑这些事情了。说我是个糊涂孩子吧，我也有不太单纯的地方。

我们登上观音堂，我的好奇心促使我将目光聚集到漆黑一片的格子窗里一块儿烛光朦胧的地方。我看到一群老爷爷老奶奶的背影，他们像虾一样地弓着身子，嘴里念念有词地祈祷着向堂东侧走去，在一阵“咔嚓咔嚓”的扔香火钱的声音中走下堂去。

这一带有很多乞丐。其中有个男的在用五色的沙子作画。在一块稍微空旷一点儿的地方，很多人围成一圈在看神速拔刀术表演。我和涅麻也站着看了一会儿。一个架子上每一层都放着刀，只有下层的刀比较长。表演者念叨了一大堆东西，迟迟不拔刀。就在这时，涅麻突然退了出来，我也不明就里地退了出来。等我回头再看时，负责收钱的人已经在不远的地方。

我们来到一个有杨弓店的小巷内。我看到各家店里都有涂脂抹粉的女人，感到很新奇。父亲没有带我到这里来过。我不可思议地观察着这些女人的脸。她们的脸不是正常人的脸，与我所见过的普通女人不一样，都是一种固定模式的脸。按我现在的话来讲，这些女人脸上的表情是凝固的。我看了以后就想，为什么她们都不约而同地把脸涂成那个样子呢？小孩子在装乖巧的时候，会做出奇怪的表情。这些女人全都和那些孩子一样，表情怪异。眉毛尽量高挑，有的甚至接近发际。眼睛尽量睁得大大的。不管是说话还是笑，鼻子以上都不动。我感到纳闷儿，她们为什么就像商量好了似的，把脸弄成这样呢？我当时还并不知道，这些是用来做招牌的脸，是妓女的打扮。

那些女人吵嚷着争相拉客，喊得最多的是“呦喂，大哥”，听得比较清楚的是在喊“哎哟喂”，但大部分听起来像是“呦喂”。还有喊“穿深蓝布袜的大哥”之类的，因为涅麻穿着深蓝色的布袜。

“哎呀，涅麻大哥！”

在一句格外尖锐的招呼声中，涅麻进了那家店里，坐了下来。正在我呆站着不知所措的时候，涅麻打手势让我也坐下来。是一个圆脸的女人，一说话就能看见薄薄的嘴唇间露出铁浆[①]剥落的牙齿。她将一根长长的烟管点着烟，用袖子擦了擦烟嘴后递给涅麻，照样鼻子以上未动一下。

“为什么要擦？”

“不擦的话不礼貌呀。”

“榛野以外的人都要擦过了才让人家吸，是吧。”

“谁说的，榛野也总是擦过了才给他的啊。”

“是吗，擦过了才给他啊。”

两人就这样你一句我一句，都是话里有话。涅麻不认为我对他们话里的第二层意思会做出任何联想，女人也视我的存在如空气。但是，我并没有半点儿不满。我讨厌这个女人，所以我不想听她说话。

涅麻问我要不要玩一下杨弓，我说不想。

涅麻不久就出了杨弓店，然后我们穿过猿若町，过了桥场的渡口，回到了向岛的宅邸。

下面这件事也发生在与那差不多的时期。家丁们的朋友当中有个叫作银林的针灸医师，偶尔过来和他们聊聊。他是来给老爷治病的，不是地方上的人，是个江户子[②]。家丁们大都在三十几岁，而这个男的已经超过四十岁了。我觉得与家丁相比，这个人要聪明得多。

有一天，银林说要去银座那边，要带我一起去。那天办完事后，银林进了京桥旁边的曲艺场。

因为是白天场，人不是很多。除了一些带着女儿来的老板夫人们看起来比较优雅，其他多是一些城市手工业者。

台上出来个说书的开始说故事。说的是一个叫作德三郎的青年人出

---

① 铁浆：用于将牙齿染黑的液体。
② 江户子：指在江户（即现在的东京）出生并长大的人。

去下象棋到深夜才回家，被老婆拒之门外。正巧附近有位姑娘也被关在了门外进不了家，便向青年搭讪。听到青年说只好去叔叔家借宿一晚，姑娘就让他也带她一起去。青年没有听从，快速往前走，但姑娘跟了过来。叔叔是风月场上的老手，也就是道义感比较薄弱的人。他马上就断定是侄子带着情人来了。青年辩解否认，他认为这是青年害羞的搪塞之词。爱慕青年的那位姑娘则感到了意外的幸运。两人就这样被叔叔半推半赶着上了二楼。房间里只有一床被褥，两人将解下的腰带竖放在垫被的正中来睡，令人联想起萨哈林岛[①]被一分为二的样子，虽然这样的比喻在年代上有误。后面又说了些一觉醒来后如何如何等。我对东京话还听不太习惯，可说书的却在那儿口若悬河地讲着。我拼命地竖起耳朵听，就像后来刚去西洋留学时上课听讲一样。银林见状，冲着我笑道：

“怎么样？能听懂吗？”

“嗯，大概能懂。”

“大概能懂就够了。”

第一个说书人终于起身，弯着腰从舞台的侧面退下去了，紧接着又换上来第二个。一上来就谦虚地说道：“人是换了，但水平并不比前面的高明。”接着便点出主题，“大老爷们儿的乐趣在于花街柳巷。”然后便开始讲起一位工匠带着一个不通风月的处男去吉原的故事。这可以称得上是关于吉原的一堂入门课。我边听边感叹，东京果然是一个不管想获取什么知识都会很便利的地方啊。当时我还学到了一个古怪的说法叫作“云雨情深”。但是，这个讲法我后来在曲艺场之外从来没有听到过，所以成了使我的记忆承受无用的负担的语句之一。

同年的十月份左右，我进了一所位于本乡壹岐坂的教授德语的私立学校。这是因为父亲想让我将来学习矿山学这门学科。

因为离向岛远，上学不便，我借住在父亲的一位前辈东先生家里。

---

① 萨哈林岛：俄罗斯东部最大岛屿，1905 年将北纬 50° 以南部分割让给日本，二战后收回。

他家当时住在神田的小川町，我从那里去学校。

东先生是从西洋留学回来的，很讲究养生，除了肉食吃得多之外，其他也没什么奢侈的地方。不过很喜欢喝酒，一般是从政府下班回来后，一直要翻译什么东西到晚上十点、十一点左右，然后再喝。夫人也是位很能干的人。现在想来，在当时的高官之中，像这样夫妻关系融洽的家庭是不多的吧。原来父亲是将我放到了一个良好的家庭里面。

我住在东先生家期间，一点儿也没有受到过性欲方面的刺激。如果硬要想的话，我记得有过这么一件事。我学习的桌子放在客厅与厨房之间的地方。有一天傍晚，因为不见女佣过来点灯，我就起身准备去厨房，这时，听见书生①与女佣正在说话。只听书生正在向女佣讲解道："女人的工具随时都可以用，与心情无关；而男人的工具却有能用和不能用的时候，觉得喜欢便会坚挺起来，感到讨厌就会萎靡不振。"女佣满脸通红地听着。我感到很讨厌，马上回到自己房间去了。

对于学校的课业，我并没有感到很难。因为我跟父亲学过英语，有一部叫作阿德勒的什么人编的词典，有德英和英德两本。无聊的时候，我也查过词典，查"阴茎"的时候，引出了"无生育能力的"这个词，查"阴部"的时候，引出了"外生殖器"这个词，感觉怪怪的。但是，这并不是受到性欲的促使而对这些词感兴趣的，只是对于人们平时不便启齿的隐晦的事情感到好奇而已。所以，我还查了"屁"这个词，并记住了德语的同义词"Furz"。有一次，一个德国老师教我们化学入门，演示了硫化氢的产生过程，然后问我们知不知道什么东西里面含有这种气体。有个学生回答说"faule Eier（臭鸡蛋）"。确实，坏了的鸡蛋里有这种气味。老师问还有没有，我站起来大声答道：

"Furz（屁）！"

"Was？ Bitte, noch einmal！（什么？请你再说一遍！）"

"Furz（屁）！"

① 书生：当时指寄宿在同乡、前辈或有势力的人家一边帮工一边读书的青年。

老师终于听懂了，红着脸亲切地教导我说不应该用这个词。

学校里有学生宿舍，我下课后有时候会去看看。我在那里第一次听说了男色[①]的事情。与我们同年级的有个每天骑马来上学的少年，叫作阴小路，是他们寄宿生可望而不可即的爱慕对象。阴小路的课业成绩不太好，微红的脸蛋儿胀鼓鼓的，是个讨人喜欢的可爱“少年”。“少年”这个词在这里是指男同中被动的一方，这我也是头一次知道。那个让我放学后去宿舍玩的男生，也是把我当作了“少年”。前两三次去的时候，他请我吃东西，亲切友好地跟我说话。他让我吃了相当于学生们的金米糖的爆花豆，还有被称作“学生中的羊羹”的烤山芋。不过，他对我的亲切从一开始就让人感到有点儿黏糊，我不喜欢，但出于对年长者的礼貌，我也就忍了。后来他开始握我的手，还用脸蹭我的脸，很烦人。我可没有同性恋倾向。虽然我已经不想去了，但由于之前交往的惯性，最终还是被迫不得不去。有一天我去的时候，看到他的床上铺好了被褥。那个男生做出了比平时更加放肆的举动。只见他满脸涨得通红，最后对我说：

“你陪我在这里面睡一会儿，就一会儿。”

“我不干。”

“别这样说嘛，快！”

他开始拉我的手。他越是这样，我越感到厌恶和恐惧。

“不干！我回去了。”

正在僵持着，从隔壁房间传来一个男人的声音：

“不行吗？”

“嗯。”

“我来帮你。”

他立刻从隔壁房间跳到走廊上，然后哗啦一声打开这边房间的破拉门，钻了进来。这个男的是个粗暴的家伙，我从开始就没有和他打过交道。这家伙至少一看就知道是个行家老手，而诱骗我的这个人是个伪

① 男色：指男同性恋。

君子。

"不服从年长者就用被子捂起来教训一下！"

说话的同时就动起手来，用被子把我从头盖住。我拼命往回顶，他从上面紧紧按住。有几个学生听到动静跑过来看，听到他们喊道："住手！住手！"按在上面的手松开了，我晕头转向地爬起身逃走了。当时我还没忘把书包和墨水盒夺回来，连我自己都觉得我身手太敏捷了。从那以后我就再也没去过宿舍了。

当时我每个星期六都从东先生家回到向岛的父亲那里住，星期天的傍晚再回去。父亲当时当上了政府某个部门的低级官员。我跟父亲说了宿舍里的事情，心想父亲肯定会很吃惊，没想到他却一点儿也不惊讶。

"嗯，这种人是有的，今后可要多加小心。"

他很镇定地说道。于是，我明白了，这也是我人生中不得不尝受的辛酸之一。

十三岁。

母亲去年就从老家过来了。

今年年初，我放弃了学到现在的德语，进入了东京英语学校学习。这也是文部省学制发生变化，加上我想要学哲学，向父亲央求的结果。虽然感到来东京后这段时间的德语白学了，但是后来却发挥了很大作用。

我开始住宿舍。学生当中除了有十六七个是很小的孩子以外，多数都是二十几岁的青年人。穿的衣服几乎都是小仓裙裤加深蓝色布袜。袖子如果不卷到接近肩膀，就会被人说懦弱。

宿舍允许租书的人出入，我是他们的老主顾。我看马琴[①]的书，看京传[②]的书，见别人借春水[③]的书看，我也借过来看。我感到自己就像《春色梅历》中的丹次郎一样，要是被蝴蝶般的妙龄少女所仰慕，一定很愉快

① 马琴：泷泽马琴（1767-1848 年），日本江户后期通俗小说家。
② 京传：山东京传（1761-1816 年），日本江户后期通俗小说家，浮世绘画师。
③ 春水：为永春水（1790-1843 年），日本江户后期通俗小说家。

吧。我第一次萌发了这样的想法。但同时，因为同伴当中有一个皮肤白皙、相貌标致的男生，相比之下，我知道了自己是个丑男，便认为自己恐怕终究是得不到女人的青睐了。自那以后，这个想法就一直潜藏在我的意识深处，让我无法对自己感到充分的满意。再加上年龄较小，不管做什么事都会受到同伴们的粗暴压制，逐渐造成了我阳奉阴违的处事态度。军事学家克劳塞维茨说过："弱国应当采取被动抵抗的手段。"我是个先天的失恋者，也是个境遇上的弱者。

从性欲的角度来看的话，当时的学生当中存在软派和硬派两类。软派就是经常看那些奇怪的画册的家伙。那时的租书人背着个书架到处走，像云游僧人背的行李架，上面的书堆得老高。书架的底部是个带有抽屉的箱子，那抽屉必然是放那种画册的地方。除了向租书人借之外，也有人自己收藏有这种图画书。硬派是不看这些东西的。有一个手抄本，写的是一个叫作平田三五郎的少年的故事，被那些人抢着读。据说在鹿儿岛的私塾学校等地方，这本书成为了每年元旦首先要看的一本书。这是一部三五郎与其同性恋对象的恋爱史，充满了争风吃醋，结局好像是两个人相继战死沙场。书里也有插图，但并没有不堪入目的地方。

软派在数量上占有优势，原因是硬派主要以九州人为中心。当时进预备校的很少有鹿儿岛人，所以，所谓九州人主要是佐贺和熊本人，此外还包括一部分山口人。其他从中国一带一直到东北地区，全都属于软派。

尽管如此，硬派乃是书生本色，而软派看起来多少带有些愧疚的感觉。深蓝布袜加小仓裙裤本是硬派的打扮，可软派也模仿他们。只是，软派虽然穿同样的服装，却很少挽起袖子来，也很少端着肩膀摆架子，即便拿手杖也是很细的那种。休息日外出什么的，则悄悄地穿上绸缎服和白布袜。

穿上白布袜去哪儿呢？当然是芝和浅草的杨弓店，以及根津、吉原、品川等花街柳巷。即便平时穿蓝布袜出门，软派也经常会光顾澡堂子。澡堂子这种地方硬派也不是不去，但即使去也不会上二楼。而软派则是冲着二楼去的，因为二楼必然有女人。那时的书生当中，还有人与这种澡堂子的女人私订终身的。不用说，这里的女人比出租屋房东的女儿更加下等。

我就是硬派的牺牲品。为什么这么说呢？当时在宿舍当中，我和一个叫作埴生庄之助的学生年纪最小。埴生是江户的一个眼科医生的儿子，皮肤白皙，有一双水汪汪的大眼睛，嘴唇红红的，而且身体很柔弱。而我皮肤黝黑，体格粗壮，还是在乡下长大的。可是，让人意外的是，硬派不找埴生，偏偏和我纠缠。依我推测，大概是因为埴生天生是个软派才得以幸免的吧。

入校是在一月份。我分到了宿舍二楼的房间，同室有个叫作鳄口弦的男生。这个人入学晚，是年级里年龄最大的。瘦高个子，一张长脸上长满了麻子，两腮凹陷，下巴尖尖的。我想，他要是个硬派，我可就不能幸免了。

幸好，鳄口不是硬派。他对于女色的事情了如指掌，应该说是个软派，不过他又不是普通的软派。软派们通常都是千方百计讨女人喜欢，他则视女人如草芥。当然，即便他想要讨女人喜欢，也不会得到女人喜欢的。对他来说，女人不过是满足性欲的工具而已，一有机会，他就会去实现他的欲望。他会巧妙地抓住一切可以抓住的机会，他那冷峻的目光犹如饿蛇伺机扑向青蛙一样，直到满足了为止。因此，他虽丑，但绝不会缺女人。据他所说，女人是用钱就可以搞定的东西，根本不需要讨她们喜欢。

鳄口不光瞧不起女人，还把一切事物都不放在眼里。他的眼中不存在任何神圣的东西。我父亲偶尔会到宿舍来，跟他打招呼说这孩子还小，请你多多关照什么的，而他只是冷淡地应付着，爱理不理。而且他还暗地里偷听父亲对我训话，之后便怪声怪气地模仿父亲的声调道：

“你可要给我好好学。鳄口君也好其他同学也好，他们都比你年长，要多听他们的话。有什么不懂的地方要多向他们请教。我走了啊。星期六等你回来。啊哈哈哈。”

从那以后，鳄口便称我父亲为“等你回来[①]”。说什么今天“等你回

① 等你回来：此处原文为方言，带有嘲笑的意味。

来”又要来了吧，又有糯米馅饼吃喽。他从不会因为这是别人的父母而有任何怜悯之情。他甚至还说：“就是那个‘等你回来’和你妈交配才生下你的，知道吗？啊哈哈。”他与老家看城门的那个老大爷没什么两样。

鳄口在课堂上的表现一般。德国老师喜欢让回答不上问题的学生到黑板前罚站。有一次，鳄口没有回答上问题，老师便让他去站黑板。鳄口却背靠在黑板上佯装不睬的，把黑板弄得哐当直响。老师火冒三丈，立刻告诉了干事，罚鳄口禁止外出。不过，从那以后，老师对他也有所顾忌了。

连老师都怕他三分，所以年级之中没有不怕他的。鳄口并没有特意保护我，不过有鳄口在场的时候，还没有谁对我做过不规矩的事情。鳄口每次出门的时候，一般都这样跟我说一句再走：

“我不在的时候，那些盯上你的人可能会来，你要小心。”

于是我非常警惕。我想着，宿舍是筒子楼式建筑，出口在两头，敌人如果从右边来我就往左边跑，敌人要是从左边来我就往右边跑。可是，即便这样，我还是有点儿担心，所以偷偷从向岛的家中带了一把短刀过来，藏在怀里。

到了二月份，晴好的天气持续了好一阵子。每天上完课，我会和埴生一起去操场玩。其他学生看到我们俩在沙堆上玩相扑，便会嘲笑说像两只狗崽子。如果黑白双方打起来了，路过的便会喊一声：“白方，千万别输给他！”埴生与我虽然这样在一起玩，却不怎么讲话。我喜欢没完没了地看借来的书，沉浸在孩子的空想世界里，而埴生出了教室就坐不住，所以也不读书。说是一起玩，也就是玩玩相扑而已。

有一天非常寒冷，我和埴生来到操场后决定玩赛跑。跑了一阵子后我们回到宿舍，发现两三个同级的学生正聚在鳄口那儿谈论着什么。是在商量买零食的事。零食大多是爆花豆啊烤山芋之类的，由大家一起兑钱，派个跑腿的去买，给两分钱路费。不过今天与平日不同，比较奢侈，说是要吃汤锅，也就是每人各自去买点儿什么回来，然后一起加入锅里大家共同吃。有一个男生朝我看了一下，问：“金井怎么办？”鳄口斜瞟了我一看说道：

“今天和吃烤山芋不同，小毛孩儿就不参加了。”

我把脸转向一边，装作没在听。让谁参加不让谁参加，他们商量了一会儿就各自出去了。

鳄口的性格我向来知道，他不屈服于权威，轻易不与人交往。光是这样倒也好，可是他不承认任何神圣的东西，因此身边的人常会感到痛苦。我当时对他性格的感觉就是刻薄。他很有汉学素养，这与他桌子上总放着一本韩非子也有很大关系。现在想来，说他刻薄并不准确，他属于愤世嫉俗者。我后来在读费希尔写的关于《犬儒主义》的文章的时候，始终在思考鳄口的事情。“愤世嫉俗者”这个词来自于希腊语“kyon”一词，一般翻译成犬学什么的，所以，或许也可以理解成“像犬一样的”。就像犬总把鼻子凑向脏东西一样，像犬一样的人如果不把一切东西都丑化就不会安心。因此，他们才无法认同神圣的东西，认为人拥有神圣的东西越多，弱点就会越多，痛苦也会越多。遇到这种像犬一样的人，你会毫无办法。

鳄口总是会使别人感到痛苦，因此对别人的痛苦也毫不在意。他的刻薄之处就来自于这里。强者见到弱者会感到可笑，可笑加有趣，像犬一样的人会把别人的痛苦看作是有趣的事情。

我本想当他们开吃的时候我就出去。但又一想，出去的话感觉就像逃跑，明明是自己的地方，被别人胡来，自己却要逃走，有些不甘心。不过，要是被他们看到我在一旁咽口水肯定会笑话我，于是，我出去买了十个铜板的糯米馅饼。当时十个铜板买到的糯米馅饼能装满一大袋。我把馅饼扔到桌子底下便点上油灯看书。

不一会儿，吃汤锅的一伙人陆续回来了。他们在木炭上浇上石油，点上火。锅是从食堂拿过来的，酱油是偷来的。然后开始刨买来的鲣鱼干。一会儿，汤煮开了，他们便拿出各自买来的材料往锅里放。每往锅里放一样东西便响起一阵笑声。有的说煮好了，有的说还没煮好，筷子已经在锅里开始了肉搏战。酒是当时洋货店里卖的一种叫作“Gin”的酒，是一种装在黑色瓶子里的烧酒。听说价格很便宜，想必不是什么好酒。

众人不时朝我这边看。我装作不知道，若无其事地从桌下往外拿着糯米馅饼，拿一个吃一个。

“Gin”的酒劲儿出来了，热血直往头上涌，而话题却降到了下半身。吃汤锅的这伙人中，既有硬派也有软派，只听软派的宫里对硬派的逸见这样说道：

“怎么样啊？逸见，你去厕所里往下面瞅的时候，是不是就和我从裙摆中看到红色绉绸若隐若现时的感觉一样？”

原以为逸见会发火，他却一本正经地回答道：

“有时候也会边看边想，那会不会插过那里[①]的呢？”

“啊哈哈哈。如果是女人，谈妥了会握握手。少年呢？”

“也是用手，是这样的……”

说着抓住宫里的手，用手指按住手心，答应的话就握住手指，不愿意的话就不握。他解释道。

不知是谁让逸见唱首歌，逸见便开始唱：

“魔鬼从云缝中露出了屁眼儿，放了个屁呀，就像用绳子捆绑的声音呀。”

接着便有人唱民谣，有人吟诗句，有人模仿西洋镜的旁白，有人模仿别人的腔调。不一会儿，锅和酒瓶就要见底了。突然一个软派说他在附近发现了一样什么好东西，有人说那现在就去看看。另一个人说他前几天在宿舍关门前五分钟准备出去，被拦了下来，不过现在还有十五分钟，应该还能出得去。如果出去的话，明天带回一份证人的证明就行了。证明不难搞，也就是要一张盖了章的纸。

于是，一伙人叽里呱啦地一边叫嚷着一边起身出门。鳄口也一起去了。

我的糯米馅饼也吃腻了，正在看着书，听到有人蹑手蹑脚地爬梯子

① 那里：暗指男色的肛门。

上来了。熟悉了猎枪声音的鸟儿，是不会让猎人靠近的。我把油灯吹灭，打开窗子来到屋顶上，然后轻轻地把窗子关上。不知道是露水还是霜，瓦片上有点儿潮潮的。我蹲在防雨窗套的后面，紧紧地握住怀里那把短刀的刀柄。

宿舍楼窗子的木板套窗都是关着的，只有勤杂工住的那个房间能看到拉门内透出光线来。这时，我听到那脚步声已经进了房间，好像在到处走动。

“刚才还亮着灯的，到哪儿去了呢？”

是逸见的声音。我屏住呼吸，过了一会儿，那脚步声出了房间，下梯子走了。

所幸短刀没有派上用场。

十四岁。

功课照样很轻松。一有时间我就把借来的书拿出来看，慢慢地我读得越来越快，把马琴和京传的书几乎都读完了。然后我又看了其他作者的，当时叫作读本[①]，但总觉得没有意思。后来我又读了别人借的人情本[②]，觉得里面男女之间的关系如同美梦般浮上心头，然后又如过眼烟云般散去，不会留下太深的印象。不过，每次有这种印象时，总会觉得那种美梦般的东西只有长相漂亮的男女才会享有，像自己这样的长相是难以企及的。这对我来说是一种痛苦。

我还是和埴生一起玩。那是暮春时节的一个周一下午，我和埴生出去散步，他说要带我去一个好地方。我问他去哪儿，说是附近的一个小酒馆。在那之前，我只去过荞麦面馆和牛肉店，以及和父亲一起进过位于王子的一家扇子店吃过饭，除此之外，我从没有进过一家挂着酒馆招牌的店，所以我很惊讶。

---

① 读本：与绘本相对，以文字为主的小说读物。
② 人情本：以町人社会的恋爱故事为主要内容的通俗小说。

“那种地方你一个人能去吗？”

“不是一个人，不是说和你一起嘛。”

“这我知道。我说的一个人，意思是没有大人带着去。你是不是已经去过了？”

“嗯，去过。前一阵子去过一次。”

埴生颇为得意。两人掀开布帘子进去了。一位女服务员说了声“欢迎光临”，看了一下我们，然后朝另一个女服务员挤眉弄眼地笑。我感到难为情，想回去，而埴生却径直往里走，我也只好跟着进去了。

埴生点了菜，又点了酒。我问他能不能喝酒，他说不喝也要点儿。女服务员每次拿东西过来，都要站在那笑着看一会儿，弄得我很拘束。我刚吃了点儿小菜，埴生跟我说了这样一句话：

“昨天真是很愉快啊。”

“为什么？”

“我被喊去参加叔叔的寿宴了。来了很多艺伎和舞伎，因为其他客人还没到，我便和她们一起玩。其中的一个舞伎让我带她一起去看看庭院，我就带她去了。绕过水池，来到假山旁时，她一声不吭地抓住了我的手。然后我们就手拉着手走，感觉很愉快。”

“哦。”

我连一句赞叹之词也说不出口，我的脑子里又浮现出了如梦般美好的想象。我想，埴生与那漂亮的舞伎手牵着手走，确实是很般配的吧。埴生不光是个美少年，穿着打扮也很清爽。

我一边这样想着，一边感到这样的好事离自己是多么遥远。不过，奇怪的是，这并没有像我看人情本陷入空想时那样使我感到痛苦。当我遇到了现实中的事实，反而感到这是理所当然的事情。

很快埴生就结账出了酒馆。看来他是因为牵了女人的手，所以请我一起设宴庆贺的啊。

回想起当时的事情，我总感到有些不可思议。原因是，在阅读人情本以及听埴生讲他牵着舞伎的手散步时，我脑海中所浮现的美好想象，不用说当然是恋爱的萌芽，但那与性欲本身却怎么也联系不起来。可能这种时候说性欲还不合适。这种恋爱的萌芽与性交总觉得是两回事。

人情本里所叙述的接吻，与西洋所说的接吻可以说是完全不同的概念。恋爱与性欲是有关系的，从悟性上来讲，我对此也不是不能理解。然而，相对于对恋爱的朦胧感觉，当时在性欲方面还没有萌动。

记忆中的一件事就是直接证明。我当时学会了一件坏事，这件事情实在难以启齿，但要是不写的话，写这篇东西的价值就不大了，所以还是决定写出来。在西洋的宿舍，为了防止青年学生做那件事，规定睡觉时要把双手放到被子上面，宿管员夜里巡视的时候会留意手的位置。我也搞不清楚为什么就学会了那件事。不过，喜欢所有肮脏下流的事情并把它们挂在嘴上的鳄口经常提起那件事倒是事实。另外，有很多人见到男孩子便问你做不做那个，见到小女孩儿便问她身体的某个部位长毛了没有。要是没有接受过教育的卑贱之人说出这样的粗鄙之语倒也无可厚非，然而看起来一副绅士模样的人当中却有很多这样的人。宿舍里比我年长的人当中，这种人就不少。那句话成了他们戏弄像我这样的男孩子的口头禅。我于是尝试了一下。不过，并不像别人说的那样舒服，而且，做过之后头痛得厉害。于是，我干脆一边想象着画册里的画面，一边反复试了几次。这样一来，不光头痛，还感到心悸难受。从那以后我便很少做了。总之，我做那件事并非源于内部的促发，而是来自于外部干预，属于霸王强上弓，所以感觉并不美妙。

有一次星期天，我回到向岛的家里。一到家便发现父亲与平时不一样，板着脸一言不发。母亲也是一副担心的样子，像是想要对我说什么却又忍住了。原本高高兴兴回到家的我一下子泄了气，来回对着两人的脸看了一会儿。

父亲把烟管使劲往烟灰筒上扣了扣，终于开了口。父亲不抽卷烟，只抽一种叫作云井的烟草。原来是父亲听说了关于我的坏事，是我觉得称不上罪恶的罪恶。不过，不是与手相关的事，而是我与埴生交往的事情。

同校有一个叫作沼波的比我高一年级的同学。我并不认识他，不过他好像看到了我和埴生像狗崽子似的抱在一起玩游戏而产生了怀疑。这个沼波的保证人在向岛，是我父亲的棋友。所以父亲就听到了这样的传闻。

“金井在宿舍里年纪最小，而且功课很好。他有一个叫作埴生的朋友，这个人的成绩也不错。但是两人的性格完全不同。金井是个沉着稳重的少年，将来想必前途无量，而埴生是位早熟的才子，头脑过于机灵，前途令人担忧。两人相当要好，常在一起玩，这大概是因为两人都没有其他的玩伴，志同道合吧。不过，最近与埴生的交往，对于金井来说已经变得相当危险。埴生比金井大两岁左右，是在江户城里长大的，因此染上了不少城市里的坏习气。最近有人看到他一个人去了小酒馆，与女服务员瞎闹，好像还开始喝酒了。最严重的是，听说他还为一家杨弓店的姑娘买了腰带。这样下去，他肯定会堕落的。希望将他们分开，免得金井也和他一起堕落。”沼波的保证人如此叙说道。

父亲说完后问我有没有和埴生一起做过什么坏事，如果做了就坦白说。如实说出来的话，只要以后不做了就不会追究。总之，以后不准再与埴生交往。母亲也在一旁说：“沼波并没有说你也做了坏事，相信你什么也没有做，只是往后别再和那个叫作埴生的孩子一起玩就行了。”

我听了很害怕，于是将和埴生一起去小酒馆的事说了。不过我没有说那是埴生为了庆贺而请客。

本来还想着该怎样与他断绝往来，可事情就是这么巧合，埴生不久后就因为考试不及格退学了，之后便没了他的踪迹。

再次听说他的消息已经是我出国留学回来结过婚以后的事了。有一天我不在家的时候，有一个叫作埴生庄之助的人来家里留下了一张名片。听说他只说了一句：“我是做股票生意的”就走了。

同年暑假，我回到了向岛。

在那期间，我结交了一个好朋友。他叫尾藤裔一，和我同岁，在和泉桥的东京医学校预科上学。裔一的父亲是府上的会计，与做文案工作的榛野享受同样待遇。他们家是我们住长屋时的隔壁。

我父亲在府邸附近买了一座带有一小块地的房子，并在那块地上种了各种东西。隔着水田可以看到拖船往来。我和裔一基本上是形影不离，不是他来这边玩，就是我去长屋那边。

裔一长着一张略显发黄的扁平脸，不怎么爱说话，汉学修养很好，偏爱菊池三溪①。我向他借了《晴雪楼诗抄》和《本朝虞出新志》来读。后来听说三溪出了新作，我也跑到浅草买来《花月新志》看。我们一起作诗，写汉文小品。我们在一起大致就是做这些事情。

裔一是个小小道德家。我和埴生讲话总是没头没尾的，从来没有感到过拘束。而和裔一说话时，稍微冒出一两个粗野不雅之词，他就会不高兴起来。在他看来，人生应当刻苦努力，考取功名，然后被老师的千金什么的看中，娶为正室。在此之前，绝不可触及风流之事。等到自己名满天下之时，自然也会像东坡居士那样，为青楼名妓所爱慕吧。到那时，再在丝绢手帕上赋诗相赠。

有时候去找裔一时，会碰到他被父亲带出门不在家。这时，经常会碰上榛野，他照样把长长的头发一直分到后脑勺。榛野总是在我从外面喊裔一还没进去的时候，就从里面打开拉门走掉了。然后裔一的母亲会从后面迎出来，跟我亲切地打招呼。

裔一的母亲是继母。有一次我和裔一在一起读《晴雪楼诗抄》时，读到了一首写真间手古奈②的诗。我突然想起来似的，问他："听说你妈妈不是亲的，她不会欺负你吗？""不，不欺负。"他好像不太愿意提母亲的事。

有一天，我又去了裔一家。记得是在八月的一个晴朗的午后两点钟的样子。长屋那边家家都有一个用竹栅栏围起来的小院子。尾藤家的院子里歪歪斜斜地栽着几棵像是在庙会上买回来的苗木。太阳火辣辣的照在沙

① 菊池三溪：(1819-1891 年)，江户末期至明治时代的汉学家。
② 真间手古奈：《万叶集》中出现的传说中的美女，因众多男人前来求婚，最终不堪烦恼而投水。

地上。老爷家院子里的树木深处传来了鼓噪的蝉鸣声。尾藤家的拉门紧闭，屋内静悄悄的。我打开竹围栏之间的柴门，像往常一样喊道：

“裔一君！”

没有回应。

“裔一君不在家吗？”

拉门开了，走出来的依然是那个把头发分到后脑勺的榛野。面色发白，斜溜肩，个子高高的，一口地道的东京腔。

“裔一不在家，去我那儿玩吧。”

说着回隔壁自己家去了。他穿着一身鸣海扎染[1]的浴衣，背后满是华丽的图案。尾藤夫人从屋内膝行到了门边，只见她椭圆形发髻上系着淡蓝色的发绳，一边用双手整理着鬓发一边招呼我。夫人据说刚来东京不久，但也是一口纯正的东京腔。

“哎呀，是金井君啊。上来吧！”

“是我，不过，裔一不在家的话……”

“他爸爸去钓鱼，他也跟着一起去了。裔一不在家也没关系，快，坐这儿来。”

我不太情愿地在廊下坐了下来。夫人懒懒的又往前膝行几步，然后单膝抬起，贴在我身边坐了下来。我闻到了一股汗、粉和头油混合的味道。我往旁边让了让。夫人不知为何笑了。

“难得你还跟裔一那样的孩子玩，他是个少有的不好相处的孩子。”

夫人的眼睛、鼻子和嘴都异常的大，而且我看到她的嘴像是四方形的。

“我很喜欢裔一君。”

“不喜欢我吗？”

夫人捂着自己的脸庞，朝我盯着看。她呼出的气都喷到了我的脸上，我感到那气息异常炽热。这时，我突然意识到了她是个女人，不由得害怕

① 鸣海扎染：日本鸣海地区（今爱知县名古屋市）所产棉布的扎染法。

起来。可能我当时脸都青了。

“我下次再来。”

“再坐一会儿嘛。”

我慌忙站起来，一连鞠了好几个躬后匆匆跑掉了。老爷家院子里的树丛中有个小水沟，池子里的水越过一个小堤坝向外流去。树木的影子落在了水沟旁长有杉菜的沙地上。我一直跑到那里，仰面躺在了沙地上。就在我的上方，一簇簇凌霄花绽放似火。除了蝉儿在起劲儿地叫着，周围什么声音都没有。我任凭想象驰骋。这是个潘[①]神还未醒来的时刻。

从那以后，我再也没有和裔一提到过他的母亲。

十五岁。

去年的年终考试淘汰了不少人，每个年级都有人退学。而且，这些作为后备的牺牲品当中，一半以上都是出自软派。连埴生那样的小不点儿也被一并清除了。

逸见也退学了。不过，他是最近才突然转变为软派的，把和服袖子和裙裤的下摆弄得很长，棕榈似的头发直指天际，用发油抹得油光铮亮。

这段时间，我结识了古贺和儿岛两位挚友。

古贺是一个高颧骨、四方脸、红脸膛的高个头的男生。从他对一个叫作安达的美少年给予特别保护以及服装等方面来看，谁都看得出来他是一个典型的硬派。大概从去年秋天，他开始试图接近我，所以我又不得不握起了那把刀柄。

然而，淘汰之后，宿舍进行了重新分配，我竟然和古贺分到了同一个房间。鳄口用嘲讽的口吻说道：

“你去古贺那里后，可得让他好好疼你啊。哈哈哈哈。”

照样是模仿我父亲的腔调说的。这家伙从来没有保护过我，不过我却一直无恙，这一点倒是值得庆幸。他那愤世嫉俗者的言行举止始终让我

---

① 潘：希腊神话里的牧神，生性好色，放纵情欲。

感到不快，总之，他是一种苛刻的性格。同年级中有位诗人，在送给他的一首诗的末句中这样写道："竹窗夜静读韩非。"大家都害怕他，这也间接地对我是一种保护。

现在，我不得不失去这种间接地保护了，而且，还不得不搬到相当危险的古贺的寝室去。我不禁感到战栗。

我抱着落入虎穴的准备搬了过去。埴生说我的眼睛是下眼线上翘的三角形，那倒三角的眼睛大概愈加棱角分明了吧。古贺在一张什么也没放的破桌子前铺了一块发灰的旧毛巾，盘腿坐在上面，一直盯着我看。他的脸很大，眼睛却很小，滴溜溜的小眼里洋溢着喜色。

"平时怕我，到处躲闪，最终还是来了我这里啊。哈哈哈。"

他破颜一笑，表情中既有戏谑，又有威严，总之很微妙，感觉不像是坏人的样子。

"被分配过来的，我也没办法。"

我非常冷淡地答了句。

"你不要把我想成和逸见一样。我不是那种人。"

我没说话，开始默默地整理起自己的位置。我从小就不喜欢把东西乱丢，上学以后，我把学习用品和其他东西分开摆放，一切都弄得井然有序。最近，我的笔记本很多，刚好是其他人的一倍。这是因为我每门学科都有两个笔记本，而且都会带到教室去。我把听到的内容分为重要的和只作为参考的，用钢笔分别记在摊开叠放在一起的两个本子上。这样的话，就不需要像其他学生一样，回到宿舍后再誊抄。在宿舍里，我会查一下当天讲义中的术语的希腊语或拉丁语语源，然后用红笔在页面空白处标注一下。在教室之外我所做的基本上只有这件事。每当别人说术语太难记，我就感到很奇怪。真想问他们，为什么不查一下语源，而非要机械地记呢？我将笔记本和参考书按照同一顺序摆放在架子上。为了防止把黑色和红色墨水瓶打翻，我把它们并排放在一个空糖果盒里，并把笔也放进去，然后放到书桌的对面。我把大张的吸墨纸展开，放在桌子的前方，左边叠放着两本有厚厚封皮的记事本。一本是日记，每天睡觉前我都要把当天的事情做一个总结；一本是与专业无关的东西的备忘录，封面上用钢笔写着两个不成熟的篆体字——绀珠。另外，书桌的下面还藏着十本左右的《贞丈杂记》①。当时的书店里出租的书，最高雅的就是这种随笔类了。我把马琴和京传的小说都读完了之后，就只能读随笔了。每当读到一些好的内容，我便记到那本“绀珠”里面。

古贺一直在一旁似笑非笑地看着我整理，当看到我把《贞丈杂记》放到桌子下面时，问我道：

“那是什么书？”

“《贞丈杂记》。”

“写的什么？”

“这几本写的是服饰。”

“你读那个准备干什么？”

“什么也不准备干。”

“那读它有什么用？”

“这样说的话，我来这所学校学习不也没用吗？既不是为了当官，也不是为了将来要当教师。”

“你毕业以后不去当官或者教师吗？”

“也许会当，但我不是为了这个而学习的。”

“这么说，是为了获取知识而学习，也就是为了学问而学习啊。”

“嗯，可以这么说吧。”

“呵，你真是个有意思的小家伙。”

第一次和别人说话，末了就来一句“有意思的小家伙”，真是太过分了。我很气愤，用我那倒三角的眼睛瞪了他一下。可古贺却毫不在意，仍然笑呵呵的。我一下子泄了气，对这个天真的大男生恨不起来了。

那天傍晚，古贺说一起去散步。鳄口和我在一个寝室住了很长时间，

① 《贞丈杂记》：伊势贞丈（1718-1784年）著，记录武家的制度、礼仪、器具等掌故的书。

却从没有说过一起去散步。我想，去就去吧，于是就答应了。

初夏的傍晚，非常舒适。我们走到神田的街上，来到一家旧书店前，我驻足观看，古贺也停下来一起看。那时候日本人的诗集，五钱就能买到一本。在柳原的第一家店前面有一个广场，那里撑着一把大伞，伞下有十二三个漂亮的女孩子正在跳活惚舞①。我想起在读维克多·雨果的《巴黎圣母院》时，里面有一个叫作艾丝美拉达的有着宝石般美丽名字的女孩儿。我想，那个女孩儿不正如在伞下跳舞的这些女孩儿一样吗？古贺说道：

"也不知道是哪儿来的孩子，真可怜。"

"据说中国人玩杂耍时，会把婴儿放入盒子里挤成四方形，也许真有这回事。"

"你怎么知道的？"

"《虞初新志》②里写的。"

"你读的东西真奇怪。有意思的小家伙！"

古贺就这样连说我好几次"有意思的小家伙"。我们从柳原往两国方向走，途中，古贺在一家挂着烤鳗鱼灯笼的店前停了下来。

"你吃鳗鱼吗？"

"吃。"

古贺走进了鳗鱼店，要了一个大串的。酒先上来了，他一个人津津有味地喝起来。忽然感到喉咙里有痰，还没等我反应过来，他的痰已经越过廊外小院子的竹栅栏，吐到了对面的小路上。我看得都惊呆了。这时，烤鳗鱼上来了。我只吃过一次鳗鱼饭，是父亲带我去的。我对古贺拿着现金让店家只烤带籽的鳗鱼感到很吃惊，现在看到他的吃法更加吃惊了。他把竹签抽掉，将大块的鳗鱼用筷子卷一下塞进嘴里，大口嚼起来。我看着他，嘴里没说，心想，他才是个有意思的家伙。

---

① 活惚舞：一种街头曲艺，和着大众舞蹈拍子起舞的滑稽舞蹈。
②《虞初新志》：清初张潮编的短篇文言小说集。

后来我们就直接回宿舍了。睡觉前，古贺说了句“明早叫我起床，拜托了”，就呼呼地睡着了。

早上四点钟天就开始亮了。我六点起来，洗完脸回来看书。到了七点，开饭的木拍子响起。我喊古贺起床，古贺睡眼惺忪地问道：

“几点了？”

“七点。”

“还早呢。”

说着翻个身又呼呼地睡了。我吃完早饭回来已经七点三十分。八点就要上课，于是我又喊他起来。

“几点了？”

“七点半了。”

“再过会儿。”

七点四十五了，我把昨天晚上照着课程表准备好的笔记本和墨水带好，临出门时又叫了他一次。

“几点了？”

“八点差十五分。”

这回古贺没说什么，一下子从床上跳起来，拿起手纸和毛巾就往外奔。他先去上厕所，然后匆匆洗完脸吃好饭就急忙往教室赶。

这就是古贺鹄介平常的风格。古贺有个朋友叫儿岛十二郎，偶尔过来玩。他长着一张当时的绘草纸店前吊着的锦绘上画的源氏一样的脸，全身白里发青，绰号叫“青大将”。不过别人这样喊他的话他会发火，本来这个名字据说是有人在澡堂里看到了儿岛的那个部位后给取的，难怪他会生气。儿岛酒量不行，言行举止都是贵公子风度。他是有名的洋学者、敕任官的弟弟。据说他在家里排名十二，所以取名十二郎。

为什么古贺会和儿岛成为朋友，我感到很纳闷儿。通过逐渐观察，才发现了他们之间的联系。

古贺非常爱他的父亲，不过，因为鹄介有个神童一般的弟弟不幸夭折，父亲对此惋惜不已，而视鹄介如不肖之子。鹄介认为，自己越是被当作不肖之子，就越是要弥补父亲的丧子之痛，让父亲安心。儿岛的父亲已去世，母亲健在。母亲一辈子生了十几个孩子，其中第十三个孩子，也就是叫作十三郎的孩子是个才子，好像很受宠爱。不过，十三郎虽是才子，却生性放纵，曾因被某个报纸阅览所①的女人爱上而引起过骚动，还上了报纸。那女人本是开设阅览所的人所雇用的，那人与她相差三十岁，后来被迫委身于他，成了他的小妾。因为女人爱上了十三郎，男人出于嫉恨而对她施虐，女人便找十三郎哭诉。十三郎是敕任官家里的公子，自然成为报道的好素材。十三郎本已被某个名门望族立为养子，就是因为这个原因被解除了协约。母亲为十三郎的事非常痛心，十二郎为了抚慰母亲的心灵，做出了不少的努力。

啰里啰嗦地写了这么多，似乎与我的性欲生活一点儿关系也没有，其实不然，实际上有着重大关系。

我与古贺逐渐熟络起来，并且通过古贺，与儿岛也熟了起来。于是，我们之间形成了一个三角同盟。

儿岛还是个处男，他的性经验为零。

古贺平常喝完酒后便呼呼大睡，但是每个月大概会有一次喝完了会胡闹。每当这时，他会丢下一句“我今晚会发威，你给我老实睡觉就行了”，然后把走廊的地板踩得吱吱响地出门去。有时候在别人寝室外喊人，如果人家关门睡了，他就用拳头把门打破。闯入低一年级的叫作安达的那个美少年的房间，大概就是在这样的晚上吧。在这种胡闹的日子，有时还会外宿。第二天回来后总会变得无精打采，对自己前一天晚上的暴行感到后悔。

儿岛的性欲的野兽还处在休眠中，而古贺的野兽平时是被束缚着的，偶尔会解开缰索释放一次。但是，古贺正如现今的某些绅士唯独将自己家里保持干净一样，把自己的房间看得很神圣。我是偶然被分配到这个神圣

---

① 报纸阅览所：日本明治时期设置的供市民阅读报纸的便民设施，后来有些成为暗中介绍卖淫的场所。

的房间里来的。

我和古贺、儿岛三人，对整个宿舍中的人总是冷眼相看。一有时间，三人就会聚到一起。那些平时对自己的性欲的野兽实行放养的学生，在这triumviri[①]面前是丝毫不会获得谅解的。其中，那些每到周六下午便会穿着白色布袜出去的家伙，更是被他们说成是非人类。我的性欲生活之所以会延迟，完全是因为这个三角同盟的关系。后来回头想一想，如果这个同盟中没有古贺的话，也许会变得阴沉而缺乏血性。幸好有时常会发威的古贺加入进来，使得这个同盟在相互制约的同时也不失活力。

事情发生在某个星期六。三人突发奇想要去吉原看看，于是由古贺带头，三人都穿着小仓裙裤和藏青布袜，踏着厚朴木齿的木屐出门了。从上野山出发，过了根岸来到通新町往右拐，从齿黑沟[②]旁进入大门内，大摇大摆地在吉原的街道上走着。这时，对于被我们碰上的软派来说简直就是灾难。看着穿白布袜的学生偷偷地溜到小巷里，三人同时笑出了声来。后来我和他们分开，独自从今户渡口过河回向岛去了。

这年的暑假还是和上一年一样，是在向岛的家里度过的。那时候，学生们还没有去温泉地或海滨消暑的习惯，最多也就是回老家探亲。像我这样的判任官的孩子，除了回到父母身边待着，想象不出还有什么更高级的过法。

我照样还是和尾藤裔一玩。裔一的母亲已经不在了。因为被传流言，榛野被免职回老家去了，尾藤的母亲也被迫回到自己的娘家。

我和裔一比赛写汉文，可是写得不满意，于是就想要跟着真正的汉文老师学习。

当时，向岛有一个叫作文渊的先生，在与隅田川大约相隔两町地、可以望见堤岸的地方建了一所宅子。在两层结构的正房之外，还有个临着

---

① 指古罗马的三执政之一。

② 齿黑沟：江户时期为防止妓女逃跑，在环绕吉原的地区挖的沟渠，因妓女往里倒染牙齿的黑浆而得名。

院子里水池的书斋。仓房里尽是汉文典籍，书童都是成堆地抱进抱出。先生年纪大概四十二三，有一位三十上下的夫人和一个可爱的女儿，都住在正房。先生一般待在与正房有连廊相接的书斋里。他是一位负责编修的史官，月薪一百元，坐辇车上班。我父亲很羡慕他，说他这是享清福。当时有一百元的工资确实是可以享清福的。

我让父亲先替我求情，然后决定去文渊先生家里让他帮我修改汉文。书童把我领到先生的书斋。不管我拿着多么长的文章去，先生都会说一句“我看看”，然后接过去进行修改。他从头开始加标点，一边断句一边修改，读完的同时也就改完了。即便如此，遇到重要的字眼，他会标注一下，所以，很少会破坏内容的前后照应。去了几次以后，碰到了一位侍奉先生的姑娘，十六七岁，盘着岛田髻。回家以后，我跟母亲说今天在先生家里看到他的大女儿了，母亲说那是侍女。说是侍女，其实含有特别的意思。

有一天，我在先生的书桌下面看到了一本汉籍，是《金瓶梅》。我只读过马琴的《金瓶梅》，但我知道与唐本《金瓶梅》的差别很大。我感到先生这个人不简单。

这年秋天的事情。古贺说不舒服，以为他生病了，其实不是。有一天，一起出去散步，走到池边时，他突然说：

“我今天要去根津探险，一起去吗？”

“要是和我一起回来的话，去也成。”

“当然回来了。”

然后，古贺边走边说起去探险的目的。原来安达与根津的八幡楼的阿职关系不一般。那女人常替他垫付嫖资喊他去，安达为此几乎把学业完全荒废了。在那个女人那里，安达的睡衣什么的都有。女人的所有物品，都同时别有自己的和安达的家徽，只要两三天见不到安达就会生气。不管古贺怎么劝阻，因为女人的磁力太强，安达还是不由自主地往八幡楼跑。古贺把这事向住在浅草的安达的父母告发了。安达与他的母亲之间进行了一场悲痛的谈话。古贺早就等在宿舍，见安达回来便问："怎么样？"安达一副穷途末路的样子，说道："今天母亲在我面前哭诉了一通，真不好办。看到母亲哭得死去活来的样子，觉得很可怜。但是，她也哭得寻死觅活的，真不知该如何是好了。"

古贺一边说着，一边愤然落下泪来。我边走边听他说，嘴里应和道："太过分了。"我虽然嘴里这么说，心里却并不感到愤慨。在我的意识深处，始终有一个关于恋爱的美好想象。自从第一次从别人那借来《春色梅历》读过以后，交了几个研究汉学的朋友，随后又读了《剪灯余话》《燕山外史》《情史》等书籍。这些书里面所写的青年男女天真无邪的恋爱，令我非常羡慕和嫉妒。我感到正是因为我生来不是美男子，所以这种美好的东西成了对我来说不可企及的理想，内心深处的痛苦始终不曾消失过。安达一定很愉快吧，我不禁遐想。即便有痛苦，那痛苦也是甜蜜的痛苦，不像我内心深处所潜藏的苦涩的痛苦。同时我又想到，古贺那极其单纯的本性令人敬爱。不过，想到他为安达的事而烦闷的根源，又觉得他一点儿也不值得同情。安达毋宁说是摆脱了不自由的束缚，投入了自然本性的怀抱。古贺要是把这事告诉了儿岛，也许儿岛也会和他一起洒泪。孝顺父母当然是大好事。为了孝顺父母，能够多少抑制一下自己的性欲也不坏。但是，有人做不到这一点也很正常。儿岛将性欲释放在水冲式便坑里，古贺则是把性欲释放在时常遣我去打扫的厕所粪缸中。与这二人结成同盟的我，同样不追求性欲的满足，难道这真的是我的功劳吗？这一点很值得怀疑。假如我生来是一个像儿岛一样的美男子，或许我不会像儿岛一样。在这神圣的同盟的祭坛前面，我竟然冒出如此异端的想法。

我跟在古贺的后面，第一次从蓝染桥上渡过。古贺进了西边的一家小店，和店里人说话，我站在门槛外。这是一家介绍客人游乐的茶屋。古贺想要确认安达哪天来过，而店家却很不情愿回答。过了一会儿，古贺垂头丧气地出来了。我们默默无语地往回走去。

不多久，安达就被退学了。大概过了一年以后，就听到浅草区有个美男子巡警，与寡妇以及替人带孩子的女人发生纠葛之类的传闻。又过了几年，古贺在浅草的奥山遇见了一个穿着一身进口细条纹布衣服、面容消瘦且可怕的男人。奥山有一个搭戏棚搞演出的女杂技演员，据说安达最后做了她的情夫。

十六岁。

我从实际上是大学预科的英语学校毕业，进入了大学的文学部。

过完暑假后，我就开始了寄宿生活。我和古贺、儿岛几乎每天晚上都要去曲艺场。曾一度上瘾到不去曲艺场就睡不着觉的地步。讲谈听腻了听落语，落语听腻了听女义太夫小调①。有时候从曲艺场出来肚子饿了，便去荞麦面馆，发现皮条客带着一群夜莺②在里面。看到灯光下那百鬼夜游似的情景，我们不禁浑身战栗。车夫吆喝着："去仲町③吗？便宜送！"但最终没有去。

以处男之身从英语学校毕业的，大概也只有儿岛和我吧。进入文学部以后，三角同盟的制约依然，儿岛和我仍旧是吴下阿蒙。

这一年平淡度过，没有什么需要特别记录的。

十七岁。

这一年，父亲受人关照，成为了小菅监狱署的一名官吏。虽是某省的下属官员，因有上司在前，无法晋升，不过，在监狱供职，有类似官宅的住所，这样向岛那边房子的租金就可以提高，工资也要好一点儿。因此，父亲一横心就搬到了小菅。我星期六去小菅，星期天晚上回到寄宿处。

我依然处于三角同盟的制约之下。每到休息日的前一天，我回小菅的家里都要穿过通新町。往吉原方向去的拐角处，南面是一个围着石栏杆

---

① 义太夫小调：日本传统音乐之一，与偶人戏相结合而发展起来的净琉璃，由竹本义太夫首创。

② 夜莺：日本江户时代指夜间在街头拉客的暗娼。

③ 仲町：东京的地名，江户时期妓馆众多。

的小神社，北面是一个旧家具店。这家旧家具店的拉门总是半开着。拉门的一角贴着一张长方形的纸条，上面用写招牌的字体写着“秋贞”二字。每次去小菅，无论是去还是回，我都很期待着走过这个门前。而且，只要看到那个姑娘站在门口，接下来的一周我都会感到满足。如果姑娘不在，不知为何，总感觉这一周里少了些什么。

也许这姑娘并非什么绝世美人，只是她那微红光润的脸蛋儿和水汪汪的大眼睛里，有一种形容不出来的柔情。刚洗过的头发盘成岛田髻，没有任何装饰。夏天穿一身漂亮的浴衣，冬天则是一身带有衬领的平纹粗绸和服。总是系着一条崭新的围裙。

自从那时一直到后来大学毕业，不，应该说是到毕业后第二年出国留学为止，我定是将这个姑娘当作了我的梦中情人。无论是艳阳高照的春天，还是寒风萧瑟的秋日，但凡有能够触动我情绪的东西，秋贞这个名字就会浮现在脑海里。说起来真的很可笑，因为秋贞只不过是店里那个系着深蓝色围布、面容枯瘦的老爷爷的店号以及他名字的前两个字而已，我连这个姑娘到底叫什么名字都不知道。不过，说起来还真是不可思议，自从那张脸印刻在我的脑海里以来，前后五年了，姑娘还是那个姑娘。若是我幻想中的姑娘倒也没什么奇怪，但这个姑娘是现实中的，这一点很不可思议。我还曾在我那美梦中幻想着，或许这个姑娘会给我拦一辆往返小菅的人力车，等着和我说句话呢。但是，当我意识清醒时，我不相信这会发生，我成为不了诗人。多年以后，我偶然听到了这个姑娘的情况。就在那附近有一座寺院，寺院的住持就是她的抚养人。

说到这儿，再顺便提一下另一件事。父亲在小菅分到的机关宿舍的隔壁，有一个十三岁左右的女孩子，正在学琴。师傅是下谷一个叫作杉势的，因为住得远，常叫一个代替师傅的姑娘过来。据我母亲听来，无论是隔壁那个女孩儿，还是那个代理师傅，弹的都不怎么样。可是忽然有一天，隔壁传来了不一样的琴声。如果说之前的琴声令人昏昏欲睡，那么今天的琴声则让人一下子清醒了。母亲问了隔壁的女主人才知道，那是杉势的弟子，住在五轩町。她并非以弹琴为业，那天是因为代替师傅的姑娘生病了，出于好意替她一次。后来，她听说母亲赞扬她琴弹得好，就说什么时候要到家里来弹给母亲听。

从那以后，她时常会来我家，我周末回去的时候也碰到过她。她头发有些稀薄，面色苍白，让人感觉是不是小时候得过脑积水，下眼睑还带有一点儿紫色。性格非常要强，弹琴方面确实具有艺术天赋。她要是想以弹琴立身扬名的话，也许会被师傅逐出门下而自成一派。

这个女孩子逐渐和母亲熟起来，聊天中，貌似委婉实际上很大胆地表露出想要嫁给我为妻的想法。母亲跟她说，毕业后得让我出国留学，只是还不知道能不能获得公费的机会，要看毕业考试的分数。听到这么一说，她马上表示如果自己有钱就全部拿出来给我做学费。

母亲也对她的聪明灵巧感到满意，还打探了她的身世。这个叫作阿丽的姑娘本是一个身居高位的士族[①]的女儿，父亲已经离世，现在和母亲一起住在五轩町的出租房里。不过奇怪的是，阿丽家里还有个被称作哥哥的，看起来是个老实人，像仆人似的被使唤。实际上，这个人是上门女婿。虽说是上门女婿，可阿丽却说并不想成为他的妻子，她想把家业留给那个人，而自己另找婆家嫁出去。而且，据说阿丽的希望是至少找一个有学士学位的人做自己的丈夫。所以我就被她选中了。

母亲对她家里的哥哥有些介意。我对这个聪明活泼的女孩儿自然也不讨厌，但是我并不急着娶妻成家，所以这件事情很快也就不了了之了。

当然，这并不属于性欲问题，连恋爱问题都算不上，只是一次偶然谈起又很快中断的婚事而已。因为想起来了，所以就写了下来。后来听说阿丽如愿嫁给了一位学士，住在横滨附近。

十八岁。

事情发生在暑假。因为毕业考试临近，我想要找一处更加安静的地方学习，刚好向岛那边的房子没人租，空着的，于是我就带着书搬过去

---

① 士族：日本明治维新以后赋予旧武士阶层的族称，位于皇族、华族之下。

了。母亲过来陪了我两三天，照顾我生活。我对她说，只要帮我把材料准备好，我可以自己烧菜做饭。可母亲说不放心。

这话被隔壁开花木店的听到了。因为父亲和他们商量过开地种菜的事，所以和这家花木店比较熟。花木店的老板娘很热心，提议说让她十四岁的、叫作阿蝶的女儿给我帮忙。并且说，女儿个头长得快，看起来得有十六的样子，实际上还完全是个孩子，做饭还不是很熟练，但总比少爷自己做要好。母亲同意了。我从一开始就反对找女佣，听说是那个曾经拖着鼻涕、背上驮着个小孩儿的阿蝶过来，我觉得没问题，也就答应了。

阿蝶每天早上来晚上回去。她是一个胖胖的姑娘，大大的脸盘上嵌着一副小鼻子小眼睛。鼻涕已经不流了，还盘了岛田髻，听说是因为要给我做女佣，自己主动梳的。一张大脸上配着个小小的岛田髻，看起来相当怪异。

吃饭的时候，阿蝶会在一旁服侍。我看她的样子，怎样看都觉得是一只蛾而不是蝶。我不经意地打量了一下她的脸，稍稍竖起的眉毛下面，长着一双水平的眼睛，两个内眼角之间离得很近，她用那双眼睛俯看我的时候，还有一种略带滑稽的温柔。

阿蝶很勤快。我只是吃饭的时候使唤她，其他时间随便她做什么。她来问我吃什么菜，我说随便什么都行，你家平时做什么你就做什么。就这样过了两周左右。

有一天，听说暑假到亲戚家去了的尾藤裔一过来了。我正好看专业书看烦了，见他来了很高兴，便热情招呼他，没想到他一副垂头丧气的样子。我感到很疑惑不解。

“你是不是出什么事了？”

“我放弃上大学了。”

“为什么？”

“我本来想直接回老家去的，过来和父亲告别时听说你在，就想见见你，所以就来了。”

阿蝶端上茶来，裔一一口气喝完后继续说。原来裔一的学费不是他父亲出的，是由他在木挽町开店的伯父出的。因为伯父的生意不景气，拿不出学费，所以不得不退学了。现在准备回老家当个小学教师。不过，即使当了教师，学业还是不想放弃。研究西洋学问，一方面素养不够，另一方面新书也不好买，所以，暂且把伯父给的钱大部分都买了汉籍，准备带回去看。

我顿时心生同情，但又不知道该说什么。要是说一些没有意义的安慰话，也许裔一还会生气。所以只好沉默。

不一会儿，裔一说要回去。就在他要走未走的时候，突然又说了这么一句：

“我伯父的生意之所以维持不下去，是因为我伯母。”

“你伯母是谁？”

“是我伯父当初一个人的时候的女佣。”

“哦。”

“她一直跟着伯父不走。要求女人都当贤内助也许有点儿过分，可是让一个不明事理的家伙跟在身边摆脱不掉，实在是人生的一大不幸啊。再见！”

裔一说完，转身就走了。

我呆若木鸡地站在那儿，目送着他离去。透过门口挂着的竹帘，可以看到友人走出外门的身影。身穿白底色的浴衣、戴着麦秸草帽的裔一，在午后的炎炎烈日下沿着种有石楠树篱的小道渐行渐远，身后落下一道短短的影子。

裔一临别这一句实际上是对我的劝诫，我有点儿生气，我认为这件事情根本不需要听别人说什么。这也因人而异。对于我一直认为凡事都比我迟钝的裔一来说，说这话有些过分。况且，阿蝶是什么人？我根本就没有把她当作女人来看。怪我识错了人，真是太冤枉了。

我坐到桌前，打开看到一半的书，但裔一所说的话始终萦绕心头。我对阿蝶没有任何想法，不过，阿蝶又会是怎么想的呢？我和阿蝶几乎没有说过什么话，所以，并不记得阿蝶说过什么。仔细想一想有没有什么留下印象的事情，忽然记起了今天早上的事。我早上出去散了会儿步。出门的时候，阿蝶正在叠蚊帐，等我走了大约三十分钟回来的时候，发现阿蝶坐在叠好的蚊帐前，眼睛直直地看着半空发呆。应该早就叠好了啊，我有些意外，当时还以为她在偷懒。不过，这三十分钟时间，她到底在想什么呢？这么一想，我似乎感觉到了点儿什么。

从那时起，我就开始用别样的眼光注意阿蝶。服侍我吃饭的时候，我注意看她的表情，发现起初她经常从上面俯视我的脸看，而现在几乎都不看我的脸。她的态度确实发生了变化。

以前我在院子里散步，走过厨房前面时即便听到她在里面嘀嘀咕咕说着什么，也不会朝里面看。而这次我是边看边走过去，我看到她停下正在洗东西的手，一动不动地看着空中，像是在思考着什么。

又到了吃饭的时候，我观察的目光变得越来越敏锐。她虽然一言不发，头也不抬，但我似乎能感应到她的神经状态。她的身体感觉就像是一个积聚着电能的物体。我逐渐感到不安起来。

我正看书，听到厨房那边有什么声音，心想，阿蝶在做什么呢？于是喊一声，她立刻就过来了。过来当然会过来，不过感觉她好像一直在等着我喊似的。傍晚时分，她过来和我告辞，然后往厨房方向走去。我竖起耳朵听，一直等到她换上木屐、听到关门的声音为止。这中间所用的时间相当的长，感觉她是在故意拖延，像是在等着我喊她回来。我的不安越来越加重了。

当时我想，尾藤裔一不是一个敏感的人，但是，不管是他父亲还是他伯父家，他所生活的氛围都与我家里是不一样的。所以，即便只是端一杯茶出来，当他看到阿蝶的神情，就立刻发现到了什么。

有一天母亲过来，我跟她说在向岛呆厌了，想回小菅去。母亲说，既然这样为什么不来信说一下，我说正准备写信呢。实际上，我是看到母亲来后才突然想起来的。我让母亲和阿蝶以及花木店交代善后的事情，自己带上几本书马上就出发，回小菅去了。

阿蝶的精神状态是否发生了什么变化，是不是春心萌动，性欲萌发，还是说，这一切都是我凭空想象出来的，最终我也无法得知。

十九岁。

七月份，我大学毕业了。别人看到我公开的年龄，都说才刚刚二十岁就取得学士学位，很少见。实际上我还不到二十岁。我最终以处男之身毕业了，这实在是归功于古贺和儿岛。而且，儿岛虽然年龄比我大，好像也还没有尝过女人是什么滋味。

毕业季节，宴会很多。当时，上野有个叫作松源的饭店，生意很兴旺，我们毕业生一起在那里宴请教授。

当时从数寄屋町和同朋町来了很多艺伎、舞伎。这是我第一次在宴会上看到艺伎。

现在每当学生毕业时也会举办谢师宴，不过，回想一下当时的情景，无论是客人还是艺伎，情形完全不一样。

现在大学毕业，获得学士称号，即使不会受到什么特别优待，也不会受到过分的怠慢。而在当时，艺伎根本就没把我们当人看待。

那晚在松源举行的宴会，一直清晰地留在我的记忆中。教授们在佛龛前坐成一排，毕业生们轮流过去敬酒。教授当中，也有特意盘腿坐到学生面前，来和他们聊天的。座位已经完全打乱了。我正坐那儿发呆，突然有人从左边把酒杯送到了我面前。

"喂！"

是艺伎的声音。

"嗯。"

我正要接过杯子，艺伎却把拿着酒杯的手缩了回去。

"可不是喊你哦。"

艺伎责怪似的看着我，把杯子伸到我右前方的人前面。她不是开玩笑，连装作开玩笑都没装。我的右前方是某教授，正在和他右边的人说话，几乎是背对着这个艺伎的。我正好能看到他的罗纱和服外褂上的家徽。教授终于发觉了，接过了酒杯。我再怎么发呆，也不会去夺伸到别人面前的酒杯。我实在没有想到，还会有人对着和服短褂的家徽举杯。

我感到自己这时突然醒了，就好像刚刚还在波涛的漩涡中的人，现在已经爬到了岸上，眺望着波涛的涌动。会场上所有人的状态，都原原本本地映入了我的眼帘。

在教室里总是板着脸的某教授，这时也笑容满面。一个艺伎逮着我旁边的一个毕业生，说道："我的名字叫波儿[①]，可别忘了哟。"大概是叫阿玉[②]吧。席中的舞伎们全都站了起来，半开玩笑似的跳起了舞，但是没有一个人看。有人正在接别人扔过来的酒杯，有人跑到舞伎们中间跳舞。有一个艺伎差点儿踩到了放在地上的三味线，慌忙往后退。刚才那个训斥我的艺伎好像是她们当中领头的，不断到处走动，大声招呼着客人们。

儿岛坐在我左边相隔一两个人的地方，正在发呆，跟我醒来之前的状态差不多。他前面有一个艺伎，身材匀称，脸蛋儿也漂亮。如果眼线再突出一点儿的话，就和西洋绘画中所看到的维斯塔女神差不多了。她第一次端餐盘过来的时候，就引起了我的注意。我还听到了别人喊她小儿。小儿不断找儿岛说话，儿岛却懒懒的应答着。我无意中听到了他们的对话：

"你最喜欢哪个？"

"金团[③]好吃。"

回答得一本正经。作为一个年方二十三的堂堂美男子的回答，难道不是很令人意外吗？反正在出席今天的谢师宴的毕业生当中，是找不到像他这样的。头脑此刻变得异常冷静的我，感到既有点儿不好意思，又有点儿好笑。

"是吗？"

小儿温柔地回了一声，离开了座位。我抱着一种好奇的心理，观察着事情的进一步发展。不一会儿，小儿端来一个大海碗，放到了儿岛的面前。是一碗金团。

---

① 波儿：英语"ball"的发音。
② 阿玉：日语中"玉"字有球形物的意思。
③ 金团：日本点心的一种。

儿岛一直到宴会结束都在吃金团。小儿端坐在他面前，看着他将金团里的栗子一个一个地送进他那漂亮的嘴唇里。

我默默地祈祷着儿岛为了小儿，尽量慢慢地吃，多吃一些金团，而我悄悄地先回去了。

后来听说小儿是下谷的头号美女，而且，儿岛只吃这个美女送来的金团。现在，小儿是某政党的著名政治家的夫人。

二十岁。

新毕业的学士们逐渐都找到了自己的出路，其中很多人都是去地方上当了教师。因为我毕业时的成绩排名较好，有传言说我会被公派出国留学。但是这个事情迟迟没有定下来，所以父亲很担心。而我却天天躺在小菅的公务员宿舍的四叠半大小的房间里，若无其事地看着书。

很少有人来找我玩。古贺当了中央某部门的参事官，娶了老婆，一起住在老婆的娘家，每天从那里去单位上班。更早之前，儿岛应聘上了大阪的一个公司的职员，离开了东京。去新桥给他送行的时候，古贺悄悄地跟我说："竟然有人说要做我老婆，你说奇怪不奇怪？"他这并不是谦虚。虽然与儿岛比起来，古贺更精通人情世故，但毕竟是这个三角同盟的一员，本质是个天真无邪的人。我并没有感到有什么不可思议。

也有人过来给我说媒的。母亲的想法是，即便是出国留学，最好还是先娶了妻再去。父亲对此没有异议。于是，母亲就劝我，而我总是回答得很含糊。母亲不了解我的想法，而我有想法也不想说，我觉得说也很难说清楚。但母亲不断耐心询问，终于有一天，我被问得没办法，就说出了自己的想法。

妻子，反正迟早是要娶的吧。但不能娶一个自己不喜欢的。喜欢还是不喜欢，由自己来定是最容易的。反过来对于女方来说，嫁给一个不喜欢的男人，也很痛苦吧。也许我这样说对于生养我的父母来说有些忘恩负义，不过确实很难想象，哪个女人看了我的相貌后会觉得喜欢的。或许会有哪个有自知之明的丑八怪看了我以后，说愿意忍受也不一定。但是，我并不需要别人委曲求全来忍受，像这样的人我会主动拒绝。那么，我的灵魂又是怎么样的呢？我并不认为我拥有怎样了不起的灵魂，不过跟我迄今为止所看到的形形色色的人比起来，我也不认为我的灵魂是必须得隐藏起来，不好意思让别人看到的。即使是来一场灵魂的考试，我也不认为我会就此落第。看看如今的结婚风气，有相貌的相亲，却没有灵魂的相亲。即使是相貌的相亲，媒人们总是说对方不需要来看人的。也就是说，女方不论喜不喜欢，只要这边看了后说喜欢还是不喜欢就行了。就好像女方的父母是卖方，而我们是买方，女儿被当作一件物品对待。这就像罗马法中所规定的奴隶一样，只能作为res[①]而存在。我并不想只是去买一个漂亮的玩具回来。

我尽量以母亲能听得懂的方式将我的想法告诉了她。母亲对于我的灵魂上不输于别人、而相貌比不上别人的说法很不服气。"我不觉得你哪里生得不如别人！"她无比愤慨地说道。我对此也深感惶恐不安。至于女人也应当像男人挑选女人那样来选择男人才是正当的相亲，母亲也是不能认可。她认为，一般说这话的人，跟主张男女同权没什么不同。自古以来，商人家的女儿拒绝相亲对象的事是有的。而武士的女儿是看中男人的内在灵魂才出嫁的，不应当对男人的相貌挑三拣四。就算只有日本是这样的，只要是好事不就行吗？况且我还听你父亲说过西洋的国王派家臣去邻国挑选王妃的事情。这样看来，即便是在西洋，国王娶媳妇的方式也是和日本差不多的。我本想尽量不提西洋的事情，而母亲却以西洋为例来反驳我，弄得我有些狼狈。

本来我还有很多想要说的，但又觉得不好再反驳下去，于是作罢。

就在那次谈话后不久，父亲的好朋友，一位叫作安中的医生来我家，要把从某华族大名家族分立出去的、番町的一个叫作一条的画家的女儿介绍给我，并且说随时可以让我去见人。母亲照例劝我去。

我忽然有了想去看一看的想法。说起来很可笑，我并不是想去见那

① res：拉丁语中"物件"的意思。

位小姐，而只是想要尝试一下相亲这件事情。看起来我这是不负责任的想法，但也并不是说无论什么样的人我都一定不会考虑。我当时还是想着如果看对眼了就要了。

虽然已是三月份，但寒意未消。安中领着我来到了番町的一条家。房前有座黑色的门楼，显得很阴森，我被带到像是主人家客厅的一个八铺席大小的房间。我正与安中围着火盆闲聊，主人出来了，是一位五十岁左右的男人，仪态落落大方。聊了一些绘画方面的事情后，很快夫人就领着小姐出来了。

主人夫妇为了不冷场，挑起了很多话题，还说，要是喝酒的话拿些酒来，慢慢聊。我说不喝酒，主人说那就请你吃些什么吧，说着歪头看着我。那时我正为龋齿而头疼，在家里经常吃烫荞麦面饼。于是我就说，看到这附近有荞麦面馆的招牌，就吃烫荞麦面饼吧。主人马上笑着说，你点的这个还真有意思。夫人叫来女佣吩咐去做。

小姐一直把手放在膝盖上面，安静地坐在夫人的右边。脸蛋儿圆鼓鼓的，眼角微微上挑。她一直是面朝前方，丝毫没有怯生的感觉，脸上也没有特别的表情。只是在听到我点烫荞麦面饼的时候，不禁笑了一下。

我竟然点了烫荞麦面饼，心想，这也不亚于儿岛的金团了，因而不禁独自发笑。接下来便聊了一会儿荞麦面的话题。主人说他也吃烫荞麦面饼，有一次生病，吃不下粒状食物，吃了有一个月的烫荞麦面饼。夫人说她当时简直惊呆了，说完了发觉不对劲，连忙向我致歉。

我们吃完烫荞麦面饼后便告辞，主人夫妇和小姐把我们送到门口。

回来的路上，安中催我给个答复，而我却无法答复他，因为我自己也弄不清楚了。我不认为小姐是位多么漂亮的美女，但又觉得她相当出色，风度确实很好。性格虽然还不知道，但看不出一点儿乖僻之处，感觉很直率。这么说来是不是就有意要娶了呢？实际上一点儿也不想。绝非是讨厌她，若是与我不相干的人，让我来评价，我定会说这是个很好的姑娘。但是说到娶她，却怎么也提不起意愿。她确实是位好姑娘，可这样的姑娘不是还有很多吗？为什么非要特地娶她呢？我这样想到。不过，这样想的话我就永远也找不到娶媳妇的对象了，我这样反驳自己，但还是没有想要娶她的欲望。于是我想到，像这种时候，一般人是如何下定决心的呢？是不是在性欲的刺激下促使自己下决心的呢？而我因为缺少这方面的欲望，所以才会虽然觉得好，却又无意要娶？安中见我若有所思，于是说了句“改天再答复我”，我们在九段告辞各自回去了。

一回到家，母亲就迫不及待地问我怎么样。我犹豫了一会儿。

“姑娘感觉怎么样？”

“怎么说呢，是一位容貌端庄的小姐，眼角有些上挑。穿的和服我也不懂，像是黑色的，里面是白襟的内衬。感觉她要是腰间佩一把短剑倒是很相称。”

对于我不经意的描述，母亲却感到相当的中意。在母亲看来，适合在腰间配一把短剑这一点尤其让人觉得可靠。于是便热心相劝，安中也来了两三次，让我给个回话。然而我最终没有给他明确答复。

后来，那位小姐嫁给了我认识的一个宫内省[1]的职员，一年以后就病故了。

这一年的初冬。

传说留学的事情明年就要启动了。我照样待在小菅的家中无所事事。

千住那里有个诗会，会员们轮流在自己家中举行月会。在一次月会上，我认识了一位叫作三轮崎霁波的诗人。据霁波说，他负责《自由新闻》的诗文专栏，问我能不能给写点儿东西，什么都行。我拒绝了。可霁波执意劝说，于是我问可不可以匿名，他说可以。我又附加了让他替我严守秘密的条件后才答应了下来。

那天晚上我回去后，躺在床上思考着该写点儿什么好，可是没有什么好的想法，第二天也就把这事给忘了。接下来一天的早上，我拿起从铃

① 宫内省：日本掌管皇室事务的官厅，现为宫内厅。

木田正雄[1]时代就开始读的《读卖新闻》，发现上面有我的名字。写着什么以优等成绩从哲学科毕业的金井湛氏将为《自由新闻》执笔之类的。我大吃一惊，想起了前天晚上的事情。于是我想，我和他说好了替我保守秘密才写的，既然对方没按约定保密，那我也可以不写。

不久，霁波来信催促，我回信说你没有遵守条件，所以我不写。终于，霁波亲自过来了。

"关于《读卖新闻》上那条消息，实在是对不起。请你就原谅这一次吧。你要是不写，我对报社那边无法交代啊。"

"哼！我跟你那样叮嘱，你竟然还在《读卖新闻》上宣扬。"

"我并非有意要宣扬啊。"

"那为什么会登出来？"

"是这样的。这件事是我首先跟社里说的，当然是在跟你提起之前。我说我受邀参加了仙珠吟社，遇见了你。社长他们就说让我一定要请你来写点儿什么，我什么也没想就应承了下来。于是我就跟你说，而你很不情愿，我以苏张[2]之舌苦口相劝，最终才说服了你。于是我颇为得意地回社复命。至于《读卖新闻》那边，大概是社里的人透露了消息，我并不知道。不过我仍然要向你负荆请罪，求你谅解。恳请你能答应。"

"好吧，我写。不过，我真搞不懂报社的人的想法。说什么是迄今为止最年轻的学士了，以优等成绩毕业了，将我的名字登到报纸上。大概是抱着'让他写写看，看看这家伙到底能写出点儿什么'的心理吧。而至于我写出的东西是好还是差，却不在乎。这样一来，轰动确实会轰动，可这样做，对于报社的经营者来说难道不是短视的行为吗？我倒不是说对我有什么利弊，我是说对于报社的利害关系。与其那样，还不如先不要张扬，把我写的东西先匿名刊载，如果写得不好，也会悄无声息地过去。就算写得再差，报社也不至于会被指责说为什么要登那种东西。万一我写的东西

---

① 铃木田正雄：(1845-1905 年)，《读卖新闻》的首任总编。

② 苏张：指中国战国时代的纵横家苏秦和张仪，都是有名的说客。

很受好评，人们自然就会打听那是谁写的。到那时，你们报社再把我介绍出去不是更好吗？这样的话，人们就会说你们报社有独具慧眼之人，才发现了我，这不也是你们社的荣誉吗？当然，事情不一定会如想象中那么顺利，但是我认为，光拿什么文学学士之类的名头来炫耀，不是报社该有的行为。”

“是的，你所说的句句在理。但这就和让战国时代的君王去实行礼乐是一个道理啊。”

“是吗？看来聚集在报社里的还真是一群让人弄不明白的家伙啊。”

“哎呀，你这是什么话嘛。哈哈哈。”

说完，霁波走了。霁波一走，我就趴到桌前，给报纸写了两段左右内容的东西，寄了出去。心想，写这点儿东西，根本连推敲都不需要。多少有些自负的感觉。

第二天就收到了在头版刊登了我的文章的报纸，还夹着一封霁波的感谢信。后来我听说，因为是晚上才收到我的稿子，还费了不少事才给我腾出了版面。

这份报纸应该还保留在哪里，但现在想找出来却找不到了。不过我还记得写的是一篇没头没尾、相当稀奇古怪的东西。当时的报纸上有一种叫作杂录的东西。《朝野新闻》就是靠成岛柳北[①]先生的杂录为卖点的。严肃的考证中夹杂着诙谐，注重言论的新奇，追求句子的精巧。常常会出现一些脍炙人口的警句。我是因为当时刚好读了从某教授那借来的一本埃克斯坦（Eckstein）写的《小品文的历史》，所以就按照杂录的文体，再加上些西方小品文的风格写的。

我写的东西多少引起了一些注意，两三家报纸上都登了类似意见的读者来信，说我写的东西既有抒情的成分，又有点儿说故事的成分，还有类似考证的成分。要是现在，大概会说这是小说然后再给予评价吧。先随

---

① 成岛柳北：(1837-1884 年)，江户末期的作家、报人。

意断定这是小说，然后会说这连杂讯都不如。当时还没有“情热[①]”这个词，如果有的话，一定会说我写的东西没有情热吧。“炫学[②]”这个词也还没有流行，如果流行的话肯定也会被用上的吧。此外，那时还没有自我辩护这个罪名。我认为所有的艺术品都是自我辩护，因为人生本来就是自我辩护，一切生物的生活都是自我辩护的过程。栖息在树叶上的雨蛙是青色的，而喜欢待在墙壁上的壁虎则呈土色；出没于草丛中的蜥蜴，背上有一道道绿筋，而生活在沙漠里的则呈黄沙色。拟态伪装就是自我辩护，说文章是自我辩护也是同样的道理。幸运的是，我没有受到那样的指责，我所写的东西的存在权也有幸并没有受到质疑。

一周左右后的某天下午，霁波又来了。说是社长为了感谢我前几日的投稿，想要请我吃饭，叫我马上就跟他去。同席的还有一位叫作原口安斋的诗人，霁波代替社长尽主人之礼。

我雇了辆车跟在霁波的车后面去了。进了神田神社旁的一家饭店，安斋已经先到，等在那里了。上了酒，还请了艺伎。我不能喝酒，安斋也不能喝，只有霁波一个人在那边喝边闹，自娱自乐。我们三个客人在一起，就像是无赖汉与书生的混合体。最像无赖汉的是霁波，而书生气质最浓的是安斋。两人都穿着藏青底碎白花纹的棉衣外加同样的罩褂。安斋很温和但很聪明，他虽然不和霁波一起胡闹，但会和艺伎说话，也和她们干杯。

而我变成了局外人。父亲在老家时有一件绣有家徽的黑色纺绸的礼服，是在一些特别的日子穿的。母亲说这件衣服不错，结实，改了一下让我当便服穿。那天我就是穿着那件衣服跟着霁波出门的。我还带着一根二尺来长的铁烟管。其实那时已经不再像以前那样需要带把短刀了，因为刚好那时我开始抽烟，就让人做了一根，顺便用来护身。于是我从打火石袋一样的烟叶袋里取出一点儿云井烟开始抽起来。也不喝酒，也不开口

① 情热：即热情、激情的意思，属于日制汉语词。
② 炫学：即炫耀学问，卖弄知识的意思。

说话。

不过，当时的讲武所[①]艺伎什么样的古怪书生都见识过，所以也并不特别惊讶。她们仍然与霁波一起大声喧闹。

十一点半左右，女佣过来说车子已经备齐了。我觉得说备齐了有些奇怪，不过也没太在意。霁波最先起身来到门口，坐上了车，接着，安斋和我也坐上了车。我对车夫说："去大千住前面的小菅。"车夫也不回话，扶起车把。

霁波的车最先出动，接着是安斋，我殿后，三辆车接连飞奔出去。打着灯笼，一路吆喝着沿着官道朝上野方向驶去。两旁的店铺大都关了门，偶尔能够看见食品店门口的灯笼，以及卖蜡烛人家的板门内映照在拉门上的光亮。这些光亮好像在向相反的方向迅速移动。路上人很少，偶尔碰上一两个行人，都会不约而同地朝我们的车子望来。

车子到底要驶向哪里？我自己没有经验，不过车夫会知道，这样走是到哪里去。

驶过上野大道，来到往仲町拐弯的地方，安斋从车上转过身来朝我喊了一句："逃吧！"安斋的车拐向仲町方向去了。

安斋有个遗传的老毛病，身体与一般人不一样，所以他去不了车子将要去的地方。

我对车夫说："跟刚才那辆车走！"回小菅的话是不应该拐到仲町的，不过我想，只要先摆脱了霁波，后面总会有办法。车夫稍微犹豫了一下，将车把转向了仲町方向。

这时，已经过了三桥北的霁波的车又折回来了，霁波在车上大声喊道：

"喂！不许逃跑！"

我的车只好又跟着霁波的车后面走。霁波不断地回头监视着我的车。

我没有再试图逃脱。我要是强行抗争的话，霁波应该不会动粗，但

① 讲武所：江户末期幕府创办的武术讲习所，旁边有花柳街。

肯定会极力拉我去。我不想在上野这个十字路口与霁波吵架。我有着顽强不屈的精神，我对被霁波耍弄这件事感到不悦。我这种顽强不屈的精神是一种可能会将人带入罪恶的深渊的、相当危险的东西。我也是因为这种顽强不屈的精神，才要被带到我并不想去的地方。而且，我不能忘记驱使我跟着霁波去的另一个因素，那就是被未知的东西所吸引的好奇心。

两辆车先后进了大门。霁波的车夫问："哪家茶屋？"霁波斥责似的大声说出了一家店名。像是螯虾科的硬壳动物的名字。

早已过了十二点，两旁的人家都关了门。车子在一户大房子关闭的门前停了下来。霁波敲了一下门，小门开了，从里面出来一个点头哈腰的男人。只听到什么茶屋这个那个的，与霁波小声嘀咕着。两人争论了一会儿后，我们被带进了里面。

上了二楼后，霁波就不知道跑哪儿去了。出来一位年过芳龄的女子，把我领到一个房间里。

这是一个狭长的房间，两侧是隔扇，与走廊相通。较宽敞的一边有一个黑漆的对开门衣柜，上了很多铜泡钉，镶嵌在像是壁橱的地方。在朱红色灯笼光的映照下，油漆和黄铜闪闪发亮。这一边的另一侧是四张隔扇。灯笼放置在方形火盆旁边，火盆里烧着文火，上面挂着一个大陶罐。

女子把我带到房间以后也不知去向了。我还是穿着那件已经成羊羹色的黑纺绸和服，手持那根长长的铁烟管，在方火盆前的坐垫上盘腿坐了下来。

因为在神田不得已喝了五六杯酒，嗓子有些干。我用手试了试陶罐，微凉，便往旁边的茶碗里倒，一看是浓茶，拿起来一口气喝了。

这时，身后的拉门被打开了，进来一个女人，立在灯笼旁。感觉就像在戏里面看过的花魁，高高的发髻上插着一根硕大的簪子，满是红色图案的和服下摆拖在脚下。五官端正，白皙的脸蛋儿看起来小小的。刚才的那个女子跟在她后面进来，调整了一下坐垫位置后坐了下来。然后便看着我，笑而不语。而我也一本正经、一言不发地看着她。

女子看到了我刚喝过茶的茶碗。

“你喝了这陶罐里的东西？”

“嗯，喝了。”

“哎呀。”

女子脸色怪异地看了一下刚进来的那女人，那女人灿烂一笑，白白细细的牙齿在灯笼的光照下闪出一道光亮。女子又问我：

“什么味道？”

“好喝。”

二人又双目对视了一下，那女人再次灿烂一笑，牙齿也再次闪出光亮。看来陶罐里装的不是茶。我究竟喝了什么，到现在也不知道。有可能是什么煎药的药汤。不会是外用药吧？

女子将那女人头上的簪子取下来放好，然后站起来从黑漆衣柜里拿出一件罩衫让女子穿上。华丽竖条纹的上等绉绸面料，配上紫色绸缎的衣襟。这个女子大概就是所谓的番新[①]吧。那女人默默地把手伸进衣袖。那是一双不多见的又细又白的手。番新说：

“已经不早了，那边请。”

“睡觉吗？”

“是的。”

“我不睡也行。”

番新与那女人第三次对视了一下。那女人第三次灿烂一笑，牙齿第三次闪出亮光。番新突然凑到我旁边。

“相公，请把布袜脱了。”

这位脱衣婆娘把我的深蓝色布袜脱了，手法惊人地熟练。然后把我拉到了隔扇的另一面，动作轻柔却又让人无法反抗。

这是一个八铺席的房间。正面是壁龛，一把套在布袋里的琴竖立在旁边。一排黑漆面并涂有泥金画的衣架将房间纵向隔开，另一面是一张床铺。女子再次轻柔却让人无法反抗地使我躺了下来。我只好坦白了事实。

---

① 番新：即番头新造，日本江户时代的妓女等级之一。

番新的手段确实高明，但是，要想反抗也不是绝对不可能。很明显，使我失去抵抗力的正是我的性欲。

我顾不得霁波，叫了辆车自己回去了。回到小菅的家里时，大门紧闭，屋内静悄悄的。我敲了下门，母亲很快出来给我开了门。

“怎么这么晚？”

“嗯，是太迟了。”

母亲脸上有一种难以捉摸的神情，不过什么也没有说。母亲当时的那个表情我永远也忘不了。我只说了句“晚安”，就进自己房间去了。一看表，已经三点半了。我直接钻进被窝，酣然睡去。

第二天吃早饭的时候，父亲说，听说那个叫作三轮崎的，生活放纵，喝酒不喝通宵不尽兴，如果真是这样的话，还是不要和他交往为好。母亲没有说话。我说我与三轮崎性格不合，没准备和他深入交往。我实际上就是这么想的。

回到我四铺席半的房间后，回想了一下昨天的事情。那就是性欲的满足吗？恋爱最终只是为了达到那样的目的吗？我觉得很无聊。不过同时我也没有感到后悔或是良心的谴责什么的。当然，我认为去那种地方是不好的，我自己是不会特地去那种地方的。昨天去了那个地方是因为没办法。就好比说吵架是不好的事情，没有人说我要出门吵架去。但是，出去以后也会遇上不得不吵架的情况。我想，和这是一样的道理。另外，内心深处还潜藏着某种不安，担心会不会染上什么严重的病。即便是打架，往往过了几天身上还会疼，要是被染上了疾病，可不只是疼一下那么简单了，也许连子孙都得遭殃。第二天我所感受到的心理上的变化大致如此，比我预想的要微弱。而且，就像空气所受到的波动，会随着空间距离的变远而越来越弱一样，这种心理上的变化也会随着时间的推移而逐渐淡化。

与此相反，我的感情生活从此产生了一个变化，而且日益明显。一直以来，我在面对女性的时候总显得有些畏缩，容易脸红，不知道该说什么。这种情况自那以后就好了。不知道是谁在哪里早就给我打了这样一个比方，让我获得了骑士的封号。

自从那件事以后，那一阵子母亲好像对我异常关注。我猜想，她大概是想知道会不会真如人们所说的染上恶习会成瘾。这完全是杞人忧天。

如果我不愿意完全写出事实，我会说吉原这个地方我只去过那么一次。但是，如果不想歪曲事实，还有一件事我不得不在这里顺便提一下。那是很久以后的事了。事情发生在我的第一任妻子去世后，还没有娶第二任妻子的时候。那是一个秋天的傍晚，古贺来我现在的家里玩。临走的时候邀我一起去上野那边，正要出门的时候，刚好三枝也来了。他和我家有姻亲关系，也认识古贺，所以就叫他也一起去。于是三人在青石横町的伊予纹吃了晚饭。三枝是一个通晓民情并且好自吹的人，提出来说要带我们去吉原看一个好玩儿的地方。可能是因为他看我丧妻，才有此过度的好意。古贺笑着说去吧，我勉强同意了。

我们在大门外下了车，三枝在前面晃悠悠地走着，拐到了一个狭窄的小巷里，也不知道叫什么町。家家的格子门门口都有一个女人，与站在外面的男人说话，这就是所说的小格子[①]吧。男人大都穿着短和服外褂，三枝看着其中的一个人说："这哥儿们不错呀。"确实是一个英俊的男子，看样子三枝理想中的男人都是穿着短和服外褂的。三枝突然说了句"稍等一下"，跑到一个小十字路口，一位老大爷正卸下货担在炒豆子。他买了一包爆花豆塞进了袖兜里。又走了一会儿后，他回头看看我和古贺，说道："就是这儿。"然后就迅速进了一家店里。看样子对这家店很熟。

我们上了二楼。接待三枝的照例是一个点头哈腰的男人，三枝和他一边捡着爆花豆吃着一边谈。不一会儿，我被带到了一个狭小得几乎要鼻子碰鼻子的房间内。屋里放有油灯和烟具盘，铺着一块儿薄薄的被褥。因为没有坐垫，我只好在被褥中间盘腿而坐。我点了支卷烟抽了起来。里面一侧的隔扇打开了，进来一个女人，是一个已过花期、脸色苍白的女人，人看起来不坏。那女人笑着问道：

"您不休息吗？"

---

① 小格子：指江户吉原规格最低的妓院。

“我不睡。”

“那……”

“我看你血色很差啊，怎么回事？”

“是呀，我得了胸膜炎，两三天前还在医院里呢。”

“是吗？这样了还过来接客，很辛苦吧。”

“没什么。已经没感觉了。”

“噢。”

相互看了一下，女人又笑着说道：

“您可真奇怪呀。”

“怎么奇怪了？”

“光这样的话……”

“那我们掰手腕吧。”

“那我肯定比不过你。”

“不一定啊，我力气也不大。我听说女人的手腕是不可小看的。”

“哎呀，您可真会说话。”

“来吧！”

我们将胳膊顶在被褥上，右手相握。女人一点儿力气也没有，拼命让她使劲还是不行。我毫不费力就把她按下去了。

古贺和三枝在隔扇外面喊我，于是我和他们一起回去了。这是我第二次去吉原，也是最后一次去。刚好说到这里，就顺便记下来。

二十一岁。

留学的事终于定下来了，不过派遣令还没有拿到。据说因为考虑到大学的安排，估计要等到夏天。

因为多次说媒不成，母亲对我的婚事非常担心。

古贺把我介绍给了某省的一个叫作望月的参事官，说是对我以后有好处。此人是某元老的女婿，常去下谷的一个叫作大茂的酒馆玩乐。要想跟他混熟，最好就是也去那里，所以时常过去。每次都是叫来四五个艺伎，乱扯一通后回去。那时候物价便宜，每人也就花三四块钱。我因为承包了古贺单位的一些翻译活儿，手头还算宽裕。当时做法律的翻译，每一页可以得到三块钱。所以我身上一般不会少于五十块钱左右。不过，每当我去的时候，望月君肯定就会只喝酒，然后就回去。古贺说："可能是因为对你有些避讳。我来跟他说，让他不要顾忌。"我那时之所以对古贺没有抵触，大概是出于我想要知道艺伎到底是干什么的这种好奇心吧。

时间大概是一月末，一个寒冷的晚上，三人照例叫了几个下谷的艺伎中年轻漂亮的过来，闲扯一些无聊的话题。这时，老板娘进来了。望月君故意发出了奇怪的声音。

"老板娘！"

"什么事呀？看你脸上都泛出油光来了，快用热水擦一下吧。"

老板娘命女佣拧个热毛巾来给望月君擦脸，那张端庄英俊的脸一下子变干净了。像我这张脸，再怎么擦也是白搭，所以老板娘也没管我。

"金井君，过来一下。"

老板娘起身，我跟着她来到走廊。女佣正在那等着，把我带到了另一个房间。里面有一个未曾见过的艺伎，看起来与外面叫来的性质迥异，不好描述。

这次我是完全照着事实写的。之后我也去过这种酒馆，不过，经历了在这种地方该经历的事情，这是第一次，也是最后一次。

之后的几天，意识的深处又出现了那种不安，不过幸运的是，什么事也没有。

天气转暖后，有一天我和古贺去吹拔亭[①]听圆朝[②]的落语。坐在我旁边的是一位五十岁左右的胖胖的老头儿，带着一个艺伎过来。就是那位贞妇艺伎。我们互相把对方当作空气似的看了一下。

---

① 吹拔亭："吹拔"是指室内上下层贯通的井式建筑，这里指下谷的曲艺场的名字。
② 圆朝：即三游亭圆朝（1839-1900年），江户末期有名的落语家。

这一年的6月7日，我收到了留学的派遣令。前往的国家是德国。

去德国人那儿学习，壹岐坂时代的努力将要派上大用场。

8月24日，从横滨登船，最终还是以单身的身份出发了。

某天夜里，金井君写到了这里。屋内静悄悄的，窗外下着雨。六月的梅雨落在院子里的草木丛中，发出淅淅沥沥的声音，不时夹杂着镀锌导水槽中水流的哗哗声。西片町的街上已经没有行人，听不到雨打伞布的声音，也听不见木屐踩在泥地上的声音。

金井君抱着胳膊陷入了沉思。

他的脑海里首先浮现出了赴德之后的很多事情。他想起从柏林的菩提树大道往西拐弯处的一个小咖啡馆，叫作克雷布斯咖啡馆。这是日本留学生经常聚集的地方，被称为蟹屋。他去了那里很多次，但一直没有找过女人。有一天晚上，一个曾说无论如何也不和日本人一起的最漂亮的女人，忽然说一定要和金井君一起去。金井没答应，女人生气地把里面有牛奶咖啡的杯子摔在了地板上。他想起卡尔街的租住屋，房东老婆婆的侄女每天晚上只穿一件贴身的衬衫，坐到金井君的床沿边聊上半个小时。“我婶婶说如果只是说说话不要紧，她不睡等着我。可以吧？别讨厌我啊。”隔着被子都能感觉到她的体温。金井君依照租借法的某一条，付了三个月的房租后就跑了，可是每天晚上还是做梦梦见她不断地给他写信。他想起莱比锡的一个门口挂着红色彩灯的房子。客人们每个人身边都搂着一个明亮的卷发上涂着金粉、穿着露出肩膀和腰部的红色衣服的女人。金井君大呼：“我有肺病，离我近会传染的！”他想起维也纳的酒店，有一位贵妇看到有位大官拉着金井君的手走路很生气。金井君一时生了糊涂气，临出发的前一天对她说：“今晚去找你！”她立刻应道：“就在右边走廊的尽头。可不要穿鞋子来噢。”她将房间洒满冲鼻的香水，等着金井君穿着袜子沿过道走过来的声音。他想起慕尼黑的咖啡店，那里常会有日本人去。那里的常客当中，有一位显得很厉害的美女，她是跟着一个略显流氓气质的当地的帅哥过来的。日本人都对那个女人赞不绝口。一天晚上，那两个人都在，金井君起身去上厕所，感到有个人迅速跟在后面进来。突然一双瘦瘦的胳膊勾住了金井君的脖子，接着金井君就感到了嘴唇上的一阵热吻，手里还被塞了一张名片。回头看时，那人已经旋风般转身走了。正是那个女人。标有门牌号的名片上用铅笔写着“十一点三十分”。金井君想要故意讥讽一下声称不与下等人为伍的这个国家的人，所以，虽然有些冒险，还是决定去赴这个约会。那是一个肚皮上还留有妊娠痕的女人。后来才知道，她是因为去参加舞会的衣服被押给了典当行，才做这种事的。这也是金井君所做坏事的极致了。不过，金井君从来没有过因为强烈的性欲而主动采取攻势。他坚守着阵地，只是幼稚的好奇心和过度的顽抗精神之间偶尔发生一点儿不必要的冲突而已。

金井君当初执笔的时候，准备写到结婚为止。金井君从西洋留学回来是在二十五岁那年的秋天。回国后不久娶的第一任妻子在生下长子后就去世了。之后单身了几年，三十二岁那年娶了当时才十七岁的现任妻子。所以，他一开始想，至少要写到二十五岁为止。

不过到此搁笔一想，将那些偶尔反复的不必要的冲突继续写下去，不是没有意义吗？金井君写的这个东西，并不是通常意义上的自传。那他一定是想把它写成小说喽？也不是。即便先不追究这个，金井君对于没有艺术价值的东西，还是不想浪费笔墨。金井君并不只把尼采所说的狄厄尼索斯式的东西视为艺术，也认可阿波罗式的东西。但是，脱离恋爱的性欲是不可能有激情的。金井君不能不认识到，这种没有激情的东西是多么不适合于自叙。

金井君毅然决定就此搁笔。

他继续思考。世人看到现在的自己，会说金井上了年纪，没有激情了。然而这并不是上了年纪的原因。自己从少年时期就对自己有了过于清楚的认识，因此，是他的这种悟性将他的激情掐灭在了萌芽状态。后来在无聊的动机的引导下，获得了本不该有的封号。那真是一件多余的事情。如果在结婚之前没有得到这个封号就好了。进一步想一想，如果结婚前得到的这个封号是多余的话，或许连结婚也不结就好了。总之，自己的冷淡像是超乎常人。

金井君先是这么想的，可忽然又换了个角度思考。诚然，获得封号是多余的。但是，说是自己的悟性掐灭了激情，这只是表面现象。被永久的冰川所覆盖的极地底下，也有可能喷发而出的火焰在燃烧。米开朗基罗青年时期与朋友打架，被拳头打断了鼻梁，从此对恋爱绝望。然而六十多岁时遇见了维多利亚·科隆娜，实现了一段珍贵的恋情。不是自己无能力，不是阳痿。世人都将性欲的猛虎放养，常常会骑在虎背上跌入灭亡的深谷。而自己是将性欲的猛虎驯养、制服。十八罗汉当中有个叫作跋陀罗的，他让驯服的老虎睡在自己旁边。童子很害怕那只老虎。跋陀罗是“贤者”的意思。那只老虎也许就是性欲的象征。老虎只是被驯服了，但它那令人畏惧的虎威并没有减弱。

金井君想到这里，又静静地从头开始读起来。读到结尾的时候，夜已经深了，雨不知何时已经停了。间隔很长时间才能听到从导水槽落到石头上的水滴，发出鸣磬一样的声响。

读完之后他想，这个东西能够公之于众吗？比较困难。有些事情大家都做，但大家都不说。教育界是一个被假正经的行为所支配的世界，因为自己也置身其中，所以很难。那么，是不是可以泰然自若地把它拿给自己的儿子看呢？真的让他看的话也不是不可以，但是无法预知看过以后将会在他的心里产生怎样的效果。万一看过以后变成和他的父亲一样，那又会怎么样呢？究竟会是幸事还是不幸呢？无法得知。戴默尔写过这样的诗句：“不要服从他！不要服从他！”就是自己的儿子，也不想让他看。

金井君拿起笔，用拉丁语在封面上写下了大大的“VITA SEXUALIS”，然后“啪”的一声扔进了文卷匣。

（李庆保 译）

阿部一族

宽永十八年辛巳之春，从四位下[1]左近卫少将兼越中守细川忠利[2]，本打算在这个春天，暂且不去观赏领地肥后国内比其他地方早开的樱花，在五十四万石大名的豪华队列的前呼后拥下，从南向北前往江户参勤。不料在临行时竟罹病，典医方剂无效，日渐病重，因此往江户派去信使告知出发延迟之事。此时的德川将军乃是享有明君之誉的第三代将军德川家光，将军体恤在岛原之乱中，击毙贼将天草四郎时贞而立下大功的忠利的身份，三月二十日让伊豆守松平、丰后守阿部、对马守阿部联名写了幕府名义发出的文书，并派针灸医以册从京都南下。接着在二十二日，同样又派遣武士曾我又左卫门为使，持上述三名执政[3]联名的文书前往探望。作为将军家对大名的待遇，可谓极其郑重。自三年前的宽永十五年春，岛原征伐战平定以来，将军家给细川家的江户宅邸添赐土地，赐予狩猎时捕获的鹤，平日便极尽殷勤，这次听闻忠利大病，在先例允许的范围内大加慰问，这也是情有可原。

而就在将军家操持上述这般之前，在熊本的花畑的宅邸中，忠利的病情迅速恶化，终在三月十七日申时辞世，享年五十六岁。忠利夫人乃是

---

① 四位下：官位的级别。

② 左近卫少将与越中守都为官职名，越中守相当于越中太守，细川为姓，忠利为名。

③ 执政：官职“老中”的别名，老中为江户幕府职名，直属将军，指挥三奉行、大目附，为担当政务的最高责任者，一般有四到五名，以月为单位轮换执行政务，一般由世代侍奉德川家的二万五千石以上的大名担任。

兵部大辅小笠原秀正之女，将军将其收为养女而后将她嫁给忠利，时年四十有五，名为千夫人。其嫡子六丸六年前行了元服之礼，由将军为其赐名“光”字，称为光贞，担任从四位下侍从兼肥后守，今年十七岁。光贞在江户参勤返程中已行到远江国的滨松，听到了讣告后又折回江户。光贞之后把名字改为了光尚。次子鹤千代自幼便被寄养在立田山的泰胜寺，成为京都妙心寺出身的大渊法师的弟子，称为宗玄。三男松之助是由与细川家有着旧缘的长冈氏抚养，四男胜千代是家臣南条大膳的养子。女儿有两个，长女藤姬是周防守松平忠弘的妻子，二女竹姬就是之后有吉赖母英长的妻子。而忠利本人是三斋[①]的三男，有三个弟弟，分别是四男中务大辅立孝、五男刑部舆孝、六男长冈式部寄之。妹妹则分别是嫁给了稻叶一通的多罗姬和嫁给了中纳言乌丸光闲的万姬。这个万姬所生的祢祢姬就是忠利嫡子光尚的夫人。而在忠利之上有两个姓长冈氏的哥哥和两个分别嫁到前野、长冈家的姐姐。隐居的三斋宗立[②]也还健在，时年七十九岁。虽然也有像嫡子光贞那样居于江户，或住在京都及其他远地的人们，但与他们在得知讣告后的悲叹不同，在熊本宅邸中的人们的悲叹显得格外的痛切。领国派了六岛少吉与津田六左卫门两人前往江户急报。

三月二十四日，人们为忠利行了头七之事，四月二十八日拆开宅邸里面居室的地板，起出之前置于土中的棺材，按照江户的指示，在饱田郡春日村岫云院中将遗骸火化之后葬于高丽门外的山上。在忠利的灵庙之下，于第二年冬建起了护国山妙解寺，启室法师当上了住持，他是从江户品川东海寺来的泽庵法师的同门。其在寺内的临流庵隐居之后，已出家的忠利次子宗玄便称号天岸法师，继承了他的衣钵。忠利死后的法号为妙解院殿台云宗伍大居士。

在岫云院火化是忠利的遗言。某日，忠利在猎鹬[③]途中，在此寺院饮茶休息。其时忠利注意到自己下巴上的胡须长了，便问主持有无剃刀。

---

① 三斋：其父细川忠舆。
② 三斋宗立：即细川忠舆出家后的号。
③ 猎鹬：一种水鸟，也可叫作黑水鸡。

主持用盆打上水递上剃刀。忠利便惬意地让侍童为其剃须，并对住持说："这把剃刀应该剃过不少死者的头，对吧？"住持不知如何作答，极为困窘。此事之后，忠利便与主持熟络起来，并决定自己死后将由这里火化。正在烈火烧得最旺的时候，从伴着棺材而来的那群家臣中，传来了"看那儿，老鹰，老鹰"的声音。在寺里杉木林隔出的那一片暗蓝的天空下，两只老鹰画着圈，在一棵长出嫩叶的樱树上方飞翔。那棵樱树仿佛一把伞，垂在圆形的石井口上方。正在众人惊奇观看的时候，两只老鹰的喙和尾互成首尾相接之态，一下坠落下来，落入樱树下的井里。寺门前有五六个人稍微争论了几句，便有两个男的从中跑出，来到井旁，手扶井沿往里张望。其时老鹰已深深沉入水底。透过井壁茂盛的凤尾草，可以看到像镜子一般闪光的水面已经又恢复了之前的平静。那两个人是驯鹰人。没入井中死去的是之前忠利所喜爱的有明、明石二鹰。当得知这个消息后，在人群中传来了窃窃私语声："如此说来，老鹰也殉死了。"这样说是因为从忠利大人去世当天到前天为止，殉死的家臣已有十余人，其中前天有八人一齐切腹自尽，昨天也有一人切腹，家中没有一人未曾想过殉死。人们并不知道这两只老鹰如何趁驯鹰人的疏忽脱离了管束，以及为何像追寻不可见的猎物般飞入井中。但没有一个人想探求其原因。老鹰是主公宠爱之物，在主公火化的当天，飞入火化地岫云院的井中死去，单单看到这件事，就足以充分判断老鹰是殉死的，根本没有怀疑和找寻其他原因的余地。

中阴[①]的七七四十九天在五月五日结束，之前的佛事一直是以宗玄为首的既西堂、金两堂、天授庵、听松院、不二庵等的僧人们来操持。然而到了五月六日，还是有那么些人要殉死。不用说要殉死者本人及其父母兄弟妻儿，就连毫不相干的人也是如此，他们对接待京都来的针灸医和江户来的幕府使者的准备工作显得心不在焉，只是一心想着殉死的事。人们连每年都要采来铺到屋檐上的菖蒲也不摘了，甚至连那些本要

① 中阴：佛教教义中，所谓人死到转世之间的期间。

庆祝男孩儿降生后的第一个男孩节的家庭，也仿佛忘记了孩子诞生一样，毫无动静。

关于殉死的规矩，究竟是什么时候、什么缘故形成的不得而知，反正自然而然就形成了。虽说大家都非常思念主公，但并非谁都能随意殉死。与太平时陪伴主公去江户参勤和有战事时随主公跨入战阵一样，要陪伴主公赴冥府跨冥河，也必定得有主公的许可。如果没有许可就去死的话，那就是犬死[①]。武士重名声，不会犬死。突入敌阵战死是英勇，但是违背军令、抢先争功而死就不算功名，那就与犬死无异。而没有得到主公许可就殉死，这也是犬死。偶尔这些人中也有不算作犬死的，那是因为他和忠利之间有君臣知遇的默契，即便没有许可也算作得到了许可。佛陀涅槃后兴起的大乘佛教的教法认为，其教法虽未得到佛陀的许可，但是佛陀对过去、现在、未来无所不知，他知道将会有如此教法的出现，因此可以认为他早就许可了。同样道理，没有许可就能殉死，就好像这大乘的教法一样，与本尊所说无异。

那要说到如何才能得到许可，在这次殉死的众人中，内藤长十郎元续恳请主公的手段便是一个好例子。长十郎平生都在忠利的案前服侍，与主公有着格外的交情，因此一直照顾着主公，一刻不曾离开病床旁。忠利自觉病情已无力回天，便吩咐长十郎道："在吾临终之时，把那幅写着'不二'两个大字的挂轴挂到吾枕边。"三月十七日，病情渐重，忠利便道："把那挂轴挂上。"长十郎便把它挂上。忠利看了那字一眼，一度合上眼睛。稍许，忠利说道："吾脚发软。"长十郎便静静地卷起忠利棉睡衣的下摆，开始摩擦忠利的脚，与此同时，一直直勾勾地注视着忠利的脸，忠利也直直地回望。

"在下有个请求。"

"何事？"

"虽然主公的病情看来是有些严重，但在下一直都在祈祷，盼神佛保

① 犬死：即死的像条狗，毫无价值。

佑，良药起效，好让主公早日康复。然而人有旦夕祸福，如果真有那么一天，到时也一定请大人让在下陪伴。”

长十郎一边如此说着，一边轻轻将忠利的脚稍抬起，将它抵着自己的额头，放在自己头上，眼中噙满泪水。

“此事不可。”忠利一边说着，一边略微翻身似的，将之前一直和长十郎对视的脸侧到了一旁。

“请主公不要这么说。”长十郎又将忠利的脚放在自己头上。

“不可不可！”忠利侧着脸说道。

这时，旁列侍的人中有人说道：“你这年轻人太无礼了，别太过分。”长十郎当年才十七岁。

“请您一定准许。”长十郎用哽咽在喉的声音说道，第三次将忠利的脚紧紧地抵住自己的额头，久久不放。

“真是个倔强的人。”忠利的声音听来仿佛在训斥，但在他说这话的同时也点了两下头。

长十郎道：“遵命。”于是就这样抱着忠利的双脚，俯伏于病床之末，一时不再动作。此时长十郎心中，充满了历尽艰辛到达目的地般的身心放松感，除此之外再无任何意识，连眼泪洒在那备后国产的草席上也不知。

长十郎还是个未曾建功立业的年轻人，但忠利却一直对他加以关照，并留在身边使唤。长十郎喜欢喝酒，因喝酒犯了错，换作别人则会斥责为无礼，但忠利却笑道：“犯错的不是长十郎，是酒。”因此，长十郎深感此恩不得不报，此过不得不偿，在忠利病笃之时，他开始坚信只有殉死才是报恩偿过的唯一方法。然而，当深入到这男孩儿的内心仔细观察时，就会发现，除了主动坚持殉死的意念之外，还有一股同样强大的、推动他去殉死的意念，这意念的形成有赖于他人，即其他人都认为自己应当殉死，因此自己不得不殉死。从反面讲，长十郎担心，如果自己不殉死而苟活，必定会招致令人恐惧的屈辱。长十郎虽然有如此被动的顾虑，但却没有一丝一毫怕死的念头，因此，请主公务必许可自己殉死的愿望便毫无阻碍地占据了这个男孩儿的全部头脑。

过了一会儿，长十郎感到抱在手里的忠利的双脚有些使力蹬踩的动作，心想大人又觉得脚有些发软了，便开始像最初那样静静地摩擦起来。此时长十郎的心头想起了自己的老母亲和妻子，又想到殉死者的遗族会受到主公家的厚待，自己殉死可以换来家人稳定的地位，自己可以安心赴死。想到这些，长十郎脸上浮现出愉快的神色。

四月十七日晨，长十郎穿戴得十分庄重。他来到母亲面前，首次表明自己殉死之意并向母亲告辞。母亲一点儿也不惊奇。虽然双方都没有明说，但母亲早已明白，今天就是儿子切腹自杀之日。如果长十郎说自己不切腹的话，大概母亲反而会大吃一惊吧。

母亲把刚才一直待在厨房里的那才娶进门的儿媳叫来坐在跟前，只问准备是否妥当。媳妇连忙起身，从厨房搬来早已准备好的杯盘。媳妇也和婆婆一样，早就明白今天长十郎要切腹。她们头发梳得整齐，穿着平日里较好的衣服。虽然婆媳都是一副正式而严肃的面孔，但媳妇的眼眶有些泛红，可以得知她刚才在厨房时哭过。杯盘已俱，长十郎唤来其弟左平次。

四人默默交杯饮酒，酒过一巡，母亲说道："长十郎，这是你爱喝的酒。多喝点儿吧。"

"确实如此啊。"长十郎微笑着说道，很尽兴地又连饮数杯。

稍倾，长十郎对母亲说道："今日醉得舒服，大约因为这几天都在忙于操持各种事务，这酒比往日更使人醉，母亲容我告辞前先小憩一会儿。"

说着长十郎便起身进入起居间。进门后，立刻倒卧房间正中开始打鼾。媳妇随后悄悄进去，拿出枕头垫在丈夫头下。此时，长十郎只是梦里呜呜呢喃两句，翻了个身继续打着鼾。媳妇直盯着丈夫的脸庞，忽然又很慌张似的起身来到其他房中。她想，自己不能哭出来。

家中安静异常。就如同那对婆媳虽不言语，却知道长十郎的决心一般，家中的仆从女佣们心里也明白。因此无论厨房还是马厩，都不曾有丝毫笑声传来。

母亲、媳妇、弟弟都待在各自的房间里感伤，作为一家之主的长十郎在起居间打鼾沉睡。在起居间打开的窗上，吊着带有风铃的葱草束。那风铃不时微鸣，仿佛若有所思。其下有一个高大的石头洗手盆，水就盛在那石头顶部挖出的凹处。在水盆之上卧着一把缠柄的取水勺，一只硕大的蜻蜓静静地停在上面，翅膀呈人字形垂下。

一个时辰过了，两个时辰过了，已经过了中午。虽然媳妇已经吩咐女佣们准备了午膳，但不知婆婆的意思是当吃不当吃，因此她想去问问却又有一些犹豫，不知婆婆会不会因此误解自己在这当口还想着吃饭的事。

这时，之前就拜托好的关小平次来了，他将担任介错人[①]。婆婆唤来媳妇，媳妇默默地双手触地跪问安好之后，婆婆说道："长十郎说要休息会儿，但已睡多时。正好关大人来了。你干脆将他唤醒吧。"

"正如婆婆所言，还是不要睡得过迟为妙。"媳妇说着便立刻起身前去叫醒丈夫。

她来到了丈夫的房间后，就像刚才给他放枕头一般，又直盯着丈夫的面容。因为这是来叫醒丈夫赴死，所以一时语塞。

丈夫虽在熟睡，然而从庭院照进来的阳光还是耀眼，他便一直背窗而睡，脸朝着里。

"夫君，夫君。"媳妇开始唤道。

然而长十郎没有睁眼。

媳妇便凑近去，刚把手搭在丈夫耸着的肩上，长十郎便"啊啊"地叫着，展开胳膊，睁开眼睛，"嗖"地一下便起来了。

"夫君你休息得可好了。母亲大人说太迟了可不好，所以我才唤醒你。还有，关大人已经到了。"

"是么。那现在看来已是正午。我原想睡一小会儿，但是又醉又累，不知睡了多少时辰。不过现在我已神清气爽。吃点儿茶泡饭，我得马上去东光院了。你也告诉母亲一声。"

武士在战事前不会饱餐，但也没法空着肚子去做重要的事情。长十

① 介错人：剖腹时，当剖腹人刀刺入腹后，在旁挥刀砍去剖腹人头颅的角色。

郎实际上是想小寐片刻，不想酣睡过头，听到了已是晌午之后，便说要吃点儿东西。接下来，一家四人便像往常一样，对着小食桌共用午膳，虽然只是做做样子而已。

长十郎平静地做了些准备，便和关小平次一同前往菩提所[①]东光院剖腹自尽。

与长十郎将忠利的脚顶在头上恳求类似，在这些平生深受主公恩遇的家臣中，先后共有包含长十郎在内的十八人，各随己愿的请求忠利并获准殉死。他们都是深得忠利信赖的武士。在忠利的心中，很想让这些人活下去辅佐其子光尚，并且他觉得让这些人跟自己一起去死太过残酷，但是他却不得不如刀割身一般，忍痛向他们表示许可，这实在是不得已而为之。

忠利相信这些平日亲密的部下都不是贪生怕死之徒，因此，他们不会将殉死视为痛苦。然而另一方面，如果自己不许可他们，让他们继续活着，那又会怎样？大概所有家臣们都会认为这些人在当死的时候贪生，是忘恩负义、懦弱卑鄙之徒，而不愿与之为伍。如果仅仅是这样，大概他们还能够强忍着等待以后为光尚效命吧。这种忘恩负义、卑鄙懦弱之徒的说法还好，但是不知什么时候，如果有人说他们是前代主公的遗物的话，那么他们大概就没办法再忍受了，他们不知会有多么的失落。想到这里，忠利没办法不说出“准”字。因此，虽然自己的悲怆之情甚于病痛，忠利还是许可了他们。

当许可殉死的家臣已达十八人时，忠利开始在病痛中深思即将到来的自己和这十八位武士的死。他已处身治乱之世五十余年，谙熟人情世故。生者必灭，枯朽老树旁必有新枝繁茂。在嫡子光尚周围侍奉的少壮者们看来，自己任用的这些老臣已无存在必要，反而是一种累赘。自己虽想让他们活着，就像侍奉自己一样去侍奉儿子光尚，但是想要侍奉光尚的已

① 菩提所：江户时代，每个家族都有固定寺庙祭祀自己的先人，该寺庙便称菩提所或菩提寺。

有多人，大概都摩拳擦掌地等待着机会。自己任用的这些老臣，多年来在尽职行事的同时，也招致了旁人的怨恨，至少肯定会成为嫉恨的目标。这样看来，硬要他们活着也许并不是一种通情达理的想法。也许许可他们殉死才是一种慈悲。这样想着，忠利感觉多少有些慰藉。

经过请求后得到许可的十八人有寺本左卫门直次、大塚喜兵卫种次、内藤长十郎元续、太田小十郎正信、原田十次郎之直、宗像加兵卫景定、同吉太夫景好、桥谷市藏重次、井原十三郎吉正、田中意德、本庄喜助重正、伊藤太左卫门方高、右田因幡统安、野田喜兵卫重纲、津崎五助长季、小林理右卫门行秀、林与左卫门正定以及宫永胜左卫门宗佑。

寺本的先祖是居住于尾张国寺本地方的寺本太郎。其子内膳正服侍于大名今川家。内膳正的儿子是左兵卫，左兵卫的儿子是与左卫门，与左卫门在太阁出兵朝鲜时跟随加藤嘉明并立下功勋。与左卫门其子为八左卫门，在围攻大阪城的战役中，曾在后藤基次麾下效力。被细川家招纳后，取得了千石之俸，成为五十人火枪队的首领。四月二十九日在安养寺切腹，时年五十三岁，由藤本猪左卫门担任介错人。大塚是一百五十石之俸的监察武士，于四月二十六日切腹，介错人是池田八左卫门。内藤就是前面提到的长十郎。太田的祖父传左卫门曾侍奉于加藤清正。忠广[①]在剥夺封位之后，传左卫门与其子源左卫门成为浪人。小十郎便是源左卫门的次子，后被细川家招纳为侍童，有一百五十石之俸。最先殉死的便是此人，于三月十七日便在春日寺切腹，时年十八岁，担任介错的是门司源兵卫。原田则有一百五十石俸禄，在忠利身旁侍事，四月二十六日切腹，介错人是镰田源太夫。宗像加兵卫、同吉太夫这两兄弟则是宗像中纳言氏贞的后裔，在其父清兵卫景延之代被细川家所招纳。兄弟俩都是两百石之俸。哥哥于五月二日在流长院，弟弟在莲政寺各自切腹，前者的介错人是高田十兵卫，后者的是村上市右卫门。桥谷是出云国人，是尼子之后。十四岁时

---

① 忠广：加藤清正之子。

为忠利所招纳，作为封地一百石[①]的近侍，担任主公餐前饭菜试毒的工作。忠利病笃之时，常以桥谷之膝为枕而卧。四月二十六日在西岸寺切腹。当他正要切腹的时候，传来了城堡上报时的依稀太鼓声，他便吩咐跟随来的家仆去外面听听现在几时。家仆回来说道："只听到了最后的四下，但是不知一共敲了多少下。"桥本和在座的所有人都笑了。桥谷说："临死前，你还把我们大家逗笑了，好得很。"便让家仆取来剖腹时穿的短褂，接着便切腹了，吉村甚大夫担任介错人。井原按三人扶持[②]十石的规格领取切米俸禄[③]，他切腹时的介错人是阿部弥一右卫门的家仆左兵卫。田中是创作了《阿菊物语》的阿菊之孙，是忠利幼时前往爱宕山求学时就熟络的旧友。他还悄悄谏阻过当时想要出家的忠利。随后，田中便担任封地两百石的近侍，因为其算术好，所以很有作用。年老之后，忠利特别恩准他在其座前可戴着头巾盘腿坐。最初，田中向继任的主公请求为忠利殉死而未获许可，后来便在六月十九日，拿着短刀插进肚子之后提出请愿书，终于获准，介错人是加藤安大夫。本庄是单后国人士，在当浪人时被三斋公[④]的内侍本庄久右卫门所招纳，在仲津抓捕盗贼，被授予五人扶持十五石的切米俸禄，其取名本庄也是从那时开始，四月二十六日切腹。伊藤也担任内侍，领取切米俸禄，四月二十六日切腹，介错人是河喜多八助。右田是大伴家出身的浪人，被忠利以封地一百石招纳，四月二十七日在家中切腹，时年六十四岁。松野右京的家仆田原勘兵卫担任介错。野田是天草家的家老[⑤]野田美浓之子，在细川家领取切米俸禄。四月二十六日在源觉寺切腹，介错人是惠良半卫门。津崎的故事另叙。小林领取两人扶持十石规格的切米俸禄，切腹时由高野勘右卫门担任介错。林以前是南乡下田村的农人，被忠利以十人扶持十五石招纳，担任花畑宅邸的庭方[⑥]。四月二十六日在佛

---

① 一百石：一百石为封地年产。
② 三人扶持：家臣俸禄的一种，每日一人五合米为一人扶持，每年分三次给予。
③ 切米俸禄：无封地，直接接受主上的钱粮作为俸禄。
④ 三斋公：忠利之父。
⑤ 家老：武家的重臣，主宰家中政务，统帅家中，江户时代，每藩均设数名，一般为世袭。
⑥ 庭方：职位名，虽职位很低，但是可以随时在宅邸面见主公参事，类似秘书。

严寺切腹，介错人是仲光半助。宫永是两人扶持十石之俸的财政官，是最先向忠利请求殉死之人。四月二十六日在净照寺切腹，介错人是吉村嘉右卫门。这些人中，既有埋葬在各家菩提所的，也有埋葬在高丽门外山中祭殿旁的。

领取切米俸禄的殉死者人数稍多，但其中以津崎五助的故事特别有趣，特此叙来。

五助是领取两人扶持六石的切米之俸，是忠利的牵狗人。他总是陪着主公外出放鹰打猎，在外很受主公喜欢。五助虽然经过苦苦哀求得到了忠利殉死的许可，但是家老们皆对他说："其他殉死的家臣都是承蒙厚禄、声名显赫之士，你不过是个牵狗人罢了。你殉死之志可嘉，承蒙了主上的恩准，这已经是无上的荣耀。就此打住吧，别再想着殉死了，好好地侍奉今世的主公吧。"

五助却怎么也不听，五月七日牵着以前一直陪伴忠利的狗往追回田畑的高琳寺去了。其妻目送他到了门口，说道："你也是个男子汉，不要输给那些权贵之人。"

津崎家的菩提所虽是往生院，但是考虑到往生院与主公并无任何交集，所以决定在高琳寺殉死。五助来到墓地，发现之前所托的介错人松野缝殿助已经先到等在那里。五助便取下挂在肩头的浅蓝色包袱，从中取出盛饭的竹柳编制的盒子，打开盖子，里面有两个饭团。把饭团放在狗的面前，狗似乎不想立刻吃掉似的摇尾望着五助的脸。五助像对人说话般对狗说道："你是畜生也许不知道，以前经常抚摸你头的主公大人已经去世了，所以那些个承恩的声名赫赫的人都要切腹陪伴主公。我虽是下官，但是和那些权贵一样，我是靠着主公的扶持之俸才活着的，并且也是同样承蒙主公恩准的，所以今天我要切腹自尽。我死之后你便成了野狗，想到这个我就悲从中来。以前陪伴主公的老鹰已经飞入岫云院的井中殉主了。怎么样？和我一同殉死吧。如果你即使变成野狗也想活命就吃了这饭团，如果愿意死的话就别吃。"

说完这话，五助望着狗，狗也只是望着五助的脸，一点儿也没有要吃饭团的意思。

“如此说来，你也愿死了？”五助凝视着狗。

狗叫了一声摇着尾巴。

“好吧，这样虽有些残忍，那你就死吧。”五助说着便把狗抱起来，拔出短刀插了进去。

五助将狗尸放在一旁，从怀中取出一张写着字的纸，将它展开，用小石块压住放在面前。那纸跟平常在宅邸举行的歌会[①]中所见到的一样，由八裁大小的日本和纸横折成两半而成，上面写着“家老众人虽皆阻，一心求死五助也”，就像平时所做的诗稿一般。纸上没有署名，因为诗中有五助二字，所以不用重复署名也可。这种直白的想法也自然符合作诗的古制。

五助心想：“这样就没有什么纰漏了。”便说道：“松野君，拜托了。”接着稳稳地坐下，展衣露出皮肤。他反手拿起还沾着狗血的短刀，高声道：“养鹰人不知可曾殉死，我牵狗人现在可来陪您了。”一阵痛快的笑声之后，在腹部横竖切了个十字。松野从背后砍下了他的头颅。

五助虽然位卑，但之后他的遗孀受到了殉死者的遗族理当受到的扶助。之所以是遗孀接受，是因为家里的那个男孩儿很早便出了家。遗孀享受五人扶持的待遇，并得到了恩赐的新宅，一直活到了忠利的三十三回忌[②]。五助侄儿之子成为第二代五助，从此代代在村上任职侍奉主公。

除了得到忠利许可的十八人之外，还有一个叫作阿部弥一右卫门通信的人也殉死了。他来自明石氏，幼名猪之助，很早便在忠利近旁侍奉，取得了一千一百余石的俸禄。征讨岛原之乱时，五个小孩儿中又有三人因军功而各领两百石封地。这个弥一右卫门即使在家臣中也被认为应当殉死，他本人也在每次轮到为忠利守夜时，就不断请求准其殉死。但是忠利无论如何也不答应。“吾已领你殉死之意，此足矣，你接着活下去侍奉光

---

① 歌会：歌为和歌，日本诗歌的一种。
② 三十三回忌：死后一年为一回忌。

尚吧。”无论弥一右卫门请求多少次，忠利总是重复这个回答。

说到底，忠利有这么个毛病，那就是不听弥一右卫门所言。这种毛病的形成已经很有历史，在他还以猪之助之名担任侍童的时候，忠利就会在猪之助询问自己“是否上膳”的时候说“还未肚饿”。而其他的侍童来问，则说：“好，上膳。”忠利一看到此男面孔，就想背其意行之。但是说到是否会责骂猪之助，却没有这回事。没有人比猪之助更加勤勉，他万事谨慎，不留破绽，即使想责骂他也无从下嘴。

别人要吩咐了才做的事情，弥一右卫门不用吩咐就做。别人要请示了才做的事情他不请示就做。但他凡事都做得分寸得当，无懈可击。弥一右卫门一直侍奉着主公，全因为咽不下这口气。忠利最初只是看到他的脸就不知怎的想要逆着他的意思来，后来知道了他是憋着气在侍奉，心生厌恶。但是聪明的忠利一回想为何弥一右卫门会变成这样，就明白是自己造成的。虽然自己想要改掉这种逆着他来的毛病，但随着岁月消长，已经变得难于纠正。

谁都有喜爱或厌恶之人，至于探究到底为何喜爱或厌恶，却往往没有像样的依据。忠利不喜欢弥一右卫门就是这个原因。但是弥一右卫门无疑也有些让人难以与之亲近的特质，从其挚友很少便可看出。所有人都把他当作了不起的武士尊敬，但没有想轻易尝试接近他。即使偶有人好奇地尝试接近之，不久便失了耐性远他而去。当他还叫猪之助、还留着额前头发的时候，一个比他年长的侍从常常和他说话并且帮他。后来，这人说：“阿部这人根本没法亲近。”便放弃了努力。如此想来，忠利想改掉自己的这个毛病却改不掉是毫不奇怪的。

总之，在弥一右卫门多次请求殉死无果的过程中，忠利身故。在忠利即将驾鹤之前，弥一右卫门曾一直注视着忠利的脸，说道：“我弥一右卫门从未求过人，这是我这辈子唯一的请求。”忠利也一直和他对视，说道：“不，你去侍奉光尚。”

弥一右卫门深思熟虑后下了决心。以自己的身份，如果不去殉死而苟活着，那今后再与其他家臣见面，大概所有人都会觉得是没有脸面的事情。要么是虽知是犬死而切腹，要么当浪人离开熊本，除此之外别无他法。但是我就是我。是的，武士不是小妾，不是说主公不喜欢自己就可以丢掉自己的立场的。于是他抱着这样的想法，日复一日地向新主公请愿。

在此过程中五月六日到了，十八人都已殉死。这时的熊本城中到处都是这样的传言，像谁死前说了什么，谁比其他人都死得漂亮等，除此之外，再无其他话题。虽然弥一右卫门一直以来就很少有人对他说工作以外的事情，但从五月七日开始，他来到殿上自己值守的地方，更觉得寂寞悲凉。除此之外，他还察觉到同僚在看自己的时候，绝不看自己的脸。他们或是悄悄从旁看，或是从背后看，让人非常不快。即便同僚们这么想，我也不是个贪生而苟活之人，无论其他人怎样厌恶我，但他们都不能说我是个贪生的人。如果现在我就能死的话，一定会慷慨赴死。他这样想着，便昂首挺胸、理直气壮地去了殿上，完了又昂首挺胸地回来。

过了两三天，一种岂有此理的传闻传到了弥一右卫门的耳朵里。不知出自何人之口，传闻道："阿部好像对主公没有许可他殉死感到很庆幸似的活着。并不是说没有许可就不能切腹啊，阿部这肚皮大概和其他人不一样吧。就算拿个抹了油的葫芦当刀，他也应该切腹啊。"弥一右卫门听到了之后格外不是滋味。如果别人想诋毁自己怎么说都行，不过好像在别人眼里横竖看来，自己都是一个贪生怕死之徒。事实果真如此吗？好吧，那我就拿抹了油的葫芦切腹给你们看吧。

弥一右卫门当天从殿上回来之后，急忙派人去叫分家后居于他处的两个小儿子来山崎的宅邸。他让人把起居间和会客间的隔扇拆掉，让嫡子权兵卫、次子弥五兵卫以及还留有额前头发的五男七之丞三人坐在自己的旁边，自己这个主人则以严肃的仪容等候着两个小儿子。权兵卫幼名权十郎，曾因在岛原之役中取得傲人功勋，得到新赐的二百五十石领地，是个不逊于其父的年轻人。关于殉死这件事，他质问过父亲一次："主公还没有许可么？"父亲回答："没有。"除此之外，两人再无任何对话。父子是知道对方心底的，不用事事都说明白。

不多时，便见两盏灯笼从大门进入。三男市太夫、四男五太夫两人几乎同时来到门口，脱去雨具进到房间。从中阴的次日开始一直就是潮湿的雨天，梅雨季节阴暗的天空一直都未曾放晴。

即使敞开了房间的隔扇，仍然闷热无风。尽管如此，烛台上的灯火还是摇曳着，一只萤火虫穿过院子里的树丛。

望着在座的众人，主人弥一右卫门开了口："深夜派人叫大家来，大家都来了。这众家臣中的传言，想必大家已经听说。说我弥一右卫门这肚皮是要用抹了油的葫芦来切。所以今天我便要拿这抹了油的葫芦切腹。请大家一起帮我见证。"

市太夫和五太夫分别居住在因岛原军功而各自所受的两百石新领地，其中市太夫很早便作了幼主仆从，在新主公继任之后，成为了让人羡慕的一人。市太夫跪坐着凑近说道："父亲所言小儿明白。实话说来，在与我同僚中，有人说弥一右卫门大人那是遵照先任主公的遗言继续留下来侍奉的。也有说父子兄弟还是一样齐刷刷地当差，真是可喜可贺之事啊。这些听来都话中有话，着实让人懊恼。"

父亲弥一右卫门笑道："确实是这样吧。不要搭理那些只看得到眼前的目光短浅之徒。如果本该不死的我如果死了，那些人大概又会说你们的父亲是没有许可就殉死的，从而对你们加以侮辱吧。生为我儿这就是命运，无法逃避。如果受辱则一起承受，兄弟间不可争吵。那么，你们就好好看我用葫芦切腹吧。"

说完这话，弥一右卫门便在孩子们面前切腹，并从左到右自行刺穿了自己的脖子而死。之前一直猜不透父亲心意的五个孩子此时虽然悲伤，但同时也感到逃离了之前的不安心境，卸下了一件重荷。

"哥哥，"次子弥五兵卫对嫡子说道，"父亲说让我们兄弟间不可争吵，这大概谁都没有异议。我在岛原之役中没有尽好自己的职责，连领地也没有得到，所以今后可能要给哥哥添麻烦。但不管发生什么，请你相信你手里永远都有我这只可靠的长枪。请相信我。"

"这我明白。虽然不知以后将会怎样，但我和你谁得到领地都是一样的。”权兵卫说完这话，便将手抄在胸前，皱起眉头。

“是呀。还不知今后会怎样，有人会说父亲的切腹不是被许可的殉死吧。”四男五太夫说道。

“肯定会有人这么说的。无论遇到何种厄运，”三男市太夫说到这儿，看着权兵卫的脸，“无论遇到何种厄运，我们众兄弟都不要互相内斗，要抱成一团啊。”

“嗯。”权兵卫虽答应道，但却还是一副心存疑虑的样子。权兵卫虽然在心中安慰着他的弟弟们，但是他这人不会说漂亮话。而且任何事情，他都想独自思考，独自行动，基本上不会找人商量。因此，五兵卫和市太夫才会强调刚才的意思。

“哥哥们都团结一致，针对父亲的坏话一定会在不知不觉间消失的。”从还留着额发的七之丞嘴里蹦出了这么一句话。虽然他的声音稚嫩如女孩儿，但话中带着强烈的信念。仿佛一道照亮了昏暗前途的光，照射着所有在座者的心。

“那么，我去告诉母亲，让女仆们都各自散了吧。”权兵卫说着便起身离席。

从四位下侍从兼肥后守光尚继承了细川家的家长之位后，各位家臣都得到不同的赏赐，或是得到了新领地，或是加俸或调动。其中殉死的十八武士各家，都由嫡子继承了其父的家业。只要家中有嫡子，不管多么年幼都不例外。殉死者遗孀、父母得到扶持之俸，领受新宅，连房屋的建筑修缮也由主公家安排。因为这些都是与先主特别亲近的门第，连黄泉之旅也要和先主一路做伴，因此家臣们对此只是羡慕，却毫无嫉妒之意。

然而，阿部弥一右卫门的遗族在继承家业时，却得到了一种奇怪的处置。嫡子权兵卫没能原原本本地继承父亲的家业，弥一右卫门那一千五百石领地被细分给了众兄弟。虽然从阿部一族的领地总数来看，和之前并无变化，但继承了本家的权兵卫则变成了一个地位卑微的家臣。权兵卫的脸面无疑大损，而众弟弟们的领地虽然有所增加，但以前觉得有个一千多石的本家，就好似站在一棵大树的树荫下，现在却变成了同样卑微的半斤八两，看起来可喜可贺，实则十分恼人。

为政之道但凡按规矩行事，便无人诘问应当归过于何处。一旦不按规矩处置，就会横生非议，追究到底是何人的主意。在当今主公身边，有个一直侍奉在旁不曾离身、非常受宠的大目附[①]，名叫林外记。其人小有才能，作为今主幼年时代的陪伴还合适，但在判断事物的宏观大局方面还有不足，总之是个习惯纠结于细处的人。他认为因为阿部弥一右卫门是在没有得到先主许可的情况下殉死，所以应当在弥一右卫门和真正的殉死者之间加以区别，因此献上了分割阿部家俸禄之计。光尚虽是善于思考的大名，但其时处事还不娴熟，加上和弥一右卫门及其嫡子权兵卫等并无深交，因此并无体恤之意。想到在自己麾下效力的较为熟悉的市太夫可以因此多获领地，光尚便按外记所言进行了处置。

在十八武士殉死的时候，那些家臣们瞧不起弥一右卫门，说他在主公近旁服侍却不殉死。隔了两三天，待弥一右卫门悲壮地切腹之后，且不论妥当与否，一旦遭受的侮辱便没那么容易摆脱，没有一个家臣褒奖弥一右卫门的行为。主公家既然已经准许了将弥一右卫门的遗骸葬于祭殿旁，那就应当在继承家业的问题上不要硬加以区别，按照其他殉死者一样的方式处置就好了。这样一来，阿部一族也有了面子，一定会举族为主公勤勉尽责。然而主公家却采取了比起其他殉死者来格外贬低的处置方式，因此那些家臣对阿部家的侮辱之念，在形式上便有了主上的认可。权兵卫逐渐被同辈武士疏远，每日郁郁寡欢。

宽永十九年三月十七日，是先代主公的一周忌[②]。虽然在祭殿旁边，妙解寺还未建成，但有一座堂宇叫作向阳院。在那里安放着妙解院大人的牌位，由一位叫作镜首座的僧人担任住持。在忌日到来前，紫野大德寺的天祐法师便从京都南下而至。看来这次年忌将会举办得非常豪华，从一个

① 大目附：江户幕府的官职，最初叫总目附，位于老中之下，主要负责监督大名、幕府直属武士、官员们的政务和平日言行。

② 周忌：逝世一年忌。

月前左右开始，熊本的城下町[①]便已在忙于准备。

终于到了那天，阳光明媚，祭殿旁开满了樱花。向阳院的周围拉上了帷幕，步兵担当着警卫。今主亲自到场首先为先主的牌位焚香，随后为十八个殉死者的牌位焚香。接下来殉死者的遗族被恩准上前焚香，并领取附有主公家纹章的侍从服以及同样纹章的应季衣服。其中，担任马回[②]及以上者领取的是长式侍从服，徒士[③]是半长式侍从服，庶民则领取奠仪。

仪式顺利地结束了。但是其中发生了一件罕事，那便是阿部权兵卫在作为殉死者一族的一员，按照座次顺序来到妙解院大人的牌位前，焚了香之后却不退下，而是拔出短刀鞘外面的小刀，割断自己的发髻，把它供在牌位前。在场护卫的侍卫们也被这突如其来的事件惊呆了，只是茫然不知所措地看着。权兵卫仿佛没事人似的，悠然自若地退了五六步，这时才有一个侍卫回过神来，一边对他喊道“阿部大人请留步”，一边追上去拦住了权兵卫。接着又有两三个人站起身来，将权兵卫带到了其他房间。

权兵卫这样回答侍卫们的讯问：“诸位大人们大概认为鄙人疯了，实则非也。正因为鄙人父亲弥一右卫门一生侍奉先公，毫无瑕疵，才得以在未经先主许可的情况下切腹仍能位列殉死者行列，甚至连身为遗族的鄙人也能先于其他人为牌位焚香。然而主公似乎也洞察到鄙人资质愚笨，难以如同鄙人父亲一般侍奉主上，于是便将父亲领地分割赐给众弟弟。鄙人实在无脸再面对先主、主公、亡父、族人、同辈。这么想着想着，便在今日为牌位焚香之时，刹那间胸中突发感慨，决心干脆不再当武士。鄙人甘愿承担不顾场合而行事之罪。鄙人并没发疯。”

光尚听到权兵卫的回答后深感不快。第一，是为权兵卫做出讽刺自己的行为而不快；第二，便是为自己采纳了外记之策，做了本不需做之事而不快。他还是一位年仅二十四岁血气方刚的年轻主公，还不能很

---

① 城下町：城堡旁的工商业区。
② 马回：官职名，在主公坐骑旁担任警卫的武士。
③ 徒士：官职名，在主公出行时，徒步担任先锋，负责沿途警戒。

好地控制自己的情绪，缺乏以德报怨的宽大胸襟。他立刻让人将权兵卫投入狱中。听闻了此消息的弥五兵卫及其他族人便决定闭门等待主公的处置。深夜一众人便聚到一起，为了家族的前途，悄悄地进行着认真的商量。

阿部一族商量的结果，便是去求助天祐法师，他因为这次一周忌的法会从京都南下而来，目前还在当地逗留。市太夫便前往法师所住馆舍将事情的来龙去脉一并告知，拜托法师规劝主公减轻对权兵卫的惩罚。法师认真地听取后说道："听闻了贵家的遭遇，感觉实在可怜，但是吾不能对你主上的为政说三道四。不过如果主上要赐死权兵卫大人的话，吾一定会请求他留下权兵卫的性命。特别是权兵卫大人已经割断发髻，现在身份已如同僧人一般，吾无论如何也会请求主上饶他一命。"

天祐法师的话让市太夫非常放心地回去了。一家人听到了市太夫的回报，都觉得仿佛绝处逢生。然而时间流逝，天祐法师返京的日子逐渐逼近。法师每次碰见主公并与之交谈时，都想找个机会请求他留下阿部权兵卫一命，然而怎么也没有机会。确实不会有机会，因为光尚已经意识到，如果在天佑法师逗留期间做出对权兵卫的处置，那法师一定会请求自己饶过权兵卫。而大寺院法师说的话，是不可充耳不闻的。光尚决定等着法师离开后再做出处置。最终大师还是徒然地离开了熊本。

天祐法师刚一离开熊本，光尚立即命人将阿部权兵卫牵到井出之口[①]的刑场斩首。处决权兵卫是因为其行为对先主牌位及今主不敬。

弥五兵卫和其他家人又聚在一起商量。权兵卫的所为无疑是极其失格的，但亡父弥一右卫门好歹也是算作殉死者一员。作为其继承人的权兵卫，即使被主公赐死也无话可说，谁都不会对命令他按照武士的规矩切腹自杀而产生异议，但权兵卫居然被像个盗贼一样对待，大白天被人施以斩首之刑。从这情形推断，所有族人都难免受到牵连。即使主公不做出其他的处置，被斩首之徒的家人，有何面目再和同僚一起共侍主公。族人对今

---

① 井出之口：熊本的地名。

后事态的发展毫无办法。弥一右卫门大人临死前所说的无论发生什么，兄弟都不可分崩离析，指的就是这个时候。于是一族人决定全族人等候主公的讨伐，共同赴死，对此没有一个人提出异议。

阿部一族便把妻子儿女都聚在一起，一齐进入权兵卫的山崎宅邸，便盘踞不出。

阿部一族这不平静的情况传到了主上的耳里。横目[①]便前去打探。但见山崎的宅邸户门紧锁，出奇的安静。市太夫、五太夫的宅邸成为空宅。

讨伐军的部署已经定下。指挥攻打正门的是侧者头[②]数马竹内长正，由小头[③]添岛九兵卫及同职的野村庄兵卫辅佐。数马领有一千一百五十石的封地，并且是一支有着三十挺火器的火枪队的头目，谱代的乙名[④]岛德右卫门跟随着他。添岛和野村当时还是一百石的小人物。指挥攻打后门的是封地五百石的侧者头权右卫门高见重政，他也是一支同样规模火枪队的头目。辅佐他的是目付畑十太夫和竹内有马麾下的小头——当时还只是一百石的千场作兵卫。

讨伐军于四月二十一日被派出。在头天晚上，便在山崎宅邸周围安排了巡夜人。夜深了，一个武士身份的人蒙着面翻墙而出，被巡夜的步卒丸山三之丞击毙，丸山来自佐分利嘉左卫门的队伍。之后直到天明都再无事件。

山崎宅邸近旁的邻人们也早就接到了指令。其中之一是即使轮到自己值守也得待在家里，也必须防范火灾，不得有怠；之二便是并非讨伐军所属者，严禁进入阿部宅邸插手事务，但有阿部家的败逃者，可任意击毙之。

阿部一族提前一天便知道了讨伐军的出动。他们首先彻底地打扫了宅邸，将碍眼之物统统烧掉，随后老少皆聚，举行了酒宴，之后老人及妇

---

① 横目：官职名，负责监视将士的行动，纠不正，定赏罚。
② 侧者头：官职名，近侍的首领。
③ 小头：官职名，小队人马之长。
④ 乙名：指历代都担任的村町头目。

女自尽，年幼者皆各个刺死，然后在院子里挖了个大坑把尸体都埋了。留下的都是精壮青年。按照弥五兵卫、市太夫、五太夫、七之丞四人的指示，大厅拆除了所有隔扇、拉门。他们把家臣们集中到这里，让他们敲钟击鼓，高声念佛，一众人等候着天明。虽然说是为了祭奠死去的老人妻儿，实际上是出于不让仆从们产生胆怯之念的考虑。

阿部一族所盘踞的山崎宅邸，之后为齐藤勘助宅所居，对门是山中又左卫门之宅，左右两邻分别是柄本又七郎和平山三郎两家。

其中，柄本家本是三分天草郡的柄本、天草、志岐三家之一。小西行长在统治肥后国半壁国土时，天草及志岐家犯罪被诛，只有柄本家留了下来，服侍细川家。

又七郎素与阿部弥一右卫门一家交好，不用说两家主人，妻女们也常互相来往。其中弥一右卫门家的次子弥五兵卫使得一手好枪，又七郎也同样爱好使枪之技，熟络的两人曾经互打嘴仗：“你虽然枪技不错但还是敌不过我。”“非也，我怎么会比不过你。”云云。

自从听到先主病中弥一右卫门请求殉死而不准之时开始，又七郎就体察到了弥一右卫门的心事，甚为怜之。随后弥一右卫门追随先主自杀、家长继承人权兵卫在向阳院闹出事端，以及因此被处以死刑，弥五兵卫和一族人盘踞宅邸不出，噩运按着这般顺序不断向阿部家压来，又七郎深感心痛，不啻于这些事发生在自己的亲人身上。

某日，又七郎吩咐其妻，让她深夜去阿部家的宅邸探望了一番。因为阿部一族的行动颇有背叛主公、负隅顽抗之意，所以两家男人就不便沟通了。然而实际上，如果知道这件事的来龙去脉，没有人会把这一族人当作恶徒憎恨。并且两家间还有多年深厚的交情。以妇女之身悄悄地去探望，即使今后被人发觉，也不是没有辩解的余地。考虑到这些，又七郎便派妻子去探望。妻子听了丈夫的计划，欣然备齐包含心意的物品，夜一深便去拜访邻居了。又七郎的妻子也是个刚强的女人，她心想：一旦今后此事败露，就独自扛下罪名，不给丈夫添麻烦。

阿部一族对又七郎之妻的来访非常高兴。世间本是花开鸟鸣的春日，而本族不幸为神佛及世人所弃，闭户据守于此。无论是派妻探望的又七郎，还是谨遵夫命而来的又七郎之妻，阿部族人都衷心为其可贵的关心所感动。阿部家的女人们都哭了，她们向又七郎之妻拜托道："如此终结一生，大概世上再无人为我等祈求冥福。请夫人想起我们之后，为我们做一次法事。"阿部家的小孩儿因为一步也不能踏出门外，所以一见到平日里待自己很好的柄本之妻，便左右上去抱住她，不肯轻易放手让她回去。

到了讨伐军前往阿部家宅邸进发的前晚，柄本又七郎细细地思考了一番。阿部一族与自己关系非常亲密，因此自己才会冒着日后被惩罚的危险，派妻子前去探望。但是明日讨伐军就要来了，这和主公率领的征讨逆贼的军队是一回事。之前的指示中说要小心火烛，不得插手，但是作为武士在这种时候，到底不能抄着手隔岸观火。人情是人情，义理是义理。我还可以做些什么？想到这里，他趁着夜色浓重，轻手轻脚地从后门进入昏暗的庭院，将与阿部家相接的竹垣上的绳结尽数砍断。随后回到屋内开始准备行头，取下挂在柱梁上的短枪，脱去带有鹰羽图案纹章的枪套，等着黎明的到来。

作为讨伐军负责进攻阿部宅邸正门的是竹内数马，他诞生在武誉兴盛的家庭。其先祖就是细川高国麾下因能使强弓而闻名的岛村弹正贵则。享禄四年，高国兵败摄津国尼崎之时，弹正将两名敌兵夹在腋下跳海而死。弹正之子市兵卫侍奉河内的八隅家，一段时间改称八隅，后来领有了竹内越，便改姓竹内。竹内市兵卫之子吉兵卫侍奉小西行长，在水攻纪伊国太田之城时斩获功勋，被丰臣太阁[①]赐予白色软绸上绣有旭日标志的战阵短褂。在秀吉远征朝鲜的时候，被俘为人质在朝鲜李朝王宫里关了三年，小西家灭亡之后，被加藤清正以一千石之俸招纳，后与主公起了争执，白天率军从熊本城下离开。为了防备加藤军讨伐，他令士兵撤退时仍然保持火枪装弹、火绳有火的状态。之后，三斋在丰前地方以一千石之禄

① 丰臣太阁：丰臣秀吉。

招纳了他。吉兵卫有五个男孩儿。长子虽也叫吉兵卫，之后行了剃发之礼[①]便改称八隅见山了。次子叫七郎右卫门，三男叫次郎太夫，四男叫八兵卫，五男就是这数马。

数马曾担任忠利的侍童，征伐岛原时跟随在主公身边。宽永十五年二月二十五日，忠利的部下正要进攻城池时，数马向他请求道："请允许我担任先锋。"忠利不听。数马硬要请战，忠利生气了，叫道："你这小鬼，随你去吧。"数马当时十六岁，应了一声"遵命"便飞奔出去，忠利在后面望着他的背影又喊道："不要受伤了。"跟随数马去的是乙名岛德右卫门和提草鞋、扛长枪的家仆各一人，主仆共计四人。因为城里火枪射击猛烈，岛德右卫门便抓住数马穿的猩红色战阵短褂的衣角把他往后拖。数马甩开岛德右卫门，攀上了城堡的石墙。岛德右卫门也只得爬了上去。终于可以进到城里去大战一番了，数马手部负伤。从同一地点攻入城内的柳川家的立花飞騨守宗茂是一位七十二岁的老武士，他眼见了数马的奋战，称赞渡边新弥、仲光内膳、数马这三人有本事，并向三人送去写着三人名字的军功状。攻陷城池之后，忠利赐予数马关兼光的短刀，并且将他的俸禄增加到了一千一百五十石。那把短刀长一尺八寸，笔直的刃纹，没有铭文，横矬纹，钉帽装饰是并排的三个银色九曜星纹，赤铜的护手套环和金色的手工。共有两个钉帽孔，其中一个注了铅。忠利一直珍藏着这把短刀，即使赐给了数马，在他登城的时候，还是会经常说："数马，把那把短刀给我。"借来便插在自己腰间。

被光尚委以讨伐阿部的任务后，数马高兴地来到了值守的地方。一个同僚低声说道："奸恶之人也有办好事的时候。让你指挥攻打正门，林大人这次是干了件好事。"

数马侧着耳朵听着，说："什么，这次是外记建言主公使我担此重任的？"

"是啊。外记大人告诉主公说，数马从先代开始就承蒙历代主公的破

① 剃发之礼：婴儿时期举行，剃去头上的软发。

格提拔，请让他出征以报答主恩。你说这不是意外的幸运吗？”

“嗯，”数马答道，但他眉间皱起了深深的皱纹，“好吧，不过就是我数马战死而已。”他抛下这句话便忽地起身离开了殿上。

光尚听说了数马当时的申请，便派人到了竹内宅邸，告诉数马：“勿要受伤，顺利成事后回来。”数马回复道：“请转达主公，数马谨记主公之言。”

当数马从同僚口中听到是外记推荐自己担此重任的时候，他立马下了战死的决心。此决心异常坚固，完全无法动摇，这是因为外记说了要让他报答主恩。这句话虽是意外听到的，但即使没听到也能猜得到，外记推荐自己，必定是这么一种说法。数马感到有些坐立不安。自己无疑接受过先主的提拔，然而自从自己行了元服之礼后，就未曾得到任何特别地对待了。说来自己不过是众多近侍中的一员，所有人都承蒙了主公的恩典，但是独独要自己报恩，此为何意？不用说，这是因为自己乃该殉死而未死之人，所以应当被派遣到拼命搏杀的战场。我自然可以随时欣然地放弃生命，但是我并不是想以战死来作为之前没有殉死的补偿。如今的我毫不惧死，但是为何在先主中阴结束的日子却惜命了呢。这是无解的问题。毕竟没有一个清楚的标准来判断到底和主公有多亲近才要殉死。同样当差的那些年轻的近侍们，都没得到殉死的指示，所以自己也活了下来。如果能够殉死的话，我会比其他任何人动作都快。我本以为这在任何人眼里都看得清楚，但自己还是被当作一个老早就该殉死却苟活着的人，打上这样的烙印，这真是令人极其委屈。自己沾上了无法洗刷的污点。能给别人加上这种极度的侮辱，除了外记别无他人。外记做出这种事也是情理之中的，但是主公为何要听信谗言？我能够忍受外记带给我的伤害，然而被主公抛弃则是无论如何也忍受不了的。当年在岛原之役即将攻城的时候，先主叫停了攻势。那是因为有些马回故意加入了先锋，主公阻止了他们。这次今主让我不要受伤，则完全是另外一回事。今主的意思是要我保住我那吝惜的生命。这哪里算什么值得感激的关怀。这就好比在旧伤口上又多抽上了几鞭。我想要立刻去死。虽然死了也洗涮不了污点，但我就是想死。即使是犬死也无所谓，我想死。

数马这么想着，他无法遏制自己的念头，只是简短地对妻儿说主公让他征讨阿部，便一个人急匆匆地准备战具。那些殉死者死前都是一种安心赴死的心态，而现在数马则是为了逃离内心的痛苦而急于求死。家中只有乙名岛德右卫门一人察觉到这情况，决心和主人一同战死，其余人都不知晓数马的心底。数马今年将满二十一岁，他那去年才娶进门、看着还像小姑娘的妻子，抱着今年才出生的女婴跑到他身边，却只能焦急地走来走去。

明日四月二十日夜便是攻打宅邸之时，数马用清水沐浴净身，剃成月代头①，用忠利赏赐的名香初音熏香头发，系缠好洁白无瑕的白色袖带、白色头巾，在肩上贴好用于分辨敌我的折纸标记。他腰间佩戴着二尺四寸五分长的正盛②，那是先祖岛村弹正在尼崎战死后，送回故乡的遗物。另外还别着初上战场时获赐的兼光。战马已在门口嘶鸣。

数马取了短枪，在下到庭院里之前，他把草鞋带系了一个正扣，然后把多余的鞋带用小刀割去扔掉。

负责攻打阿部宅邸后门的高见权右卫门本是和田氏，是居于近江国和田的和田但马守的后代。最初跟随蒲生贤秀，但从和田庄五郎那一辈开始侍奉细川家。庄五郎在岐阜和关原之战中都有战功。他本在忠利兄长与一郎忠隆的手下效力。忠隆于庆长五年，因为其妻前田氏在大阪的逃跑行为而获罪于其父，出家当了和尚，号无休。庄五郎在那时还陪着忠隆到了高野山、京都等地。后来三斋将他召到小仓，赐名高见氏，让他当了番头③，领地五百石。庄五郎之子便是权右卫门。岛原之战虽有战功，但因违背了军令的缘故，又一度被剥夺了官职。过了一段时间便又重返主公身边，当了侧者头。权右卫门在为作战做准备时，穿上了纯黑纺绸质地的带家纹的和服，取出之前珍藏的备前长船的长刀佩在身上，然后取出了十字形枪头的长枪。

---

① 月代头：江户时代的男子发型，头顶剃光，后留发髻。
② 正盛：刀名。
③ 番头：负责主公近身侍卫的头目。

就像竹内数马身边有岛德右卫门，高见权右卫门也带着一个侍童。在阿部一族生事的两三年前的一天，这个侍童不当值正在房中午睡。另一侍童才服侍完主人回来，全身赤裸着正准备拿提桶去井边汲水，突然看见午睡的侍童，说道："老子服侍完主人回来，你连水都不给我打就在这里睡觉。"说着便踢了侍童的枕头一脚。侍童马上跳了起来。

"原来如此。我如果醒着，自然会给你打水。但是你凭什么踢我枕头。这事完不了。"说着便拔刀向对方一阵猛砍。

侍童镇静地跨上对方胸口，一击穿喉，接着便到乙名的房中告知事情经过。"我本当立即自尽，但是想到可能会给大人添疑，所以……"侍童说完便脱去衣服准备切腹。乙名说道："你等等。"就去告诉了权右卫门，权右卫门刚从衙门回来，还来不及换衣服，就又赶往忠利的宅邸汇报情况。忠利说："情有可原，不用切腹。"从那时起，这侍童便开始侍奉权右卫门，即使一死也不足惜。

侍童背着箭筒，拿着短弓，跟在主人近旁。

宽永十九年四月二十一日，那是一个初夏常见的略微多云的日子。

为了进攻阿部一族盘踞的山崎宅邸，竹内数马手下的军士于拂晓到了正门前。夜里钟鼓齐鸣的宅邸此刻安安静静，让人觉得恍若空宅。门扉紧锁。从木板墙上伸出两三尺长的夹竹桃枝头上挂着蛛网，挂在蛛网上的夜间的露水像是珍珠一般闪着光。不知从何处飞来一只燕子，一下子就飞进了院墙。

数马下马而立，观察了一会儿命令道："把门打开。"于是两个步卒便翻过院墙进到宅内。大门旁边并无敌人，所以二人便砸破了锁，抽出了门闩。

邻家的柄本又七郎听见了数马的部下打开院门的响动，便踢破那昨晚砍断了连接绳的竹垣冲了进去。因为又七郎几乎天天来往阿部家，所以对每个角落都很熟悉。他架着短枪从厨房的入口跑进了宅子。阿部一族关闭了大厅的门，等候着讨伐军的到来，他们在敌人闯进来的时候一个一个地解决掉。在这些人中，最先注意到后门有声响的是弥五兵卫，他也提着短枪前往厨房探视。

两人便几乎枪尖碰着枪尖地正面遇上了。“啊，这不是又七郎吗？”弥五兵卫发话道。“是啊，之前我说过的。今天来见识下你的枪技。”

“来的好。看招。”

两人各往后退了一步，两枪交织在了一起。两人大战了较长时间，但是又五郎的枪术更好，他重重地刺穿了弥五兵卫的胸甲。弥五兵卫一下子扔掉了短枪想要回到大厅。

“卑鄙。别跑。”又七郎叫道。

“不，我不会逃跑，我这是要切腹。”弥五兵卫抛下这句话便跑进了大厅。

在那一刹那，“叔叔，看刀。”还留有额发的七之丞高叫着如电光火石般跳了出来，刺了又七郎大腿一刀。刚将亲密的弥五兵卫刺成重伤，不由得有些松懈，结果老练的又七郎却栽在了少年手上。又七郎扔掉枪倒在了那里。

数马进入门内便将兵士们分派到宅邸的各个角落。一直走到正前方屋宅的门口，数马发现正面的板门开着一条缝。数马的手刚要伸向门上时，岛德右卫门插到了他的前面，把他和门隔开，并且急急地低声说道：“请您稍等。今日主人是总大将[1]。鄙人愿先前往。”

岛德右卫门哗啦一声打开门跳了进去，立刻被等候多时的市太夫的枪刺中右眼，摇摇晃晃地倒向数马。

“闪开。”数马将岛德右卫门推到后面便冲上前去，被市太夫和五太夫的两杆枪扎透了左右侧腹。

添岛九兵卫、野村庄兵卫跟着冲了过来。岛德右卫门也不顾疼痛折返回来。

这时，从后门破门而入的高见权兵卫也挥舞着十字枪，大肆刺杀着阿部的家仆来到了大厅。千场作兵卫也跟着闯了进来。

① 总大将：总指挥。

前后方两队人马相继杀入，大喊大叫地冲将过来。虽然已经拆除了拉门隔扇，但这间大厅面积不到三十块榻榻米[①]。和巷战比野战惨烈是一个道理，眼下的场景让人惨不忍睹，仿佛盛在盘中的千百条虫子互食互咬。

市太夫和五太夫不问对手，只管挥枪厮杀，渐渐全身上下受了数不清的伤。即便如此也不屈服，舍枪拔刀四面挥砍。七之丞不知何时已经倒下。

大腿受伤的柄本又七郎趴在厨房，高见的部下见了说道："你受伤了，很英勇啊。快点儿撤出去吧。"说着便从旁边通过往里去了。又七郎咬着牙痛苦地说道："这腿要是能撤退，我也要杀到里面去。"这时，一个跟在又七郎后面闯了进来的家仆跑来，把又七郎架在肩上退出了战场。

还有一个柄本家的被官[②]天草平九郎，一直把守着主人的突围地点，拿短弓射向看见的敌人，也是当场战死。

竹内数马手下岛德右卫门首先战死，接下来小头添岛九兵卫也战死了。

高见权右卫门在挥舞十字枪厮杀时，拿着短弓的侍童一直护卫在他身旁用箭射向敌人，随后又拔刀出来四处劈砍。突然他发现有支火枪正瞄准着主人。

"我来挡住此弹。"说着侍童便挡在权右卫门面前，被火枪击中，即刻毙命。从竹内军中抽出安排到高见军中的小头千场作兵卫也身负重伤来到厨房，虽然从水缸中喝了些水，但还是力竭趴在了那里。

阿部一族最早死去的便是切腹自尽的弥五兵卫，市太夫、五太夫、七之丞最后也都重伤而亡，家臣也多有战死。

高见权右卫门聚齐前后方的军士，让他们将阿部宅邸后面放东西的堆房拆开点火。在无风而略微多云的天空中，烟柱笔直上升，从很远都能看见。之后，军士们踩灭火苗又给浇上了水，这才收兵。倒在厨房的千场

---

① 三十块榻榻米：当今一块榻榻米面积约为 1.62 平方米。
② 被官：低级的家仆。

作兵卫以及其他受了重伤的人们都由家臣和袍泽们架在肩上跟在队伍后面。此时已正好是未刻。

光尚经常要到主要的家臣家中玩乐消遣。在派人征讨阿部一族的二十一日，他拂晓便往松野左京的宅邸去了。

从自家馆舍所在的花畑看去，山崎就在对面不远。因此光尚离开馆舍的时候，就听到了从阿部宅邸那边传来的人物嘈杂之声。

“开始进攻了啊。”光尚说着便钻进了轿子。

轿子刚走出一町[①]左右，便有急报传来。竹内数马战死便是此时得知的。

高见权右卫门率领全部征讨军返回到光尚所在的松野宅邸前，让人禀告了已经尽数击毙阿部一族的消息。光尚立刻说想见权右卫门，便让他来到书院的庭院里。

篱墙上的溲疏花正好开得雪白，权右卫门打开其间的小小柴扉进到院子里，规矩地跪在草地上。光尚见了，招呼道：“你受伤了。真是有劳了。”高见身上纯黑纺绸的衣服沾满了血迹，并且还东一块儿西一块儿地沾上了在收兵时踩灭堆房之火扬起的炭尘烟灰。

“非也，是擦伤。”高见答道。他被人重重地刺中心窝，但是枪尖因为碰到了揣在怀中的镜子而滑开了。所造成的伤口不过就是稍稍使擤鼻涕的薄纸浸上点儿血罢了。

权右卫门向主公详细地汇报了进攻时各将的表现，将头功让给了孤身重伤弥五兵卫的邻居柄本又七郎。

“数马是怎么死的？”

“他从正门先攻进去一步，我没有看见。”

“这样啊。你把所有人都叫到院子里来吧。”

权右卫门把一众人等都叫了进来。除了受重伤被架着送回的人，所有人都跪拜在草地上。奋战过的人们身上沾着血污，而只是帮忙烧了堆房

---

① 一町：约109米。

的人身上仅有烟灰。畑十太夫就是后者之一。光尚问话道："十太夫，你战斗得怎么样？"

十太夫只是应了声"是"，便伏着身子不再言语。他虽然长得伟岸，但是生性胆小，战斗中一直在阿部的宅邸外转悠，最后到了收兵前点火烧堆房的时候，才战战兢兢地踏了进去。听说十太夫最初受命参加讨伐时，剑术家新免武藏①见他将担任高见军的二把手，便对他说道："这正是幸运之极啊。请多立战功吧。"并在他背上轻拍了一下，结果十太夫吓得大惊失色，连想把松了的裤裙上的绳子重新系好都因为手抖系不上。

光尚起身离席，说道："诸位都辛苦了，请回去休息吧。"

虽然让竹内数马的幼女找了个女婿做养子，准许其继承家长之位，但是之后这家还是没能延续下去。高见权右卫门增封领地三百石，千场作兵卫、野村庄兵卫各增五十石。米田监物听闻了柄本又七郎的事迹，派组头②谷内藏之允为使者，对其施以褒奖。当亲戚朋友前来道贺时，又七郎笑道："元龟天正年间，攻城野战如同早晚的家常便饭。而这次讨伐阿部一族，则是完完全全的小菜一碟啊。"过了两年，正保元年之夏，又七郎枪伤痊愈谒见光尚。光尚交给他火枪十挺，并说道："如果想用温泉来根治枪伤那就去吧。我会另外赏给你别墅地，你选个地方吧。"又七郎得到了益城小池村的一块儿土地修建宅邸。在这块土地背后是座薮山③。"把这薮山也赐给你吧。"光尚说道。又七郎回绝了："山上的竹子平时也有用，发生战争时，更需要大量竹子扎成排充作掩体，这些东西给我太过意不去了。"于是薮山便成为了永代御预④的山林。

畑十太夫被扫地出门。竹内数马之兄八兵卫私自参加讨伐，并且在弟弟战死时没有在场，因此罚其闭门反省。另外还有个马回的儿子担任近侍，因为住的离阿部宅邸不远，所以便借着指示里的"防范火灾"免去了

---

① 新免武藏：即宫本武藏。
② 组头：江户时代武士官职，为番下各组的头目。
③ 薮山：长满竹丛的山。
④ 永代御预：即将领主林地永久性托付给村民管理，民间可自由采伐，但成木部分要上交。

值守，和父亲一起上屋顶扑灭火星子。后来觉得自己这怯懦的行为实在有愧主公免去其值守的好意，因此向主公请辞。光尚则说“你这也不是怯懦。以后多注意下就行了”，继续留着他当差。后来这位近侍在光尚去世时也殉死了。

阿部一族的尸体被拉到了井出之口进行查验。用白川之水清洗各个死者的伤口时，弥五兵卫身上被柄本又七郎一枪刺穿胸甲留下的创伤，比其他所有人的伤口都显得壮观。又七郎的脸面愈发的光彩了。

（大正二年一月）

（杨中　译）

护持院之原[1]上的复仇

播磨国饰东郡姬路城的城主——雅乐头酒井忠实的上邸[2]在面朝江户城大门方向的左方。在宅邸的钱房里，每次总有两个武士在那里值宿。但在天保四年癸巳年的十二月二十六日过了卯时的时候，一位当年五十五岁、名叫大金奉行山本三右卫门的老人，孤独地坐在钱房里。因为傍晚时，本应一起值宿的小金奉行因病告退，因此只能独自挨过寂寞寒夜。在他旁边有一顶架子很粗、非常结实的四方灯笼。灯芯开花了，灯光变得有些暗，橙黄色的灯火与窗口拂晓的微光，平均地占满了房间。寝具已经收在寝具篮里了。

他察觉到拉门外有人。只听门外的人说道："喂，你家来了急信。"

"你是谁？"

"我是前门的小厮。"

三右卫门从里面把拉门打开。持信而来的是一个不知姓名但曾经见过的小厮，年龄二十岁上下。

三右卫门收下封好的信，坐在灯笼前，首先将灯芯开花的部分挑落，然后拔出来一些，接着从怀里摸出装鼻涕纸的布袋，从里面取出眼镜戴好。他核实了一下信封上的字迹，既不是儿子宇平的，也不是老婆的。他

---

① 护持院之原：江户佛寺护持院于1717年烧毁后形成的废墟，之后被留下作为隔火空地。
② 上邸：大名在参勤交代时，在江户日常居住的宅邸，也叫本邸。

不解地歪了下脖子，但收信人名字并没有错，于是不管三七二十一把信封打开了。抽出信纸打开一看，三右卫门惊呆了。里面竟是白纸。

正在惊异之际，他的脑子被重重击打了一下。容不得他吃惊，白纸上已有血滴滴答落下。有人在他背后砍了一刀。

三右卫门摸索着，想去拿放在寝具篮前面的短刀，但是对方第二刀砍来。他本能地举起右手去挡，结果从手腕处被完全砍断。他站起来，用左手揪着了对方的前襟。

对方竟意外的胆小。在挣开前襟时，将手持的白刃向三右卫门掷去，然后往走廊逃去。

三右卫门毫不犹豫地追赶，一直追到了内宅大门附近，但对方已经不见踪影。受了重伤的老人，到底还是跑不过壮年的歹徒。

三右卫门感到来自头、手的灼烧般的疼痛，开始感到眩晕，然而他还是努力支撑自己回到了钱房。首先检查了钱箱的锁头，没有任何异常。“还算好。”他正这么想时，一阵强烈的眩晕袭来，他左手将寝具篮拉过来，便靠在了上面，深沉而缓慢地呼吸着。

听到响动最先赶来的是值宿的徒目附①。接下来目附来了，大目附来了，本缔②来了。他们叫来了医生，还派人去三右卫门妻儿所居住的蛎壳町的中邸③报信。

三右卫门的精神力非常强韧，别人询问时还能清晰作答。他并不记得自己和谁有什么仇怨。拿来装着白纸的信件并且砍伤自己的男子，就是那个见过但叫不出名字的前门小厮。这家伙大概是打着这些金银的主意吧。三右卫门向其他人拜托了儿子继承自己家督之位的事宜，还让转达给儿子一定要给他报仇。其间，三右卫门不停地反复说着：“遗憾啊，遗憾。”

---

① 徒目附：武士职务名，在目附手下负责警卫、监察的武士。
② 本缔：总管。
③ 中邸：大名在参勤交代时，在江户除本邸外的其他宅邸，一般用于非常时期居住。

现场掉落的凶器是两三天前被盗的物品，之前这把刀是被做事方[①]的手下五濑某挂在了值班室的。而通过调查门卫，得知在过了卯时的时候，一个叫龟藏的前门小厮，说有人托他办件急事，便通过了日常进出的那扇大门。这个龟藏是由神田久右卫门町代地[②]的佣工荐头富士屋治三郎弄进来的，二十岁。中间牵线搭桥的是若狭屋龟吉。差人们搜查了龟藏的房间，发现不光是山本，他给所有四个负责钱房值守的人员都写好了一封要他们收取的信件，里面都是白纸。

看来这个龟藏迟早会找一个值宿的人下手，然后盗走金钱，这大概是他老早就谋划好了的吧。因为奥羽[③]及其他地方收成不好，导致今年江户的物价高涨，所以有些人就铤而走险了。

医生来给三右卫门治疗。

亲属们也纷纷跑来。从蛎壳町的中邸来的是三右卫门的老婆和儿子宇平。宇平十九岁了。他的姐姐利与是在长门守细川兴建的内房做事，因此从丰岛町的细川宅邸赶来，当年二十二岁。三右卫门的老婆是后妻，所以对宇平和利与来说是继母。除这些亲属外，三右卫门还有一个妹妹，她是小仓新田的城主备后守小笠原贞谦的家臣原田某之妻，因为身在麻布地区日之洼的小笠原宅邸，到酒井宅邸根本来不及，因此就没来。

三右卫门不顾医生让他不要说太多话的告诫，向老婆和孩子们反复说着之前告诉给官员们的话。

因为蛎壳町的住所非常狭窄，不利于看护，所以浜町添宅的神户某大人派人将三右卫门接了过来。他是山本家的远房亲戚，妻儿跟他住在那里。其间，原田的老婆也来了。

三右卫门于二十七日的寅时在神户大人的宅邸去世。

那天酉时的下刻[④]，从上邸来了人进行调查。徒目附、小人目附以及

---

① 做事方：江户时代，幕府或藩里负责建筑的官员

② 代地：原有的街道被征用后，为原街道的房主另行指定的安置地，安置地的命名以原街道名加上“代地”二字。

③ 奥羽：现在日本的东北地区。

④ 下刻：一个时辰，即两个小时分成三部分，最末的部分。

他们的手附[①]都来了。来调查的官员记录了三右卫门老婆、儿子宇平和女儿利与的证词。

官员们回去复命后，酒井家做出了决定。针对三右卫门虽然身负重伤，但是仍追赶歹徒至内宅大门的行为，决定"因为三右卫门平生行为端正，应当举行适合其身份的葬礼"。扔在三右卫门受伤现场的坏人的刀，也被出示给原刀主人五濑某辨认了。

二十八日，三右卫门的遗体被葬在山本家的菩提寺浅草堂前的遍立寺。在出殡之前，神户大人在整理三右卫门遇难时所持物品时，长刀短刀当然应当是由儿子宇平拿回，但女儿利与诚恳地请求，所以就将短刀交给了女儿。宇平刚答应这事，利与那哭肿的眼睛一下子绽放出欣喜的光芒。

当作为武士的父亲被人杀害的时候，做子女的必须要为其报仇雪恨。更何况对于三右卫门的遗族来讲，报仇也是故人的遗言。因此家人们数度聚集讨论，于翌年天保五年，即甲午年的正月中旬，向幕府请愿复仇。

在讨论中，宇平一直最为热切地说着要复仇，并且表现得急于求成，非常急躁。虽然他长得脸色苍白，身材瘦削，骨骼细小，但并非带病之身。姐姐利与始终沉默着听着别人说，但在誓愿书上写下自己名字这一点，她非常严肃地提出了要求。利与长相普通，是一个身形娇小但肌肉紧实的女子。而三右卫门的遗孀因为一直头疼，不怎么出席，但是一出席，就老是担心要是复仇不成反而被杀怎么办，以及反复嘟哝到底为何会遭此灾难。从日之洼来的原田夫妇和老三右卫门的小舅子樱井须磨右卫门不得不疲于安慰她。

但是，这些亲戚们都非常相信有一个男人可以帮助他们达成愿望。那个男人因为在本国姬路，所以没能出席，但是他一接到讣告，便立刻送来吊唁状，并且声言一定会为复仇助上一臂之力。这个男人在姬路侍奉家老本多意气扬，名叫山本九郎右卫门，当年四十五岁，是死去的三右卫门

① 手附：低级地方官吏，作为郡代和代官的下级，承担政务。

年轻九岁的亲弟弟。

九郎右卫门得到哥哥讣告后，立刻向主人意气扬请愿。因为侄儿、侄女要报仇，所以留下儿子建藏代为主公效力，自己去助他们一臂之力。主人本多意气扬是德川家康安排在酒井家的意气扬的子孙，深谙武士之道，立刻批准了九郎右卫门的请愿。虽然在江户，复仇的请愿书刚刚交上去，将军尚未批复，但是九郎右卫门便已经从意气扬那里得到了带有装饰的大刀一柄，以及补助金二十两，离开了姬路。当时是正月二十三日。

二月五日，九郎右卫门来到了位于江户蛎壳町中邸的山本宇平的家中。宇平从细川家中请假回来的姐姐利与高兴得无法形容。光是看到这位言语甚少但体格强健的叔叔，姐弟二人都放心了。

“你们提交的请愿还没有上面的批准吧？”九郎右卫门向宇平问道。

“是的，还没有任何消息。我们向官员们打听了一下，他们说大概因为是在居丧期间，所以不会做出裁断。”

九郎右卫门皱起了眉头，隔了会儿说道：“车子大了转得慢。”

接下来，九郎右卫门又问是否做好了外出寻仇的准备。宇平说要等到许可之后。叔叔的眉间又聚起了皱纹，但是这次他长时间没有说话。他们又说了些其他的事情，叔叔突然想起什么似的说道：“外出的准备，还是先做比较好。”

九郎右卫门六日去哥哥的坟前祭拜，七日去浜町的神户家，以谢其在哥哥临死时的照顾之恩。那天西北风很强，正好就在九郎右卫门身在神户家之际，神田方向发生了火灾。那是历史上有名的午年的大火，火灾于未时发生在佐久间町二丁目的三味线师傅家，随后延烧到日本桥方向，一直烧到了第二天早上的卯时。有一首打油诗写道：“钟敲八下时，三味线师傅家，火势四散开，好一场大火。”因为浜町和蛎壳町都处于下风方向，看到火势分三路来袭，神户家也聚集了很多人，九郎右卫门便飞奔回蛎壳町了。

在山本的家中，九郎右卫门指挥着把所有的行李都搬了出来，但到了申时下刻，整个中邸都着了火，山本的宅子也烧毁了。

利与在火灾开始后不久，便往旧主人细川家的宅邸赶去，但是丰岛町已经起火。有些人劝道："危险啊！""大姐，你不能往火里钻啊！"终于，利与被夹在了避难者和围观者之间，动弹不得。头上已经有火星子零散落下，利与只得含泪从龟井町前折返。叔叔已经从浜町返回，正在整理行李。

浜町靠近矢仓的方向大部分被烧毁，但幸运的是酒井家的添宅没有受灾。因为每次都麻烦神户家有些不好，所以八日辰时一过，宇平一家还是去了添宅的山本平作那里，他是宇平的远亲。

三右卫门等遗族借住在山本平作的房间里，神情极其恍惚，仿佛梦中又再做梦。三右卫门的遗孀因为头疼一直没睡，宇平抄着手在想着些什么，只有利与一个人在平作的家人面前有些拘谨，一直勤快地做这做那。到了中午，当她得知了细川家内房的避难地，马上就前去探望。

利与晚上回来时，九郎右卫门说："喂，我们现在已经没有家了。至少还是做下上路的准备吧，免得少主感冒了。"叔叔说到宇平时，总是调侃地叫他少主。

"是。"利与当晚便开始整理宇平的衣物。

九日，利与出去为出门寻仇置办东西，九郎右卫门都为她写在了纸上。今天吹着南风，难得很暖和，但酉时的上刻，桧物町又发生了火灾。前天幸存的房屋，又被这场大火烧掉。

十日，又是寒冷的西北风劲吹的日子，正午时分，大名小路的伯耆守宗发的上邸发生了火灾，从京桥方向一直烧到了芝口方向。

接下来十一日、十二日也有火灾发生。物价高涨，灾难频发，整个江户人心惶惶。山本家向商人订货的少数物品，竟然也交不了货，利与虽然想方设法，却怎么也无法备齐出门的东西。

某日，九郎右卫门吸着烟，看着利与做针线活儿，突然一脸狐疑，放下烟枪说道："你在干什么啊？做得这么小怎么穿？少主可是长得很高大的。"

利与脸红了。她说："这……这是我的。"原来，她缝的是女人用的绑腿和脚背的罩布。

"什么？"叔叔瞪大了眼睛，"你也要习武么？"

"是的。"利与一边说，一边继续手里的活儿。

"唔……"叔叔良久地注视着侄女的脸，接着又说道，"这可不行。我们哪里能带着你这样弱小的女子，进行这场漫无目的的旅程？在哪里可以碰到仇家，要过多少年才能碰到仇家，完全不能预计。我和宇平只是去找仇家，找到之后我们再告诉你不好吗？"

"正如叔叔所说，虽然在哪里能碰见仇家都不可知，但一定会来江户告诉我吧？我从江户赶过去，叔叔你们一定会等着我吧？"利与微笑着，用她那无邪的、带着几分机灵的、滴溜乱转的眼睛一直盯着叔叔。

叔叔颇为尴尬："是啊。那完全要看碰见仇家的时间和地点，我不能保证刚才你说的'一定'。如果可以的话，我们无论如何都会把你叫去的。万一来不及，那只能怪你生为女人，你只能放弃。"

"叔叔您请看。我是无论如何都不想发生那万一的事情。如果您说不能带女的去，那我就去出家当了尼姑再来。"

"唉，你别这么说，尼姑也是女的啊。"

利与默默流着泪，泪水滴在缝的东西上。叔叔一面说尽好话来安抚，一面明确地告诉她女人是不能带着去的。利与擦干泪水，不声不响地将没缝完的绑腿放入旁边的包袱皮中。

酒井忠实在上报当月轮值老中[①]加贺大久保忠真和三奉行之后，于二月二十六日，将由大目附联署的批准复仇的文书送给了宇平、利与和九郎右卫门三人。文书上说："众人当尽快复仇后返回，如若敌人已死，可以确实证据回复。"三个人都得到了补贴，并且留下的守家人也得到了扶持米。利与虽然也得到了许可，但叔叔不许她参加寻仇，因此只要把利与和

---

① 轮值老中：江户幕府的官职制度下具有最高地位和资格的执政官，直属将军，一般设四到五名。每月轮值。在江户城堡中专门的政务室办公，统领一般幕政。

三右卫门的遗孀在江户的住处找好了，九郎右卫门和宇平两人便可动身。

利与暂时寄居在小笠原宅邸的原田夫妇家，而抱病的三右卫门的遗孀则在拜托之后，回到娘家樱井须磨右卫门家疗养。

九郎右卫门和宇平二人终于要出门了，但他们连仇家长什么样都不知道。只靠一纸画像实在令人难以放心，于是他们到佣工荐头富士屋和中介人若狭屋那里多方了解情况，但也没打探出什么有价值的消息。除了容貌不得而知外，其所谓出身纪州的信息，也似乎没有什么确实的证据。只知道那仇家在到酒井家服务之前，曾在上野国的高崎呆过。

这时，突然有一个男人到山本平作家拜访。这个男人出身近江国浅井郡，年少时来到江户，在各大名家当过杂卒，其间和龟藏一起在酒井家做过前门小厮，曾受到三右卫门的照顾。因此他说，自己已经有幸获得了酒井家的恩准，如果自己有用的话，可以作为仇家的鉴别人和他们一道前往。那人名叫文吉，四十二岁。体格结实，一眼便可看出，他身上有一种在频频换主谋生的人身上少有的实诚。

九郎右卫门与他会面交谈了之后，马上将他招为宇平的家仆。

九郎右卫门、宇平、文吉三人决定二十九日从菩提所遍立寺出发，之前一日便离开山本平作家，前往寺庙。在寺庙，除了有病的三右卫门的遗孀外，利与和众亲戚都一同赶来，首先为三右卫门扫了墓，然后聚在一起饮酒道别。寺院的住持在席上端来一碗荞麦面，用玩笑的口吻说道："这是手工乱剁的荞面。①"众亲戚欢笑不断，催着独自一人闷闷不乐的利与回去了。

在寺院借宿一宿后，三人于二十九日的早晨动身了。文吉背负着行李慢一步跟在后面。根据龟藏在来宅邸做事之前曾在上野国的高崎待过的消息，他们首先往那里去了。

虽然九郎右卫门、宇平、文吉三人身在前往高崎的途中，但没人相

---

①"这是手工乱剁的荞面"：原文为："これは手討のらん切（ぎり）でございます"，日语中也可理解为"这是武士复仇一顿猛砍后的仇家尸体"。

信龟藏就在那里。他们之所以前往高崎，不过是因为他们不知道去哪里，总之先去高崎看看。要从整个日本找出龟藏这种居无定所的痞子，好比要在米仓中找出某粒特定的米，完全不知道该到哪个米袋子里找。但是，这件看来毫无希望的事从另一方面来看，却是非做不可的。因此，一行人决定先打开高崎这个米袋子看看。

众人在高崎并无所获，就去往前桥。在前桥榎町的政淳寺里，有山本家的祖坟。九郎右卫门等去那里祈祷复仇成功。接着又从那里赶往藤冈，并在那里待了五六天。接下来又越过武藏国的边境，到儿玉村待了三天。在登上三峰山的时候，向三峰权现①祈祷了复仇成功。接下来又经由八王子，进入甲斐国，在郡内和甲府转了两天，又往身延山去参拜神灵。在信浓国，从上诹访越过和田岭，参拜了上田的善光寺。在越后国地面，分别用了三天时间在高田，两天在今町，一天在柏崎及长冈，四天在三条及新泻。随后又从那里转入加贺街道，进入越中国地面，在富山待了三日。富山一带因遭遇荒年，所受影响巨大，一行人只得以麦子混合芋头萝卜块果腹，在农家裸露着土地的屋子里铺上席子入睡。在飞驒国的高山待了一天，美浓国的金山待了一天，沿着木曾路往太田方向去。在尾张国的犬山待了一天，名古屋待了四天，沿着东海道往宫地方去，经过佐屋进入伊势国，走访了桑名、四日市、津，在松阪待了三天。

一行人在停留两天以上时，偶尔会用一天时间来休整已消除疲劳，但一般都是觉得可能有某些线索而在当地进行特别搜索。在松阪的殿町，住着一位叫作岩桥某氏的目代②，他热心地听取了九郎右卫门的讲述，并帮他们进行了细致的调查。当他把调查到的事实告诉三人的时候，三人仿佛觉得如暗夜中看到了一点灯火。

在松阪有一个叫深野屋佐兵卫的大商人，每天都有一个住在纪伊国熊野浦长岛外町的渔夫定右卫门把鱼送到他家。因此，佐兵卫和定右卫门

① 权现：权现是由佛教里的菩萨而化身成的日本的神。
② 目代：负责监督的官员。

一家比较熟络。但是，定右卫门家中的长子亀藏年轻时就去了江户，音信全无，家中全靠次子定助。那个亀藏曾在当年正月二十一日，衣衫褴褛地来到深野屋那里。佐兵卫说："像你这种不孝子，我没办法不告诉你父亲就收留你。"随后，亀藏灰溜溜地离开了深野屋的铺子。看到了这事的人议论道："那个男的是纪州的亀藏，肯定是在江户做了什么坏事逃出来的。"

根据之后向深野屋打听的消息来看，亀藏在正月二十四日，来到了熊野仁乡村的舅舅林助家中，请求收留。但是林助说自家很穷，没法收留他人，就劝着让他回了父亲定右卫门家。看来亀藏先是想投靠友人，不成之后再投奔亲戚，再被拒绝后才终于想到了回到父亲家里。他是二十八日回到定右卫门家中的。

二月中旬，亀藏在江户犯了事才回来的传言从松阪传到了定右卫门家。定右卫门诘问亀藏做了何事时，亀藏回答是伤了上面的人。于是，定右卫门和林助就决定让亀藏去高野山当和尚。两人于二月十九日将已经剃了发的亀藏送到三浦坂并作别。亀藏当时穿着茶色的格子棉衣，系着棉带，穿着靛蓝色的细筒裤，绑着绑腿，身上带着一两盘缠。

亀藏二十二日，借宿在高野领清水村的又兵卫家中，第二天二十三日因为下雨，又多待了一天。在二十四日登上了高野山，有人在山上遇见了他。二十六日傍晚，又有人目击他下山到了桥本地方。接下来就行踪不明了，据说大概是去了四国。

在松阪的目交代述事情的来龙去脉时，主仆三人一致认定这个已经出了家的定右卫门之子亀藏就是自己的仇家。宇平说马上赶去四国找人，但是九郎右卫门阻止了他，因为刚才所说他大概去了四国乃是没有根据的推量。反正也要去四国，不如先把周边好好找找更为妥当。

一行人离开松阪，为了祈求武运而到了神社参拜。接下来，通过关地，沿东海道来到了摄津国的大阪，在那里待了二十三日。期间有人从松阪传来消息，说纪州的定右卫门因为担心儿子的命运，罹患急病而死。接下来，三人又经过西宫、兵库，进入播磨国，从明石进入本国姬路，在鱼町的旅店里待了三日。九郎右卫门儿子的家虽然就在那里，但是他在事成之前没有回去。接下来，他们进入备前国，经过冈山，从下山坐上六月十六日的晚舟，终于往四国进发了。宇平自松阪以来，对于九郎右卫门的搜索方针一直稍露不满之色，但还是不得不屈从于这个意志坚定、不为情绪所动的叔叔，跟着他的步伐前进。这时的宇平一下子来了精神，在船上一直说话到深夜。

十六日早上，船到了赞岐国的丸龟。他们让文吉去松尾看看，剩下叔侄两人到象头山去拜佛。在寺里寄居的拜佛人中，有人说曾在丸龟看到一个几分怪异、来自其他地方的年轻和尚。宇平一听便感到如同已经找到仇家一般，于亥时下山，回到丸龟后将文吉从松尾叫回来进行辨认，结果发现根本不是龟藏。

听说伊予国的铜矿是各国歹人聚集的场所，于是一行人又去铜矿上找了两日。接下来又在西条找了两日，小春、今治找了两日，随后又从松山去了道后的温泉。在此之前，冒着酷暑踏上旅程的宇平苦于胃部泛酸绞痛，文吉也因腹泻而食欲不振，于是众人在汤町修养了五十日。差不多恢复了之后，一行人又在中大洲找了两日。到了八幡浜后，硬拖着初愈的身体行走的宇平感到浑身没劲，再次病倒，因此三人在那里待了五日，才终于踏上开往九州的船只。四国之旅一无所获。

船到了丰后国佐贺关，三人经过鹤崎，进入肥后国，拜了阿苏山的阿苏神宫和熊本的清正公[①]，分别在熊本和高桥各自寻了三日，又坐船去了肥前国的岛原。在那里待了两天后又去了长崎。在长崎的第三天，听到有人说曾在岛原见过貌似是仇家的和尚，随后三人又返回岛原找了五日。接下来又在熊本找了三日，宇土找了两日，八代找了一日，南工宿找了两日，接下来又坐船到了肥前国温泉岳之下的港口，在那里听到从长崎来的人说，长崎好像有个貌似他们仇家的和尚。在长崎上筑后町的一向宗教派的寺院中，有一所叫劝善寺。据说那里来了一位二十岁左右的年轻和尚，

---

① 清正公：已故熊本城主加藤清正，由本妙寺供奉。

在教人棍法。一行人又坐上了开往长崎的船。

到达长崎已是十一月八日的早上。一行人住在了舟引地町的一户叫纸屋的人家，并向町年寄[1]福田某拜托了寻人之事。在当地一问，劝善寺的客僧越听越像仇家。据说他出身纪州，好像有什么见不得人的事，一直待在房内没有出门。热心地町年寄说要是让他跑了可不成，于是找来了两个专门捕盗的差人同行。有个城里的剑术教头叫作小川某，他听了町年寄的话，也主动请缨，一定要跟着去现场，必要时还会拔刀相助。

九郎右卫门、宇平二人自称是大村家的武士，想要学习棍术，向劝善寺表达了希望师从那和尚之意。客僧答应了，约定明日巳时面谈。二人十分高兴，带着文吉往寺里去了，小川和捕盗差人跟在其后。二人预先告诉了文吉暗号，然后与那和尚见了面，结果完全不像。好歹把那个场面糊弄过去出了寺庙，大家都非常愤懑，其中宇平尤为落魄。

一行人向福田、小川等道谢之后便离开了长崎，在大村待了五日又前往佐贺。这时，九郎右卫门脚疼，只得拄着拐前行。他们在筑后国的久留米找了五日。在筑前国先去太宰府天满宫参拜祈愿，然后在博多、福冈待了两日，从丰前国小仓乘船离开了九州。

他们在十二月六日乘船到了长门国的下关。开始下雪了，九郎右卫门的脚痛逐渐加重，终于在宇平与文吉的劝说下，暂时回到了姬路。九郎右卫门不情愿地从下关乘船，于十二月十二日早上到达了播磨国的室津。当天，他便住进了姬路城下平町的商家稻田屋。因为在他复仇成功之前，始终抱着自己仍在寻仇途中的心态，不回自己儿子家住。

宇平送走了九郎右卫门，于十二月十日带着文吉离开了下关。接下来在周防国的宫市待了两日，之后经过室积，往岩国的锦带桥去了。在那里找了三日，又乘船去了安芸国的广岛。在广岛待了八日，进入备后国，在尾之道、鞆地待了十七日，在福山待了两日。接下来，经过备前国的冈山到了姬路，顺便看望了九郎右卫门。

---

① 町年寄：江户时代，负责町政的首席町官。

宇平、文吉在姬路的稻田屋中与九郎右卫门重逢是在天保六年即乙未年的正月二十日。正好那天，广岸山的神社主祭谷口某告诉他们此处有一可疑的隐居和尚，于是九郎右卫门便派文吉前去察看。据说那个隐居和尚出身于石见地方，其可疑之处在于随身带着短刀。但他并非仇家。

九郎右卫门的脚痛一直没有治愈，因此宇平便于二月二日带着文吉离开了姬路，当月五日来到大阪，借宿在阿波座奥日町的摄津国屋。然而九郎右卫门在两人离开后不久脚便痊愈，于是于十四日离开姬路，从明石乘船追到了大阪。

三人住在摄津国屋，四处寻找之间，盘缠将要耗尽。因此，在寄宿家主人的关照下，九郎右卫门干起了按摩，文吉当上了淡岛的神官[①]。九郎右卫门之所以要做按摩，是因为他说自己会柔道，多少可以帮人按按。而所谓淡岛的神官，并非在神社供神，而是在胸口挂上个小小的神社模型，上面再吊上一个红绢缝制的布猴，手里摇着铃步行去要饭。

这时，九郎右卫门、宇平二人不想再烦劳文吉，于是告诉他："迄今为止，我二人与你只是同寝共食，连报酬也不曾给你，徒给了个家仆的名分，但你还是任劳任怨为我们工作。我们已经周游日本全国，却不曾找到仇家。这样看来，不知多久才能达成愿望，大仇未报便含恨倒毙路边也未必不会。时至今日，你对我二人的热忱已难于言表，故不忍再烦劳你同行。虽然你不在之后，对于没见过仇家面容的我们来说，无疑会比较麻烦，但这实在是不得已而为之。我们只能将命运托付给上天，等待与仇家狭路相逢的一刻的到来。你是一个无比忠实的人，今后遇到新主，一定会大有作为。我们就此分别吧。

这些话是九郎右卫门提前和宇平商量之后，把文吉叫到跟前说的。宇平抱着胳膊在旁听着，泪水沿着脸颊不住流下。

文吉伏在地上默默地听着，待九郎右卫门言毕抬起头来，睁大的眼睛异乎寻常的闪亮，他大叫道："主人，此言差矣。"虽然他心情激动，言

① 神官：神社中负责执行祭祀的工作人员。

语混乱，但大致说了这些内容：这次侍奉非比寻常，既已相伴复仇，便已将生死置之度外。您二位此次如能如愿固然很好，但若敌众我寡，复仇不成反而深陷险境的话，我要么和你们一起战死，要么逃离，今后再报这两重的仇恨，仅此两条路而已。只要我还能站立，即使遭您二人辞退，我也会如影随形，绝不离去。

这下连九郎右卫门也无话可说了。宇平感到有如重生。

接下来，三人离开了摄津国屋，开始在廉价的木赁宿①借宿。他们并不知道去哪里，只是想着总比放弃好，于是便一边祈求神佛的保佑，一边整日在街上徘徊。

其时，大阪流行咳逆②，木赁宿里都是些咳嗽的人。三月初，宇平和文吉也感染了，发烧而卧床不起。九郎右卫门用自己挣到的钱买来稀粥，三个人一人一口地啜着。四月初，二人恢复了健康，但这次轮到九郎右卫门病倒了。虽然他身体强壮但毕竟上了年纪，因此病情甚于二人。他们请来一位好心的医生来看，据说是伤寒。九郎右卫门在高烧说胡话的时候，常常大叫道"站住！""你逃不了了！"等。

文吉一边哄着对此很是恼火的木赁宿老板，一边照看九郎右卫门，虽然起病急剧，但九郎右卫门那坚强的身体还是在短时间内战胜了病魔。

文吉对九郎门恢复健康很是欣喜，但是另一个担心又涌上心头。那就是平时情绪变化就极大的宇平在病愈之后，精神面貌发生了明显的变化。

宇平的性格平时很是老实，并且有些不谙世事，不太机灵，因此九郎右卫门给他取了少主的绰号。但是这个年轻人就像柔软的草叶般容易望风而靡，任何事物都会使其内心激荡。那种时候，他那平素苍白的脸上就会泛起红潮，变得能言善辩，宛如他人。但那股劲儿过了之后就会走向另一个极端，变得沉闷阴郁，垂头抄手，陷入沉默。

---

① 木赁宿：江户时期，最便宜的旅馆。不提供食物，甚至无被褥。木赁也就是柴火费之意，意思是旅馆只收取柴火费。

② 咳逆：猛烈咳嗽并呕吐之病，可致命。

虽然叔叔和文吉都已习惯了宇平的这种性格，但是宇平现在的样子却和以往不同。平素的沉稳不见了踪影，整个人始终很是兴奋，举止焦躁不安，并且以往那种一到兴奋时就能言善辩的情况完全没有了，甚至可以说趋于沉默。因为他总是处于兴奋状态，所以对一些小事也大发脾气。在没什么事的时候，他就故意抓别人的话尾巴，作为发脾气的把柄。但是动了怒之后，又不让它表现在外，只是小声咒骂，极其乖戾。

这种状态持续了两三日，文吉对九郎右卫门说道："小主人的神情有些怪异吧。"文吉在说到宇平的时候，不知不觉开始用起了小主人的称谓。

九郎右卫门轻描淡写地笑笑说："你说少主啊？他心情不好的时候，给他吃点儿好吃的就解决了。"

九郎右卫门这么说也不是没有道理。三人因为一直在一起，所以没有发现，但是因为尝尽了穷困、疾病、羁旅这三大艰辛，三人刚刚离开江户时的容貌早已荡然无存。

文吉说了这话的次日清晨，在一同住宿的其他人都出去工作之后，宇平探身到九郎右卫门前面，欲言又止。

"什么事？"叔叔问到。

"实际上，我有一些想法。"

"但说无妨。"

"叔叔，您认为我们什么时候能碰到仇家？"

"这事你不知，我也不知。"

"是吧？蜘蛛织好了网，等着虫子。因为不管什么虫都可以，所以蜘蛛可以安心地等待。如果非要粘住某一特定的虫子，大概蜘蛛网也没用吧。我已经对这种抱着侥幸而无休止的等待感到厌烦了。"

"我和你难道没有历尽艰辛地到处跋涉寻找吗？"

"是的，我们确实是到处跋涉。"宇平说完这句话后便闭上了嘴。

"我不明白了，你说确实是到处跋涉，是对什么不满吗？没关系，你直说吧。"

宇平还是一言不发地直盯着叔叔的脸，过了一会儿说道："叔叔，我们一起走了很远的路，但也许无论走到哪里，我们都还是找不到仇家。即使我们织好网，仇家好像也不会自己送上门来，即使我们出去找，也不见得找得到。一想到将来的这些情况，我就觉得几分怪异。我的心情非常的奇怪。”宇平又探身上前道，“叔叔，您为何就能这么沉得住气呢？”

叔叔集中了十二分的注意听着宇平的话。“这样啊，你是这样想的啊。你给我听好了。如果武运不济，不得神佛眷顾，那自然就如你所说的一样。但人不应当那样，站起身来就去搜索仇人，遭了疾病便躺下等待。有了神佛的保佑，总会遇到仇家。也许是走在街上遇见，也许是他自己跑到我们的住处。”

宇平的嘴角闪过一丝嘲讽似的微笑。

“叔叔，您真的认为神佛会帮助我们么？”

九郎右卫门虽是个意志坚定的人，听到这话心中也不免产生了一丝隐虑。“是啊，我不知道。神佛是不会轻易地让人知道其心意的。”

宇平的态度非常恬然，让人有些不可思议，这和平日那兴奋的状态完全不同。“您也这么想吧？神佛的心意是不可知的。实际上，我不想再继续我们之前做的那些事，我想按照自己的意愿去生活。”

九郎右卫门怒目圆睁，眉头高高扬起，原先苍白的脸上一下血气上涌，拳头也紧紧握起。

“哼！你是要放弃复仇吧！”

宇平淡淡地微笑着，好像对惹得从未动怒的叔叔生气感到满足。“不是这样。龟藏这个可恨小人，一旦碰到他，定让他不得好死。但是无论是找还是等都无济于事，所以在碰到他之前，暂时就不想报仇的事。我既不追求壮烈的复仇，也不需要人帮忙。仇家自然会在该露相的时候露相，辨认人也是不需要的。文吉接下来就请叔叔留着当家仆使吧，我打算不久就告辞了。”

九郎右卫门的怒火在即将迸发之际又忽然消解。在听着宇平这番话的时候，他又变回平日那温和的叔叔。唯一不同的是，平时那无论什么都硬拿来戏谑的叔叔，这次的表情变得极其罕见的认真。

宇平站起离开，在他从木赁宿的廊子下去的时候，叔叔唤道："喂，等等！"

但是宇平已经不见了踪影。让叔叔没想到的是，宇平竟从此再没回来。

傍晚时分，文吉回来了。九郎右卫门让他去附近把宇平找回来。他便去了平日宇平常去的场合，比如城里年轻人下象棋的地方。最初他听着别人闲谈，想听出些仇家的线索，后来不知不觉自己也在那里聊了起来。文吉寻找了这样的地点，但是哪儿也找不到宇平。当晚，九郎右卫门直至深夜也没睡，他一直等着宇平，但宇平最终没有回来。

文吉走在街上寻找宇平时，偶然听说玉造的丰空稻荷这尊神灵非常灵验。年轻人们都争相传颂着哪家父母的病被治好了，哪家找到了丢失的孩子这类灵验的事迹。文吉便向九郎右卫门说明之后，于次日沐浴洁身，去往玉造。他想向神灵请教仇家和宇平的下落。

文吉来到稻荷的神社前一看，无数人在这里进进出出。路旁立着数不清的红色鸟居[①]，这些鸟居看起来似乎重合在一起，人群就在这红色的洞中蠢动。而在神社外围，则有喝茶的店，卖年糕小豆汤的店，卖甜酒的店。在那红色隧洞的两侧，扯开了曲艺场子，开起了玩具店。钻过那洞进入神社，神社的主祭说要收供钱，收了钱后，递给文吉一张号票。要问神的人就按照这号票的顺序被叫进去。

文吉把身上所有的钱都交了供钱，然而却一直轮不到自己，一直等到太阳落山。他什么也没吃，并且也不觉得肚饿。当酉时的钟声敲响时，主祭出来说道："剩下的号明日请早。"

第二天拂晓，文吉又到了神社。有些人的号虽在文吉之前，但人还没来，因此文吉提前被叫了进去，比预想的早。文吉将额头埋在地上的沙中，拜候神谕，结果很快主祭就出来告诉他说："你要找的第一个人将出现在春天东国繁华的土地，第二个人则无所谕告。"

---

① 鸟居：神社的牌坊。

文吉连忙从玉造返回，将神谕的内容告知了九郎右卫门。

九郎右卫门听了之后说："是吗？所谓东国的繁华土地，那就是江户。但是龟藏再怎么狡猾，也不会贸然返回江户。确实，龟藏可能已经从传言中听说了我们外出寻仇的事，但是我们的其他亲戚也有留意他的情况，所以他应当不会返回江户。你被那主祭狠狠骗了一把不是吗？他说你找的第二个人无可奉告，大概是还想收一回供钱吧。"

文吉怕冒犯了神灵非常惶恐，连忙阻止了九郎右卫门继续说下去，请求他别这么说，一定要相信神谕。

九郎右卫门说："不，我不是怀疑稻荷大神，我只是觉得龟藏不可能在江户。"

正在此时，木赁宿的老板来了。说刚才被户主叫去，领受了一封来自江户的信，是写给山本阁下的。九郎右卫门接过信，刚刚读到"山本宇平大人，同九郎右卫门大人，樱井须磨右卫门，平安"时，即使住在木赁宿也不乱主从礼数的文吉却着急地将头探到九郎右卫门打开的信上，这是因为他非常焦急想知道，三右卫门那遗孀的信上到底写着什么。他之前便听过三右卫门这个后妻。

在外出寻仇的一行人离开之后，已故三右卫门的遗孀一直在娘家樱井须磨右卫门家中等待顽疾治愈。过了一段时间，随着时光流逝以及周遭环境变得安静，她的头疼大为减轻。虽然其亲弟弟须磨右卫门待她十分热情，但是遗孀觉得不能一直这么受人照顾，便说找个不那么忙的主家，找来找去终于在小川町俎桥际的高家众右京大夫大泽基次的内室找到了一份差事。

宇平的姐姐利与寄居在姨父家之后，常利用扫墓的时候，倾听卖芥草的老妪谈话，想听出些仇家的消息，不知不觉间服丧期已满，于是又想到各处做事，每处待个一两月，自然也能获得些许线索。她最初在本所的某家居住。因为那人是利与的远亲，所以待她也含混不清，不知算当用人还是客人，利与在他家里房前屋后地帮忙。接下来又因为姨祖母在叫作赤坂之堀的人家内室做事，所以她便前去帮忙。接下来又在麻布的某家服务，完了又因为一个远亲是本乡弓町寄合众本多带刀的家仆，又去那里帮忙。利与不断变化着侍奉对象，于天保六年春开始，在御茶水的寄合众酒井龟之进的内室服务。这酒井之妻便是浅草的石见守酒井忠方的女儿。

遗孀和利与都想打听到仇家的下落，其中利与更是昼夜为之心力交瘁，然而却怎么也找不到头绪。九郎右卫门和宇平的来信变得断断续续，她们在江户也没有取得任何突破。这些女人们心中非常没有底。

时光飞逝，到了天保六年的五月。某日，遗孀的娘家人樱井须磨右卫门到江户的浅草参拜观音，刚坐进茶水店，又下起一阵雨来。这时，两个结伴的赌徒一般的人物跑进店里躲雨。他们一边等着雨势变小，一边站在屋檐下交谈。

一个人说道："之前想和你说但是忘了，是昨晚发生的事。当时神田也下着像今天一样的雨，我在关了门的酒馆外面蹲着躲雨的时候，跑来了一个家伙，一看那不是在酒井大人那里做过事的阿龟么？我非常吃惊。他还真是恬不知耻啊，竟然回来了。我招呼他说：'喂，阿龟！'他应了一声回头一看，却说什么，你别把人搞错了，我叫阿虎。说完，尽管外面还下着大雨，他还是跑了出去。"

又有一个人说道："那家伙又回来啊！真是胆大。"

须磨右卫门马上招呼两人，问那阿龟是何许人也。两人虽然对被武士纠问感到非常麻烦，但还是告诉了他去年年末在酒井大人的宅邸犯事逃走的龟藏的事。两人最后还说了句打马虎眼的话："唉，只是看了一眼，结果完全认错了人，也许那家伙真的就叫阿虎。"须磨右卫门想，即使把这两个只是说偶然撞见龟藏的家伙抓起来也没用，可不能因为慌张让龟藏从江户跑了，于是他便若无其事地让两人离开了。

九郎右卫门在大阪收到了樱井从江户寄来的信，信上说龟藏在江户。

文吉立即赶往玉造致谢。九郎右卫门等文吉回来，便分头去大阪的各处的驿站码头寻找宇平。他们向街道的乘轿场和港口的船家打听宇平的去向，但均徒劳无功。

九郎右卫门没有办法，只好放弃寻找侄儿，转而开始做去江户的准备。即使盘缠用尽，他们也没有打应急钱和衣物类的主意。九郎右卫门穿着花色棉布的单衣，系着茶色的小仓带，外面罩着藏蓝麻白点花布的骑马短褂，腋下夹着两把刀，身上带着茶褐色的梳毛钱包，鼠灰色的鼻涕纸袋子以及捕棍、绑绳。文吉也穿着之前定好的花色单衣，上面系着灰蓝色的小仓带，怀揣捕棍和绑绳。

九郎右卫门主仆二人付给了木赁屋的主人礼金，然后去摄津国屋致谢道别，乘坐六月二十八日夜间的航船，从伏见往津地去了。除了三十日遭遇大暴风在坂之下停留了半日外，行程都非常顺利，二人于七月十一日夜抵达了品川。

十二日寅时，两人出了品川的宿舍，去到浅草的遍历寺，连草鞋都来不及换就去拜了三右卫门的墓。接下来会见了住持，在那里住了一夜休整旅途的疲劳。

第二天十三日是盂兰盆节，亲戚们都要来扫墓。九郎右卫门让住持不要把自己到来的消息通知其他人，自己和文吉躲在住持家里。住持问为什么，九郎右卫门只是说："谋划当以保密为重。"就拿其他话蒙混过了。来扫墓的是原田、樱井的老婆们，未亡人和利与因为侍奉的是治家严厉的武士之家，所以没来。

到了戌时下刻，九郎右卫门向文吉说："我们现在就出去找。找到之前，走得脚成擂槌也在所不惜。"

两人仍旧一身旅人的装扮离开了遍立寺，首先去往浅草拜观音菩萨。快到雷门时，九郎右卫门向文吉说："好像龟藏已经不是和尚了，不管他变成什么模样，你都别把他放跑了。不过话说回来，他肯定是副穷酸相。"

他们在寺院内转了转，拜了观音，感谢菩萨让认识龟藏的人和樱井碰见。接下来从藏前往两国去了。当日非常闷热，但因为有焰火，前来乘凉参观的人络绎不绝。当人们点亮灯笼的时候，两人在茶铺稍作休息，汗水稍干后又继续行走。

既看不到河，也看不到船。当有人叫道"玉屋的焰火、键屋的焰火"[①]时，观众们便扬起头，看着头上的焰火。

大概酉时下刻的时候，文吉从后面扯了扯九郎右卫门的衣袖。九郎右卫门沿着文吉的视线，看到走在左边一步之前的一个高个男人。那人穿着泛旧的棉布单衣，外面系着花色条纹的博多的带子。

两人默默地跟踪着。那晚月色明亮，他们在横山町转弯，从盐町去到了大传马町。穿过本町，从石町河岸到龙闲桥，一直到了镰仓的河岸。路上行人渐渐稀少，九郎右卫门拿出手帕遮住脸的下部，故意蹒跚地行走，文吉则装着在搀扶。

当他们来到神田桥外元护寺院二番原的时候，正好是子时。周围已没了行人。九郎右卫门给文吉使了个眼色，两人便像一个大脑指挥似的，扑向刚才从背后盯着的那个男子，一言不发地抓住他的双臂。

"你们干什么？！"那男的叫道，并且拼命想要挣脱。

沉默的二人仿佛钳子夹住钉子一般，紧紧抓住那男人的胳膊，任由其挣扎，将他拖进了路旁的树底下。

九郎右卫门说道："我是去年年末你杀害的山本三右卫门的弟弟，九郎右卫门。报上你的出身和名字，受死吧！"九郎右卫门压低了他的声音，仿佛用遮光板遮住强烈的火光。

"你们认错人了！我是泉州人！我叫虎藏！我没做过你说的事情！"

文吉盯着那男子的脸说道："喂！阿龟，我连你眼睛下面的黑痣都知道。别装蒜了！"

男子一看文吉的脸，立刻像霜打的茄子，无力地垂下了脑袋。"啊，是阿文啊。"

九郎右卫门一听，利索地从怀里取出绑绳，将男子绑了起来。

然后，他对文吉说："这里交给我好了，你去御茶水的酒井龟之进大人家里，就借口说你是从介绍利与到他家内室做事的荐头店来，说她母亲因为霍乱可能熬不到天明。让酒井大人格外开恩准假，让她们见最后一

---

①"玉屋"和"键屋"：玉屋和键屋都是江户时期有名的焰火制造商。

面。就这么说，快去！”

“是。”文吉说道，便往锦町方向去了。

利与得知有人找她后，一边庆幸还未更衣，一边立刻起身穿上草鞋，沿着廊子往侍女总管的房间去了。

总管说：“刚才你的荐头店派人来了，说你母亲急病。现在是盂兰盆节期间，事很多，但是父母生病可以例外，你快回去吧。见过你母亲后，连夜赶回来。明天我再为你重新向主人告假。”

“谢谢您。”利与保证回来之后，从总管的房间慢慢退出。

利与一边心想，就这身装扮去吧，一边往内室的门口望去，看是谁报的信。她还是做工时的装扮，穿着棉制的中型花纹的单衣，系着黑缎带子。当她一看到一副旅人装扮的文吉，便明白了母亲的病不过是个借口。

有两三个和利与一起从内室退下的同伴，非常好奇地聚在廊子下面，想看利与和荐头店的来人见面。

“哎呀，我忘了点儿东西。”利与自言自语般说道，然后快步折回房间。

利与从里面把房门关上，打开衣箱的盖子。首先从里面取出了一件换洗的单衣，接下来将手直接伸向箱底，取出了一把短刀，那是父亲三右卫门当班那晚所持短刀。利与迅速地把这两件东西用小绸巾包好，带了出去。

途中，文吉一边将活捉仇家的经过告诉利与，一边和她一起往护持院之原赶去。

利与向九郎右卫门行礼之后，连衣服都来不及换，只把短刀从包裹中取出。

九郎右卫门向仇家说道：“你面前的是三右卫门的女儿利与。你快把杀害三右卫门的事和自己的出身、姓名说来。”

仇家抬起头看着利与，说道：“今天我是必死无疑，就把事情全交代了吧。我确实让山本大人负了伤，但是我没有杀他。因为我赌博输了个精光，所以无论如何都想搞点儿钱财，因此才做了那等糊涂事。我是泉州生田郡上野原村吉兵卫的儿子，名叫虎藏。在到酒井大人宅里当差的时候，我随口冒用了一个在赌钱时认识的熟人的名字，称自己是纪洲的龟藏。其他我没什么好说的了。任凭你们处置吧。”

九郎右卫门说：“这些说清了。”然后给利与和文吉使了个眼色，解开了虎藏的绳索。三人从三个方向一步步向虎藏逼近。

绳子解开后，虎藏先是呆立着，突然马上就像猛虎扑食般，弓起了腰身，猛地向利与扑去，想推倒她逃跑。

这时利与退下一步，手握短刀刀柄，拔刀突然砍向虎藏，从右肩头一直砍到了乳头。虎藏一个踉跄。接着利与又上去砍了两三刀，虎藏倒在了地上。

“好身手！最后一刀我来刺。”九郎右卫门说着，便骑了上去，刺向虎藏咽喉。

九郎右卫门在虎藏的袖子上将血擦拭掉，接下来让利与也把短刀擦干净。两人都流下了泪水。

“可惜宇平不在。”利与只说了这么一句话。

九郎右卫门等三人赶到了位于河岸的本多伊予守头取的岗哨报告，当月负责岗哨勤务的西丸御小纳户——鹈殿吉之丞的家臣玉木胜三郎组的哨卫听了他们的报告。又由本多向大目附报告，然后由岗哨勤务组但马守远藤胤统通知了酒井忠学的值守家臣。酒井家今年四月才换了家主。

于是从酒井家来了差人，取了三人的证言向酒井忠学复命。

第二天十四日早晨，护持院之原上站满了围观者。不断有山本家的亲戚来到复仇成功的三人身边。鹈殿家给三人送来了寿司和带馅儿的点心。

到了酉时下刻，按照西丸目附徒士头第十五组——水野采女的指示，西丸徒士目附永井龟次郎、久保田英次郎、西丸小人目附平冈唯八郎、井上又八、使之者志母谷金左卫门、伊丹长次郎、黑锹之者来到了现场，此外还有本多家、远藤家、平冈家、鹈殿家派来的差人。他们首先检查了三人的装束、衣服、物品及受伤情况，没人受伤。接下来，采了送给永井、久保田两位徒目附的证言。接下来辨认了尸体。这个曾以龟藏的名义在酒井家做事的人所负之伤如下："后背左方有一寸左右的刺伤，伤口肿起不知深浅；在颈部有砍伤一处，长三寸左右，深两寸左右；同伤口下方有砍伤一处，长一寸，深六分左右；从右肩到乳头有一尺左右砍伤，深四寸左右；同处侧肩有砍伤一处，长两寸，深一寸左右；咽喉处刺伤一处，长三寸左右。伤口总计留出。"死者身穿棉制单衣，系着博多带，物品有浅葱色手帕一张。尸体暂由玉木胜三郎保存。接下来，又取了龟藏的荐头神田久右卫门町代地的富士屋治三郎、同五人组[①]、龟藏的中介人若狭屋龟吉的证言。最后，还取了受理九郎右卫门报告的哨卫的证言。

负责调查的差人于戌时上刻撤离。调查结束后，由鹈殿吉之丞向西丸目附松本助之丞、酒井家值守家臣庄野慈父右卫门向酒井家目附、酒井家向当月负责值理政务的加贺守大久保忠真报告。

十五日的卯时下刻，根据水野采女的指示，九郎右卫门等三人被交给了庄野。从前一晚的酉时开始，从酒井家派来的供九郎右卫门及利与乘坐的两顶轿子已经等在了岗哨外。九郎右卫门和文吉被交给了本多某氏，利与被交给了神户家。

在当天的酉时下刻，町奉行伊贺守筒井政宪唤了九郎右卫门等三人。酒井家派来了目附、下目附、步卒头目以及步卒，让他们护送乘轿的两人和徒步的文吉。三人接受了筒井政宪的亲自调查，退下时已是戌时下刻。

十六日，筒井再次唤了三人。酉时下刻接受了与力[②]仁杉八右卫门的调查，并取了证言。

当日，根据利与和三右卫门的遗孀的请愿，酒井龟之助和大泽家分别准了她们的假。利与以前的主家细川家也送了来祝贺复仇成功的口信。

十九日，筒井第三次唤来三人，让九郎右卫门等三人听了证言笔录

① 五人组：江户时期，近邻五户为一组，为最末端的行政组织，具连带责任。
② 与力：幕府官职，捕快头目。

的草稿。三人于酉时下刻退下。

二十三日，筒井第四次唤来三人，让他们在证言笔录上盖章并摁上指印。

二十八日，筒井第五次唤来三人。当月值守老中越前守水野忠邦做出裁断：九郎右卫门和利与“事出有因无须担责”，文吉“无不当行为无须担责”。三人受到了筒井的褒奖于酉时下刻退下。

接着，酒井家的大目附在町奉行的裁断做出之后，告知三人“今后当如往常无异”。九郎右卫门、利与将于天保五年二月领取的钱财又交还了大目附。

在闰七月朔日，酒井家派人来唤利与。辰时下刻，利与来到了城堡内处理政务的大厅，亲戚山本平作、樱井须磨右卫门身着武士礼服陪同。家老河合小太郎及大目附在座，河合宣告道：“利与身为女身，主上特别褒奖。命其袭三右卫门家名，领十四人扶持之俸。由此，相应者其婿可做山本家养子。另外，近日将进入中奥[①]面见主上。”

十一日，利与在中奥受了将军接见，获赐“带家纹黑色绉绸、红绢底丝棉纺品、纯白纺绸一匹”以及点心一盒。同日从浜町的宅邸得到“条纹绉绸一匹”，从酒井忠质死后出家的遗孀惠寿院那里得到一个包裹，内有“高砂染绉绸方巾一张、折扇两把”。

至于九郎右卫门，酒井忠学告诉家老本多意气扬：“关于九郎右卫门，并无上意指示，可如往常差遣之，并据其功绩予充分褒奖。此外，作为特别考虑，赐予其带家纹武士礼服。”本多给予九郎右卫门一百石之俸，并提拔为近臣。而对利与，本多赠予了“足置千匹之布匹费”，本多的母亲也赠予了“条纹绉绸一匹、杂肴一盒”。

文吉被唤到酒井家的目附办公所，以之前的前门小厮、现在的山本九郎右卫门家仆的身份受宣：“念尔其中特别辛劳，以小吏身份招纳尔，奖赏金四两，领俩人扶持之俸。”之后改姓深中，在酒井家的下邸巢鸭做

① 中奥：江户城堡内将军起居及处理政务的区域。

山林守卫。

当时听闻了这场复仇的和学家屋代太郎弘贤，以七十八岁高龄，为九郎右卫门和利与做了一首赞美的和歌相赠。

“此事不再有，祭亡魂时巧遇敌，快意同讨父兄仇。”幸运的是，当时离太田七左卫门死去已有十二年余，已经没有人再作谐模诗来揶揄屋代。

（杨中　译）

堺事件

明治元年即戊辰年正月，德川庆喜的军队在伏见、鸟羽战败，大阪城也失守，沿海路逃回江户后，大阪、兵库、堺的官员们纷纷弃职潜藏起来，这些城市一时间陷入无政府状态。于是朝廷命令三藩负责管理，其中大阪托管给萨摩，兵库托管给长门，堺托管给土佐。二月初，土佐的第六步兵队首先进入堺，之后第八步兵队也派驻进来。营地设在丝屋町的与力宅邸和同心宅邸。之后堺的民政也被委派给土佐藩，大目附杉纪平太、目附生驹静次等相继到来，在大通栉屋町的原总会所设立了军监府。土佐藩从河内、大和地方找出了七十三个藏起来的前幕府官员，让他们在军监府任职，仍让他们处理之前的事务。堺不久就恢复了秩序，临时关起来的剧场木门又重新打开了。

二月十五日这天，町年寄向军监府报告，将有法国兵从大阪到堺来。之前停泊在横滨的十六艘外国军舰，来到了摄津的天保山海面下锚，其中和英舰、美舰一起的还有法舰。杉纪叫来第六、第八步兵队的队长，让他们前往大和桥。如果法国兵已经获得了官方的许可，那这边应当提前收到外国事务专员——前宇和岛藩之主——伊予守伊达宗成的通知，但是并没有。即使是通知晚了一步，但外国人在日本内地旅行必须持有许可状，否则不能放行。杉纪和生驹一起带着两队兵守住大和桥，等待法国兵。这时，法国兵来了，问他们带着的翻译是否有许可状，结果发现没有。法国兵人数少，被土佐兵士挡住去路，便返回了大阪。

同一天傍晚，一个町人跑到从大和桥回来的步兵队的营地，报告有法国水兵从港口上陆。法国军舰开到了离港口仅一里的地方，然后派出了二十艘小艇载着水兵上了岸。两位步兵队长刚刚做好出动的准备，军监府的出动命令就到了。步兵队赶到一看，法国水兵并没有特别粗暴的行为，但是他们随意进入神社佛寺等清静之地，乱闯民宅，捉住妇女调戏。堺并非是开放港，很多町人因为没见过外国人，惊惧而逃，关门躲避。两位队长想说服法国兵回到船上，但是没有翻译，用手比画着让他们回去，结果没有一个法国兵听从，于是队长命令把他们抓回营地。兵士们开始动手捉身边的法国水兵，想把他们绑起来。法国水兵们往码头逃去，其中一人还把挂在街上房门口的队旗抢走了。

两队长连忙率兵士追赶，却追不上腿长善跑的法国人。法国水兵们已经准备乘上小艇了。那时土佐的步兵队里有救火员，即使在街上巡逻时，每次也总带着四五个这样的队员，拿队旗的工作也是交给这些救火员。其中有个叫持旗梅吉的是救火员们的头目，他跑步非常快，在江户遇到火情出动时，他只比快马慢不到一间[①]的距离。他从队里的其他兵士中穿过，追上抢走队旗的水兵，“呼”地一声用手里的消防钩往法国水兵的头顶砍下。法国水兵大叫一声，仰面倒地。梅吉夺回了队旗。

看到这情形，在小艇上接应的法国水兵们，突然拿起短枪开始一齐射击。

两位队长瞬间做出决定，命令“开火”！早就按捺不住的兵士们端起七十多支枪，一齐朝着接应登陆水兵的小艇发射。大约有六个水兵接连中弹倒地，也有人受伤掉入水中。没有受伤的赶紧跳入水中，他们单手抓住艇舷，用脚踢水控制小艇，有子弹射来则潜入水中躲避，随后又浮上来吐出海水。小艇逐渐远去，法国水兵共死亡十三人，其中一人是下士。

这时杉纪赶到现场，命令兵士停止射击回到营地。两队人马刚回营地，军监府便派人来唤两队长。杉纪质问为何不等上司命令就射击，两队

---

① 间：日本传统计量单位，一间约1.8米。

长辩解道在当时十万火急的情况下，已经等不得命令了。当然，因为是小艇先射击，这边属于应战。但土佐的兵士从一开始就对法国人没有好感，那是因为有这样一个说法，即土佐人因讨伐松山藩有功，获赐朝廷的锦旗，就在护送锦旗回藩时，在神户被法国人拦截，法国人想抢走锦旗，并让翻译告诉他们这是为了朝廷和幕府的友好。

杉纪告诉两位队长，事已至此，无法挽回，因为可能会有法舰来袭，所以快做好防御的准备。此外，他还分别派生驹往外国事务专员处，派一个下横目①往京都的藩邸报告去了。

两位队长对仅仅以两小队的兵力防御军舰的命令感到很棘手，但他们还是往海岸派了斥候，同时从两队人中派出数人轮流守备海岸炮台。这时，在刚到这里时收容的几十个幕府的败兵过来说道：

“如果法国军舰来了的话，请派我们出战。炮台里有德川家统治时期安置的大炮三十六门，现在交由岸和田藩主筑前守冈部长宽大人管理。我们就靠那些炮来防守。请你们用大炮轰击那些上岸的敌兵。”

两队长把这些人派去了炮台。之后岸和田藩也派兵前往炮台，同时帮忙用望远镜监视兵库方向的动静。

有报告称入夜后有法国小艇来到港口。但小艇只有五六艘，人员都没有上岸便回去了。大概是来搜寻水兵尸体的。也有种说法说他们确实搜到了几具尸体运了回去。

十六日拂晓，根据外国事务专员的指示，土佐藩被免去了堺地区的管理职权，军队也要撤走。军监府接下来又命令两位队长到大阪的藏屋敷②报到。两队长连忙收拾了一下离开了堺。经过住吉街道，来到大阪御池大道六丁目的土佐藩搬运商的宅邸时，已是未时。

从堺的军监府派到外国事务专员处报告的生驹静次，只是由上面大致听取了口头汇报。接下来，外国事务专员又告诉说，让堺的军监或者队

---

① 下横目：武士职位，下级监督官。
② 藏屋敷：兼做供大名们买卖年贡米和特产的交易所和仓库的宅邸。

长中来一个人。于是杉纪去了。接下来，又把大阪的土佐藩宅中石川石之助提交的有关堺事件的报告书发回，让他写得更详细些。杉纪暂时退下，提交了两位队长署名的报告书，并附言如果要讯问的话，请唤本人前往。

十七日，作为头天讨论的结果，从京都的土佐藩邸往大阪派出了家老山内隼人、大目附林龟吉、目附谷兔毛、下横目数人以及长尾太郎兵卫率领的派驻京都的部队。一行人入夜后到达大阪，林立即命令杉纪、生驹以及两位队长移居到长堀的土佐藩邸。

十八日，由长尾太郎兵卫向两位步兵队长发出了暂停职务的命令，并禁止其下属出门。两队长向长尾报告说，此次事件的责任由二人负担，不想让因奉自己命令行动的部下因此受到连累。两队兵士也一同派出小头池上弥三郎和大石甚吉去慰问被停职的队长。两位队长告诉了属下自己向长尾报告的主旨。

不久，从京都派来的土佐藩步兵第三小队到了，在长堀的藩宅严加警戒，对进出人员严格盘查。

接着，作为前土佐藩主土佐守山内丰信的代理，家老深尾鼎和大目附小南五郎右卫门一同到来。那是因为法国公使莱昂从停泊在大阪的法舰“维纳斯”号向外国事务专员提出了损害赔偿交涉的缘故。公使的要求需要立刻举行朝议。土佐藩主亲自向“维纳斯”号谢罪这是其一；在堺指挥土佐藩军队的两个士官以及杀害法国人的二十个兵士，需在交涉文书送达京都后三日内，于上述加害行为的发生地处于死刑，这是其二；土佐藩主需支付十五万美元作为被杀害法国人家属的抚助金，这是其三。为了处置此事，藩主本该亲自来大阪，但无奈有疾，便派遣家老作为代理前来。

跟随深尾来的下横目把第六、第八步兵队的兵士七十三人，一个个地叫来讯问是否在堺射击了。单独讯问几乎变成了对兵士们勇怯程度的检验，采取这种手段虽然利用了人性中孤立无援时容易坦白的弱点，实则不得已而为之。其中回答射击了的有二十九人。第六步兵队有队长箕浦猪之吉、小头池上弥三吉、兵士本广五郎、胜贺濑三六、山本哲助、森本茂吉、北代健助、稻田贯之丞、柳濑常七、桥诘爱平、冈崎荣兵卫、川谷银太郎、冈崎多四郎、水野万之助、岸田勘平、门天鹰太郎、楠濑保次郎。第八步兵队有队长西村左平次、小头大石甚吉、兵士竹内民五郎、横田辰五郎、土居德太郎、金田时治、武内弥三郎、荣田次右卫门、中城惇五郎、横田静次郎、田丸勇六郎。回答没有射击的有第六步兵队兵士浜田友太郎等二十人，第八步兵队兵士永野峰吉等二十一人，共计四十一人。

到了十九日，回答没有射击的人入夜后被转移到御池六丁目的商人宅邸，他们被告知准备好了之后马上就让他们返回土佐。与之相反，回答射击了的人上交了枪支弹药，以托管的名义，受到了之前派遣到大阪的炮兵队的监视，第六步兵队被安置在之前通长堀的本邸，第八步兵队则在西邸。

二十日，回答没有射击的人从长堀藩邸前上了船，后来他们经丸龟、沿着北山道回到了土佐，虽然开始几天被命令不得远足，但之后便被告知和往常一样了。

而在回答射击了的人那里，下横目跟着炮兵队的兵士来收走了佩刀。这些人中已经有人听到了自己将被处以死刑的风声。因此，有人提议与其束手被斩，不如杀入法舰以求一死。第八步兵队的土居八之助说这太鲁莽，阻止了这项提议。接着又有人说干脆大家互刺而死。正好这时，收缴佩刀的来了。其中数人几乎要马上着手，说现在不死，就死不了了。结果还是被第八步兵队的竹内民五郎阻止，他一边告诉同伴："我有打算，大家照指示做就好了。"一边用手指在草席写道："我的行李中有短刀两把。"一众人终于还是把佩刀交了出去。

二十二日，大目附小南来了，说御隐居大人有话要传达给第六、第八步兵队的兵士们，让大家立刻到大厅集合。御隐居大人就是山内丰信将家督[1]之位让给土佐守山内丰范，自称容堂之后的称谓。除去队长、小头私人，二十五人并坐在大厅。这时小南等进来就座，接着正面的金色拉门打开，深尾进来，所有人都一齐俯身行礼。

---

① 家督：一家之长，统领全家事务。

深尾说道：

“御隐居大人本要亲自告晓各位，然因有疾在身，便由在下代理转告。本次堺事件中，法国人施压朝廷，朝廷命我藩交出凶手二十人。御隐居大人甚为心痛不忍。希望各位都能平静地献出生命。”言毕，深尾起身入内。

接下来小南传达藩主山内丰范之命：

“这次要交出的二十人中，选谁不选谁难于判断。大家一同去稻荷神社参拜神灵，然后以抽签的方式决定生死。抽到白签的人免死，抽到接受上方裁决的人将处以死刑。现在大家就去神社吧。”

二十人从宅邸出发到了稻荷神社。在大殿的铃下，小南持签而坐，右手边候着一位目附。阶梯前，下横目二人持名册而立。殿前数十步的位置，整齐排列着从京都来的炮兵队和步兵队。小南指示了一下，下横目便翻开名册，依次读出二十五人的名字，读到名字的人便抽出一签，打开看了之后交给下横目。下横目核实。这时有人正好来参拜神社，开始还奇怪何事抽签，当得知抽签的意义后，都非常感动，其中有人还哭了出来。

抽到接受上方裁决的人中，有第六步兵队的杉本、胜贺濑、山本、森本、北代、稻田、柳濑、桥诘、冈崎荣兵卫、川谷十人，第八步兵队里有竹内、横田辰五郎、土居、垣内、金田、武内六人，共计十六人。加上两队的队长、小头各两人，一共二十人。抽到白签的是第六步兵队的冈崎多四郎等五人，第八步兵队的荣田次右卫门等四人。

抽完签后，一行人又返回宅邸。抽到白签的人中，第八步兵队的荣田次右卫门等四人，即荣田、中城、横田静次郎、田丸联名写了封请愿书。上面写着虽然我们因抽签被分为了生死两组，但一开始众人都已决心一同赴死，所以希望能够准许我们像抽到接受上方裁决的签那样，接受同样处置。但是因为上面说人数已经定好了，所以请愿书被原封不动地退回。

抽到接受上方裁决签的十六人和箕浦、西村两位队长，池上、大石两位小头一起，全都被留在了本邸。而抽到白签的人马上被解除队籍，交给土佐藩的军队，安置在其他房间。几日后，处置下来了。抽到白签的人被用船牢从堺地方押送回土佐。下横目跟他们一起回去，将他们交给各自的家人，但不久就告知他们上面说今后不用再担心了。

入夜之后，抽到接受上方裁决的人们都给故乡的父母兄弟及其他亲戚故旧写好遗书，然后割下自己的发髻卷入遗书中，交给下横目。

这时，担任藩邸警戒的五小队的士官让人拿来了酒肴来送别。队长、小头及兵士十六人，分别享用酒食之后，都醉卧在地。

其中，第八步兵队中的土居八之助并没有独自喝太多，他看到一干人等都醉倒打呼时，突然大声叫道：

“喂，明天就是死期了。大家为什么要受死呢？被砍头也好么？”

一个人有些生气似的答道：

“闭嘴！正因为明天就是死期，所以才要睡觉。”

那人话还没有说完便又打起了鼾。

土居抓住第六步兵队杉本的肩膀把他摇醒。

“喂，其他人都不明白，但是你明白，为什么明天我们要死？”

杉本跳了起来。

“嗯。我明白了。这是重要的事情。把大家都叫醒吧。”

两人唤醒了众人。有些人怎么也叫不醒，就抓住他肩膀不停推搡。大家都醒了过来听二人意见，没有一人没被说服。死不可怕，在离乡当兵时就有这个心理准备，但是绝不能受屈辱而死。大家一致决定，要让上面同意自己以切腹的方式赴死。

于是十六人穿好和服裤裙和外褂，赶往传话人的执勤所，说有急事相告，请代向众奉行[①]请求会面。

传话人进出内室，好像在商量，过一会儿出来回答众人。

“虽然各位专程来告，但此事不可。各位现在是有罪之身，夜间造访，言欲见众奉行之事，实在不宜。”十六人听到这话怒了。

---

① 奉行：武士职名，高级武士，分担各种政务。

“岂有此理！什么叫有罪之身？我们是为了皇国明天就要赴死的人。你不帮我们传达就算了。让开！我们直接过去。”

众人等想要强突过去。

这时，从内室传来一个声音：

“大家都冷静。重臣来见你们了。”

说完拉门打开，出来小南、林以及下横目数人。

众人一同行礼，竹内说道：

“我们是谨遵朝命、不惧一死的人。但是我们在堺地所为乃是遵从上官命令行事，不能认为是犯罪。因此我们对死刑这个名目难以接受。若果真是死刑的话，敢问是因何罪名而处死刑？”

小南听着，额上泛起了皱纹。小南等着土居说完，同时瞪着众人。

“住口！我们怎会把无罪的人处以死刑？那是因为你们的队长指挥不当，所以造成你们的行动也不当。”

竹内一点儿也不屈服。

“不，大目附这句话我并不认同。兵士听队长的命令行动并没有什么当不当的。队长下令开火，我们就开火。如果命令来了，每个人都考虑什么当不当的，那就没法打仗了。”

“我们在堺的举动是功而非罪，我们都相信这点。您到底认为我们是何罪？请在这里详细告诉我们。”

“我们也难于接受。”

“我们也是……”

众人的表情变得可怕起来。

小南脸色和悦了些。

“不，刚才是我失言了。我们还要继续讨论一下再答复，请大家稍等。”

说完便进里面去了。

众人瞪着内室的门，却怎么也等不到小南出来。

“怎么搞得？”

“别大意啊。”

众人中有人小声说道。

过了好一会儿小南终于又出来了，他以极其庄重的态度说道：

“刚才我转达了各位的请求，现在相应的裁断已经做出，请各位静听。关于本次事件，两位大人都非常痛心。太守大人不顾有疾，硬带着病容来到大阪，之后立即前去安抚法舰，随后就这么返回了土佐。不是说如果让君受辱，臣当死吗？诸位接受裁断，按照上方旨意镇定行事即可。接下来宣布裁断——本次堺事件正值我朝与外国重修关系之际，因此按照公法进行处置，令你们明日在堺地切腹。望各位以皇国为重，欣然接受裁断。同时，明日显赫官员以及外国公使都要到场，请诸位做好准备，彰显皇国的士气。”

小南掏出裁断书，一边看一边宣读。书中的太守即当今的藩主土佐守山内丰范。

十六人互视了一番，禁不住微笑。竹内代表众人回答：

“我等谨遵恩命。但还有一事相告。这事本应遵照程序先向下横目提出，但今日重臣正好在此，因而冒昧直接讲出我等临死的愿望。刚才的裁断，想必也是大人体谅到了我等苦衷，那么也请恩准我们以武士的身份赴死，请一定恩准。”

小南想了想，说道：

“因为上命已准你们切腹，那这个要求我觉得无甚不妥。容我们审议之后再做裁断，诸位稍等片刻。”

他这样说着，再次离席而去。

又过了一会儿，这次是一位下横目出来说道：

“大人们经过破格审议，准了你们武士的身份，因此每人配发绢服一件套。”

说着便将清单递来。

众人接过清单马上赶往队长、小头处，报告今晚事情的来龙去脉。队长们虽然受到看守队士官的招待，已经醉倒酣然入睡，但因为部下们一齐前来，还是马上起身会面。十六人与队长、小头分开后，到此一直未能见面。但十六人与大目附的交涉有了价值，被准了切腹，提拔了武士身份，现在再没有人干涉他们的日常活动，所以他们才可以大摇大摆地来找队长。

队长、小头听了十六人的讲述，又悲又喜。悲的是四人对自己的死虽然已有准备，但并不知道法国公使要求这边要处死二十人，此时才第一次知道这十六人的命运，故而悲从中来。喜的是十六人被准许切腹，提拔为武士身份。队长、小头以及十六位部下因天亮还有一段时间，便决定睡一觉再起来，于是愉快告别，各回被中睡觉。

二十三日是晴天。三百步兵在天色未明的时候，便到达了长堀土佐藩邸的大门前，他们是由奉命押送二十人前往堺的越中守细川庆顺的熊本藩和安芸守浅野茂长的广岛藩派来的。藩邸内，二十人被赐予了酒肴。两队长、小头穿着基本全新的衣袴，其余十六人穿着昨夜赐给的绢服，但在藩邸内并没发给佩刀，应当是到了切腹处才发放。

一行人穿着高齿木屐，一路声响地从藩邸的大门走出，看见细川、浅野两家准备的二十顶轿子已经抬到了门口，行了礼之后便乘上了轿子。负责队列的人整好了队。走在前面的是两藩的下级官员数人，接下来是兵士数人，跟着的是细川藩的留守居[①]马场彦右卫门、同藩的队长山形龟太郎、浅野藩重臣渡边竞三人。三人骑着马，戴着笠形盔，穿着小袴[②]，让兵士高举长枪。他们后面又是几个兵士，再后面还拖着两门炮。接下来就是二十顶轿子，每顶轿子都跟着六个兵士，他们手持装了刺刀的长枪，这二十顶轿子的前后被一百二十个这样持刺刀长枪的士兵包围。负责殿后的是两骑背枪骑兵。再后面，还有两藩挂在高杆上的灯笼各十盏，然后是一百几十名两藩兵士。佐藩的重臣等数百人隔了一段距离，跟在队伍后面。整个行列的长度大概有五丁[③]。

---

① 留守居：江户时代，为各藩留在江户宅中的武士职务名。担任和幕府、其他藩的沟通。
② 小袴：一种肥大的和服裤子。
③ 丁：日本传统计量单位，1 丁约 109 米。

从长堀出发后不久，山川龟太郎便到每顶轿前给众人致意，之后返回箕浦的轿前说道：

“轿内狭窄，想必很拘束，加上路途遥远，如果垂着轿帘的话，诸位大概会心中郁郁，我让人把帘子都卷起来吧。”

“感谢您的好意。如果不麻烦的话，那请卷起来吧。”箕浦答道。

于是，所有的轿帘都被卷上去了。

又走了一会儿，山川又到各顶轿前，说道：

“我们准备了点心，需要的各位可以享用。”

两藩对这二十人的照顾，可谓是无微不至，极其郑重。

来到住吉新庆町附近时，因为之前第六、第八步兵队曾在这里驻扎，因此也有人在路旁等着送别。进入堺的街道后，路旁更是人山人海，不时从中传出啜泣声。也有人从人群中钻出跑到轿子那里，结果被押送的兵士喝退。

切腹的地点选在妙国寺。在山门处撑着印有菊纹的帷幕。寺内则环绕着印有细川和浅野两家家纹的帷幕，而切腹的场所则是用印有山内家纹的帷幕围了起来。在寺内支起的帐篷下，铺好了崭新的席子。

队伍来到妙国寺门前，把轿子抬到了寺内帐篷中，并排放在草席上。接下来，在熊本、广岛两藩武士的带领下，轿子又被抬到了内院，横靠着大殿的边缘放下。

二十人出了轿子，在大殿上并排坐下。在他们旁边，候着两藩的兵士数百人。二十人中有一人站起，立刻有四个人围上来。二十人像往日一样说笑，静候那一刻的到来。

这时，两藩武士中有人准备了纸、墨、笔，来到坐在二十人首席的箕浦面前，请求他们写点儿什么以作后日的纪念。

前第六步兵队队长箕浦猪之吉出身源氏，名为元章，号仙山。住在土佐国土佐郡潮江村，弘化元年十一月十一日诞生于一个领着五人扶持、十五石俸禄的侍从家。当年二十五岁。其祖父叫忠平，其父叫万次郎，其母依田氏，名梅。箕浦曾于安政四年在江户游学，万延元年在江户做容堂候的侍读，同年回到土佐被任命为文馆的助理教员。接下来，作为容堂侯的侍从干了七八年，晋升为马回。他被任命为藩的步兵小队司令是庆应三年十一月，只履职三月就发生了堺事件。因为有这个背景，所以箕浦爱好诗歌，同时也写得一手上佳的草书。

看着面前的文具，箕浦谦虚道："献丑了。"写下了一首早已打好腹稿的七绝。

"除却妖气报国恩，决然岂可省人言，唯教大义传千载，一死原来不足论。"可见攘夷仍是他的本心，并未改变。

二十人等了一会儿，细川藩士说时间好像还早，于是建议参观一下寺院。一行人来到院里，看到寺内寺外熙熙攘攘。不用说堺，还有从大阪、竹吉、河内等地来观看的人，无论怎么管制也不能使他们退去。有几个僧人登上钟楼看着这群人。第八步兵队的垣内看到了，两三下登了上去，对僧人说道：

"师父们，请稍微让一下。在下就是今日切腹者中一人。同伴中虽有能写辞世诗的，但在下愚笨，比不得那些聪明人。那么就让在下撞一次大钟，以告别人世。怎样？"说完便卷起袖子抱住撞钟槌。僧人大吃一惊，连忙从左右将他抱住。

"算了，算了，请停下。人那么多，钟声一响不知要发生什么。请一定住手。"

"不，这是为国捐躯的武士最后的纪念，别拦我！"

垣内和僧人们扭成一团，看到这情景，两三个同伴跑了上来。

"马上就到最关键的时刻了，你这样太不稳重。钟响了会惊吓到下面的人。你给我好好想想！"说着，他们阻止了垣内。

"唉。不小心凭着一时之兴做了无谓之争。我停手，我停手。"说罢，垣内将手从撞钟槌上松开。阻止了垣内的一个同伴从怀里搜出些钱交给僧人，说道："这里有一些钱，已经没用了。我们死后还要麻烦师父们照顾，现在我把它捐给你们。"刚才听到垣内和僧人们的争吵、逐渐聚集过来的同伴们，都说道："这里也有。""这里也……"纷纷把身上的钱掏了个空，全都放在僧人面前。

其中也有人在放下钱财时，附加了条件："在下虽不祈求冥福，但请师父……"僧人们受了钱财，从钟楼上下来。

众人也从钟楼上下来。

"那么，我们现在去看看切腹的地方吧。"说着，众人开始往帷幕里钻。细川藩的藩士阻止道：

"诸位还请不要进去。"

"不，别担心，我们决不会添乱的。"众人说着，一齐进入帷幕中。

切腹地点是大殿前的宽敞院子。在印有山内家纹帷幕围成的这个区域里，竖着四根竹竿，上面铺着草苫子作顶盖。地上铺着两张粗草席，其上又放着反铺着的两张新榻榻米。榻榻米上盖着白色的棉织物，再上面还有一层毡子。旁边还叠放着更多的毡子，每切腹一人便更换一次。在入口的桌子上，摆放着很多对长刀短刀。走近一看，原来是在长堀宅邸收走的东西。

众人离开切腹的地方，接着又想看看宝珠院的墓穴，于是便一同前往。墓地挖了两列土坑，坑前并排放着约六尺[①]多高的大瓮，上面还一一贴了各人的名字。在走近读名字的时候，横田对土居说：

"你和我生前吃饭睡觉都在一起。今天看来瓮也是挨着的，看来我们死了也可以当邻居啊。"

土居突然跳起来钻进瓮里叫道：

"横田君，我说横田君，里面还真舒服。"

竹田说道：

"真性急。即使不那么急，待会儿也有人把你放进去的。快出来。"

土居想从瓮里出来，但是和进去时不同，瓮的边缘很高，里面很滑，怎么也出不来。横田和竹内将瓮放倒才把土居弄出来。

二十人返回大殿。细川和浅野两藩准备的酒肴已经摆好了。从街上

① 尺：日本旧制1尺约30厘米。

来了几十个帮忙的为他们服务。大家一同举杯致意。因为羡慕之前那个求得箕浦绝命诗的人，两藩兵士争相向他们求诗，或者是要他的随身物品作为纪念。于是众人轮流执笔写诗。因为没有可送的纪念物，所以把衣领和袖子等割下给大家。

切腹最终定在午时开始。

首先，介错人进入帷幕内等候。那些介错人都是昨晚在大阪长堀藩邸守卫的兵士在给二十人提供酒肴时，各自商量定下的。原第六步兵队这边，担任箕浦介错人的是马场桃太郎，池上的是北川礼平，杉本的是池七助，胜贺濑的是吉村材茂，山本的是森常马，森本的是野口喜久马，北代的是武市助吾，稻田的是江原源之助，柳濑的是近藤茂之助，桥诘的是山田安之助，冈崎的是土方要五郎，川谷的是竹本谦之助。原第八步兵队这边，西村的是小坂乾，大石的是落合源六，竹内的是楠濑柳平，横田的是松田八平次，土居的是池七助，垣内的是公文左平，金田的是谷川新次，武内的是北森贯之助。其中池七助要同时给杉本和土居两人当介错人。介错人都把长刀的挂绳当作束袖带拴好，在切腹席的后方候着。

在帷幕外面另外放置着二十顶轿子，那是用来把尸体运往宝珠院的。埋葬前，将尸体从轿内移到大瓮里。

在监督席的马扎上，从南到北分别坐着外国事务总裁山阶宫，外国事务专员伊达少将和东久世少将，细川、浅野两藩的重臣。土佐藩的深尾坐北朝东南，大目附小南及目附们则并坐在西北方而面东。法国公使带着持枪士兵二十余人，在正西方朝东而坐。其他来自萨摩、长门、因幡、备前等藩的官员也在现场列席。

细川、浅野的藩士告知二十人，那边已经准备妥当，于是二十人乘上停在大殿旁的轿子。轿子两旁和来时一样，跟随着护卫。轿子被抬到了帷幕外。负责叫名字的官员打开名册，正要叫第一个切腹的人的名字。

此时天色突暗，下起了大雨。挤满寺内外的人们骚动起来，纷纷欲到檐下树下避雨，一时非常混乱。

切腹只得暂停。总裁山阶宫及众人只得往屋内避雨。雨在未时停止。再次做好准备已到申时。

负责叫名字的官员叫到“箕浦猪之吉”的时候，寺内外悄然无声。箕浦身穿黑色呢绒短褂和小袴，坐上切腹席。介错人马场站在背后三尺的距离。箕浦向总裁山阶宫及诸官行了一礼，把负责协助切腹的人拿出的白木小方台拉到身边，右手拿起了短刀。这时雷声大作。

“法国人你们听好了！我不是为尔等而死。我是为皇国而死。尔等好好看看日本男人是怎样切腹的吧！”箕浦说道。

箕浦将衣服松开，反手持刀，从左边的侧腹深深插入，先往下切三寸[①]，而后往右拉，再切开三寸。因为刀刃插得很深，所以创口大开。箕浦丢开短刀，将右手伸入创口，一边扯出自己的腹膜，一边瞪着法国人。

马场拔刀向箕浦的颈部砍去，但是砍得太浅了。

“马场君，怎么了？看准了砍！”箕浦叫道。

马场的第二刀砍断了颈椎，发出了咔的一声。

箕浦又大叫道：

“我还死不了！再砍！”这次叫声最响，大约传到了三丁开外。

法国公使一直注视着箕浦的举动，他逐渐感到惊骇和恐怖。正当他有些坐不住的时候，这声意外传来的格外大声的叫喊，终于使他一下子站了起来，手足无措。

马场第三刀砍下了箕浦的头颅。

接下来被叫到的是西村，他是一个温厚的人。源氏出身，名为氏同，住在土佐郡江口村。家里是世袭俸禄四十石的马回。弘化二年七月出生，当年二十四岁。庆应三年八月当上步兵小队司令。西村穿着军服坐在切腹席上，将军服上的纽扣一颗颗仔细地解开。他拿起短刀从左边刺入，然后往右拉了一点儿，好像觉得太浅似的，又将短刀刺得更深些后再慢慢往右拉。介错人小坂似乎有些慌，西村还在往右拉的时候，就从背后砍下。西

---

① 寸：1寸约3厘米。

村的头颅飞出了差不多三间远。

接下来是池上，由北川担任介错人。接下来的大石体型非常大，他首先用两手在肚子上摸了两三次，接着拿起刀，右手下刀刺入左边侧腹，然后用左手推着刀背往下切，然后左手护住持刀的右手，将短刀拉向右边。到了右边侧腹的时候，又用左手推着刀背往上切。然后将刀放在座位右边，张开双手，大叫："拜托砍吧！"介错人落合没有砍好，第七刀才砍下大石的头颅。在切腹的人当中，运刀流畅，毫无停滞，手法最漂亮的就是这个大石了。

接下来，杉本、胜贺濑、山本、森本、北城、稻田、柳濑分别按照顺序切了腹。其中，柳濑把从左到右拉过来的短刀又从右到左拉回去，肠子都从创口里冒了出来。

接下来第十二个是桥诘。当他坐上去的时候，周围已经昏暗，大殿已经点上了灯火。

法国公使一直是非常不安的神情，坐立不安。这种不安也逐渐影响到了持枪而立的士兵。他们早已没了站姿，手里不停地比画着好像在低声说着什么。正当桥诘坐上切腹席的时候，公使说了句什么，便被士兵们围着，离开了监督席，对诸官员连头都没有点一下，就慌慌张张地逃出了帷幕。穿过院子，刚一出寺门，围在公使身旁的士兵便跑了起来，一行人往港口奔去。

桥诘坐在切腹席上，解开了衣服，正要将短刀插入腹部，官员跑了过来喊道："等等！"桥诘吓了一跳停下了动作。官员告诉他法国公使中途退席，总之现在先不要切腹。于是桥诘便回到了剩下的八个人中，告诉了他们原委。

还没切腹的九个人已经完全被"反正都要死，不如一咬牙死了痛快"这种情绪控制。在被阻止切腹后感到非常焦躁，也想找那些阻止自己的人理论一番，想问问是何理由。于是九人一同找到小南，桥诘开口道：

“我等奉朝廷命令切腹。何故加以阻止？我们特来听听原因。”

小南回答道：

“你们的疑问有道理，但是切腹需有法国人在场见证。然而他们却退场，所以不得不中止。现在萨摩、厂门、因幡、备前、安芸七藩的家老们正在赶往法舰。请先回到原地，等候消息。”

九人没有办法，只好回到大殿。细川、浅野两藩武士端来晚餐的食桌，硬要这九个说不想吃的人动了筷子，然后抱出寝具让他们睡觉。到了子时，两藩的人过来告诉九人说，七藩的家老马上要回来了。九人连忙跳起来迎接。经过七位家老中的三位轮番上前讲解，九人终于明白了事情的发展大概如下所述：“我们众家老赶往法舰质问对方退席的理由，然而法国公使则说，他对土佐人士舍命奉公非常敬佩，但是实在难以忍视这惨况，因此向日本政府申请免除剩下人的死罪。明早就能通过伊达少将去问朝廷的旨意。诸位先不要轻举妄动，请静候裁断。”九人听后恭敬地答应了。

时隔一日，到了二十五日，两藩的人来告诉九人，将把九人送回大阪地界，第六步兵队的桥诘、冈崎、川谷，第八步兵队的竹内、横田、土居、垣内、金田、武内将分别被临时交给安芸藩和肥后藩管理。九顶轿子抬到了寺内宽敞的院子里。九人正要乘轿时，桥诘咬断自己的舌头，嘴角流出鲜血倒在地上。这样的举动是因为他对同伴们勇敢赴死、轮到自己时却横生变故感到遗憾。幸而舌头的伤口并不致命，但浅野家想趁还没发生其他变故时，赶快把他们送回大阪，于是便让桥诘等三人的轿子星夜兼程地赶路。细川家的人招呼他们，想让他们放慢脚步，但浅野家的人根本不听。于是，细川家的人们也跑了起来。

到了大阪，九顶轿子暂时停在长堀的土佐藩邸前。小南来到门前，对桥诘进行了训诫。然后两藩的人就分头行动，将各自托管的人带走。他们给桥诘安排了一个医生跟着，同时土佐藩也派来了看护人。

九人在细川、浅野两家受到了非常优厚的待遇。其中细川家因为在元禄年间代管过赤穗浪人[①]，万延元年代管过刺杀了扫部头[②]井伊的水户浪人，因此这是第三次担任这个任务，所以对本次代管对象是郑重有加。给他们发放了新的条纹夹衣作为睡衣，寝具是三床被子，由足轻[③]为他们铺榻榻米。隔天为他们烧水准备木桶浴，递给他们手帕和白纸。一天三顿必有带烧烤的料理，并由队长预先尝毒，午后供应装在多层饭盒中的点心和茶，水果随时供给。要方便的时候，两三个徒士[④]便在廊子候着，完了为他们取洗手的长柄木勺。晚上有人通宵值守。凡是来打招呼的，都要头挨着地板。书也借给他们读。生病的时候派医生来，让医生当面配药熬制。细川家大概就是这样一种招待方式。

三月二日，朝廷的旨意下来了，免除了他们的死刑，并要将他们送回故乡。三日，土佐藩的队长带着兵士，来向细川、浅野两藩要这九人。两藩设宴作别，采取了七道主菜另带一桌副菜的规格。十四日，九人在一位下横目及两个宰领[⑤]的陪同下，在木津川河口上船，十五日从千本松扬帆起航，十六日夜间到达浦户港口。十七日前往南会所。从松之鼻往西，直到带屋町的路上，到处都是来看堺事件当事人的人们。在南会所，下横目将九人交给了相关人员，相关人员接收了之后又把他们交还给各自家人。九人这时才见到了之前已经将遗书和发髻交给他们的、久未谋面的父母妻儿。

五月二十日，南会所突然向九人发出了召唤状，上面写着本人须于巳时，如有生父或子嗣的，其父及其子也须于巳时半前来报到。南会所里，目附也来了，下横目向九人传达了三条事项。第一条，藩里决定收回九人俸禄，流放到渡川以西，但可以保持武士的服饰与佩刀；第二条，有子嗣的，其子招为兵士，给予两人扶持、四石的俸禄；第三条，没有子

① 赤穗浪人：日本历史上有名的赤穗藩为主公复仇、最后被裁断切腹的忠义武士。
② 扫部头：扫部寮的长官，相当于从五位下的官位。
③ 足轻：低级步兵。
④ 徒士：无资格骑马的下层武士。
⑤ 宰领：负责押运的人员。

嗣的，在流放地发给两人扶持的补助，从幡多中村[1]的仓中支取。九人商量了一下，由桥诘上前陈情："我们九人因法国人的要求，已下定决心为国捐躯，因此被准许切腹，并且得到武士身份。接着法国人又提出留我们性命，因此我们免去一死。然而我们本无罪，且理应受到武士待遇，为何要被处以流刑？如不告知理由，恐难接受。"目附十分为难地进行了解释："你们不理解是有道理的。但是此次流刑乃是参照已经自杀的十一人遭受的痛苦做出的处分。无论如何还请各位接受。"九人苦笑着道："我们对十一人的死，也是日夜心痛不已。若说此处分乃参照死者的痛苦，那我们无话可说。"因此九人便皆言从命。

九人穿着武士服、带着佩刀出发了，这在流放犯中是没有先例的。但是因为长时间蛰居，身体疲惫，到了土佐郡朝仓村，九人便一同提出脚疼，坐上了轿子。流放地在幡多郡的入田村。根据村长宇贺祐之进的安排，最初九人每人都分住一户农家，但几日后，便让他们八人合住一间空屋。横田一人因为和村西三里外有冈村的法华宗真静寺主持有俗缘，便被留下了。

九人在真静寺为在妙国寺死去的十一名同伴举行了法会，次日便开始对村民们进行文武教育。竹内教授四书的朗读，土居、武内教授剑道，其他人都各随己意，进行诸多技艺的指导。

入田村从夏季到秋季，都有疫病流行。到了八月，川谷、横田、土居三人发烧。土居之妻从香美郡夜须村昼夜兼程赶来照顾。横田仅九岁的儿子常次郎因为母亲有病不宜前来，独自走了三十里路前来照看父亲。这两人逐渐康复，但川谷一人于九月四日病死，享年二十六岁。

十一月十七日，目附大人发令召集桥诘等九人。剩下的八人便向川谷的坟墓告别，离开入田村，于二十七日到达高知。到达之后立刻到目附办公处报到，随后在给各自的文书上看到这样的通告："值吾皇继位庆祝仪式之际，特告兵士某某，恩准其返乡，且继续计算之前服役年限。"这

---

① 幡多中村：两处皆地名，即幡多郡的中村。

是因为八月二十七日明治天皇即位，八人得到特赦。然而兵士就是指普通的士兵，之前有关武士身份的裁断也终于化为乌有了。

土佐藩为死在妙国寺的十一人在宝珠院立了十一块墓碑。箕浦排头，柳濑排尾，墓碑列成一排。在宝珠寺大殿的背面檐下，还有九口大瓮倒扣在石板地上。那是那九个本该进去而没有进去的人的遗物。在堺，将那十一块墓碑称作“憾死碑”，将那九口大瓮称作“生运瓮”。来参拜的人络绎不绝。

十一人中，箕浦没有男孩儿，一家一时断了血脉。但到了明治三年三月八日，藩里让同族的箕浦幸藏的次子楠吉继承了家督之位，位列三等士族下席，给予俸禄七石三斗，并按幸藏的请求，将猪之吉女儿许配给楠吉。

西村因父亲清左卫门死得早，而祖父克平还在世，因此又让祖父再次担任家督。之后，从亲族览氏收了一名养子。

小头及其他兵士的儿子，即便年幼也多被招为兵士，一边成长一边服役。

（杨中　译）

Casuistica[1]

因为父亲经营了一间诊所，所以医学学士花房在他即将毕业的这段时间里，没课就回到父亲身边，总是模仿着代替父亲诊病。

花房父亲的诊所开在大千住，因为曾有个叫作小金井喜美子的女作家写过一篇叫作《千住之家》的文章，详细地叙述了这房子的事情，因此这里就不再赘述。莫奈一遍遍不厌其烦地画着同样的池塘里生长的同样的水草，让人体会到不同的季节、不同的天气、一日早中晚不同的光照，因此欣赏他的画时，多幅比较比只看一幅更好。但那说的是技艺高超的艺术家。如果反复就同一样东西写生，每次都画得很差劲，那就没办法忍受了。这里我省下自己拙劣的笔墨，想来读者也会感谢我吧。

但是，喜美子没有写下这房子的历史。建造房子的绪方某氏是千住地方的世家。德川将军外出放鹰打猎，但凡于千住小憩时，都要驾到绪方家中。花房的父亲将那房子和里面的破烂一股脑儿买下时，曾在天花板上发现了约三尺长的细长箱子，盖子上还写着“御铺物”。所谓“御铺物”，就是将军的坐垫。现在的花房家中，那个箱子被用来装书画卷轴。

那房子没有遭遇过火灾，看来已经在那里矗立了很久，颇有几分古趣。柱子像黑檀木般反射着光。放着玻璃器皿的春庆涂[2]桌子，铺着白色

---

① Casuistica：有类似临床治疗之意，也可指哲学上的诡辩论。
② 春庆涂：一种漆器，染成红、黄的木头上涂上透明的漆，展现木纹之美。

床单的诊疗床，均和柱子形成了奇异的对比。

放着桌子和诊疗床的诊疗室朝向南面，是最大的一间房，花房的父亲在这间房前面的院子里，安放了一个如同女儿节人偶架般的台子，在上面并排摆上盆栽。看病人看累了，这位长须的老翁便将目光移向这盆栽，自得其乐。

即使候诊室中的病人挤得满满当当，老翁仍是一面用烟枪吹出烟圈，一面悠闲地望着盆栽。

上午一次，下午一次，每次都固定要休息三十分钟左右。这时，他就会穿过候诊的病人，进入朝北的房中，饮用烹茶。他在中年时，曾经习过石州流的茶道，但是到了晚年离开故乡来到东京，他便放弃了绿茶末，改饮烹茶。盆栽和烹茶成为老翁工作之余的嗜好。

朝北的房间是家中最小的一间，只有三张榻榻米大。虽然没有专门照料，但是秋海棠年年都留下宿根，长得和门槛一样高。在房间正对面是木槿形成的篱笆，篱笆内侧稀疏地矗立着高大的棕榈树。

花房在读大学的时候，以及在官办医院工作之后，只要遇到假日回来，首先就会被父亲叫到那三张榻榻米大的房间中饮茶。当时花房沉迷于古典小说《八犬传》中，他便把这称作父亲的“三茶之礼”。

老翁特别喜爱一个叫作“蛤蟆来”的紫砂茶壶。那茶壶直径约有两寸，在那小小茶壶红赭色的表面，有大大小小像天疱疮的水泡般的疙瘩突起。大约是烧制的时候没有烧好吧。老翁往这个“蛤蟆来”茶壶中加入如同丝线碎屑般细细扭曲的暗绿色宇治茶，然后注入凉开水，静置片刻便慢慢斟入茶杯中。约五立方厘米浓厚的黄绿色茶汤残在杯底，花房不得不把它舔个干净。

花房将那甘甜微弱、苦味偏强的茶和老翁的微笑一道品尝，将那微笑作为弥补。

某日父子对坐时，花房说道：

“父亲，我也差不多学会了医学理论，请让我在这里给您打下手吧。”

“你说的对。你在医学理论方面肯定要比我精通。以后有什么疑难病人，你就帮我看看吧。”

那次谈话之后，花房就开始常常给病人看病。

并且还常常能使老翁满意。

老翁掌握的医学主要是德国医学家胡弗兰德的内科，当时已经有些陈旧，很多地方都不管用，因此老翁也看了几本新出的医学译作。之前他在读胡弗兰德的著作时，将荷兰语版和前辈的日译版对照着读。因为新书的荷兰语版不怎么容易搞到，并且已经没有了跨越种种障碍阅读横写书的气力，所以老翁觉得读那些和自己阅读习惯不同的洋书非常麻烦，终于只看翻译本了。但是因为翻译本的数量不多，并且好译本很少，故而老翁在新医学上的知识颇有不足。

比如防腐外科，老翁觉得自己是懂的，但实际上却不懂。他老是随手抓起一条手帕，擦拭那仔细消毒过的手。

与这相反，年轻的花房始终无法企及的是一种概括的观察，只要老翁说："这个病人活不了一天了"，那病人一定会在二十四小时内死去。这一点是花房怎么也搞不明白的。

老翁在看病人的时候，总是打起全部精神。不论病人的疾病是轻是重，是伤风还是绝症，都是以同样的态度对待，即使在玩赏盆栽和饮茶时也是如此。

花房学士在给人看病时的心态则是自己暂时放着想做的事或者应当做的事没做，而为病人诊疗。因此，即使同样是看病人，只要是普通病就觉得很没意思。只要不是有意思的病就会感到非常不满足。此外，偶尔见到所谓感兴趣的病症，却不想对它进行研究并记录，作为业绩向社会发表。当然，如果能有新的发现或发明，他也想试一试，不过他并不认为那是生活的目的。他始终认为还有更想做或更应当做的事情，但他并不清楚到底什么才是所谓想做或应当做的事情。有时，一些东西像幻影一样浮现在脑海，来不及看清它便消失了。有时它呈现出女人的形态，有时是各种繁华的梦境。那时因为在读《碧岩录》与《无门关》[1]，有时也呈现为几分

---

①《碧岩录》与《无门关》：这两本书都是有关禅学的佛教书籍。

参禅冥想意味的沉思。总之是无法确定的东西。这种迷惘不光是在看病人的时候会出现，无论做什么都是如此，做完手里的事，收拾干净，然后开始想接下来应该做的事，但完全不知道接下来应该做些什么。

并且花房并不想要搞清这种不可获知的某物到底是什么。只是有时会把这某物想作幸福，或者有时会把它与希望结合起来。尽管如此，他却并不认为得到某物便是幸福，失去它便是失败。

但是，花房早已认定，父亲身上没有这某物。早前他认为父亲过着无意义、无内容的生活，后来想想，因为父亲是老人，老人很无聊那是理所当然的。其间，他读了熊泽蕃山写的东西，上面写着胸怀宏愿以天下国家为志是对道的践行，平时洗脸梳头也是对道的践行之类的话。花房看着这话，回想起父亲的日常生活，发现自己只是站在远处眺望对面的某物，而对眼前的事情却敷衍了事，父亲则是对无聊的日常琐事倾注了全部精神。父亲虽是一处驿站的诊所医生，却安于此道，他那顺从的态度，使他那近乎得道者的面貌，虽然模糊但却能辨别出来。从那时起，花房立刻对父亲产生了敬佩之念。

实际上正如花房所发现的那样，他难以企及父亲的地方正是这一点。

花房大学毕业后做了官，大约在官办医院工作了半年左右。

接下来又成为了学校老师，每天只是出入实验室，再没为病人看过病。因此，在花房的脑海中，始终记得在千住的家中，代父亲诊病的事情。这是从事医学的花房仅有的一小段过着医生生活的时光。

花房记忆中仅存的事情不多，这里再写两三件。作为医生看来，病轻的病人也好，病重的病人也好，吃保健药的人也好，病关死活的人也好，统统都是平等的，将他们视作病例，不带感情，冷眼观之，这一点是医生之所强。但是花房是到不了这个境界了。当他还在将病人视作一个个的人的阶段，就已经不接诊病人了。在他的记忆中，仅仅留存着几件珍品。

落架风事件。

那是在花房向父亲提出帮忙后不久的事。那时正是新年，花房的妹妹藤子在门口打毽子板，突然尖叫着跑进了里面的房间。正在看《花月新志》新年刊的花房赶忙问发生了什么，藤子说是有个面貌可憎的病人来了。花房问她怎么个面貌可憎法，妹妹答道："他的脸看起来像要扑上来咬我，我不敢看第二眼，直接就逃了进来。"这是一个叫佐藤的男人，出身越后地方。面色白净的长发学徒进来向花房说道："老医生希望您能出来一下。"

"是吗。"

花房说着，便和学徒一道进入大厅。

在春庆涂的椭圆形桌子对面，老翁正微笑着靠在椅子上。他向花房说道："你看那个病人。"接着就侧脸指了下方向。

在诊疗床附近的榻榻米上，坐着四十多岁的大婶和一个二十左右的青年。藤子说看起来要来咬她的便是这个青年的脸。

那青年脸色苍白，面部竖长，嘴大开着，好像下颚被拉到了脸的后下方，因此那张长脸看起来仿佛被拉长为原来的两倍。口中不断流出唾液，他不停地用叠好的手帕擦拭下颚。像脸这种面积狭小的地方，只要将一处强行拉扯，整体就会变形。还算俊朗的脸上有大大的眼睛，因为外眼角被往下拉，所以睁开的样子很奇特，仿佛很惊讶地凝视着前方。难怪藤子说看起来像是要扑上来咬她。

跟青年一道来的大婶眼眶通红，哭着将之前告诉老翁的事又一次告诉了花房。

昨晚大婶家搞了一场纸牌会，儿子和某人比牌时赢了，所以心情愉快，大笑起来，结果下颚两边一起脱臼。接下来家中大乱，请附近的医生看了，但是却怎么也合不回去。如果一直合不回去该怎么办，大婶比儿子更加担心，以至于觉也睡不着了。

"你觉得呢？"

老翁微笑着，望着年轻的学士的脸。

"嗯，在诊断上，我也和大婶一个意见。是双侧下颚脱臼。如果是昨晚脱臼的话，应该马上就能让它复原。"

“你试试呢。”

花房让佐藤取来纱布，厚厚地缠在自己两手的拇指上，然后将拇指插入青年口中，从左右两点将下颚按住之后，使劲往下一压。松手之后，下颚已经完美地嵌了回去。

那个流着唾液的二十岁青年，用之前擦下颚的手帕擦着眼泪。大婶也从袖口取出手帕擦拭喜悦的泪水。

花房用自夸的神情看着父亲，父亲仍然微笑着。

“这要多亏你懂得解剖学，而早先不是那样。”

在那母子二人极其欢喜地离开后，老翁又继续说道：“下颚脱臼以前叫落架风，某些名医为了不让人看到治疗的秘密，用一张大包袱皮将病人从头盖住，然后才施加治疗。如果知道了骨头的形状，那就没有秘密可言，不过就是将往关节前下方冒出的部分弄到关节后面罢了，学问真是件好东西啊。”

一块板子。

那是夏日，有个瓶有村的村民前来，说他儿子变成了一块板子，请来看看。佐藤向他询问了很多病状，他只是反复说变成了一块板子，其他什么也说不出。村民不知道该怎么表达。老翁听到了，对正好放暑假在家的花房说：“虽然不知道是什么情况，但好像很少见，你不去看看吗？”

花房倒不觉得有什么特别有趣之处，不过那村民的话却多少让他有些好奇，于是决定自己先去看看。

那是闷热的夏日太阳最毒的时候，乘车破风而行，反而比待在家中舒服得多。在田地和田地之间，田坎像堤坝般高高筑起。花房走在这长长的田坎上，一边擦着汗一边对跟在后面的定吉说：“热吧？”定吉回道：“这算什么啊，即使躺着，还不是一样受热。”周围那一颗颗赤杨树上传来的蝉鸣声，仿佛让空气整体都微微颤抖。

到了病人家大约是三点钟。杉树篱笆的缺口处便是大门，那里的门扉仿佛是扇木造的折叠门。进去之后，便是一个土地踏得很结实的宽敞院子。那是处理谷物的场所。阳光没有死角地倾洒在这干透的黄色土地上。因为进入了一个被包围的狭小空间，所以蝉鸣声格外刺耳，几乎让人想捂住耳朵。除此之外，便没有其他东西的声响。整个村子正处于午休的时间。

在院子对面，横着一所长方形的稻草屋顶的房子。房子里所有的拉门隔扇都被取下，呈现出敞透之态。向右看去是厨房和裸土地面的房间，左边很宽的地方则铺着草席，整个屋子一眼便可望穿，这在东京附近的农家很常见。

在这没有外侧廊子的屋宅中，从门楣到柱子、天花板、墙壁、草席，都如同沥青色偏重的绘画一般，呈现出浓淡各异的茶褐色。橱柜的柜门泛着浓厚的褐色光芒，成为了正面的背景。在它前面，铺着又薄又硬的被子，病人就躺在上面。三四个家里的男女成员围在病人身旁，仿佛在看佛陀涅槃图一般。病人那白底的短和服还不怎么脏，雪白得仿佛西洋描写古战争的油画中，经常画在画面正中的白马一样，直刺人的眼睛，而周围的人物皆黯然失色。

"医生来了！"

一个人说道，但是并没有打算起身迎接，好像男男女女都在专心看护病人。

跟在花房背后的定吉用左手擦着汗，将提来的作药箱的包袱放在了门槛附近，然后直奔厨房前的井口。一会儿，便传来了咯吱咯吱摇轱辘的声音和哗哗搅动井水的声音。

花房暂时站在门槛前，看了看里面的情况。病人是个十二三岁的男孩。那孩子晒得黝黑，让人觉得像热带的小孩儿。他那黑色的皮肤在白底的短和服映衬下格外显眼。一看便知那孩子长得肌肉紧凑，身材瘦削而结实。

花房看了一会儿，便脱去低齿木屐，一只脚踏上了门槛。就在那一瞬间，病人仿佛被钓起的鲤鱼一般，在那又薄又硬的被子上翻跳起来。

花房右脚踏在门槛上，突然想到什么，他迟疑着不再把右脚踏上地板。

横着隔开三铺草席的距离，花房踏上门槛时脚的冲击力使震动传到了病人身体，微小的刺激引起了猛烈的全身痉挛。

家人们都坐着不动，不起身迎接客人，看来并不光是农民们不懂礼仪。

诊断在花房左脚踏上地板时便做出了，是破伤风。

花房轻手轻脚地走到病人身边。没有用手接触病人，只是望诊。男孩穿着一件短和服，露着胸口，基本等同于裸体。全身肌肉紧缩，身体如同一块板子，但凡周围有任何细微的震动，都会引起身体的痉挛反应。这篇文字不是学术上的症状描述，因此不写各个症状。但是在刚毕业不久的花房脑中静静储存着的内科各论中破伤风的症状，就跟书上写的一样，此刻正一条不漏地展现在自己面前。就连病人鼻尖渗出的那片珍珠般的汗珠，也像之前约好了一样，毫无遗漏地展现在面前。

所谓一块板子，确实是一份简洁而完整的症状报告。除了那些没有什么知识储备、淳朴的农民，没人能说出这种症状描述。这份症状报告是生活的印象主义者的报告。

花房想起小说《八犬传》中犬塚信乃的病状中一点儿符合破伤风特点的东西都没有，不由得在心中暗觉可笑。

花房听着坐在身旁的孩子父母你一句我一句的讲述，明白了这个珍贵的独子到了夏天，每天都要去后面的池子游泳。因为男孩子身上总是不断有挠伤，所以到底是哪处伤口感染了病原体不得而知。

花房把这当作是饶有兴趣的案例，受父亲之托独自担任这个病人的治疗。之后为了检视病愈的过程，数次冒着酷暑去瓶有村的农家，也曾在途中遭遇过骤雨的折磨。

病人在服用了极其大量的 Chloral[①] 后保住了性命，终于痊愈。

① Chloral：三氯乙醛，化学品，可用于治疗破伤风痉挛。

生理性肿瘤。

秋末，也就是不断有落叶掉在朝南的大厅前的院子里、怎么扫也扫不干净的时节。那天正好是周六，花房回到父亲家准备留宿。当时在诊疗室的西南新建了一间铁皮房顶的配药室，在其对面，也有一间同样是铁皮屋顶的车棚，建在一棵老枣树下。在两间屋子中间有一坪左右的土地，上面残留着当年结了很多果实的锦荔枝的干枯藤蔓。花房就在那里拔着这些枯藤。

这时，配药室的玻璃窗打开，佐藤探出头来。

"有一个患者想请小医生看看。"

"是什么疑难杂症吗？父亲马上就要回来了，让那病人等等好吗？"

"但是那人已经等了很久，她是今天最后一位患者了。"

"是吗？大家都回去了吗？怪不得这么安静。那让她等那么久也太可怜了，我来看吧！是怎样的病人呢？"

"她是位女病人，已经找了两三家当地的诊所看了。因为早先有人给她说有些腹水，她便想，如要找人放水的话，还是外科医生比较好吧。就去了某个医生那里，结果那医生告诉她，因为腹部坚硬，有可能是癌症，因此不给她扎针。"

"也就是说，问题可以归结为到底是腹水还是腹腔肿瘤吧。你看了吗？"

"我看了。她腹部没有水样波动。我问了她的病史，发现肝脏并没有什么值得注意的病变事实。我问她平时喝不喝酒，她说不讨厌喝酒。我想怪了，便好好问了一番。结果她说即使喝也就是两三杯，看来好像也不是能影响到肝脏的喝法。她的营养状况中等。一点儿都没有像恶性肿瘤的地方。"

"嗯，总之先看看吧。我去洗个手就来，你等着。你看，医生的手脏成这样可不行。"

花房两手前伸，用弄脏的手摆出鹰爪的造型，向佐藤做出要抓人的样子，然后笑道。

佐藤关窗进了屋子，花房好好地洗净手后进了诊疗室。

在那张诊疗床的床脚处，有一位二十二三岁左右的女子右手支在榻榻米上，斜身而坐。她的头发用梳子卷起盘在后脑，身上穿着有衬领的铭仙绸短褂，在胸口位置系着华丽的丝绸围裙。

她圆圆的脸盘呈现琥珀色，眼眶微红。她用那双眼睛望了花房一眼便又立刻把头埋下。连将她作为就诊者接待的花房也觉得，那眼睛真是极其娇媚。

“让她睡到诊疗床上吧。”

跟着过来的佐藤以一副热心肠的神情说着这理所当然的事。

“好。”

佐藤先向那女子说明小医生将为她看病，接着要求那女人睡到诊疗床上。那女子面朝墙壁方向，慢悠悠地将围裙、衣带以及几根细绳解开。

“因为想到老医生可能会回来为她看病，所以刚才就对她说，保持那样在床上等着。”

佐藤带着几分辩解的口吻喃喃道。让那女子在连盖被都没有的诊疗床上就那么等着，这个要求也许太不照顾女人的感受了吧。

女子躺下了。

“屈膝，放松呼吸。”

花房说着，把刚才互相擦热的两个手心放在了女子的肚皮上。接下来稍微按了一下便说道：“听诊器。”

花房接过佐藤从桌上取来的听诊器，一面将听头放在女子肚脐附近，一面用右手摸着女子的脉搏，听了一会儿说道：“好了。”便离开了诊疗床。

女子马上将衣物的正面合拢，想要起身。

“请稍微保持那个姿态等一等。”

花房阻止了她。

花房一言不发地看着佐藤的脸，佐藤仿佛问候安好一般，小声向花房问道：“是什么病呢？”

花房打趣地说道：“是肿瘤，不过是生理性肿瘤。”

“生理性肿瘤……”

佐藤不知所云地重复着这句话，一副茫然。

花房将听诊器交到佐藤手中。

“你听一下吧。可以清楚听到胎儿的心音。母体的心音和手上的脉搏一致，但胎儿的心音相较频率更快。”

佐藤默默地听诊了一下，面露羞愧。

“你要好好和病人交流，听他们怎么说。不过还好，你没给病人上套管针①真是幸运。”

花房说完便离开了诊疗室。

那个女子没生过孩子便和丈夫分离，之后靠做裁缝独自生活，因此其他医生没有注意到她怀孕了。

那女子家的门口挂着一块御家流②风格书写的“御仕立物③”的招牌。某位年轻的小学教师曾数度独自从那招牌下穿过，进出女子家中。这事之后便风传开来。

（杨中　译）

---

① 管针：手术用具，可用于腹腔穿刺。
② 御家流：日本书道的一种流派。
③“御仕立物”：即裁缝之意。

牛肉火锅

火锅咕咕地沸腾着。

一个男人利落地用筷子把一片红色牛肉翻过来，使已经煮成白色的那一面朝上。

斜切成薄片的被用作衬菜的葱，葱白已经渐渐变成黄色，沉入褐色汤底。

那个使筷子很利索的男人大概三十岁左右，穿着花哨的印有纹章的短衣，旁边放着一个折叠式提包。

他喝一口酒翻一下肉，翻一下肉喝一口酒。

有一个女人在帮他斟酒。

那女人和男人年龄大概差不多。她穿着黑缎衬领的条纹棉衣，并系着外出吃饭穿的围裙。

女人的眼睛不停地注视着男人的脸，那眼中充满了意欲将男人吞噬的饥渴。

眼中的饥渴使女人忘记了口渴，她没有喝酒。

那个使筷子很利索的男人，夹起一片翻了两三次的肉，送进嘴里。

他嚼着肉，露出坚固而洁白的牙齿。肉好像很好吃。

女人那饥渴的目光，注视着男人运动着的下巴。

但是注视着那下巴的，不只这一对眼睛，还有一对。

另外一对眼睛属于一位七八岁的小姑娘。一只小小的花簪插在那勉强结成的“烟具盒[①]”上。

女孩儿叠好白色的手绢放在膝上，破开一对方便木筷，拿在手里等着。

男人吃了三四片肉的时候，女孩儿伸出拿筷子的手，想夹起一片肉。她对眼前的男人还是有所忌惮的，但是外表上看不出她其实很怕他。

“等下，那片肉还没煮好。”

女孩儿老实地缩回拿筷子的手，安静地等着。

但是女人那永远饥渴的目光，没空去看女孩儿的筷子空着来空着去。

等了一会儿，男人的筷子夹起一片肉送进嘴里。那就是刚才女孩儿想夹的那片肉。

女孩儿的目光仍然注视着男人的脸。在她眼中不是怨和怒，而是惊异。

但是女人那永远饥渴的目光，没空去看两双筷子的悲壮争夺。

女人一开始也破开了自己的木筷，从洗杯水中夹起一只酒盅给男人，但是之后筷子就那样靠在食桌沿儿上再没动过。那永远饥渴的目光，也没空回过头来关注下自己的筷子。

女孩儿那惊异的目光虽然一直注视着男人的脸，但是男人却一直没有说“你吃吧”这样的话。每次女孩儿想差不多煮好了，便伸出筷子时，那男人都反复告诉她“那片肉还没煮好”。

惊异的目光中没有怨也没有怒。但是就好像刚出壳的小鸡要啄谷物、刚脱离娘胎的婴儿要吮吸一切能接触到的东西一样，这种生活的本能在这惊异的目光的主人身上也适用。那女孩儿不再把锅边的筷子抽回。

趁着男人敏捷的夹起一片肉送进嘴里的机会，女孩儿的筷子突然夹起旁边的一片放进嘴里。锅里的肉都煮熟了。

甚至有点儿煮过了。

男人用他那锐利的目光，瞥了一眼死去的朋友的独女的脸，并没有

---

①“烟具盒”：日本明治初期，少女的流行发型，头发从后面看像烟具盒。

责骂。

但是随后，那男人筷子的动作更加敏捷。他把添加的生肉加到锅里，每次加进去后就翻动，翻动了之后就吃。

但是，女孩儿也默默地动着筷子。之前惊异的目光已经变成了活动的目光，投向看中的某个目标，一时没有再离开锅里。

即使夹不到大片的肉，小片的还是可以夹到。即使夹不到煮好的肉，还没煮熟的还是可以夹到。即使夹不到肉，葱还是可以夹到。

在浅草公园，有一个叫作什么的，可以看各种各样动物的场所。在受欢迎的狒狒旁边，有一个笼子关着猴子母子一对。在笼前放着平常猴子吃的切成圆形的白薯片。当参观者用竿子尖穿起白薯，伸到笼子前面时，猴子母子间悲壮的争夺就开始了。白薯一来，衔着母亲乳头的小猴便抛开乳头，想夺得白薯。母猴想的也一样，无论小猴是钻到母猴腋下、腿下，还是骑上母猴的背、头，白薯大多是落入母猴手里。但即使如此，四五次中总有一次，小猴可以吃到白薯。

母猴会争抢白薯，但偶尔小猴抢到的时候，也不会欺负小猴。本能竟也不算丑恶。

用筷子很利索可以算作那男人的本能，他并非女孩儿的父亲。虽然男人不是女孩儿的父亲，但他并没有责骂偶尔成功夹走肉的女孩儿。

人比猴子要进化一些。

那两双筷子，在敏捷的男人手中和想要变得敏捷的女孩儿手中，不停地动作。但是还有一双筷子最终还是一动不动。

那永远饥渴的目光依然注视着男人的脸，注视着那张非常严肃的脸。

一种本能需要牺牲其他本能。

这种事在兽类中也会有吧。但是好像在人身上，比起兽类来体现得更多。

人比猴子要进化一些。

（杨中　译）

鼠坂

从小日向有一条坡道可以下到音羽，唤作鼠坂。据说其名源于该坡道只有老鼠才能上下其间。从台町地区乘坐人力车可到坡顶，左侧是久未修剪的树篱，右侧是一片红土，上面长着一棵巨大的松树，大大咧咧地占据着一片屋宅遗迹。到了这里，人们便知接下来是山坡。道路到此处突然变成了一条极其陡峭、狭窄、弯曲的小道，不用说没法乘坐人力车下坡，连让车夫拉着空车下去也不可能。即使下车步行下去，遇到雨后等情况也极其艰难。鼠坂之名，果然不虚。

那片长着松树的空地虽然很长时间都被孩子们当作游乐场，但从去年末开始，便有人将庞大的木材和花岗岩运到这里。人们把材料用牛车运到音羽的大路上，在这里往鼠坂搭脚手架，安装类似蒸汽船上装载货物的起重机的机械，把这些东西吊上去。很多工匠来到这里，木工削木头，石匠切石块。不到两个月，一座可以称作和洋折中的两层建筑拔地而起，周围还绕上一圈涂成黑色的高高院墙。一处气派的宅邸终于建好了。

周围的人们都非常惊奇，他们从开始搬运木材时起，便十分在意工程究竟是何人所造，一问得知是一个叫作深渊的人。这个深渊并非大官，也没听说有什么产业。人们都怀疑他的来头。其间有人不知从哪里打听到深渊乃是战争时期在清国东北大赚了一笔的人，这才让充满好奇的人们平静下来。

房子修好之后，人们看到在和院墙一道漆成黑色的大门上确实挂着深渊的牌子，那牌子用俗气牌子的隶书写成，和电话号牌并排挂在一起。虽然宅子修的确实气派，但总让人觉得有点儿不伦不类，毫无趣味，整体给人阴沉之感，和番町阿久泽的房子很像。更进一步说，这栋房子在旧式人物看来，仿佛《西游记》中妖怪的住处；在现代人看来，则仿佛梅特林克的戏剧中存在的房屋一般。

二十七日晚，在里屋八铺草席大小的客厅里，两位客人把酒正欢。客厅修得极其煞风景，在壁龛处挂着一幅文晁[①]所做的内容低俗的大幅卷轴。除了体型肥胖、脸色通红、留着浓密八字胡的主人外，每个客人旁边也都放着一张撑着刺眼的绿色布料的扶手[②]。负责在旁伺候酒食的是一位半老徐娘，她面色苍白，头发稀疏，眼睛不停地转动并且态度冷淡，好像是主人的老婆。总之，从客厅到人物，这里所有的东西都呈现出一种垦荒地的餐馆里的风景。

“不管怎么说，去的人有很多，但是真正赚到钱的寥寥无几。战争开始之后整整一年，也就是在将要攻陷旅顺的时候，先生把所有的身家财产都换成了酒，装在送渔夫去大连的船的船底，真是太有眼光了。虽然主要工作是送渔夫去清国，但赚得不多。其间靠把酒带到据说有多少就能卖多少的地方去，反而赚了不少。”一位客人这样说道。大概因为酒精已经起了作用的缘故，他在说话时，舌头已经有些不听使唤了。他的脸色有如涩纸[③]，花白胡须长得半长，以前做过中国话翻译。

“真有胆量。”另一个客人附和道，“把运酒到鞍山车站的清国车主绑起来，给他怀里塞上路边捡到的铁丝，当成盗割军用电话线的犯人交给老实巴交的宪兵。这样的妙招其他人可是想不到的。”说这话的是一个穿着深藏青色上衣、内套背心、面色白净的报社记者。

这时，一个面容姣好、好像是从乡下来的女佣端着已经烫好的酒壶打开拉门进来，主人给了老婆一个眼色。老婆便连忙接下酒壶，对女佣

---

① 文晁：江户时代画家。
② 扶手：用于席地而坐时将手肘支在上面休息的家具。
③ 涩纸：一种日本传统的红黑色包装纸。

说："叫你的话会有铃声，叮叮当当的铃声，你出去吧。"说着便关上了拉门。

报社记者接着说道："刚才说的还好，先生自己执鞭、喊叫着驱赶牲口、在泥泞的道路中前进的时候，那些个驴子、骡子、小个子的牛根本不听使唤，绳子缠在了一起，车子瘫在尽是割过的高粱秆的田里，场景真是滑稽。"记者说这话的时候，直盯着主人的脸。

主人苦笑了一下，小口地喝着酒。

那个前翻译好像回忆起了什么，舔着嘴唇说道："托先生的福，我们品尝到了久违的盛宴。酒随便让我们喝，再也没有比那时更愉快的事了。不管怎么说，兵站可是不怎么有美食的。"

主人不禁短短地笑了一声，说道："你只要有酒有肉就满足了，真是潇洒。"

"那当然，只要能够大块吃肉，大口喝酒，那就足够了。接下来我还要返回辽阳，继续在公司里当差。实际上我想不干了去清国南方。人生总不能如意啊。"

"你真是率真呀。当得到那匹驴子的时候，你那高兴劲儿真是没得说。我当时就是这么想的。你，还有那个得到骡子后很开心的司令官老头儿，真是无欲无求的仙人。那个胖胖的司令官说他自己是骑兵出身，穿着军服却徒步前进太没意思，有了骡子就可以免去不断行走了。他也是一个老实人。你接下来把那驴子怎么了呢？"

"别说了，到了十里河，就被兵站部收走了。"

记者瞟了一眼主人的脸，狡黠地笑了。

主人也用同样的眼神回看着记者的脸。"到了那里，你的罪孽可就深重了。因为你是不能光靠酒肉就可以满足的。"

"不，没什么大的差别。我想要另一种'肉'，钱也不坏，但是它不过是得到另一种'肉'的手段。这和对金钱本身感兴趣的你不同。但是有你这样的人做朋友还是很好的。"

主人一如既往地苦笑道："另一种'肉'也好，但你来营口喝醉的那天晚上说的事情，可真是厉害。”说着，便瞟了老婆一眼。

女主人从薄薄的嘴唇间露出泛黄的牙齿，微笑道：“小川君可是真是个长相温和的恶棍啊。”小川就是那个记者的名字。

小川好像突然被人戳中了要害，一下子没了刚才的精神，神情变得十分难堪，连拿起食台上的酒杯的动作，看起来都像是掩饰。

“哎呀，酒都凉了，换热的吧。”女主人从旁边窥着小川的脸说着，拿起了女佣刚才放下的酒壶。

小川把冷酒倒在汤碗中，让女主人斟酒。

女主人一边斟酒一边用非常讨好的语气说：“但是我们在营口时留在家里做事的那孩子，小川君也敌不过啊。”

主人从旁边插话说：“名古屋人里面也有不输给小川君的啊。”

女主人还是从旁边窥看着小川说道：“可是一个美人啊。皮肤又好。”

这时，前翻译突然大声说道：“我想听听刚才你们说的厉害事。”

“住口。”小川用锐利的目光瞪着前翻译。身形肥胖的主人盘腿而坐，一边慢慢饮着酒，一边看着小川的表情，仿佛连一个睫毛的动作都不想漏掉。即便如此，他的脸却是朝向前翻译，他用一种开玩笑的轻松语气说道：“平山君你还不知道那件事吗？唉，既然都决定在我家留宿，那我就慢慢说给你听吧。那好像是在黑沟台会战结束后，进攻‘奉天[①]’之前。小川君的宿舍被分配在好像叫窝棚村的地方。那是个小村子，村民大多都避难去了，有很多空屋。小川君本以为隔壁也是空屋，但是晚上去厕所方便的时候，听到了那间空屋里传来响动。”那个前翻译叫作平山。

小川面露尴尬，但是却毫无办法，只好任由主人说，自己喝着女主人斟的酒。

主人继续说道：“厕所就是常见的在冻土上稍微挖个坑，然后架上板子的那种。小川君跨在茅坑上，忍着屁股冻得厉害一边方便，一边仔细听着隔壁的响动，那响声不断地变化。好像不是老鼠之类的动物，也不是

---

① 奉天：沈阳。

狗。小川君十分好奇。那屋从外面看是门户大开，构成炕沿的木头已不知去向，只有堆垒的土暴露着。屋里面的地面就是土，上面堆满了砖。看来只能是沿着屋里的墙壁堆上去的。小川一边想听出到底是什么声音，一边努力寻找声音的来源。他蹲的那个茅坑前面是堵一人高的石墙，紧靠着邻屋的旁边。声音就是从那屋最里边发出来的，也就是从外面看堆着砖的那部分。小川这么想着，终于下决心冒险去看看。当然，虽是在厕所方便，还是穿着毛皮大衣，这样露出来的屁股就不会冷。正好在茅坑旁边的石墙上靠着一根用两三根摘掉了花盘的向日葵杆捆扎成的棍子。小川便把棍子拿在手上，穿着厚厚的大衣，一下子攀上石墙，往邻屋张望。天空澄澈泛着蓝色，星星闪闪发亮。四处都堆积着冻在一起的雪。虽是夜里两点左右，但周围还是很亮了。”

小川喃喃说道：“别人胡说的东西，你还记得那么清楚。”“哎呀，你就给我闭嘴听着。石墙那头也堆着砖，没有适合下脚的地方。于是小川绕到房子背后，那里的墙壁很不寻常，看起来好像是有人关上了窗，从外面拿砖给塞上。小川站在外面听了一会儿，那声音正是从窗子里面发出来的。从房子的构造来看，那声音应该来自炕上。那个炕弯成人字形，其中炕土暴露在外面的一半从外面就可以看到，另一半应该藏在砖堆里。于是小川便决意要看看窗子里面的情况。只要把砖拿掉，把顶住的窗子往里推应该就可以了。那塞住窗口的砖也堆得稀稀拉拉，极为敷衍，只要卸下十四左右，好像就能打开窗子。于是小川开始卸砖，那声音也跟着停止了。”

小川不再阻止，只是喝着酒。平山越听越投入。主人不失时机地给三人的杯中都斟上酒。

“小川一边卸砖一边想，这好像不是为了堵死而塞上的，更像是一个出入口。但是如果有人在里面的话，从外面把砖塞上可真是件奇事。虽然小川心想，手枪就在寝床上，要是带着就好了。但是好奇心不允许他回去，并且如果回去取枪，跟他住一起的人可能会惊醒，想到这里他就放弃了这个想法。小川悄悄地往窗内窥视，发现到处都散乱着粟米杆。粟米杆接触到窗户沙沙作响。这还没什么，在其中还放着一些罐子、篮子一样的东西，在深处的粟米杆里，竟然半埋着一个人。确实是人。那人穿着当地人的浅葱色外套，衣摆处倒翻着，一看是里面衬着带毛的羊皮。那人背向窗户，把脑袋埋进粟米杆堆里，但是背部却一直不停地颤抖。”

小川将杯子拿起又放下，一脸不安。平山越听越起劲儿。

主人在这里故意停下，看了看小川又看了看平山，接着往下讲：

“但是那人却没有辫子，是个女人。一搞清情况，方才小川君脑子里夹杂的危险之念全没了，变成了纯粹的好奇心。这也是有可能的。他大声地对那女人唤道：‘你——’，但是那女人只是一个劲儿地颤抖。小川君便跳到炕上，一把抓住女人的肩把她拉起来，朝向窗户一看，竟是一个不到二十岁的美人。”

主人又停下来，分别看了看二人，然后慢慢喝下一杯酒。“接下来我就简要说。接下来发生的事比起之前发生的，并不稀奇，因为无论是谁，在什么时候，在哪里都会做同样的事。说起来，清国人对发生在自己身上的坏事，也真想得通。要被砍头了，就这么随便地给人家砍，清国女人也可以轻易地占有。当然，小川君的放荡本性肯定也让女人很快地放弃反抗。小川占有了那个女人，但是他开始害怕自己的脸被那女的记住。”说到这里，主人瞥了小川一眼，小川的脸色变得惨白。

“别说了。”小川的声音听起来小而无力。

“好，不说了，不说了。这不已经说完了吗？总之，当地人常常悄悄从那个窗口给女人送食物，女人半夜吃东西，在罐子里方便，结果被小川听见。大概是因为那女的生得好看，不想让士兵们看见，所以藏起来的。之所以还穿着两张羊皮，那是因为即使藏在粟米杆堆里，由于不能烧炕，还是很寒冷的缘故。清国人的忍耐力真是无人能及。总之，好像那个女的从那之后，再也没有从粟米杆堆里爬起来。”主人在说最后一句话的时候，故意放慢了语速。

橱架上那庸俗的金饰台钟“叮”地响了一声。

“已经一点了，睡觉吧。”平山说道。

主客三人先还磨磨蹭蹭好一会儿，但是不知为何，竟然没什么话可说了，于是便一同说睡了吧。因为客人是安置在二楼，于是女主人叫来了女佣。

大家一齐站起来的时候，小川的脚步很是奇怪。

主人对小川说道："你之前说那事发生在旧历的除夕夜，今天正好是七年忌[①]啊。"

小川默默地看着主人，然后跟在女佣后面，和平山并排着上了台阶。

二楼是仿西式的构造，并排着几个小房间。看来这房子修建的时候是计划留宿很多客人。走廊上安装着昏暗的电灯。女佣对平山说："您这间。"说着便指向一扇门。

平山握住门把手说了声："再见。"这声音在小川听来格外冷淡。

女佣快步在前面带路。

"还没到啊。"小川说道。

"是的，那房间里点着暖炉。"说着，女佣把小川带到了走廊尽头的门前。

小川开门进去，发现里面点着煤气暖炉，开着电灯。这并不是真正的西式房间，小川觉得像是以前在地方上中学时的宿舍。那床像是沿着墙壁吊着的架子，下面是抽屉。虽然有暖炉，但枕边放着一个黄铜的火盆，上面架着水壶，旁边放着九谷烧[②]的茶具。小川因为口渴，就满满地灌上一茶壶开水，也不管出来的是不是茶水，立刻倒在碗里一口喝下，接着连穿着的上衣也不脱，一下子钻进了被子。

躺下之后，小川才发现脑仁儿发疼。"啊，这酒劲儿真是怪啊。以前有人说不要醉得分不清左右，要醉得分不清上下。我现在好像就是醉得分不清上下。还有，深渊这家伙竟然把那件事拿出来说，真让人不愉快。这家伙，修了个什么怪模怪样的客厅啊。也难怪，这家伙不是从赌

---

① 七年忌：死后六年整的忌辰。
② 九谷烧：一种瓷器。

场起家的吗？畜生。这被子软软的倒是好，可床真讨厌。像炕，对，完全就是个炕。啊，真讨厌。”小川这样想着，醉意和疲倦逐渐地模糊了他的意识。

小川突然醒来，灯已经灭了。但是屋内还是有些许微光。小川想大概是窗户照进来的吧，于是往窗户望去，结果发现那里一片黑暗。“是暖炉的光吧。”这样想着又往暖炉一看，果然五支矾土的管子并排着，只有下端被火加热到赤褐色。但是那炉火只在炉前半铺草席大小的地板投下黄色的光，与屋内银白色的微光完全不同。小川想不管怎样，把电灯打开，于是从床上支起上半身，却清楚地发现在对面墙上有一些异样的东西。虽不是什么令人恐怖的物件，但是一看到那东西，小川仿佛被人用冷水浇透了全身，不寒而栗。那东西是一张红宣纸，上面写着“立春大吉”。那个“吉”字从中间裂开，就那么悬吊着。小川仿佛受到了暗示一般，再也无法将目光从墙上移开。“啊，那撕裂的红宣纸悬吊着的部分下面，是一片粟米杆。那个女人就仰躺在上面，长发卷乱，浅葱色衣服正面大开，露出了脏成褐色、皱巴巴的内衣。只能看到下颚，看不到脸。我想看看她的脸。啊，看到下唇了。一丝如同红线般的血流正从右边的嘴角流下。”

小川大叫一声，半起的身子向后倒去。

第二天早上，医生、警部[①]、警员都来了，现场非常热闹。到了傍晚，一副盖着被子的架子被人抬了出来。

周围的人纷纷低声议论到底发生了什么，也不知架子上的人是谁。“反正会出号外吧。”有人这么说，但是也没有号外。

人们都迫不及待地看第二天的报纸，然而大概是某家报社提供给大家的稿子吧，刊登在各报上的报道，文字都一模一样。但是，报道的内容极其平凡，没有人不感到失望。报道说：“二十七日晚，从横滨市迁至本市小石川区小日向台町某丁目某号新建宅邸的股票从业者深渊某氏，在家

---

① 警部：警察职级之一，属于中级，位于一般警察之上。

中邀请友人，举办宴会，以庆祝新居建成。因宴会持续到深夜，故留宿一二客人，其中一人系房主好友，住在芝区南佐久间町某丁目某号的某报记者小川某氏，当夜脑出血发作身亡。周边居民皆说，在深渊氏庆祝新宅建成的宴会上竟然出现死者，实在令人惋惜。”

（杨中　译）

栗山大膳

宽永九年六月十五日，筑前国福冈的城主右卫门佐黑田忠之派出的马回们在博多的辻之堂町捕到一个装扮可疑的男子。一搜查，发现他怀中有一封已经封好的信。信是栗山大膳——也就是栗山利章写给居住在丰后国日田的德川家目附采女正[1]竹中重义的。回到城堡里打开信一看，上面写的是告发忠之准备谋反作乱之事。

当时忠之与利章的关系变得非常紧张。年初，参加完前将军德川秀忠的葬礼，忠之回到自己的领地时，手下主要的武士都在箱崎迎接他，但唯有利章一人称病，将自己关在城下的宅邸不出来。因此，忠之在通过利章宅邸时，还专门派山下平兵卫前去代为问候病情，并告知希望他病好之后立刻回来履职。之后，忠之也多次派人去探望，并找来给利章治病的医生鹰取长松庵询问病情。但是从派去的人和医生的回复来看，好像利章不是什么重病。于是六月十三日，忠之让黑田市兵卫和冈田善右卫门两人去利章府上，告诉他："又不是病得走不动路，即使找人牵着也得出来。"利章回答道："目前还走不了，痊愈之后必将前来侍奉。"忠之马上又派黑田、冈田二人再次前往，告诉他："即使中途眩晕也请一定坐车到城门来，如果还是不来，那我就亲自过去面见。"利章又答复道："无论如何只要没有痊愈就不能出门。"忠之向前去探望的两人询问利章身边有多少仆从，

① 采女正：武士职务，采女司的长官。

有无武器。二人回答："仆从大概二十人左右，前后左右地围着我们，武器也是拿出来的。"忠之在城内带地炉的房间听取了二人这番陈述后，仿佛下定决心似的，吩咐道："总之我们先去栗山宅邸，你们做好准备。"说完便进了里间。诸位武士便各自差人回家去取武器。传闻一下就在城下扩散开来，番头组[①]的人和年轻武士们逐渐开始往利章宅邸前聚集。这时，老臣当中有当时自称道柏的井上周防之房和小河内藏允两人，他们拉住忠之的袖子谏言道："这样的行动太轻率了，如果让江户那边知道了怎么办。利章就交给我们想办法处置。您让他切腹，我们就让他切腹。"忠之逐渐平静下来。井上、小河二人接着进行第二步，提出任何人都不得到利章那去，并且让已经到了利章宅邸前的人，立刻撤回到利章的姐夫——当时自称睡鸥的黑田美作的宅邸以及对门的评定所[②]。第二天十四日，井上、小河将城内之事告诉利章。利章立刻剃发，并将妻子和次子吉次郎送往城堡当人质。人质暂时由利章的外舅黑田兵库负责看管。利章写给德川家的目附竹中的密信落入忠之手中，便是次日的事情。

忠之和在城堡内服侍的众武士，都对利章写出这样的东西感到意外。不用说，忠之当然没有对德川家心存忤逆之念。当时诸大名常常担心的便是自己明明没有异心，却被逮住某件事作口实，被幕府当作有异心者。庆长十四年，佐渡守藤堂高虎率先把自己的妻儿送到江户，以此为开端，到了元和元年大阪城被德川家康攻破之际，黑田家也由忠之之父黑田长政将自己的夫人保科氏，另加长女阿德、次子犬万、三子万吉三人，一齐送往江户为人质。保科氏现在和当今将军之妻久松氏一起居住在江户。这也是想方设法向德川氏说明自己没有异心的手段。

此外，诬告没有异心的忠之意图谋反的人是利章，这令忠之和周围的人都大为震惊。好像现在忠之和利章的关系紧张到了极点。事态再发展一下，忠之大概就会命令利章切腹，主从间的斗争竟激化到了这个地步。

---

① 番头组：负责警卫和其他事务的组织。
② 评定所：专门供君臣集中开会决议的会场。

从忠之来看，那老头儿再是功臣，恃功欺人实在无法原谅。同时从利章看来，主公再怎么聪明，也不该瞧不起这个连续服侍了两代主公的老人。因此，两人才产生了冲突。这个忠之虽然憎恨但还是忌惮、其他人既忌惮又尊敬的利章，为什么要陷主公于不实之罪呢？这一点谁都搞不明白。

利章的密信不光让忠之的家臣们吃惊，还让主从们都非常害怕。为什么呢？因为在写忠之图谋造反的那封信里，除了正文外，还写着附言。附言说，为了保证能送到收信人手上，写信人同时写了两封，让两人拿着，沿着不同的路线送去。这样看来，黑田家不过是偶然截获了一封，另一封可想而知，应该已经顺利抵达日田的竹中手里，竹中已将它送往江户的德川家。忠之虽然在气头上，但他已经略微察觉到，本来杀掉像利章那样的有功家臣，就可能会被德川家以治家无方处罚。现在这封信已经到了江户，利章更是杀不得的人了。为何这么说？因为除了和恶意诬陷的利章展开正面对决外，再没其他洗去冤罪的办法。

利章之父栗山利安是素播磨的赤松氏的旁支，小时又名善助，中年称四郎右卫门，之后便自称备后。天文二十年生于播磨国淡河城，永禄八年十五岁时，侍奉同一国姬山城主黑田官兵卫孝高。永禄十一年，孝高的嫡子松寿出生后，便做了幼主的侍从。孝高就是忠之的祖父，之后名为黑田长政的松寿便是忠之的父亲。

天正六年，荒木摄津守村重据守摄津国伊丹的有冈城，反叛了织田信长。当时孝高来有冈城劝降村重，被村重活捉。利安和之后改姓但马的母里太兵卫友信、之后改姓周防的井上九郎次郎等，轮流装扮为商人模样，在孝高被关押的牢房旁徘徊，保护主公。其间，利安还说服了伊丹街上的银商帮忙，在黑暗中骗过了守卫，从牢房后面的水池泅入牢中，与孝高会面。翌年十一月，龙川左近一益攻陷了有冈城，利安在守卫逃走之后，打破牢锁，救出孝高，把他带往有马进行温泉治疗，终于，孝高的腰腿又恢复了硬朗。

天正十年，信长为日向守明智光秀所杀，孝高父子便跟了木下秀吉。

在天正十五年，孝高做了丰前国六郡之主，此时利安也分得了领地。天正十七年，孝高隐居，号如水轩圆清，黑田家便迎来了甲斐守黑田长政的时代。利安之妻森尾氏生下嫡子大吉，是那之后第二年的天正十九年正月二十二日，这个大吉就是之后的大膳利章。文禄元年攻打朝鲜时，长政带利安、友信出征，孝高之后作为丰臣秀吉的使节，被派往京城。

庆长四年，德川家康为攻打会津的上杉景胜而下关东时，长政就在军中，出发前将利安、友信以及之后改姓织部的宫崎助太夫重昌三人叫到位于大阪天满的宅邸，进行了详细的指示。指示说：在他不在时，如果丰臣家发生变乱，在没有被抓进城堡当人质的时候，要赶紧带着母亲和妻子往中津川逃；在变乱未起时，不可提前逃走；在逃不了的情况下，也不能让他的母亲和妻子落入敌手；利安与友信负责挡住敌人，重昌负责留在女人身边，如果已经无路可逃，重昌就先杀两个女人再自杀。果然没多久，治部少辅石田三成从佐和山城出发，将己方的大名聚集到大阪。利安等将四十八岁的孝高之妻栉桥氏和十六岁的长政之妻保科氏包在稻草袋里，装进担子里，凿穿浴室墙壁下端运出，由装扮成商人的友信担着，穿过宅邸背后河边繁茂的芦苇丛，悄悄送到进出天满的商人纳屋小左卫门那里。这是为了不让丰臣家的那些目光锐利的看守找到。纳屋将两位夫人藏在了内库，并且为了应付搜查，主人小左卫门将卧室的地板按照草席的幅度一块儿块弄穿，在地板下铺好草席，以便人员可以从仓库转移到这里。接下来，小左卫门夫妇亲自悄悄给两位夫人运送食物，不让仆人们发现。小左卫门的家由重昌加以保护，友信在旁边的房子观察动静。

过了两三天，利安去纪伊守东条的宅邸打探消息，说话间就有人来报，说有很多兵马来到了黑田宅邸。“这真是出乎意料，到底有什么内情，您知道吗？”利安一边向主人纪伊守问道，一边观其颜色。利安想，万一有什么，先杀掉纪伊守再回去。但纪伊守说一概不知。利安马上策马返回天满。黑田宅邸什么事都没有。这时，郡主马宗保的密使前来报告说马上有兵马赶到。不久，骑马武士五十人和徒步[1]六百余人，带着两百支火枪

① 徒步：低级武士，无骑马资格。

包围了黑田宅邸。来人的首领问利安，两位夫人可在？利安回答说两人都在。来人便留下定番[①]撤走了。接下来，从城堡来了使者，说要派曾见过夫人的人过来，请安排夫人会见。利安以武家的女人岂可任由别人辨认为由拒绝了。使者说："其他大名的夫人都要接受辨认，请安排在暗处让我们辨认。"利安说："要同意了这事，我回到甲斐守的府上，不知要遭受何等处罚。不过这也是没有办法，那我就在暗处让你们辨认吧。"辨认人来了。一个女人曾见过栉桥氏年轻时的长相，另一个曾见过保科氏十二岁时的长相。宅邸中有一个出生在信浓的侍女，她是小笠原内藏助的女儿，长得正像现在年龄的栉桥氏，于是利安便让她睡在蚊帐中，然后让她同是侍女的女儿坐在蚊帐外和她说话，然后带着两个辨认人来到隔了一间远的地方辨认。所幸辨认人回去报告是两位夫人无疑。

利安等开始谋划如何让两位夫人逃走。在黑田家负责漕运的人当中，有一个播磨国家岛的船老大叫梶原太郎左卫门。他们说服了这个太郎左卫门，让他备好了船。但丰臣方面已经在福岛下、传法川和木津川分流处，设立了船哨，防止诸大名的夫人们逃跑。所谓船哨，就是转载着武装士兵一百人的大船和两艘小船。利安等一直在寻找船哨的空隙，但怎么也没找到突破的手段。

忙碌之间已经到了七月十七日。德川那边的诸位大名夫人被当作人质送进了大阪城的本丸[②]，丰臣家首先派了很多士兵前往离城堡最近的越中守细川忠舆的宅邸。他们把细川家家老的拒绝置若罔闻，冲入了宅邸。细川夫人明智氏说被掳进城堡抛头露面很是耻辱，并且不能成为夫君侍奉德川家的障碍，因此自刃。家臣小笠原备前、河喜多石见等关门死守，最后放火切腹。丰臣家吃了教训，便不再打算把诸大名的夫人弄进城堡里。

利安等预先派出小船在福岛的上游监视船哨的情况，结果发现船哨上的士兵看到细川宅邸烧起来后，派了很多人乘小船往火灾现场赶去。得

① 定番：武士职务，一定时期内，担任城堡等的警戒。
② 本丸：城堡最中心的城楼。

到这一情报，利安等连忙把两位夫人装入大箱，从纳屋家的后门乘小船而出。友信让人拿了他那支长枪。那把枪的枪尖有两尺六寸多长，青贝色的枪柄则长达七尺五寸二分，枪头插入熊皮做的锥形枪套中。另外还选了十五个精壮青年，和他一起护卫小船。小船来到船哨前，太兵卫[①]腋下夹着长枪，求见之前相识的负责检查船只的关卡头目菅右卫门八，说自己要乘船去乡下办点儿事，希望检查船只。右卫门八知道友信身材伟岸，力气极大，所以心里打起了退堂鼓，便说不用检查。于是小船沿传法川而下，把夫人们转移到之前安排在此等候的太郎左卫门的船上。其时，还有个服侍保科氏的叫阿菊的侍女从宅邸逃出，追随主人而来，于是便把她也载上了。这条船在友信的保护下，顺利地于第四天抵达了中津川。重昌则是沿水路去往和泉国边境，在那里乘船，利安则沿陆路到了播磨的室地，再从那里乘船返回中津川。隐居的孝高入道[②]如水[③]察觉到大阪的情况不妙，派出母里与三兵卫乘船从中津川出发前去迎接两位夫人，但是未能如愿。在大阪天满的宅邸中，四宫市兵卫正在拼命找借口搪塞丰臣家的官差。之后，梶原助兵卫带着主计头加藤清正的夫人，同样逃出了大阪。他们也到了中津川，暂时寄居在夫人之兄梶原八郎太夫的家里。如水给加藤夫人赠送衣物，并派跟随保科氏一同回来的侍女阿菊一直陪他们回到熊本。

第二年的庆长五年，长政凭着关原之战的功绩，获得了筑前国的封地，在年末第一次进入了粕屋郡的名岛城。庆长六年，长政与暂时上京后返回的如水商量，在当时属于那珂郡警固村内的福崎建了城堡。那里现在是筑紫郡的福冈。当时一同建造的还有周围六座附属的副城，其中位于上座郡左右良、鞍手郡高取、远贺郡黑崎的城堡分别交给了利安、友信、之房管理。庆长七年十一月，在福冈城的东丸[④]，长政的嫡子忠之诞生了，小名万德。因为本丸所在地原是供奉警固大明神的神社的旧地，所以要避血

---

① 太兵卫：即友信。
② 入道：指皈依佛门的人。
③ 如水：黑田孝高出家后的号。
④ 东丸：城堡中的东楼，以下类推。

污，这也是将产所设在东之丸[1]的原因。庆长十一年生下了长政的长女阿德，十五年生下了次子犬万，十七年生下了三子万吉。犬万就是之后的长兴，万吉就是后来的隆政。

庆长十九年到元和元年间，大阪发生了丰臣氏之乱。在庆长十九年冬的大阪之战期间，长政镇守江户，十三岁的忠之患伤寒未愈，却硬从福冈上来。长政下面有利章，就由利安从江户回福冈去镇守黑田家的领地。元和元年夏天的大阪之战期间，长政从江户、忠之从福冈向大阪进发。利安留在筑前，利章做忠之的助手。攻陷大阪城之后不久，保科氏就带着阿德、犬万、万吉三人迁往江户了。

德川家康在骏府去世的元和二年，黑田家又诞生了长政的三女儿阿亀。到了元和八年，将军德川秀忠将甲斐守久松忠良十七岁的女儿收为养女，许配给了忠之。元和九年，秀忠将将军的职位让与家光。秀忠父子前往京都觐见之前，让长政先从江户出发。五十三岁的长政带着忠之，到了二条城，因膈噎[2]之疾去世。长政将遗言告诉了利章和小河内藏允，之后遗体被运回领地，在箱崎的松原火化。当时，三十三岁的利章扶着棺木的前部，二十二岁的忠之扶着棺木的后部。利安在长政去世后，以七十三岁高龄剃发出家，自号一叶斋卜庵。

有着这样关系的忠之和利章为何会争斗得你死我活？原因不在于利章变了，而是忠之变了。

忠之年富力强，一跃成为五十二万两千四百一十六石的大名，本身又天资聪明，就想摆脱老臣们的掣肘，独立操持国政。要达成这个目的，需要找到能像自己手脚般运用自如的侍从。正好前些年在中津川招纳的足轻头[3]仓八长四郎的儿子中，有个非常伶俐的孩子叫十太夫。忠之便把他提拔到身边，逐渐委以重任，在短时间内多次增加其俸禄。忠心的家臣为此深深地为主家和领国感到担忧，怯懦的家臣则十分惧怕和忌惮十太夫，

---

① 东之丸：东边的副城。
② 膈噎：旧时病名，一般认为是胃部或食道肿瘤所致。
③ 轻头：即低级步卒首领。

奸邪的家臣更是想靠十太夫中饱私囊。

但是先主长政在临终时交代给利章和小河的遗言中，规定了万般国事，都要找利章、一成、内藏允这三大家老商量，重要的事情须告知一应之房和利安两隐居后再做决断。于是在长政去世后的第二年，宽永元年四月，三大家老写下一份请愿书呈给忠之。主要有以下五点：第一，表明自己对忠之绝无忤逆之心；第二，无论何人，只要三人认定其背叛忠之，危害领国，就会向忠之禀告，请求处置其人；第三，如果有人离间三人，一定要互相辨明真相，以正视听；第四，三人如同亲兄弟般团结；第五，三人中若有人遭遇谗言，三人意见一致后告知忠之。现在这个受到主公异常提拔的十太夫是个看不透心底的人物，三大家老担心他会不会是上面第二点提到的那种人，因此早晚都对其进行着监视。

不过，十太夫在政务操持上并没有明显瑕疵。利章三人最早能注意到的，仅仅是之前有些应当自己经手的政务，渐渐在自己不知道的情况下就被定了下来。忠之和他的手下直接处理的事务，首先是那种可有可无、琐碎无聊的小事，不知不觉间就扩大到了有些重大的事情。利章三人之后向那些做事的人问起为何不找他们商量，他们便回答这样不碍事，或者没注意到。这样的问答发生过很多次，利章他们最后决定采取主动追踪的策略。

利章三人认为这是一件困难的工作。每当他们告诉忠之事务的手续有错时，忠之便说不碍事，或没注意到。利章三人无论是对下纠正还是对上反映，都没有收到任何效果。

利章三人开始思考应该在什么时候、采取什么方式除此恶弊。不用说，此恶弊和无时无刻不在主公身边侍奉的新人十太夫脱不了干系。但是不光十太夫没有明显的瑕疵，连政务上也没有明显的过失。利章他们只是本能地感到形势正在发生改变。

首先可以看到政务普遍懈怠。忠之升堂办公迟到的情况变多了，回到内宅的时间变早了。因此，官员们也变得晚出早归。忠之在江户参勤时也不改这个毛病，登城参见将军迟到，又提前退出。连从领国到江户来的使者，以及派到丰后德川家目附的使者，比起之前，也较预定的时间来得晚了。

接下来可以看到，很多事情都是之前轻率决定，之后慌忙改正。最极端的一个例子，就是委任去江户的使者，先是安排森正左卫门，接下来又换成月濑右马允，然后又是元之森，最后才确定为坪田正右卫门。在人事上也是，昨天还委以重任的人，今天突然就惹了主公不高兴。

其次还可以看到，正事办得极为敷衍，而各种游乐以及类似游乐的事情，却进行得生龙活虎，并且还为此制定了很多严密、细致的规定。比如频繁派急使召唤猿乐[①]艺人，放鹰狩猎时，猎场甚至禁止路人通行等等。并且忠之在从江户回来途中，在兵库下榻时，居然还招来娼妓，也不怕坏了名声。

接下来还可以看到奢靡之气。用具和衣服日渐豪华，每日的饮食、菜单也日益复杂。

然后还可以看到葬祭吊唁时的礼仪变得极其马虎。宽永三年九月十五日，被称作大御台所的前将军秀忠的生母——织田氏达子去世，忠之不但没有斋戒，反而还出去放鹰打猎。在家康的忌日、孝高的忌日，他都没有斋戒。从江户回来，也不去孝高和长政的灵殿参拜了。

虽然目前可以看到如此多的问题，但都不是重大的问题。不过任由这种形势发展，什么时候出了大事也未为可知。利章三人想，得找个机会和主公好好谈谈。

这时，连续出了两件事，一件是无罪之人遭受惩罚，一件是有罪之人逃脱惩罚，两件事都和十太夫有牵连。一件事是一位博多的町人[②]拥有一副浮世又兵卫画的屏风，十太夫想要，便派仆从强夺，之后更把欲讨回屏风的町人打入大牢。另一件事是志摩郡抓获一个偷盗农民财产的罪犯，但知道他是十太夫小妾的哥哥后，就把他放了。

利章终于下定决心，他和一成、内藏允商量之后，亲自提笔写下谏书。分门别类，引经据典，总计写成二十五条。“裁判不公”作为促使他

---

① 猿乐：古代的戏曲杂耍活动。
② 町人：旧日本身份等级的一种，多指商人。

下决心提笔的近因被归入了赏罚不明的这条。谏书的重点没有放在弹劾十太夫，而完全放在让忠之反省上。誊写之后，便请之房道柏、利安卜庵过目，那天是宽永三年十一月十二日。道柏、卜庵立刻在谏书后署名，交给小林内匠、衣笠卜斋、冈善左卫门三人，委托他们呈给主公。

忠之读到谏书大为光火，认为这完全是对十太夫的嫉恨和故意挑刺。从文章中的引经据典来看，立刻明白是利章所作，因此忠之的怒火完全发在了利章身上。虽然他想把利章招来痛骂一顿，但是转念想到利章不是一个能默默听着、不做反驳的人，因此与其听那老家伙不近情理、令人不悦的话，倒不如就这样置之不理。

利章就不用说，甚至道柏、卜庵两人都以为忠之会对此做出什么处分，所以一直在等待，然而却完全看不出有什么迹象。政务机构的运转还是老样子，十太夫看来还是那么长袖善舞。与前日里不同的，只有忠之每次见到利章便背过脸去。谏书只起到了这个效果。

忠之固执地坚持他对利章的冷脸，利章也固执地隐忍以报。在这期间，于宽永四年去世的孝高夫人栉桥氏的服丧期也满了。

翌年的宽永五年，忠之说每次去江户参勤都要在大阪和邻国之间航行，所以让人造了一艘叫宝玉丸的大船。这次他也让十太夫随行，还在没有告知江户幕府的情况下，私自带了足轻三百人。谏书所举出的骄奢，最终没有限于衣食用具，变成了营造大船、多带夫卒。利章早已看不下去，不顾一成、内藏允等的劝留，推说有病辞掉了家老一职。忠之当场就准了。利章默默地从城下的宅邸搬走，住进左右良的别邸便不出来了。

忠之只当自己清除了一个大麻烦，但是一到宽永六年，将军家就早早派来大炊头土井利胜劝告忠之道："黑田家家臣栗山父子本应辅佐年轻主公，虽然即将八十的备后可免，但大膳闭户不出则不合适。还望让他出来做事为宜。"忠之不得已只得命令利章继续做事。

利章虽然时隔很久重拾政务，但忠之还是一如既往地不正面看他，与辞职前的状态毫无两样。对于将军家钦点的利章，忠之虽然没有任何办法，但是以前就抱有的厌恶感非但没有消失，反而更强烈了。

双方因为对方而不快的紧张关系持续着，在宽永八年八月十四日这天，利章的父亲卜庵在左右良的别邸中安详逝世，享年八十一岁。那时，十太夫终于也加入了家老行列，俸禄为九千石，以及实收三万石的封地。不用说利章，一成、内藏允、井上内记等也纷纷向主公谏言，无论十太夫多么能干，这种没有经过岁月磨炼的人不适合作家老。但忠之就是不听。

不久，忠之说道："家老家中怎么可以没有宝贝？"便把家康在关原之战中赐予父亲长政的铠甲给了十太夫。利章听了之后，亲自到仓八的宅邸中，将那铠甲收走。这么大的事情利章竟然事先没有告诉忠之。忠之虽然愤怒，但还是什么都没对利章说。

时间已到宽永九年，前将军秀忠身故，忠之出席了江户的葬礼后回到领国。利章到底出不出来履职的争斗激烈化，忠之打算亲自去利章宅邸的事就发生在这个时候。原本利章与忠之都是能忍的人。但忠之在这时，气得失去理智是另有原因的。秀忠去世是在正月二十四日，二十六日夜举行前往增上寺的送葬活动，二月二十二日天皇的敕使离开，二十六日举行遗物分赠仪式。之后三月十一日，忠之获准离开江户。忠之到达领国的四月，正好是邻国肥后发生大事件的那个月。

四月十日，江户永田町的室贺源七郎正俊拿了一封匿名信到宅邸来。信里写的是肥后国熊本城主肥后守加藤忠广的叛逆之心云云。因为正俊的岳父井上新左卫门一向和土井利胜是老交情，所以就把这事告诉了利胜。利胜便命令正俊搜捕拿匿名信来的男子。十四日，在麹町土桥将那个男的逮捕后发现，此人竟然是忠广的嫡子丰后守光正的家臣前田五郎八。将军家光去日光参拜，队伍正停驻在下野国的宇都宫，于是利胜马上派正俊去宇都宫告诉家光。于是，丹后守稻叶正胜作为幕府使者出发去了熊本，忠广被招到了江户。正胜去熊本途中，因为要经过筑前国远贺郡的山鹿地方，正好回领地不久的忠之便从福冈派去了迎接的使者。正使是十太夫，副使是黑田市兵卫。与十太夫同去的队伍是新组建的足轻两百人及徒步众、火枪兵等共计三百五十人，市兵卫一行上下仅三十八人。十太夫他们到达山鹿，等候在正胜下榻的馆舍时，正胜说道："仓八十太夫的名字听都没听过，黑田市兵卫是正统门第，听说过。把黑田给我领来。”于是十太夫虽为正使，但没有谒见到幕府使者便回去了。福冈博多的町人们早就对十太夫的专横怀恨在心，每次聚在一起便说发生在山鹿的这件事。听到了这传闻，忠之的怒火比读到利章等的谏书时还烧得旺，命令有谁再敢议论山鹿之事，一经发现立刻正法。不久，到处都有町人被斩。在博多网场町站着说话的两个人，一个被杉原平助所斩杀，一个跑掉了。在福冈吴服町围在一起说话的三个人，一个被坂田加左卫门斩杀，另外两个逃掉了。同样在唐人町说话的两个人，被滨门太左卫门杀掉一个，另一个跑掉了。町人们全都怕得发抖。加藤家的事件虽查明是光正诬陷父亲，但父亲忠广因为曾将一个没向德川家报告就生下的两岁庶子某带回领国，在六月朔日被贬为平民。事件至此才告终。

忠之愤怒得几乎要亲自赶往不出来履职的利章的宅邸。之所以他会如此愤怒，大概也有兴奋的原因吧。这兴奋来自于为了报宠臣十太夫之耻而屠杀福冈博多町人的行为。

宽永九年八月二十五日，德川家的使者来到了忠之领地，传达了让他去江户参勤的命令。忠之这才有种如梦初醒的感觉，带着一成、内藏允离开了福冈。到了江户附近打听，知道了幕府的旗本[①]、铁炮头[②]等数十人在品川口等着他，好像要将忠之带到品川的东海寺。忠之提出即使免不了身死，也尽量想在本邸[③]了结自己性命。因此内藏允想了个办法，让少量人员将忠之的轿子围起来，各自拿着一支直枪，于夜间子时从神奈川出发。一行人在夜间穿过了品川地区，到达了位于樱田的本邸。天亮之后，一成、内藏允张罗起黑田家的队伍，刚走到品川口，从哨卡就过来一个使者，告诉他们：“对马守阿部吩咐，有事要请黑田大人，请先到东海寺落

---

① 旗本：幕府的直属武士。
② 铁炮头：火枪队首领。
③ 本邸：参勤大名平常在江户居住的主要宅邸。

脚。”内藏允回答道：“右卫门佐阁下[1]因为十万火急的召唤，已经先带着一部分人夜间赶到府内了。”

不一会儿，老中的使者来到了樱田宅邸，说想让忠之去涩谷的长谷寺。忠之也说不出有什么可疑之处，便回答无论怎样，希望留在本邸，于是使者就这么回去了。接下来，尾张家[2]的隼人正成濑正虎、纪伊家的带刀安藤直次以及丰后守龙口来访，要求会面。这三人平时都与忠之交好，终于说服了忠之往长谷寺去了。

同时，从江户的本邸，一匹快马赶回福冈。当急报传来时，留守的家老、物头[3]、各位武士都聚集在福冈的城堡里，展开决议。决议结束后，各组头将分别传达给部下。决议时有人说诸武士中若是有人想交出城池跑路，那他随便跑好了。若是想以城为墓，光荣战死，那就做好准备。然而，诸人中无一人说要跑路。于是他们便决定把妻儿都接进城堡，在战斗中一齐战死。防守作战的区域划分为赤间口、亩町、金出口、金出宿、宰府口、比惠原、岩户口、三濑越、唐津口、生松原、船手以及城内。负责赤间口的有井上内记、黑田兵库、黑田市兵卫、小河缝殿助、小河织部、久野四兵卫、小河专太夫；负责亩町的有井上监物、吉田一岐、伊丹藏人、高桥忠左卫门、小河长五郎；负责金出口的有野村右京、加藤图书、村田出羽、毛利又右卫门、久野外记、喜多村绿之丞、加藤弥三之丞；负责金出宿的有黑田监物、黑田平吉、林扫部、村山角右卫门、野口左助、喜多村勘解由；负责宰府口的有毛利左近、月濑右马允、衣笠因幡、大音六左卫门、菅勘兵卫、吉田右马太夫、长滨九郎右卫门；负责比惠原的有野村市右卫门、明石四郎兵卫、黑田总兵卫、斋藤甚右卫门、野村初右卫门；负责岩户口的有佐谷五郎太夫、松本能登；负责三濑越的有大塚权兵卫、小林内匠、竹中主膳、浦上三郎兵卫、菅弥一右卫门、黑田半右卫门、冈田左卫门、郡右卫门、莳田源右卫门、大音安太夫；负责唐津口的

---

① 右卫门佐阁下：即忠之。
② 尾张家：和后面的纪伊家都是德川将军家的旁系。
③ 物头：各足轻队的队长。

有郡正太夫、斋藤忠兵卫、吉田久太夫、毛利吉右卫门；负责生松原的有郡金右卫门、松下源助、喜多村太郎兵卫、长濑新次郎、栉桥七之丞；负责西北船手的有松本吉右卫门、松本主殿、松本善兵卫、松本治右卫门、吉田孙右卫门；负责城内的有衣斐伊豫、花房治右卫门、竹森新右卫门，另外还有隐居、二男、三男等。大致就是这样的安排。

在江户，十一月十七日，忠之被老中叫去西之丸。老中告诉他，幕府已经确认他在家臣任用以及往肥后派遣使者等事情上有过错，接下来应该会展开审问。到了傍晚，听说成濑病了，安藤前来慰问。到了晚上戌时，忠之也去看望。十九日，忠之被允许返回本邸，但他对本邸有所忌惮，就住到了弟弟隆政所在的麻布地区的下邸①，隆政便搬到街上的长屋去了。

宽永十年二月上旬，忠之前后三次被叫到西之丸接受老中的审问，中间只隔了两三日。老中问到了利章告发的图谋叛乱一事，忠之做了合情合理的辩解。在开始接受审讯之后，忠之还专门放低姿态，又住进了长谷寺。

其间，采女正竹中带着利章从九州来到江户。于是，二月二十四日这天，在土井胜利的宅邸，利章和十太夫等的对决开始。作为见证，扫部头井伊直孝、雅乐头酒井忠世、赞岐守酒井忠胜、下总守松平忠弘、信浓守永井尚政、青山大膳亮幸利、板仓周防守重宗、丹后守稻叶正胜、尾张家隼人正成濑、纪伊家附安藤带刀、大目附但马守柳生宗矩、修理秋山亮、河内守水野、民部加加爪等人列席利胜左右。从大目附席隔开一间距离的地方，一边坐着采女正竹中和利章，一边坐着一成，接下来还有十太夫。

在大致调查的时候，利章说："关于谋反，我只是略微得知就报告了。但是要想了解谋反一事的肇因，那么就请好好调查早前我写的谏书上的事情和之后发生的类似事情。"说完就不再发言了。一成、十太夫则说："说

① 下邸：大名在江户的备用宅邸。

主公右卫门佐谋反完全是毫无根据，不知利章为何要诬告。”接下来，两人就忠之之前被认定的种种过错，接受了老中们事实上的讯问。

此间，黑田监物被叫进来，讯问增加足轻人数的事情。

接下来，内藏允也被叫入。他是不请自来的，因此幕府的官员们并没有发话问他。内藏允向官员们行礼后，也向平常一样对着利章点头致意，然后开始了如下陈述：“右卫门佐并无谋反之意。为何利章要如此告发实在可疑。利章出生的时候，前任主公筑前守长政专门给利章的父亲利安送去护身符、短刀、襁褓和酒肴。他是亲自拿到利安府上，然后利安也是光着脚把长政送到了门口并道谢的。在利章长大之后，也一直受到筑前守的关爱。这就是为什么利章会告这个状的原因。”内藏允流着泪说道。接下来，他又说：“假使右卫门佐真有谋反之意，之房道柏不可能不知道。”说完，便起身把接下来准备进来的道柏领到了官员们的面前。

道柏向一众行礼后，突然走到利章面前蹲下，说道：“我道柏要坐这里，你退下去一点儿。”利章说：“您请坐。”但是没动。道柏又说道：“右卫门佐大人快要入座了，你不让一下吗？”这时，利章便退下一间左右距离。道柏坐在了利章的上位。

道柏与内藏允一样，今天都不是由幕府唤来的。但是利胜和道柏曾经见过，因此便和他说了话。接下来直孝问道：“你是淡路的父亲吗？”道柏答道：“是的。”直孝和道柏的嫡子相识。

道柏对着利章说：“我和你父亲卜庵是朋友。卜庵一生都不说谎，你比你父亲差远了。”利章回应道：“您不懂，因为您不知道最近发生的事情。”

接下来，道柏转向官员们，开始陈述道：“天下是以武取得，以文治理。右卫门佐如想叛乱，不可能不与有战争经验的武士商量。黑田家中，刚才的一成可谓老功臣了。内藏允、监物也上过两三次战场。我自己也略有经验。那么，谋反前应当与之商量的家臣首先便是这两三人，而利章确没有参加过像样的战斗。右卫门佐的企图只有利章知道，而我们不知，这就是说明其并无谋反之意的证据。如果说因为右卫门佐年少、治国无方而被没收领地，我们毫无办法，但是请一定要洗清这个冤枉的罪名。在关原之战中，神君[1]握着筑前守长政的手说：'靠了你的功劳，我才达成了愿望。德川家将永远不会对黑田家不管不问，直到末代。'这件事在座的土井大人、井伊大人、酒井大人应该也知道吧。"

一成、内藏允都就道柏的辩解表示赞同。至此，道柏、一成、内藏允三人便获准退去了。利章也被政虎命令退去了。

过了两三天，忠之被老中叫到西之丸听取判决。判决说因为忠之治理无方，没收其筑前国的领地。但念其祖父以来的战功和本人的诚意，重新将筑前国封给忠之。傍晚时安藤直次来信说希望他以平静的心态接受判决。忠之当晚回到了麻布的宅邸。

三月初，利章被叫到直孝的宅邸。利胜作为见证人也来了。忠世及其以下的出席者都与之前在土井宅邸一样。利章坐了下来，他并没有带刀。采女正说道："利章谏书中所言政务操持方面的种种情况和其他告发内容基本属实。但说右卫门佐意图谋反等等则是极端的诬陷。"因此，要利章清楚地解释为什么要做这样的诬告。利章回答道："幕府能够认可我的谏书和其他的告发属实，不胜欣慰。之所以要说右卫门佐谋反是为了阻止右卫门佐将我处死。如果我在领国被处死了，自己的犬死毫不足惜，但右卫门佐大概会不经调查，被直接没收领地吧。采取这条计策虽然也有所顾虑，但也算是一种战术。"在座的官员们听后，脸上露出了感动之色。

又过了两三天，利章再次被叫到直孝的宅邸。见证人和之前一样，但多了一位山城守南部重直。松平忠弘对利章说道："这次右卫门佐因为治理无方被暂时没收了筑前国的领地，之后念其先祖功绩和本人的诚意，又重新将筑前国封给了他。现因诬告一事，将你交给山城守南部看管。"利章说："遵命！"接着跪伏着往后迅速地退下三四张草席的距离，他两眼噙着泪说道："在下不胜感激。"重直从座位上探出身来告诉利章，阁下仍然可从公家领取一百五十石的扶持，并且往盛冈方向，可以在两三里的

① 神君：即江户幕府开创者德川家康。

范围内自由步行。利章再次致谢。

同时，正虎和直次来到了麻布的宅邸，面见了道柏、一成、内藏允、监物、十太夫，正虎说："这次右卫门佐大人在裁判中胜出，实在值得庆贺。但是万一右卫门佐大人被判处流放到某地，那诸位该怎么办？希望诸位告诉我。"道柏想了一会儿，说道："如果上意果真如此的话，那么我们所有家老便一同归隐，继续侍奉他。"正虎问："大家果真这么想的吗？"一成等说："无异。"正虎说道："诸位实在令我钦佩。黑田家的家老们真是好样儿的。"说着便离席而去。正虎他们此行的目的，是在领国准备抗击幕府，据守福冈城一事还没有成为非议对象前，预先求得家老们的誓言。

又过了两三天，十太夫被叫到了安藤家。直次让正虎与他会面，劝他剃发去高野山出家。十太夫诚惶诚恐地答应了。

五月八日，忠之拜谒家光。于此德川、黑田两家的关系复好。忠之在五年后的宽永十五年，于岛原之役立下战功，两年后受封了长崎藩。从那时起，原来一直是到平户的荷兰船就开始来往于长崎。

而在之前，宽永十四年岛原之乱爆发的时候，十太夫离开高野山加入了耶稣教徒的队伍，在原城陷落时于乱军中战死。

利章迁到陆奥国岩手郡盛冈城下时，已是宽永十一年三月末。南部家为迎接他，在广小路兴建了豪华的宅邸。

两年前的六月十四日，是利章看来心惊胆战的日子。那天他从福冈的宅邸将老婆和次子吉次送到主公家当人质。然后写了两封给采女正竹中的检举信，一封让熟练的送信人从小道往日田送去，另一封让一个会被他人怀疑的、装扮可疑的农民拿着，从市中送去，故意让巡检的差人抓住。利章在采取这最后的手段前，分头让人收拾了城下的宅邸和左右良的别邸，将重要的东西都一一处理了。其中有德川家康于庆长五年九月十九日写给长政的书函，上面写着这么一句："如今天下平定，诚乃公之忠节故云云，对待贵公子孙，必将永不疏略。"利章将这书函交给了梶原平十郎景尚，并告诉他，这次的事件可能关系到黑田家的兴衰。如果出现那种情况，请一定把此函带去江户，讲给土井、井伊、酒井三位阁老。景尚的父亲官藏景次是播磨国高砂的城主骏河守景则和孝高之母的姐姐明石氏间的儿子。这个景次娶了尾工氏，生下了景尚。尾工氏的父亲叫安右卫门，是孝高的妹夫。安右卫门战死后，未亡人黑田氏当了尼姑，尾工氏便做了孝高夫人栉桥氏的侍女，其间被孝高玩弄怀了孕。景次奉孝高之命娶了她生下了景尚。这景尚实际就是孝高的私生子，长政的弟弟以及忠之的伯父。虽然这封书函最终没有用到，但是于后明和五年，从栉尾家被归还到了筑前守黑田继高的手中。

忠之在被召到江户去的时候，利章委身日田的竹中官邸。在决议前，由竹中带去了江户。

利章出发去盛冈的时候，带着嫡子大吉和利周。作为仆从跟随的有仙石角右卫门、财津大右卫门等历代侍奉者数十人。寄托在福冈黑田兵卫宅邸的利章之妻黑田氏和次子吉次郎，之后获赐五百石的扶持。

利章到达盛冈是四十四岁，还很健康，因此纳山内氏为妾，之后生下一个女孩儿。

忠之受封长崎藩的宽永十八年冬，在离盛冈不远的幕府直辖地做地方官的井上某氏说仰慕利章人品，希望前来会面。利章回复道："我本飘零之身，本可谢绝。但徒然闲居之际，如蒙拜访，当与面谈。"

井上拜访了广小路的宅邸，当他走进一间屋子时，看到了带着兜帽的利章正在炉前烤着火。利章只是抬起头，招呼了句"辛苦你跑一趟"，连身子都没有坐直。他虽已五十一岁，但气色不逊壮年。

利章竟是如此招呼亲自来拜访他的自己，井上感到有点儿吃惊。但是又观察了一会儿，发现利章除了刚才的招呼外，再无无礼举动。因此草草说了两三句便走了。

井上出了利章宅邸，回想起主人的态度，心想到底是什么原因，利章才会那么无礼地招呼自己。井上回到家中也一直在想，但怎么也想不明白，最后决定再去拜访一次问个究竟。

第二次去的时候，利章还是以同样的态度招呼自己。于是井上便首先燃起了舌战的烽火，他说：“我之所以两次来拜访，就是听说贵公是个非凡的人，于是想来就诸事讨教，甚至得到指点。但是贵公看来和凡人并没什么不同。这一点有些让我意外。”

利章回答道：“自己或许就是凡人无异。但人的贤愚正邪，不通过实质的交谈是无法得知的。”

井上说道：“这样的话便请教了。我虽不才，但仍亲自拜访，那贵公为何和我打招呼时连身子都没摆正。请问是何考虑？”

利章回答道：“是阁下考虑不周吧。我在筑前时，是左右良的城主，领有二万五千石封地。大阪之役后，幕府拆毁了天下所有城堡的副城，左右良城也没有幸免，但是封地仍在。并且作为黑田家的家老，我被委托监督着黑田五十余万石庞大领国的国政，指挥着五万余士卒。黑田家这种豪族，其本身的进退关系到天下的安危。实际上，在关原之役中也是将孝高、长政纳入己方，德川家才达成了统一大业。那么，我自然没有必要对俸禄仅有三四百俵[①]的阁下卑躬屈膝了。”

听到了这个回答，井上一下反应过来，为自己的不礼貌道歉，然后就和利章亲密交谈，咨询了种种事情。

在问到各派兵法的得失时，利章说道：“政治是文武并用。文要宽，武要猛。武并非光是使用兵器，奋进敢为的政治都是武。兵法不过是如何用武的一部分。评价流派是没有意义的，兵法七书已经将其概括全了。只要手握强兵，充分估计敌情，战必胜。兵法常在，但是若只将战场上的人员、布阵当成兵法掌握的话，难以收拾大局。”

在问到城池规模的善恶时，利章说道：“城堡不过是乱世时，存放妻儿、粮米、器具的库房罢了，和农民、町人的土仓没有两样。名将不会将重点放在城郭上，忠诚的臣子即是城池。诸侯身上，除了天子，不应有所忌惮。培养良臣，看准时局，随时准备扩展哪怕一寸的领地，这种意识才

① 俵：旧时的禄米计算单位，1俵即1袋米。

是重要的。”

在问到武士之志时，利章说道：“武士之志不可不大。若生在中国，当以成为天子为志。若生在日本，则当以成为关白①公方②为志。但要达成此目标，必须严格约束自己，同时使他人顺服。如果已有国郡在手，则须遴选人物以任用。有用的人物，十人中必六赞四毁。十人皆赞则此人奸佞无疑。还有一个需要学会的是随机应变。随机应变就是判断后行事。弑主夺土为忤逆，护主守土为忠顺。即使意识到自己做的是不义之事，但只要目的是忠顺的，那做这些看似背道而驰的事情也不是那么痛苦。人就是要这么坚定地判断，而后坚决地行事。”

利章于承应元年三月一日去世，享年六十二岁。那是德川家光在江户去世、家纲继承将军之位的次年。书写着利章之墓的巨大石碑，今天仍残留在陆中国岩手郡米内村爱宕山法轮院遗址所在的山腰上。利章家为利章之妾山内氏所生的女儿招了一个女婿，兼作养子。此人在南部家服侍，他就是两百石俸禄的内山善吉。因为栗山的姓让人想起已故家主利章的罪过，所以专门让他跟了外戚的姓。利章的仆从仙石、财津也被南部家招纳，各自领受五十石俸禄。嫡子利周拒绝了黑田家的礼聘，终身没有出仕。

（杨中 译）

---

① 关白：指辅佐成年天皇的重臣，在丰臣时代，是实际最高统治者。
② 公方：对幕府将军的敬称。

玩耍

木村是一名官员。

某日，他像往常一样，早上六点醒来。那是初夏时节，外面已经很亮，女佣因为怕吵到他，所以独独没有打开他房间里的木滑窗。蚊帐外的油灯轻微地燃烧着，在灯光的映衬下，独居的卧室显得格外的寂寥。

木村机械地用手在枕边摸着什么。他是在找他的表。据说那表是递信省[①]买来配发给乘务员的，非常大，镍合金制。那表的指针与往常一样，正指向六点。

“喂，把窗子打开吧。”

女佣擦着手过来，打开了木滑窗。窗外依然是灰色的天空，下着细雨。虽然不热，但是潮湿的空气扑面而来。

女佣的短和服上绑的束袖带，仿佛要勒进肉里。她把木窗一扇扇推进窗套，额上渗出了汗珠，乱发贴在上面。

木村心中感叹道：“啊，今天也是一动就会热的天啊。”从木村租住的房子到电车站要走七八町远。那么远的距离，即使出门时觉得凉快，走到之前必定已经出汗。木村想到这些才做了如此感叹。

他一边在廊子下洗脸，一边回想起今早有一份必须赶紧交给科长的文件。但是科长是八点三十左右才来上班，自己只要八点前赶到政府就可

① 递信省：旧制政府机构，相当于邮政部。

以了。

于是，他以一种颇为愉悦欢快的神情望着阴郁的灰色天空。如果不认识木村的人，看到他这样子，肯定奇怪这人到底是遇到了什么好玩儿的事情才那么高兴。

在木村出去洗脸的时候，女佣麻利地把蚊帐叠了，把床铺收了起来。木村穿过那里，打开纸糊拉门，来到了起居间。

那里摆放着两张互呈九十度垂直的桌子，桌前铺着坐垫。木村坐在上面，擦火柴点燃了一支朝日牌香烟。

木村在工作的时候，将事情分为当前必须做和有空才做两类。其中一张桌子的桌面上干干净净，当有紧急的东西要处理时，就把它拿到这张桌上。随后，一旦紧急的东西处理完毕，就把另一张桌上堆的其他东西拿到这张桌上接着处理。另一张桌子上的东西总是很多，堆得满满当当。堆放的顺序是按照事务的缓急，比较紧急的东西堆在上面。

木村拿起放在坐垫旁的《日出新闻》，在那张干净的桌上展开它，打开了第七版。那是文艺栏的版块。

木村一边把朝日香烟上掉下的烟灰吹到桌子对面，一边读报，仍然是一副愉快的表情。

从拉门的那头，传来了强烈的掸子和扫帚声。那是女佣在抓紧时间打扫卧室的声音。因为掸子的声音特别刺耳，木村曾抱怨过几次，但是每次最多改善一天，接着便一如既往了。女佣不是拿掸子上绑的纸片来掸东西，而是用的掸子的杆头。木村将这命名为“本能的打扫”。就好像鸽子孵蛋，将蛋调换成截去棱角的白墨[①]，鸽子仍会继续孵化。目的被忽视，唯有手段被实行。女佣掸东西的目的并不是除尘，而是为了实现掸这个动作本身。

不过，这个女佣即使“本能的打扫”，即使要“摇摆舌头”，但她活泼能干，木村对此还是满意的。所谓的“摇摆舌头”是浪漫主义时代的

---

① 白墨：一种白色固体颜料。

某位小说家提出来的，指的是女佣在主人出门之后，到处去邻居家串门聊天。

木村读到一些内容，脸上略微浮现出不快的神情。一般说来，他在桌上读报时都表现得极为无动于衷，若非，则必是一副不快的表情。因为要么报上写的都是无关痛痒的事，要么就是让他感到不公平的事。这些内容本可不读，但木村还是要读。读后要么是一副不感兴趣的表情，要么就是略微不快的神色，但之后马上又变成愉快的表情。

木村是一名文学家。

木村在政府里，做着拿时间换薪水、没有精神、有名无实的工作，头发都开始谢顶了，却还没混出一点儿名堂，但作为一个文学家，他还是多少有些名气。虽然没写过什么正经东西，却也有人认识他，而且还不仅仅是认识。就在有些名气后不久，因为被派到地方上去工作等等，他在别人看来，仿佛从世界消失了一般，直到头发开始谢顶才被调回东京，作为文学家复活。真是一份曲折的履历。

如果说木村读了文艺栏感到不公平，全是为了自己的利益，即被批评则发火，被表扬则欣喜，那完全是冤枉。不论是自己的事，还是别人的事，只要是没有价值的东西被赞美，有意义的东西被轻视，他都会感到不公平。当然，当自己成为话题时，更会切身体会到这种感觉。

罗斯福曾在世界范围四处游说："如果遇见不公平，一定要与之斗争。"木村为何不斗争呢。其实，木村的前半生也是好好地斗争了一番的。但是之后当了官员，要进行辩论便没办法写作。复活之后，因为一直写着虽不算好的著作，但与人辩论什么的却没办法进行。

那天的文艺栏上写着："文艺中蕴含着情调。情调是建立在情势的基础上，并且是一种难以言表的东西。木村参与选稿的杂志上刊登的作品，都是些没有情调的。木村本人的作品也可谓没有情调。"

简要说来，便是以上这些。并且，作为反面例证，文章还展示了几个所谓有情调的文艺的例子，但是没有任何一个能说服木村。木村甚至认为这些例子中，有些甚至不是好的作家应该写的。

说到底，那篇文章的内容，木村不是太懂。所谓建立在情势基础上的情调的说法，让人感觉不明就里。木村虽然饱览哲学、艺术的书籍，但是读到这个说法时，他还是如坠云雾。诚然，要说“难于言表”，确实也可以算是文艺的妙处之一，这是可以承认的。但是“情势”到底指的是什么，不就是以前所说的在戏剧等形式中，将人物放在具体的时间、空间里所产生的东西吗？赫尔曼·鲍尔将这个作为旧文艺的着眼点。所谓的情调是建立在这东西的基础上，在木村看来这是无法想通的。

木村不是那么具有强烈自信的人，但是他并不认为看不懂这句话是自己脑子笨。实际上正相反，他为记者写出这样的文章感到相当的遗憾，并认为其非常失礼。特别是读到所谓的有情调的作品的例子，更是觉得太不礼貌了。

木村不快的神色很快又恢复到愉悦的状态。接着他把报纸小心翼翼地叠起来放到了起居间外廊子的角落里，这是出于他作为一个单身汉养成的什么都要整理的习惯。放在那里，女佣可以拿它清洁油灯，多的用不了的，就卖给拾荒者。

上面写了这么长，实际上不过是两三分钟的事情，就是吸完那一只朝日香烟的时间内发生的事。

木村把朝日香烟的烟头摁在代替烟灰缸的石决明里时，好像想起来什么似的，一个人笑了起来，把旁边桌上堆积的十册左右手稿一般的东西一把抱起，放到了柜子上。

那是日出新闻社拜托他审阅的应征剧本。

日出新闻社悬赏征集剧本的时候，木村是评审人。木村事情多得喘不过气，没有时间来读应征剧本。如果硬要挤出点儿时间，那就只能使用吸烟休息的空当了。

谁都不希望在吸烟休息时做不愉快的事情。这些个应征剧本里，值得一读的东西十件中有没有一件还是问题。

他答应评审也是在别人的拜托下，极不情愿地应承下来的。

木村在《日出新闻》的第三版[①]，常常被横加批评。上面随时都可以看到“木村先生一派对社会风俗的扰乱”这样的说法。其中也有某剧场上演西洋某剧作家的剧本，使用木村的译本时，一定招致批评的情况。然而要说那是怎样的剧本，那可是在审查极其严厉的维也纳和柏林，取得了作为书籍发行的许可，并放心允许在舞台上演出的、非常平和的作品。

但是，上面内容都是社会新闻版的记者所写。木村对于报社的情况不是很了解，但他也并不奇怪报社关于艺术的观点没有影响到第三版。

然而刚才读到的文艺栏上的批评和以往读到的第三版不同。在文艺栏板块，即使是个人的署名，然而这种旗帜鲜明的文章，和政治上的社论是同一回事，可以看作是报社的观点所在。因此这里说木村写的东西没有情调，委托木村选稿的杂志上的作品没有情调，就是说木村不懂文艺。为什么还要让不懂文艺的人选稿？要是选了些没有情调的作品怎么办？这样做，算是对应征的作者们有交代吗？木村心想，日出新闻社既要我审稿子，又在文艺栏这样批评我，不光对应征者没有交代，对我也没有交代吧。

不过退一步讲，正因为木村被人们认为是讽刺意味上的“文学爱好者”，他才能不受这些罪，不读这些了然无趣的东西也能生活下去。总之，他现在不想理这一堆事情，因此才把它们都移到了柜子上。

以上虽然写的很长，但不过是一秒钟的事情。

从隔壁的房间传来的本能的打扫声已经停息。女佣拉开纸拉门，端来了食台。

木村就着放入嫩芋尖的味增汤吃了早饭。

吃完之后，喝了一杯茶，背上已隐隐出汗。“果然是夏天啊。”木村想到。

木村换上洋装，揣上一包没有开封的朝日香烟就往大门去，那里摆放着便当和洋伞，鞋也擦好了。

---

①《日出新闻》的第三版：日本报纸的第三版常常是社会新闻版。

木村打着伞，快步出门。到车站的道路夹在连续的商铺中，非常狭窄，在穿过的时候，给自己打招呼的店主基本比较固定，穿过那里必须注意。附近的人，有些对木村示好打招呼，有些则是一副冷淡不认识的表情，但是好像没有人对自己抱有敌意。

于是，木村观察那些和自己打招呼的人，推测他们到底是何种心态。首先，可以看出他们确信写小说的都是怪人，不但如此，他们还认为写小说的都很可怜，从而作为被保护者加以特别的关照。这从他们打招呼时的表情上可以看出。对此，木村虽不厌烦，但当然也不觉得庆幸。

与周围居民的态度相同，木村在社交上也没有什么敌人。只有带着几分异样眼光而对他示好的人，和冷淡不理睬他的人。

然而在文坛上，木村常常被人攻击。

木村想，如果仅仅是别人不理睬他那还好。虽说别人不理睬，但自己还是想创作，其他别无所求。要是那些人能够不乱批自己的作品，任由自己创作就好了。另外，要是有少数人在哪里读到自己的文章，能够有几分共鸣，那真是幸福。木村心中一直这么想。

到车站还有一半路程的时候，一个叫小川的男子从巷子钻出。他和木村在同一个政府上班，三次总有一次要同路。

“我还想今天出门有些早，结果就遇见你了。”小川说着，斜拿着伞，和木村并排前行。

“是啊。”

“你不是每次都要走在前面些吗？你边走边思考着什么吧？大概是在构思长篇大作吧？”

木村每次听他这么说，都有些被逗弄的感觉，但他仍然是一副不变的愉悦神情，默不作声。

“最近我看到《太阳》杂志上面好像在说，你在政府按部就班的生活和你艺术的生活好像很矛盾，终究不能调和啊。你看了吗？”

“我看了。它是说扰乱风俗的艺术和官吏的服务规则无法调和吧。”

“确实，里面使用了扰乱风俗的字眼。但是我并不那么理解，我仅仅是按照艺术和官吏两个概念来理解的。政治在现在看来不过是一次性的，而艺术则是永远的。政治是一国的，艺术则是人类的。”小川是省内比较伶牙俐齿的，木村一直觉得他比较讨人嫌，但是一直努力不表现出来。

小川老毛病又犯了，说得越来越起劲儿：“那你读过罗斯福在各处发表的演说吧。如果按照那位先生所说的那样实行，政治也不是一次性的东西，不是仅限于一国的东西。将它变得更高尚的话，政治就会变成一门大艺术。我觉得这和你的理想一致。是吗？”

木村觉得这话听着实在荒谬，强忍住才没有皱眉。

不一会儿，两人来到了车站，因为地处偏僻，这里早晚上下班，只能乘坐满员电车。两人在车站的红柱下排队等着，等了两趟车才终于坐上。

两人在车上都抓着吊环。小川好像还没有说够。

“你的艺术观是什么？”

“我才不会思考那些呢。”木村懒懒的答道。

“你是基于什么思考而创作的呢？”

“我什么也没想，想写的时候就写。嗯，就好像想吃饭的时候就吃一样。”

“是本能么？”

“不是本能。”

“为什么？”

“我是有意识的写作。”

“唔。”小川一脸怪异的表情，仿佛想到什么，一直到下电车都没再说话。

和小川分开后，木村来到了自己的房间前，把帽子挂在架子上，把伞立着放好。架子上还只挂着两三顶帽子。

门大开着，竹帘垂着。木村穿过穿着配发的白衣的杂工旁边，来到了自己的桌前。已经来上班的人，都还没有开始工作，悠闲地扇着扇子。有的人仅仅是道一句“早”，有的人是不说话，点点下巴致意。每张脸都苍白而没有精神。不过确实如此，没有人每月不生一次病的。只有木村不是那样。

木村从脏成煤灰色、贴着“紧急用品”的橱架上拿出几分潮湿的文件，在桌上分成两堆。低的那堆是当天要处理的日常业务，最上面的那份贴着一张红色的条子，仿佛伸出的舌头。那是今天早上必须交给科长的紧急要件。高的那堆是可以抽空断断续续完成的工作。除了自己该分担的任务外，也有从其他局送来需要木村进行订正的文件。因为这些不急，所以放在了这一堆里。

木村拿出文件放好，坐上椅子，又掏出前面的那支乘务员用的表看看时间。还有十分钟到八点，离科长来还有四十分钟。

木村把那堆高的文件中最上面那份打开，每看一点儿便用小纸条沾上糨糊板上的糨糊贴上，并在上面写着什么。小纸片每几张用纸捻捆在一起，挂在桌子旁。在政府里，这叫作便签。

木村不慌不忙地摆好架势，不停地埋头工作，期间始终是一种愉悦的神色。此时木村的心情有点儿难以说明。他无论做什么，都是以孩子玩耍的心态来做。这些“玩耍”中，既有有意思的，也有无聊的。而这份工作，就可以归为无聊的玩耍。政府里的工作不是开玩笑。木村清楚地认识到自己是政府这台大机器上的一个小齿轮，自己也在不停地转动。这样想着，那干工作时的心情自然也如玩耍一般。木村神情愉悦，便是这种心情的体现。

木村每做完一件事，便吸一支朝日香烟。这时木村的空想便常常出来捣乱。他想，分工对于抽到坏签的人来说，是非常无趣的。但是木村并不感到不公平。同时，他也没有“这是自己的命”这种轻易放弃的宿命论思想。他想，要是把这工作辞了怎么样啊。他试着想象辞掉工作后的情景，试着想象像现在这样白天上班、晚上在灯下的写作，变成从早到晚的一项活动。木村写作时，也是一种孩子玩自己喜爱游戏的心态。但那并非没有苦处。无论何种运动，都要跨越障碍。他也知道艺术并非笑谈。自己手里那支笔如果交给真正的大师，也能创造出震撼世界的作品。这一点他也清楚，然而他就是这么一种玩耍的心态。甘必大[①]的士兵在一次进攻时受挫，甘必大令人吹喇叭，结果吹的不是冲锋号而是起床号。这个意大利人[②]即使在生死关头，也是一种玩耍的心态。总之，对木村来讲，一切活动都是玩耍。因此，同样是玩耍，玩儿自己喜欢的、有意思的比起无聊的肯定要好。但即便如此，如果从早到晚都做一件事，就会觉得单调而厌烦。现在干这无聊的工作，也是仅仅是为了打破这种单调。

要是辞掉这份工作，该如何打破创作生活的单调呢。当然，可以社交，可以旅游，但是都要花钱。木村不想以一种看别人钓鱼的态度去投入交际社会，而像高尔基那样漂泊流离但保持愉快，大概没有俄罗斯人的血统没法办到。木村想了想，也许还是当官员好。并且，这样想并没有伴随着什么绝望的痛苦感。

有时，木村的空想愈发不可收拾，甚至梦想到了战争。他想，喇叭吹着冲锋号，望着高举的战旗跑步前进，一定是件爽快的事情。木村虽然没有生过病，但是体格小而瘦，征兵时没被选上，因此没有去成战场。但他回想起别人说过，所谓“壮烈的冲锋”，其实有时就是顶着土袋匍匐前进，多少有些扫兴。想来自己在那种情况下，也免不了顶着土袋匍匐前进。这样一想所谓的壮烈和爽快的想象却有所减退。另外，他还想到，即使去了战场，也可能被编入辎重部队当搬运工，站在车前就拉，站在车后就推，和壮烈、爽快离得更远。

有时也梦想到航海。越过房子大小的巨浪，横渡大洋，真是愉快啊。在极地的冰面上插上国旗，也很愉快吧。但是一想到可能因为分工不同，而不得不在蒸汽机旁烧火，狂热的梦也就熄灭了。

木村做完一件工作，便把那些个文件都推到桌子那头，接着又从高的那堆拿下另一份文件。先是印了格子的日本纸，就着又是紫板的西洋纸，粘粘地贴在手心，感觉就像同时抓着晾衣竿和蛞蝓。

---

① 甘必大：19世纪法国政治家。
② 这个意大利人：即甘必大，因其祖父是意大利人。

这时，已有五六个同事来到办公室，不知什么时候桌子前都坐上了人。八点的钟声响起，过了一会儿科长来了。

木村趁科长还没有坐下，拿着贴着红标签的文件过来，站在离科长有点儿距离的地方，看着科长慢慢地从公文包里取出文件，打开砚盖磨墨。磨完墨，科长偶然般地往这边一看。他是一个比木村小三四岁的法学博士，鼻眼紧凑，瘦削而机敏的脸上，戴着金丝眼镜。“昨天您命令的事情……”木村说到这里停住，把文件递了上去。科长接过来大概读了一下，说道：“这就可以了。”

木村心中仿佛卸下了重担一般回到自己的座位。只要文件第一次没有通过，第二次也不能顺利通过，要提交三四次。其间，科长也会进行种种思考，所造成的结果就是事情变得和最初交代时不同，最终无从着手。因此，木村才会为一次通过感到高兴。

回到座位一看，茶已端来。这里不用吩咐，杂工会在八点上班时、下午则是约三点时各端来一杯茶。这茶虽有颜色却没有味道。喝完之后，茶碗底部会剩下大量的茶渣。木村喝完茶，依然还是慢慢地摆好架势，不停地做着手上的工作。在处理低的那堆文件时，除了有时需要和账簿比对外，进展非常顺利。有时可以直接做完三四件，而不停下来吸烟休息。完成之后盖上印章，然后让杂工分别送往下一处。其中也有直接拿到科长那里的。

这时，有新的文件送来。有红色标签的马上处理，其他的就放入那两堆文件中的某一堆。电报基本是按照红色标签处理的。

在工作的时候，木村突然觉得很热，偶然往窗外一望，发现发紫的灰色云朵已经散布在上午看到的灰色天空中。

看着同事们的脸，大家都显得非常疲惫，下巴松弛地垂着，脸拉得略长。室内潮湿的空气非常厚重，让人感觉直压自己的脑袋。即使不是像现在这样特别热的时候，如果办公时间稍微长一点儿，当你上厕所回办公室的时候，一进入走廊，就会被一阵劣质烟草和汗水的臭味呛到。但是与到了冬天这个关门闭户烧暖炉的时节相比，现在的夏天要算好得多。

木村看着同事们的脸，稍微有些皱眉头，但马上又是一副愉悦的神情投入工作。

过了一会儿，雷声骤起，开始下大雨。雨水打在窗户上，发出巨大的声音。办公室里的人们都停下了工作，望着窗户。坐木村右手边的山田说道：

“正觉闷热，骤雨便至。”

“是啊。”木村应道，接着把脸转向右边。

山田一见他的脸，马上像想起什么似的，小声说道：

“你虽然干起工作来很利索，但是在旁人看来，感觉像是在玩笑一般。”

“没有那回事。”木村平静地答道。

不知有多少人和木村说过这件事了。甚至可以说他的表情、言语、举动都促使别人这么说。在政府里，之前的科长说他不正经，对他非常厌恶。在文坛上，评论家说他不严肃，对他大加贬低。他曾有过一段婚姻，但是不幸分离。平素里但凡夫妻间有冲突，妻子都会说：“你老是挖苦取笑我。”这是她指责木村的主要理由。

虽然木村心中谈不上什么认真不认真，但是他对所有事情都是一种玩耍的心态，使并非娜拉[①]的妻子，感到自己成为一个玩偶、一个玩具，从而心生不快。

就木村来看，这种玩耍的心态是一种“天赋的事实”。与木村有来往的青年文人说过：“先生好像缺少一种现代人非常重要的特质，那就是焦虑。”但是木村并不为此感到不幸。

骤雨随后转为小雨，但还是不怎么凉快。

十一点半左右，只有那些家住的比较远的人去食堂吃盒饭。木村要一直工作到“咚”的信号响起，然后才一个人吃盒饭。

两三个同事离开去食堂后，电话响了，杂工接起，稍微听了一下，

---

① 娜拉：易卜生笔下《玩偶之家》的女主角，独立的新女性的代表。

说："您稍等"，便放下话筒去找木村。

"日出新闻社打来的，说让您去接下电话。"

木村接起电话。

"喂，我是木村，有什么事？"

"木村先生啊？不好意思打扰您了。关于那个应征剧本的事，请问何时能够评审完毕啊？"

"唉，这个嘛。最近有点儿忙，还没办法一下子看完。"

"这样啊？"电话那头这样说，好像思考了片刻，"我再打给您，麻烦您了。"

"再见。"

"再见。"

微笑的影子掠过木村的脸庞。他心中暗想，这样的话，那个柜子上的剧本暂时就不用拿下来了。如果是以前，木村会说："那些剧本我决定不审了。"然后在电话中和对方吵起来。虽然木村现在已经沉稳多了，但是他的微笑中多少还有点儿狡诈。但是这种轻微的恶意，根本不能算尼采主义的现代人。

"咚"地一声信号响了，大家都掏出表来卷发条。木村拿出前面说的那个乘务员的表也开始卷。同事们已经把文件整理好了，一哄而散，办公室只剩木村和杂工。木村慢慢地把文件收进橱柜，去了食堂，又慢慢地吃完盒饭，然后又挤上那充满汗臭味的满员电车。

（杨中　译）

芋头的芽和不动明王的眼

东京化学制造所一直被报纸大加攻击，但总算成长为一间大厂。

报纸攻击的是职工的工资问题。那只要提高工资便可以了。但是工资并不能无限度的提高。那么要如何确定提高的幅度呢？大概应当根据职工的生活需要。但是说起生活需要，人们提高它的念头大概是没有尽头的吧。那只要把工厂利益的几成分给职工就好吧。但是分几成却没有一个现成的答案。

要搞起一间工厂必须有钱。但是光有钱不行，机器不会运转。这时与职工们多数的意志相对抗的工厂主的意志就是必须的了。工厂主按照自己的意志，使机器运转。

关于社会问题，再有什么高尚的理论，细致的研究，人们还是按照自己的意志去执行。要给职工多少，到底是由工厂主自己的意志所决定的。这一点理学博士增田翼深信不疑。他当东京化学制造所的厂长以来，二十五年间，将这个最初基础孱弱的工厂，发展到了今天这个地位。

纪念制造所建厂二十五周年的宴会在红叶馆举行。首先是某艺术家的评书，选的段子是盐原多助一代记里的一节，接下来是这里女侍的两组舞蹈，分别是充满古趣的“赏红叶”和使会场热闹的“日本第一”的舞蹈。随后便是宴会的吃喝。

宴会最后非常安静地结束了。在拆除了隔扇连在一起的三间大房里，原本坐满了来宾，但在农商务大臣、大学总长[①]、理科大学校长等人离席之后，那些到处聚着和侍女们玩笑打闹的人们也三三两两回去了，不知什么时候，会场安静了下来。

已经十一点了吧。

在今天的主人增田博士周围，还有两三个大学时代的好友和一个在制造所上班、年轻有为的理科学士没走。当他们命令给斟点儿热酒的时候，便被很多闲着的女侍围在中间，暂时享受着美妙一夜的余味。

一个梳着蝴蝶头的姑娘给那个叫花房、今年才毕业进入制造所的理科学士斟酒的时候，他回头说道："什么啊？你袖子里有什么好香啊。是什么？"

"是这个吗？"

姑娘取出一张丝绸的手帕。

"对，就是这个。闻到这个味道我想起来了，之前有个和你一样在这里做事的女孩儿叫阿薰，她怎么样了？"

"阿薰姑娘已经嫁人了。"

"嫁的什么人？"

"是医生。"

"一般说来，他们都先让姑娘们回去，然后过段时间就娶进门。是这样吗？"

"不知道。"

这样说着，联想不断滋生出联想，于是开始了台湾樟脑的话题，接着又说起了萨哈林的松节油。

增田博士盘腿而坐，眼睛大而目光坚毅，眼角皱纹聚集。他慢慢地喝着酒。那双眼眼白很大，看起来坚毅无比的眼睛，在头发掉光的前额下闪闪发光。他笑起来皱纹聚在一起的样子又非常柔和。这种矛盾在博士的脸上产生了一种喜剧效果。因此，所有人在面对心情上佳的博士的面孔

① 大学总长：一部分综合性大学的校长的称谓。

时，都会禁不住微笑。

当有人说到，某人看到萨哈林的松节油好像非常有赚头，就开始尝试制造，别人评价他非常有眼光的时候，一直默默喝酒的博士短短地笑了两声。

“你说的那件事啊？那是因为那人在去萨哈林之前到我这里来，我提醒他的。”

众人一同侧耳听着。这席间的人都知道，博士不是夺人之功的人，因此都相信博士的话。博士于是再次质朴地轻轻笑了两声说道：

“不光是那件事，还有很多人来找我要点子。说得不好听点儿就是我随意想到的。但是我从不说谎，因此没有谁因此遭受损失。我是根据来人的性格、本领以及境况，告诉他们力所能及的工作。因此，已经有不少人成功了。我老婆总是在旁边听，因此她说：‘你知道那么多赚钱的好办法，干脆自己也稍微搞一点儿吧。’女人真是傻啊，总把其他人做的事当好事。我有我自己的工作。我只要干好公司的工作，领取报酬就好了。工作有一个就够了。想法要多少有多少，因此才会随意地给别人。有的人抓住其中一个当作自己的工作就成功了。有的人靠我的点子赚的比我还多。什么是钱？世界上没有比钱更无聊的东西了。”

博士说话时，已经变成了卷舌腔。博士是个地道的‘江户子[①]’，只要什么说起劲儿了，就会变成卷舌腔。这是平时沉默寡言的博士大展天才辩舌的时候。和博士亲近的人，以及今晚还没走的人，都很期待这个时刻的到来。

博士没说话，把喝干的酒杯伸到梳着蝴蝶头的女侍者面前，让她斟上酒后一饮而尽。

“钱是什么？公司因为事业要运作，需要钱。我不需要钱。只要有让我们两夫妇吃饱、让小鬼们上学的钱就够了。存钱这档子吝啬事，地道的

---

① 江户子：江户，东京的旧称。江户子指老东京风格的人，潇洒、仗义、爽快、直白、不惜财，但缺点是欠考虑、冲动。

‘江户子’不干。”

说到这里，不光是博士的朋友们听得起劲儿，女侍者们也听得非常有趣。连梳着蝴蝶头的孩子们也似懂非懂地倾听着这爽快的声音。

留着花白短发、戴着金边眼镜的理科教授石栗博士以一种沉重的语调插话道：

“你真是‘江户子’吗？”

“那是当然，我是地道的‘江户子’。我父亲以前是在幕府的造船厂工作。以前还有个叫作什么的老头儿，是胜安芳[①]。胜曾经很操劳，我父亲曾经也很操劳。同样的操劳，但是胜安芳靠着他那强韧的生命活着，而我父亲却突然离世，没病没灾的就死了。我哥哥跟了大鸟圭介[②]去了。我母亲和我正在广德寺前的屋宅里发呆时，上野的战斗已经开始了。门卫兼舂米的爷爷背着我，母亲把族谱等东西包在包袱皮里逃了出去。那是叫难民吧。因为在秩父乡下，有一户以前和我家有交情的富农，所以我们就逃往那里。爷爷背着我穿过田间小道逃命，我在他背上还不停回头看燃烧的上野。我们在秩父乡下受到了欢迎。他们把我叫作江户小子。”

“因为那家人非常想给我这个江户小子吃好吃的，所以给我吃了放了鸽子肉的荞面。虽然吃过‘鸭南蛮[③]’，但是‘鸽南蛮’从那之后就再没尝过。”

“过了一段时间，下来了些打砸的人。好像是些个浪人，一下子来了很多。老头子不停地鞠躬行礼，打开酒桶的盖子请他们喝，因此他们也没了打砸的念头，老老实实地回去了。可过了两三天又来了。当儿子的可不管什么三七二十一，拿来打野猪的火枪向那些人开火，结果那些家伙慌忙逃走了。”

“又过了段时间，时局渐渐稳定下来。我每天都在土仓边晒太阳。头上挂大白萝卜，仿佛神社里挂着纸片的稻草绳般。农民们也渐渐有些懈

① 胜安芳：幕府末期的著名政治家胜海舟的另一称呼。
② 大鸟圭介：幕末知名政治家。
③ 鸭南蛮：一种鸭肉面。

怠，不再把我这个江户小子当块宝，也不给我吃‘鸽南蛮’了。”

“有一天，他们从稻草袋里倒出很多芋头，让小孩儿们去剥。有很多小孩儿。具体工作是剥开芋头找到长芽的地方，如果芽缺了就放到吃的那边。如果芽长得好就放在种植那边。我在旁边站着看时，他们开玩笑说，江户小子也一起来帮忙吧。大概是看不起我。这样的话就没办法了。于是我也盘腿坐下开始选芋头。但是我虽然个子小，毕竟是个‘江户子’。这种事对我来说轻而易举。其他小孩儿只选好一个笸箩的时候，我已经选好两笸箩了。农民们都非常吃惊。也许这其中还有其他原因吧，但他们还是说，芋头还是江户小子选的又快又好。”

“之后，听说可以回江户了，于是我和母亲一起回去了。哥哥被关在现在的户山学校那里。母亲想让哥哥能早点儿回家，所以在柱子上挂了一幅小小的不动明王的挂轴，在它前面焚香，从早到晚地拜着。”

“这时，哥哥突然回来了。母亲非常高兴，指着不动明王的挂轴说：‘这是每天拜佛的功劳啊。’哥哥是个奇怪的人，他说：‘嗯，母亲是每天拜着这玩意儿吗？’然后不自觉地站起来走到挂轴前，拔出了插在香炉里的香。我一边看着一边想他要做什么。结果哥哥把燃烧的香头杵向不动明王的眼睛，把它烧穿。一边烧出一个窟窿后，又杵向另一只眼睛。终于，明王的两眼都烧成了窟窿。”

“哥哥是个怪人。有一个叫什么来着的人。哦，田口卯吉，那人以前是他朋友。哥哥一直出奇卖力地干着破除旧思想的事，也许是不动明王的惩罚，也许是亡父的惩罚，他不久便病死了。”

“唉，说来哥哥是一个偏激者。在那个但凡陈旧的破烂玩意儿都要处置掉的时代，那种不管不顾的人或许也是工具而已。如果机缘巧合的话，哥哥或许也能成就一番大事业。”

“我也钻研西洋的学问。但是我不去烧不动明王的眼睛。我一点儿一点儿地干着，就像我选芋头一样。如果把沾满泥土的芋头摆在哥哥面前让他去选，他大概会把稻草袋子上的纹路揍到农民的脸上。”

“我能当一个化学家真好。化学正好合乎我的性格。听人说氢和氧不会变成液体，在没变的时候，我就按这个观点去做，但即使变成液体了，我也不惊讶。变就变吧，我继续做。曾有人说原子不能被分割。在没有被分割的时候，我就按这个观点去做，但是分割开了我也不惊讶。分割开了就分割开了吧，我继续做。即使同是'江户子'，我和哥哥那样的偏激者不同。随时都百折不挠、不轻易认输地做事，这也是'江户子'的品格。啊，我说的有点儿多了。现在几点了？"

花房掏出小型的金表看看说：

"十二点了。"

"十二点了？诸位，安排好的汽车在外面等着你们，我再磨蹭一下就赶不上电车了。那我们走吧，走吧。"

（杨中　译）